W0304587

DANI PETTREY

DÜNNES EIS

DANI PETTREY

DÜNNES EIS

francke

Über die Autorin:
Dani Pettrey ist für ihre spannenden Romane mit zahlreichen Preisen ausgezeichnet worden. Sie ist verheiratet, hat zwei erwachsene Kinder und lebt in Maryland.

Bibliografische Information Der Deutschen Bibliothek
Die Deutsche Bibliothek verzeichnet diese Publikation in der Deutschen Nationalbibliografie; detaillierte bibliografische Daten sind im Internet über http://dnb.ddb.de abrufbar.

ISBN 978-3-86827-520-9
Alle Rechte vorbehalten
Copyright © 2013 by Dani Pettrey
Originally published in English under the title
Shattered
by Bethany House, a division of Baker Publishing Group,
Grand Rapids, Michigan, 49516, USA
All rights reserved.
German edition © 2015 by Verlag der Francke-Buchhandlung GmbH
35037 Marburg an der Lahn
Deutsch von Dorothee Dziewas
Umschlagbild: © shutterstock.com / Wavebreakmedia; Vadim Petrakov
Umschlaggestaltung: Verlag der Francke-Buchhandlung GmbH / Christian Heinritz
Satz: Verlag der Francke-Buchhandlung GmbH
Druck und Bindung: CPI books GmbH, Leck

www.francke-buch.de

1

Piper fuhr auf. Trotz der Dezemberkälte war ihr Schlafanzug vom Schweiß ganz feucht.

Was war das?

Ihr verschlafener Blick fiel auf die Uhr – 1:30 Uhr – und dann auf Aurora, die wie eine Wache an der Schlafzimmertür stand. Das weiße Fell des Huskys zuckte auf seinem Rücken, die Ohren waren aufgestellt.

Piper zog die verknoteten, mit Schneeflocken bedruckten Flanell-Betttücher fort, in denen ihre Beine sich verfangen hatten, und lauschte.

Da war es wieder. Ein Knarren der Bodendielen im Stockwerk unter ihr. Schwere Schritte. Nicht die von Kayden.

Aurora sprang an der Tür hoch und legte die Pfoten an den ramponierten Türrahmen. Ein tiefes Knurren kam aus ihrer Kehle.

Piper stieg aus dem Bett, wobei sie den Kälteschock an den Füßen ignorierte, und durchquerte das Zimmer.

Sie zog die Tür einen Spaltbreit auf und spähte in die Dunkelheit hinaus.

Wieder drang ein Knarren vom Flur im Erdgeschoss herauf. Die Schritte blieben am Fuß der Treppe stehen.

Aurora winselte und schob ihre Schnauze in die Türöffnung.

Piper wollte Auroras Halsband packen, war aber nicht schnell genug. Aurora stieß die Tür auf und lief auf den Gang hinaus.

Piper folgte ihr, aber ihre Schwester hielt sie zurück – mit einem

Gewehr in der Hand. Kayden ließ Piper los und hob dann warnend den Zeigefinger an ihre Lippen.

Sie schlichen den Gang entlang, während Aurora knurrend die Treppe hinunterjagte.

Eine männliche Stimme ertönte unter ihnen, eine Art Grunzen. Dann fiel etwas Schweres zu Boden.

Kayden richtete den Gewehrlauf auf das Durcheinander im Untergeschoss. „Mach das Licht an“, flüsterte sie.

Piper betätigte den Schalter.

Aurora stand in Habachtstellung etwa dreißig Zentimeter von dem Mann auf dem Boden entfernt. Er zog den Arm von seinem Gesicht und blickte auf.

„Reef?“ Piper starrte ihren Bruder entsetzt an. „Ist das Blut?“

Landon Grainger leerte das Glas mit Rum in einem Schluck und spürte, wie die Flüssigkeit heiß wie Feuer durch seine Brust sickerte.

„Sieht aus, als müsstest du Kummer runterspülen, Officer.“ Becky Malone drehte sich auf ihrem Barhocker und beugte sich vor, bis der würzige Duft ihres Parfüms ihn in der Nase kitzelte.

Er stellte das leere Glas auf den Tresen und gab dem Barkeeper ein Zeichen, es wieder aufzufüllen. „Hast du eine Ahnung.“

Sie fuhr mit dem Finger über den Rand ihres Glases. „Oh, du wärest überrascht, was ich alles weiß.“

Ihr selbstbewusster Tonfall erschreckte ihn. War er so leicht zu durchschauen?

„Liebeskummer ist mir nicht fremd.“

Landon zog eine Grimasse. Offenbar *war* er so leicht zu durchschauen.

„Noch einen?“, fragte der Barkeeper und hielt die Flasche über Landons leeres Glas.

Er zögerte, obwohl er vergessen wollte. Vergessen musste … Aber dieser Drang war es, der ihn mit einem Mal vorsichtig werden ließ. Er wollte einen Absturz vermeiden. „Lieber ein Bier.“ Er musste gehen. Er musste nach Hause fahren. Nur noch ein Bier, dann war es genug. Er hätte die Bar überhaupt nicht betreten sollen.

„Weißt du" – Becky rutschte näher, bis ihr Oberschenkel seinen berührte – „ich finde immer, Gesellschaft ist die beste Medizin gegen Liebeskummer."

Er hätte gerne gefragt, warum sie so sicher war, dass sein Drang zu vergessen von Liebeskummer herrührte. Doch er wusste, dass die Frage ihn nur noch angreifbarer machen würde. Wenn Becky den Namen von Piper erwähnen würde …

Piper. Landon hielt den Hals der Bierflasche mit zwei Fingern und setzte sie an seine Lippen. Merkwürdig, wie schnell alte Gewohnheiten zurückkehrten. Wenn er nicht aufpasste, würde er sich irgendwann am Fuß des rutschigen Abhangs wiederfinden, an dessen Rand er sich gerade bewegte. Er war zu lange vernünftig gewesen, um sich nun von seinem Kummer so weit zurückwerfen zu lassen.

„Was meinst du?" Becky fuhr mit ihrem Finger seinen Brustkorb hinunter und verursachte ein ebensolches Brennen wie der Rum. „Ich bin richtig gut darin, Gesellschaft zu leisten."

„Da bin ich mir sicher, aber …"

„Immer dieses Aber …" Sie schüttelte den Kopf. „Das ist ein Teil deines Problems."

Er trank einen schnellen Schluck von seinem Bier, warf einen Zehner auf den Tresen und erhob sich.

Becky legte den Kopf schief und lächelte. „Ist das eine Einladung?" Sie drehte sich ihm ganz zu. Sein Blick wurde unwillkürlich von ihren langen Beinen zwischen dem Rand ihres schwarzen Mini-Jeansrocks und dem Schaft ihrer roten Krokodillederstiefel angezogen.

„Bist du für unser Alaskawetter nicht ein bisschen zu dünn angezogen?" Thanksgiving lag gerade hinter ihnen, und sie hatten schon minus zehn Grad und Schnee. Sie kam aus Yancey und müsste es eigentlich besser wissen.

„Ach, Süßer." Sie stand auf und strich ihren Rock glatt. „Ich weiß schon, wie ich mich warm halten kann."

Wärme klang gut. Er hatte genug von seiner inneren Kälte und Einsamkeit und es war ihm schmerzlich bewusst geworden, dass aus Piper und ihm wohl nie etwas werden würde. Er verdrängte die Erinnerung an die Ereignisse des Abends.

Beckys Finger schoben sich zwischen seine. „Warum feiern wir diese Party nicht irgendwo weiter, wo wir ungestört sind?"

„... es könnte wie Weisheit erscheinen, wäre da nicht die Warnung meines Herzens."

Warum hatte er den *Herrn der Ringe* als Jugendlicher so oft gelesen? Es gab so viele Zeilen, die in sein Gedächtnis eingegraben waren.

„Nur ein paar Drinks unter Freunden", sagte sie und führte ihn zur Tür.

„Und dann?" Er wusste genau, was sie danach wollte.

„Und dann ..." Sie nahm ihren Mantel von der Garderobe, stieß die mit kitschigem roten Lametta geschmückte Tür auf und zog ihn auf den Parkplatz hinaus.

Tariuks eisige Seeluft traf mit beißender Kälte seine wettergegerbten Wangen und holte ihn in die Realität zurück.

Becky schlüpfte in ihren Mantel und zog ihn fest um sich. „Und dann ... sehen wir einfach, was sich richtig anfühlt."

Nichts von all dem hier fühlt sich richtig an. „Ich weiß das Angebot zu schätzen ..."

„Aber?"

„Aber ..." Er seufzte und blickte zu der Weihnachtsbeleuchtung hinüber, die der Wind an einem Ende losgerissen hatte und die in regelmäßigen Abständen gegen die Dachrinne von Hawkings Pub schlug. Es war nicht gerade eine der feineren Lokalitäten von Yancey, aber auf einer Insel, die so klein war wie Tariuk, hatte er kaum einen anderen Ort finden können, um Abstand zu gewinnen.

Sie lächelte. „Ich habe dir doch gesagt, dass dieses *Aber* ein Spielverderber ist."

Sein Handy klingelte und ihr Blick wanderte zu seiner Hosentasche.

„Ich muss drangehen."

Sie machte keine Anstalten, ihn loszulassen.

„Grainger."

„Tom hier."

Becky schmiegte sich an ihn.

Er versuchte, sich aus ihrem Griff zu befreien. „Das ist jetzt kein guter Zeitpunkt."

„Das kann man wohl sagen."

„Was ist los?“
„Wir haben einen Mordfall.“

Landon schluckte zwei Schmerztabletten, um sich gegen die Kopfschmerzen zu wappnen, die der Alkohol mit Sicherheit verursachen würde. Er fuhr mit einer Hand am Steuer, während er den Rest seines Energydrinks in sich hineinschüttete. Er hatte versucht, die Erinnerung an den frühen Abend auszulöschen oder wenigstens zu ertränken, aber nach ein paar Drinks und einer Beinahe-Katastrophe mit Becky schien alles nur noch fester in sein Gedächtnis gegraben zu sein. Was früher eine wirksame Form der Flucht gewesen war, fesselte ihn jetzt und betonierte in seiner Erinnerung alles ein, was er zu vergessen versuchte.

Er zerquetschte die leere Getränkedose in seiner Faust.

Was war nötig, um Piper zu vergessen? Um zu verhindern, dass der Schmerz quälend langsam seine Eingeweide verzehrte?

Er warf die zerknautschte Dose auf den Boden unter dem Beifahrersitz und beschleunigte.

Abgesehen von seinem eigenen Auto war die Straße wie leergefegt. Sie erschien ihm wie ein langer, dunkler Abgrund, der sich vor ihm auftat. Eine Zeit lang war er am Rand des Abgrunds entlanggewankt, aber heute Abend … Er umklammerte das Lenkrad, und der Schmerz zog durch seine Arme bis in sein Herz. Der heutige Abend hatte ihn über die Klippe getrieben. Die Wirklichkeit hatte ihn getroffen wie ein Blitzschlag.

Als er Piper zusammen mit Denny Foster bei Coles und Baileys Verlobungsfeier gesehen hatte, war es ihm schmerzlich klar geworden: Irgendwann würde es Pipers Verlobung sein, dann ihre Hochzeit. Und er würde am Rand stehen und mit ansehen müssen, wie die Frau, die er liebte, ihr Leben einem anderen versprach.

Vor ihm tanzte der schwache Schein roter Lichter in der gleißenden Helligkeit einer Flutlichtanlage. Landon blinzelte geblendet und hielt neben einem Streifenwagen mit Blaulicht. Er holte tief Luft und stieg aus seinem Pick-up. Innerlich wappnete er sich für das, was ihn erwartete.

Der gefrorene Boden knirschte unter seinen Stiefeln, als er an dem provisorischen Lagerplatz der *Midnight Sun Extreme*-Sportveranstaltung – bestehend aus einer Reihe Wohnwagen und Zelte – vorbeiging. Er steuerte auf die Trailside Lodge zu, das Hotel, in dem die Sportler untergebracht waren. Der sonst so urige und friedliche Ort wimmelte nur so vor Geschäftigkeit. Das Flutlicht schien die Verwirrung noch zu vergrößern und die Hektik zu verstärken. Eine Menschentraube stand draußen und beobachtete den Sheriff und seine Mitarbeiter, während diese den Bereich vor dem Hotel absperrten. Die etwas mehr als fünfzig Gäste, überwiegend Snowboarder und Skiläufer – Konkurrenten in der Sportveranstaltung –, wurden so mehr oder weniger durch das Absperrband in einem Streifen neben dem Haupteingang eingepfercht.

Deputy Tom Murphy entdeckte ihn in der Menge und kam auf ihn zu.

„Wer hatte denn die schlaue Idee mit dem Flutlicht?"

Tom räusperte sich und deutete mit dem Kopf auf Sheriff Slidell.

Landon seufzte. *Natürlich.* Landons Boss war ein gewählter Beamter ohne vorherige Polizeierfahrung und schwankte zwischen beinahe völliger Tatenlosigkeit bei einem Fall und blindem Aktionismus beim nächsten.

Trotz seines Amtes hatte Bill Slidell nicht die geringste Ahnung davon, wie man einen Tatort zu behandeln hatte. Das wurde nun wieder mehr als deutlich.

„Wenn der Bereich gesichert ist, können wir vielleicht die Scheinwerfer ausmachen. Wir brauchen den Leuten schließlich nicht noch mehr Angst einzujagen, als sie ohnehin schon haben."

Tom tippte an seine Mütze. „Alles klar."

Landon betrat die Hotellobby und stellte erstaunt fest, dass das Feuer in dem großen gemauerten Kamin brannte und auch die Beleuchtung am Weihnachtsbaum noch eingeschaltet war. Die riesige, über drei Meter hohe Fichte berührte fast die Holzdecke. Die Flammen, die sich in den silbernen Christbaumkugeln spiegelten, ließen das Feuer in dem ansonsten leeren Eingangsbereich noch heller erscheinen.

Andy Miner, der Eigentümer und Manager des Hauses aus dem neunzehnten Jahrhundert, kam aus dem Hinterzimmer. „Bin ich froh, dass du hier bist, Landon. Slidell hat alle meine Gäste aus dem Bett geworfen und in die Kälte rausgescheucht. Und dabei ist es beinahe zwei Uhr morgens."

Landon warf Tom einen Blick zu.

Tom zuckte mit den Schultern. „Befehl vom Boss."

Er zog eine Grimasse. „Du kannst Slidell sagen, wenn der Tatort abgesperrt ist, gibt es keinen Grund, die Leute nicht wieder ins Haus zu lassen. Sag ihm, sie werden kooperativer und einfacher zu befragen sein, wenn sie sich nicht zu Tode frieren." *Ganz zu schweigen davon, dass man sie besser im Auge behalten kann.*

„Alles klar. Willst du auf mich warten oder allein raufgehen?"

„Wo ist sie?"

„Damenumkleide, oberster Stock."

„Wer ist oben?"

Tom räusperte sich. „Slidell wollte, dass wir hier unten suchen."

„Und ihr habt den Tatort eines Mordes unbewacht gelassen?"

„Wir haben den Eingang mit Band abgesperrt und da alle Gäste hier draußen sind …"

Landon ging zum Treppenhaus und nahm zwei Stufen auf einmal, während er in den siebten Stock hinauflief. Sein Herz hämmerte im Rhythmus mit dem Geräusch seiner Stiefel auf den Betonstufen. Es half ihm, wenn das Blut in seinen Adern pulsierte und das Adrenalin strömte, bevor er einen Tatort betrat, so als wollte er das Herz hochfahren, damit es den Schock besser verkraften konnte, den es erwartete. Seiner Erfahrung nach traf es ihn dann nicht so hart – jedenfalls nicht körperlich.

Er verließ das Treppenhaus, als Tom gerade aus dem Aufzug trat. „Ich dachte, du redest mit Slidell darüber, das Flutlicht auszuschalten", warf er Tom entgegen. Slidell würde den Vorschlag, die Gäste ins Haus zu lassen, von Tom wesentlich eher annehmen als von ihm. Nach dem letzten Mordfall, in dem sie gemeinsam ermittelt hatten, war es Landon so erschienen, als hätten er und sein Chef endlich einen gemeinsamen Nenner gefunden. Doch jetzt, wo Slidells Wahlkampf für die Wiederwahl in vollem Gange war, wurde sein Boss mit jedem Tag mehr Politiker und weniger Polizist.

„Das werde ich auch, aber ich muss dir erst noch was sagen."

„Was denn?"

„Ich wollte vor Andy nicht davon sprechen, obwohl ich sicher bin, dass er es weiß. Wahrscheinlich wissen es inzwischen alle."

„Was wissen alle?"

Tom rieb sich den Nacken. „Die Zeugen ... sie sagen ..."

„Zeugen?" Konnten sie so viel Glück haben? „Sie haben den Mord mit angesehen?"

„So gut wie. Sie haben den Killer dabei ertappt, als er gerade fertig war. Er hatte das Blut des Opfers überall an sich."

Es kam nicht oft vor, dass es bei einem Fall gleich einen solchen Durchbruch gab. „Erzähl mir der Reihe nach, was passiert ist."

„Eine der Sportlerinnen sagte, sie hätte vorhin etwas hier oben vergessen."

„Hast du ihren Namen?" *Bitte sag, dass du sie nach ihrem Namen gefragt hast.*

„Moment." Tom zog einen kleinen Notizblock aus seiner Hemdtasche. Er schlug ihn auf und überflog die Seite. „Ashley Clark."

Landon notierte sich den Namen. „Gut. Und weiter?"

„Also ist sie mit ihrem Freund hier heraufgekommen, um es zu holen."

„Der Name des Freundes?"

„Tug Williams, auch ein Teilnehmer bei dem Wettkampf."

„Okay." Landon schrieb den Namen auf.

„Sie steigen aus dem Aufzug und gehen den Flur hinunter. Sie hören Geräusche aus der Damenumkleide, also streckt Ashley den Kopf rein. Da sieht sie das Opfer tot in den Armen des Killers, die Mordwaffe hat er noch in der Hand."

„Wir haben den Täter in Gewahrsam?" Warum hatte Tom das nicht gesagt?

„Ich fürchte nicht. Er hat mit Tug gestritten, bevor er an ihm und Ashley vorbeigestürmt und abgehauen ist."

Gestritten? „Die Zeugen kannten den Verdächtigen?"

„Das ist richtig."

„Und, wer ist es?" Warum druckste Tom so herum?

„Es wird dir nicht gefallen ..."

Ein mulmiges Gefühl machte sich in Landons Magen breit. „Eine Frau ist ermordet worden. Daran gefällt mir gar nichts."

„Der Mörder ist Reef McKenna."

Landon wurde es schwarz vor Augen. „Reef?“ Das konnte nicht sein.

„Beide Zeugen haben ihn identifiziert.“

Das wird Piper umbringen. „Hat Slidell schon die Fahndung ausgeschrieben?“

„Nein. Er hat uns nur beauftragt, die Gäste zusammenzutrommeln und den Umkreis abzusperren.“

Er bezweifelte, dass Reef auf dem Gelände geblieben war. „Irgendeine Ahnung, wo er ist?“

„Keinen Schimmer. Sollen wir jemand zu seiner Familie schicken?“

„Das mache ich selbst.“ Wenn jemand es ihnen beibrachte, dann würde er es sein.

2

Piper zittere vor Schock, während sie zusah, wie ihr Bruder Blut von seinen Händen schrubbte.

„Ich hole Cole", sagte Kayden und verschwand durch die Hintertür, bevor Piper widersprechen konnte.

„Er wird es nicht verstehen." Reef drehte den Wasserhahn zu und wandte sich zu Piper um, sein Hemd noch immer voller Blut.

„Natürlich wird er das, wenn du es ihm erklärst." Cole würde es verstehen, so wie alle anderen auch. Reef hatte die arme Frau gefunden, nachdem sie ermordet worden war. „Jetzt gebe ich dir erst einmal ein sauberes Hemd. Cole und Gage lassen immer Sachen hier." Sie kramte im Flurschrank und zog ein Sweatshirt heraus – Landons Sweatshirt mit dem Logo der Universität von Alaska, das sie sich vor einigen Monaten ausgeliehen hatte. Damals, als Landon und sie noch …

Sie schloss die Schranktür. Sie wusste nicht, was sie gewesen waren, und auch nicht, was sie *jetzt* waren. Zwischen ihnen schien alles auf links gedreht zu sein.

„Hier." Sie warf Reef den Pulli zu, trotz des merkwürdigen Verlangens, ihn festzuhalten.

„Danke." Er zog sich das blutige Hemd über den Kopf und warf es auf die Waschmaschine.

Piper setzte sich auf den Trockner, wobei sie sorgfältig darauf achtete, das Hemd nicht zu berühren. Es war vom Blut richtig durchtränkt. Sie presste die Lippen zusammen, als sie an den Verlust eines

Menschenlebens dachte und an die Schmerzen, die diese arme Frau erlitten haben musste. „Sag mir noch mal, warum du nicht die Polizei gerufen hast", sagte sie, während Reef sich das Blut von seiner Brust wusch. Landon würde darauf herumreiten, dass Reef nicht die Polizei geholt hatte, das wusste sie – so wie sie Landon kannte oder eher gekannt *hatte*. Jetzt schien alles so anders. *Er* war so anders. Distanziert. Gereizt. Zurückgezogen.

„Weil ich in Panik geraten bin." Reef trocknete sich den Oberkörper mit einem Lappen ab. „Tug und Ash dachten, ich hätte es getan. Sie wollten mir nicht zuhören." Er zog Landons Sweatshirt über und stapfte in die Küche zurück.

Piper hüpfte vom Trockner und folgte ihm. „Aber hast du es ihnen denn nicht erklärt?"

„Ich habe es versucht, aber … Warte mal …" Seine blauen Augen verengten sich. „*Du* glaubst mir doch, oder?" Er schüttelte den Kopf. „Ich dachte, wenn jemand mir glaubt …"

Sie spürte, wie Schuldgefühle in ihr aufstiegen. Wie konnte sie auch nur eine Sekunde lang glauben, dass ihr Bruder fähig war, einen Mord zu begehen? „Natürlich glaube ich dir. Ich versuche nur, es zu verstehen, damit ich es Landon erklären kann, wenn er kommt." Landon würde unter den gegebenen Umständen das Schlimmste vermuten. Wenn ihr Bruder doch nur die Polizei alarmiert hätte …

Nachdem Landon sich davon überzeugt hatte, dass der Tatort tatsächlich gesichert war und der Gerichtsmediziner Booth Powell sich um die Leiche des Opfers kümmerte, fuhr Landon zum Haus der McKennas. Er vermutete, dass Reef zu Piper gelaufen war. Sie war der einzige Mensch auf der Welt, der ihm glauben würde, was auch immer geschah.

Schweren Herzens stieg er aus seinem Pick-up und nahm den vertrauten Weg zu ihrer Tür. Diesmal würde ihn kein feierlicher Anlass erwarten – nicht einmal eine zwanglose wöchentliche Mahlzeit. Zum ersten Mal näherte er sich den McKennas als Vertreter des Gesetzes. Das stimmte ihn nachdenklich.

Als er gerade die Hand gehoben hatte, um zu klopfen, flog die Eingangstür so abrupt auf, dass der aus immergrünen Zweigen gewundene Kranz heftig gegen das Türglas schlug.

„Gut, dass du da bist.“ Piper zog ihn ins Haus.

Das war definitiv nicht die Begrüßung, die er erwartet hatte.

Sie trug einen leuchtend pinkfarbenen Schlafanzug mit irgendeinem Muster, das er im Dämmerlicht des Flurs nicht erkennen konnte. Ihr üppiges rotblondes Haar, das vom Schlaf noch ganz zerzaust war, fiel ein ganzes Stück über ihre Schultern.

„Es hat ein schreckliches Missverständnis gegeben“, sagte sie, als sie ins Wohnzimmer gingen, wo Bündel aus weißen und silbernen Ballons immer noch neben Girlanden aus glitzernden Bändern unter der Decke schwebten. Vor vier Stunden war dieses Haus noch von Lachen erfüllt gewesen; jetzt war dieses Lachen dem Kummer gewichen.

„Ich muss mit Reef sprechen.“

„Er ist in der Küche.“ Sie blieb vor der Schwingtür stehen. „Der Arme ist völlig erschüttert.“

Er hatte gerade eine Frau umgebracht – da sollte er wohl erschüttert sein.

Piper legte eine Hand auf seine Brust, und ihre schlanken Finger ruhten über seinem Herzen. *Passend,* dachte er trocken. *Es gehört schließlich ihr.*

„Ich bin ja so froh, dass du es bist. Dass du derjenige bist, der gekommen ist, um mit ihm zu reden.“

Er war nicht hier, um zu reden. Er war hier, um zu verhaften. Er ging an ihr vorbei in die Küche, wo der Duft von Buttercreme noch in der Luft hing.

Reef saß am Küchentisch. Seine Hände, auf der Tischplatte gefaltet, waren sauber – so wie das Sweatshirt, das er ganz offensichtlich gerade erst angezogen hatte.

Landon warf Piper einen enttäuschten Blick zu. Sie hatte ihm geholfen, Beweise zu vernichten?

„Was ist?“ Sie runzelte die Stirn.

„Reefs Hemd.“

„Liegt auf der Waschmaschine.“ Sie zeigte auf die Tür zum Hauswirtschaftsraum.

„Ich brauche es."

„Warum? Ich habe dir doch gesagt, dass alles ein Missverständnis ist."

„Es ist ein Beweisstück, Piper." Er ging in den Hauswirtschaftsraum und war froh, als er sah, dass Reefs Hemd zusammengeknüllt oben auf der Maschine lag und nicht in der Trommel.

Er zog eine Plastiktüte mit Zipverschluss aus dem Hängeschrank über der Waschmaschine, schob das Hemd hinein und verschloss die Tüte, damit es vor weiteren Verunreinigungen geschützt wäre.

„Du hörst mir nicht zu, Landon." Piper folgte ihm zurück in die Küche, nur wenige Zentimeter hinter ihm – so wie sie es als Kind immer gemacht hatte. Damals hätte er schwören können, dass sie es nur tat, um ihn zu ärgern. Jetzt war sie offenbar fest entschlossen, seine Aufmerksamkeit zu erlangen.

„Reef." Landon blieb am Tisch stehen. „Wir müssen reden."

Reef hob den Kopf, seine Augen blutunterlaufen und von dunklen Ringen umgeben, seine Miene wie unter Schock.

Schock angesichts dessen, was er getan hatte, oder Schock, weil er erwischt worden war?

Dies war nicht Reefs erster Konflikt mit dem Gesetz, aber Landon hoffte, dass es sein erster Zusammenstoß mit dem Tod war und dass er endlich aufwachen würde.

„Ich kenne diesen Blick. Ich weiß, was du denkst." Piper baute sich zwischen Landon und ihrem Bruder auf.

Landon dachte daran, wie gerne er ihr den Schmerz erspart hätte, den Reef über sie alle bringen würde.

„Du glaubst, dass Reef mit dem Unfall von heute etwas zu tun hatte."

„Unfall? Hat er dir das erzählt? Dass es einen *Unfall* gegeben hat?"

„Nein. Ich meine, die Verwechslung."

„Verwechslung? Piper, eine Frau wurde ermordet!"

Reef senkte den Kopf und ein heiseres Stöhnen entfuhr seiner Kehle.

Landon trat an Piper vorbei. „Reef, du musst mit mir kommen."

„Du verhaftest ihn?"

„Ja."

„Aber er kann es erklären."

„Gut. Er kann es auf der Wache erklären."
„Ist das nötig?"
„Er ist vom Tatort *geflohen.*"
„Weil …"
Landon hob eine Hand, um sie zum Schweigen zu bringen. „Ich muss das von Reef selbst hören."
Sie wandte sich an ihren Bruder. „Sag es ihm."
Landon schüttelte den Kopf. „Warte. Bevor du etwas sagst, muss ich dir deine Rechte verlesen. Wir müssen uns ans Protokoll halten." Landon gab Reef ein Zeichen, sich zu erheben. Er tat es mit zittrigen Bewegungen. Landon zog die Handschellen heraus. So wütend er auch auf Reef war, die Tatsache schmerzte ihn, dass er den kleinen Bruder seines besten Freundes verhaften musste.
Reef nickte, wandte sich ihm zu und hielt ihm die Hände hin.
„Du hast das Recht zu schweigen. Alles, was du sagst, kann vor Gericht gegen dich verwendet werden."
„Was ist hier los?" Coles Stimme klang vom Schlaf noch etwas rau. Er stand im Türrahmen, die Haare zerzaust, sein Blick plötzlich hellwach. Er trat ein und Kayden folgte ihm.
„Ich muss Reef zur Befragung mitnehmen. Er ist vom Tatort geflohen."
„Kayden sagte, eine Frau sei ermordet worden?"
„Das stimmt. Eine Teilnehmerin des Skiwettbewerbs. Karli Davis."
„Reef" – Coles Blick huschte zu seinem Bruder – „was ist passiert?"
„Ich war es nicht", sagte Reef.
Cole starrte Landon an, eine steile Falte der Fassungslosigkeit auf der Stirn.
Die Verzweiflung in den Augen seines Freundes traf Landon wie ein Schlag. Er wollte nicht derjenige sein, der den McKennas noch mehr Kummer zufügte. Sie waren seine Familie. Vielleicht nicht biologisch betrachtet, aber sie waren trotzdem seine Familie. „Ich nehme ihn mit auf die Wache. Wir müssen uns unterhalten."
„Braucht er einen Anwalt?"
„Den würde ich ihm dringend empfehlen."

3

Landon stellte das Aufnahmegerät auf den Tisch im Befragungsraum und ließ sich auf den metallenen Stuhl gegenüber von Reef nieder.

Er räusperte sich und Reef blickte auf – nur noch ein Schatten des überschwänglichen Hitzkopfs, der er bei der Verlobungsfeier vor wenigen Stunden gewesen war. Er saß vornübergebeugt, so wie er es auch in Pipers Küche getan hatte. Die Hände hielt er vor sich auf dem Resopaltisch gefaltet, während die Daumen vor und zurück zuckten.

Slidell stand auf der anderen Seite des Zweiwegespiegels und beobachtete alles zweifellos mit kritischem Blick.

„Fangen wir an." Landon drückte die Aufnahmetaste und schob das Gerät ein Stück vor. „Deine Rechte sind dir mitgeteilt worden, Reef?"

„Ja."

„Und du verzichtest im Moment auf dein Recht auf einen Anwalt?"

„Ja. Ich war es nicht."

„Fangen wir damit an, dass du mir erzählst, was geschehen ist."

„Karli hat mir eine SMS geschickt und gefragt, ob ich ein wenig Spaß haben wollte."

„Um welche Uhrzeit war das?"

„Etwa eine Stunde, nachdem ich die Party verlassen hatte."

„Die Verlobungsfeier von Cole und Bailey?" Es war wichtig, präzise zu sein.

„Stimmt."

„Sie hat eine SMS an dein Handy geschickt?"
„Ja."
„Und was hast du geantwortet?"
„Ich schrieb: *Warum nicht? Hier ist ja sonst nicht viel los.*"
Landon ignorierte den Seitenhieb auf seine Heimatstadt. „Sprich weiter."
„Ich habe sie an ihrem Zimmer abgeholt. Wir nahmen uns zwei Flaschen Bier und gingen zum Whirlpool."
„Im Hotel?"
„Ja. Sie haben einen von diesen Jacuzzis auf dem Dach. Wir haben etwas getrunken und im Pool gesessen."
„War sonst noch jemand dort oben?"
„Als wir kamen, waren Ash und Tug da, aber die sind nach ungefähr einer Viertelstunde reingegangen."
„Wann war das so in etwa?"
„Ich weiß nicht ..."
Landon hob das Kinn. „Ungefähr."
„Elf ...?"
„In Ordnung. Was geschah dann?"
Reef senkte den Blick und zog die Hände auf seinen Schoß. „Wir haben beschlossen, getrennte Wege zu gehen."
„Wieso?"
Reef räusperte sich. „Ich war ihre Spielchen leid, also bin ich gegangen."
Spielchen? Darauf würde er noch zurückkommen. „Und wohin?"
„Zurück in mein Zimmer."
„Kann dein Mitbewohner das bestätigen?"
„Dillon? Nein, als ich von Coles Party zurückkam, war er schon ausgegangen."
„Du bist also in dein Zimmer zurückgekehrt. Und was dann?"
„Dann habe ich den Fernseher angemacht."
„Aber das war noch nicht das Ende deines Abends?"
Reef schüttelte den Kopf. „Nein." Das Wort klang heiser.
Landon lehnte sich auf seinem Stuhl zurück. „Warum erzählst du mir nicht davon?"
Reef starrte auf die Tür und dann zu Boden. „Ich bin noch mal zu ihr zurückgegangen."

„Warum?“
„Ich hatte ein schlechtes Gewissen.“
Jetzt wurde es interessant. „Weswegen?“
„Weil ich wütend weggerannt bin.“
Landon richtete sich auf. „Du bist weggerannt? Hattet ihr euch gestritten?“
„Wir hatten eine Meinungsverschiedenheit.“
„Weswegen?“
„Wegen ihrer Entscheidungen.“
„Entscheidungen, die dich betrafen?“
Reef zuckte mit den Schultern.
Landon folgte seinem Bauchgefühl. „Du und Karli – ihr hattet früher eine Beziehung?“
„Beziehung würde ich das nicht nennen. Wir haben zusammen abgehangen.“
„Wie lange ist das her?“
„Immer mal wieder in den letzten beiden Jahren.“
„Und wieso ist die Sache dann zu Ende gegangen? Warum die Trennung?“
„Keine Trennung. So war das nicht.“
Landon beugte sich vor und legte die Unterarme auf den Tisch. „Wie war es dann?“
„Das habe ich doch gesagt. Wir haben zusammen abgehangen.“
„Ihr hattet eine sexuelle Beziehung?“
Reef nickte einmal.
Wieder verließ Landon sich auf seinen Instinkt. „Hat sie deines Wissens noch mit anderen Männern sexuelle Beziehungen gehabt?“
Reef blickte zur Seite und seine Wangen röteten sich.
„Das interpretiere ich als ein Ja. Kennst du die Namen der anderen Typen?
„Es war nur einer“, widersprach Reef. „Soweit ich weiß.“
„Und sein Name?“
„Rick Masterson.“
Landon sprach mit ruhiger Stimme weiter, obwohl er innerlich zusammengezuckt war. „Rick Masterson, der Promoter der Freeride-Wettkämpfe?“
Reef lehnte sich zurück. „Ja.“

„Ist er nicht verheiratet? Und mindestens zehn Jahre älter?"
„Das mag sein."
„Also hast du mit Karli über ihre Beziehung zu Rick gestritten?"
„Noch mal: Es *war* keine Beziehung."
„Aber ihr habt euch seinetwegen gestritten?"
„Wir haben uns nicht gestritten. Wir waren nur unterschiedlicher Meinung."
„In Bezug auf ihr Verhältnis mit Rick?"
„In Bezug darauf, dass ich keine Lust hatte, mich wie einen Fußabtreter behandeln zu lassen."
„Was hat sie dazu gesagt?"
„Ich habe ihr keine Chance gegeben, etwas zu sagen, sondern bin einfach gegangen."
„Aber du bist noch mal zurückgekehrt."
„Stimmt."
„Weil du ein schlechtes Gewissen hattest?"
Reef atmete aus und rieb sich die Hände an den Oberschenkeln. „Karli hat nie viele Gefühle gezeigt, aber sie hatte tatsächlich Tränen in den Augen. Ich dachte, ich sollte zurückgehen und …"
„Und?"
„Mich davon überzeugen, dass es ihr gut geht."
„Wann war das?"
„Ich weiß nicht, vielleicht eine Viertelstunde später."
„Erzähl mir genau, was passiert ist."
„Ich bin aus dem Aufzug gekommen und habe einen Schrei gehört."
Landon legte nachdenklich den Kopf zur Seite. „Du hast Karli schreien gehört?
„Ja."
„Woher wusstest du, dass es Karli war?"
„Glaub mir. Ich habe sie bei Wettkämpfen oft genug schreien gehört. Außerdem war sie als Einzige dort oben, als ich ging."
„Was hast du gemacht?"
„Ich habe ihren Namen gerufen."
„Hat sie geantwortet?"
„Nein. Ich konnte nicht erkennen, wo sie war. Ich rief sie noch mal. Sie antwortete nicht, aber ich hörte etwas in der Damenumkleide."

„Definiere *etwas*. Was genau hast du gehört?"
„Einen dumpfen Schlag oder so – ich weiß nicht –, dass jemand sich bewegt."
Landon nickte und gab ihm ein Zeichen fortzufahren.
„Ich sagte, ich würde reinkommen, nur für den Fall, dass noch jemand da drin war …"
„Und, war noch jemand dort?"
„Ich habe niemanden gesehen."
„Was hast du gesehen?"
„Karli." Reef kniff die Augen zusammen und sein Gesicht verzog sich. „Sie lag auf dem Boden, mit dem Gesicht nach unten. Blut war …" Er schluckte. „Ich dachte, sie wäre vielleicht gefallen und hätte sich den Kopf angeschlagen. Ich habe mich gebückt und sie umgedreht und da habe ich es gesehen …"
„Was gesehen?"
Reef schluckte. „Dass sie tot war."
„Woher wusstest du, dass sie tot war?"
„Ihre Augen standen weit offen. Man konnte es sehen. Ich habe das Blut gesehen und versucht, es aufzuwischen."
„Warum?"
„Ich weiß nicht. Ich habe versucht, es aufzuhalten."
„Was aufzuhalten?"
„Das Blut."
„Aber du sagtest gerade, du hättest gewusst, dass sie schon tot war."
„Ja."
„Warum hast du dir dann Gedanken über das Blut gemacht?"
„Ich weiß es nicht, Mann. Ich musste etwas tun, damit sie aufhörte zu bluten, aber ich konnte nicht. Ich konnte ihr nicht helfen. Ich sank auf den Boden und zog sie in meine Arme, und das war, als …"
„Als?", hakte Landon nach.
„Ash und Tug reinkamen. Ash schrie, und Tug fragte, was ich getan hätte. Ich habe es ihm gesagt. Ich habe versucht zu erklären, dass ich sie so gefunden hatte, aber er ist ausgerastet." Reef fuhr sich mit einer zittrigen Hand durch die Haare. „Ich weiß, dass ich nicht hätte weglaufen dürfen, aber Tug brüllte die ganze Zeit: ‚Was

hast du getan?‘ Ich war in Panik, habe ihn beiseitegestoßen und bin gerannt.“

„Zu Piper?“

„Ja.“

„Was hast du gemacht, als du dort ankamst?“

„Ich habe Karlis Blut von meinen Händen geschrubbt, während ich meinen Schwestern erklärt habe, was passiert war. Und dann bist du aufgetaucht.“

„Ich möchte mich vergewissern, dass ich das richtig verstanden habe: Du behauptest, du hättest Karli Davis nicht getötet?“

„Richtig. Ich habe doch gesagt, dass ich sie so gefunden habe.“

„Mit Blut auf der Brust?“

„Ja.“

„Was ist mit der Waffe?“

Reef blinzelte und starrte in die Ferne. „Waffe?“

„Die Augenzeugen haben ausgesagt, dass du eine Waffe in der Hand hattest.“

Sein Blick huschte zu Landon zurück, als wäre er aus einem Traum erwacht. „Das Messer.“

„Genau. Was kannst du mir über das Messer erzählen?“

„Ich habe es da liegen sehen und aufgehoben.“

„Warum?“

„Ich weiß nicht. Es schien dort nicht hinzugehören. Ich habe es auf dem Boden neben ihrer Leiche gesehen und da habe ich es aufgehoben. Als Ash schrie, habe ich es fallen gelassen. Ihr Schrei klang genau wie der von Karli, ganz hoch und quietschend.“

„Bevor Ash und Tug kamen, hast du da noch jemand anderen gesehen? Irgendwo auf der Etage?“

„Nein.“

„Du hörtest also Karlis Schrei und dann Geräusche, wie wenn jemand sich bewegt. Aber als du die Damenumkleide betreten hast, war da niemand außer Karli?“

„Genau.“

„Du hast also niemanden gesehen, der außer dir, Ash oder Tug den Umkleideraum betreten oder verlassen hat.“

„Stimmt.“

Landon beugte sich vor. „Reef, es ist für die Ermittlungen entscheidend und das Beste für dich, wenn du ganz ehrlich zu mir bist."

„Das war ich. Du kannst doch nicht im Ernst glauben, dass ich Karli etwas antun würde. Komm schon, Landon! Du kennst mich. Du hast bei uns gewohnt."

Vor langer Zeit. „Das mag sein, aber Beweise lügen nicht. Du kannst dir und deiner Familie die Sache ungeheuer erleichtern, wenn du die Wahrheit sagst. Lügen werden nur denen wehtun, die du liebst." Das wusste er aus eigener Erfahrung.

„Ich lüge nicht. Ich habe Karli nicht angefasst."

„Karli wurde nicht angefasst, Reef. Sie wurde *umgebracht*."

„Ich war es nicht. Ich habe Karli nicht umgebracht."

Landon warf einen Blick hinter sich in Richtung Spiegel. Er wusste, was er tun musste. Es wurde Zeit, dass er Reef die Hölle heiß machte, auch wenn er der kleine Bruder seines besten Freundes war. Und auch, wenn es das Letzte war, was er tun wollte.

„Reef, zwei Zeugen haben dich am Tatort gesehen. Du hattest die Mordwaffe in der Hand und das Blut des Opfers überall auf deiner Kleidung. Als sie dich zur Rede stellten, bist du abgehauen und hast versucht, Beweise zu vertuschen."

„Ich habe nicht versucht, irgendetwas zu vertuschen."

„Du hast entscheidende Beweise von deinen Händen gewaschen."

Reef sah auf seine Hände hinunter, die Finger gespreizt. „Ich habe nur versucht, ihr Blut abzuwaschen. Das Blut meiner Freundin."

„Deiner *Freundin*? Gerade hast du noch gesagt, du wärest es leid gewesen, ihre Spielchen zu spielen. Das klingt für mich nicht nach Freundschaft."

„Wir hatten eine Krise, aber ich mochte sie."

„Du mochtest ein Mädchen, das dich mit einem verheirateten Mann betrog?"

„Ich habe dir doch gesagt, dass unsere Beziehung nicht so war."

„Ich dachte, du hättest gesagt, es sei keine Beziehung gewesen. Dass ihr beide nur zusammen abgehangen habt."

„Du weißt, was ich meine."

„Nein, Reef, das weiß ich nicht. Hattet ihr jetzt eine Beziehung oder nicht?"

„Irgendwie schon, wenn man es technisch betrachtet. Wir waren Freunde."

„Freunde, die eine sexuelle Beziehung hatten."

„Ja."

„Und dass deine Freundin auch noch mit einem anderen Typen schlief, hat dir nichts ausgemacht?"

„Das habe ich nicht gesagt."

„Es hat dir also etwas ausgemacht?"

„Ich war nicht glücklich darüber."

„Das kann ich mir vorstellen. Hast du ihr gesagt, dass du nicht glücklich darüber warst? Hat das dazu geführt, dass ihr euch getrennt habt?"

„Ich habe dir doch gesagt, wir haben uns nicht *getrennt*."

„Gut. War das der Grund, warum ihr eine Weile nicht zusammen *abgehangen* habt?"

„Ja."

„Als sie dir heute Abend eine SMS geschickt hat, dachtest du da, sie wollte wieder mit dir zusammen sein?"

„Vielleicht." Reef schabte mit der Schuhsohle über den gefliesten Boden.

„Aber Karli war es nicht ernst damit. Jedenfalls nicht ernst genug, um ihr Verhältnis mit Rick Masterson zu beenden. Und deswegen habt ihr euch gestritten – richtig?"

Reef schwieg.

Landon stand auf und ging ein paar Schritte, während er weitersprach. „Wahrscheinlich hast du ein paar Sachen gesagt, die dir leidtaten, du bist zurückgegangen, um mit ihr zu reden, es lief nicht gut, ihr habt euch angeschrien, eins führte zum anderen und …"

Reef ließ die Handflächen auf die Tischplatte knallen. „Ich habe sie nicht umgebracht!"

4

Landon verließ den Vernehmungsraum und ging in das Zimmer nebenan, von dem aus Slidell und die anderen zugesehen hatten.

Slidell zog eine Augenbraue hoch.

Landon seufzte. „Die Indizien gegen Reef sind erdrückend, aber …“ Ein paar Dinge beschäftigten ihn noch.

„Aber nichts“, sagte Slidell. „Die Beweise sprechen eindeutig gegen ihn. Alle. Zwei Augenzeugen haben ihn mit der Mordwaffe in der Hand am Tatort gesehen. Er hat zugegeben, dass er und Karli sich vorher gestritten haben. Er hatte die Mittel, das Motiv und die Gelegenheit. Reef ist unser Mann.“

„Aber das meine ich ja gerade. Er hat den Streit zugegeben. Wenn er schuldig wäre, warum sollte er sich dann so belasten?“ Es ergab keinen Sinn.

„Schuldgefühle.“

„Warum hat er dann die Tat nicht zugegeben?“

„Die Strafe ist zu schwer.“

„Vielleicht, aber …“

„Kein Wenn und Aber. Es ist sonnenklar. Karli hat etwas gesagt, woraufhin Reef ausgerastet ist und sie umgebracht hat. Im Eifer des Gefechts. So was kommt vor.“

„Es kann nicht im Eifer des Gefechts passiert sein.“

„Warum nicht?“

„Er hatte das Messer. Das bedeutet Vorsatz.“

„Also ist er wütend geworden, hat das Messer geholt, ist zurückgegangen und hat sie dann getötet. Das hat es schon tausendmal gegeben. Kommen Sie schon, Grainger, denken Sie mal nach. Und falls es bei Ihnen zu einem Interessenkonflikt kommen sollte, muss ich das wissen."

„Es gibt keinen Interessenkonflikt." Er war nur gründlich. Er untersuchte jeden Aspekt dessen, was sie bis jetzt wussten – und verglich es mit den Beweisen.

„Also gut, dann lasst uns den Sack zubinden."

„Ich glaube nicht, dass wir den Fall so schnell abschließen können." Es gab noch eine Menge zu tun.

„Wir haben den Mörder und die nötigen Beweise. Schlagen wir zu. Nach den Morden im letzten Sommer wollen die Leute in der Stadt sehen, dass wir zügig handeln, und das sollen sie auch."

Er betrachtete seinen Chef. „Diese Eile hat nicht zufällig etwas mit den anstehenden Wahlen zu tun?" Ein schnell gelöster Fall würde seine Chancen eindeutig verbessern.

„Diese *Eile*, wie Sie es nennen", sagte Slidell und näherte sein Gesicht bedrohlich dem von Landon, „hat etwas damit zu tun, dass ich den Mann, der eine Frau ermordet hat, hinter Gittern sehen will. Die Einwohner von Yancey sollen wissen, dass sie sicher sind. Also sperren Sie ihn ein."

„Ohne andere Verdächtige in Erwägung zu ziehen?"

„Es gibt keine anderen Verdächtigen. Er hat es getan. Die Zeugen haben ihn gesehen."

„Sie haben genau genommen nicht gesehen, dass er sie getötet hat."

„Nein, sie haben nicht gesehen, wie er ihr die Kehle durchgeschnitten hat, aber wir wissen, dass er es war. Bei dieser erdrückenden Beweislast wäre es unverantwortlich, mit der Anklage zu warten. Wir können keinen Mörder auf die Straße zurücklassen."

„Natürlich nicht."

„Schön, dass Sie es endlich auch so sehen wie ich." Slidell stapfte aus dem Zimmer.

„Wohin wollen Sie?"

„Ich werde Reef McKenna des Mordes an Karli Davis anklagen."

„Aber es ist noch eine Menge zu tun, es sind Spuren zu analysieren, wir müssen Leute befragen ..."

„Das können Sie alles machen, aber ich garantiere Ihnen, dass Sie nur noch mehr Nägel zum Sarg dieses Jungen finden werden."

Landon stand in der Tür, als Slidell dem fassungslosen Reef mitteilte, dass er Anklage wegen Mordes an Karli Davis gegen ihn erheben würde.

Tränen traten in Reefs Augen, während er aufstand. Er starrte Landon an. „Ich war es nicht. Du weißt, dass ich so etwas nicht tun könnte."

„Dann werden die Beweise das zeigen, Reef."

Deputy David Thoreau packte Reef am Arm, als Slidell ihn dazu aufforderte. „Gehen wir, McKenna."

„Du kennst mich doch", brüllte Reef Landon zu, als Thoreau ihn aus dem Raum und den Gang hinunter zu den Zellen führte. „Ich war es nicht! Ich war es nicht!"

Landon stand da wie erstarrt, das Herz schlug ihm bis zum Hals. Wie sollte er das Cole erklären – und, noch schlimmer, Piper?

Er trat in den Eingangsbereich der Polizeistation hinaus, wo ihn die McKenna-Geschwister mit erwartungsvollen Augen ansahen, eine Mischung aus Hoffnung und Angst im Blick.

Piper sprang als Erste auf. Sie warf einen Blick auf Landon und sog scharf die Luft ein.

„Es tut mir leid." Er schluckte – und es fühlte sich an, als würden Glasscherben seine Kehle aufrauen. „Sie haben Reef wegen des Mordes an Karli Davis angeklagt."

„Er hätte das nicht tun können. Ich meine, dieser Junge hat sich die Augen ausgeheult, als Old Man Clearys Hund überfahren wurde. Er könnte niemandem so etwas antun. Er hat gar nicht das Zeug dazu."

„Die Beweise gegen ihn sind ziemlich erdrückend."

Sie trat auf ihn zu, so nahe, dass ihre Fingerspitzen seine berührten. „Beweise können sich irren."

Diese Sache würde ihr das Herz brechen. Es schmerzte ihn, dass er dabei die Hand im Spiel hatte. Hier ging es um Piper. Die Frau, die er liebte. Die Frau, die er vor allen anderen beschützen wollte. Aber wenn Reef schuldig war – wenn er Karli Davis umgebracht hatte –, dann würde er Piper gerade dadurch beschützen, dass er ihr half, die Wahrheit zu erkennen. „Beweise sind unparteiisch."

Sie runzelte die Stirn und starrte zu ihm hoch. „Du glaubst tatsächlich, dass er fähig wäre, einen Mord zu begehen?"

„Wie gesagt, die Beweise gegen ihn sind … erdrückend." Er streckte automatisch die Hand nach ihr aus, weil er sie trösten wollte, doch es gab nichts, was er tun konnte. Gefühle durften bei polizeilichen Ermittlungen keine Rolle spielen. Er musste ausschließlich nach der Beweislage urteilen und nicht nach dem, was er sich wünschte. „Ich weiß, dass es schwierig ist." Junge, und wie er das wusste!

„*Schwierig?*" Sie starrte ihn ungläubig an.

Es war klar – sie erwartete, dass er Reef beim Wort nahm, aber das konnte er nicht. Die Fakten würden Reefs Schuld oder Unschuld beweisen, aber im Moment deutete leider alles auf seine Schuld hin, so sehr Landon es sich auch anders wünschte.

„Was geschieht jetzt?", fragte Kayden.

„Da Reef offiziell beschuldigt wurde, wird es eine Anklageerhebung geben. Vielleicht morgen, wahrscheinlich aber eher übermorgen. Damit die Betroffenen genügend Zeit haben, hierherzukommen." Tariuk Island lag an der südlichen Spitze des Kodiak-Archipels und es dauerte eine Weile, die einzige Stadt auf der Insel, Yancey, zu erreichen.

„Anklageerhebung", sagte Cole und fuhr sich mit der Hand durchs Haar. „Ich kann es nicht fassen."

Bailey, seine Verlobte, legte den Arm um seine Taille und er zog sie an sich.

„Das ist es also?", fragte Piper. „Keine Suche nach anderen Verdächtigen? Die Ermittlungen sind beendet?"

„Ich werde natürlich in dem Fall weiter ermitteln. Es gibt noch viel zu tun." So hatte er es auch vor Slidell vertreten, doch er fürchtete, dass sein Boss recht hatte – und dass er nur noch mehr entdecken würde, das Reef belastete.

„Wenn es noch viel zu tun gibt, warum hast du Reef dann verhaftet?", fragte Kayden.

„Die Beweise waren schwerwiegend genug, um eine Verhaftung zu rechtfertigen, und Slidell –"

„Natürlich", schnaubte Piper. „Slidells Wiederwahl steht auf dem Spiel. Er will eine schnelle Lösung in dem Fall."

Landon seufzte. Sie war einfach zu clever. „Ich bin nicht Slidell. Ich werde den Fall ordentlich zu Ende führen."

„Gut." Sie verschränkte die Arme vor der Brust. „Dann wirst du herausfinden, dass Reef unschuldig ist."

„Ich hoffe es." Das tat er wirklich, aber es sah nicht gut aus.

Landon verließ die Wache, kurz nachdem die McKennas gegangen waren – alle außer Cole, wie sich herausstellte.

Er lehnte an der Motorhaube von Landons Pick-up und sein Atem erzeugte in der von der Straßenlaterne erleuchteten Nachtluft weiße Wölkchen.

„Ich dachte, du fährst heim."

„Ich wollte unter vier Augen mit dir sprechen."

Landons Schritte verlangsamten sich. „In Ordnung."

„Ich weiß, du hast gesagt, es gibt noch viel zu tun, aber …" Cole fuhr sich mit einer zitternden Hand über den Kopf. „Du hast mit Reef gesprochen." Er sah Landon tief in die Augen. „Du glaubst, dass er es war, oder?"

„Das habe ich nicht gesagt."

Cole sank gegen den Wagen. „Das war auch nicht nötig."

„Was ich glaube, spielt keine Rolle. Wichtig sind die Beweise. Du hast mein Wort, dass ich alle Möglichkeiten untersuchen werde." Er würde sich nicht mit den anfänglichen Indizien zufriedengeben und voreilige Schlüsse ziehen, so wie Slidell es tat. Er würde tiefer graben. Aber er fürchtete, dass das Ergebnis am Ende das gleiche sein würde. Wenn Reef Karli getötet hatte, würde das, was er fand, die ersten Indizien nur bestätigen.

Cole schüttelte den Kopf. „Reef und ich haben uns nicht immer verstanden. Eigentlich haben wir uns nie verstanden, aber ich dachte nicht … ich hätte nie gedacht …" Er wischte sich mit der Hand über die Stirn. „Ich bin ein schlechter Bruder, weil ich überhaupt in Erwägung ziehe, dass Reef schuldig sein könnte. Weil ich ihn nicht sofort verteidige, so wie Piper es tut."

„Du bist ein klasse Bruder. Du bist nur realistisch und willst deine Familie beschützen."

„Ja?"

„Ja. Als Familienoberhaupt ist es deine Aufgabe, die anderen zu beschützen."

„Also sollte ich Reef in Schutz nehmen, anstatt an ihm zu zweifeln!"

„Vielleicht musst du deine anderen Geschwister vor *Reef* beschützen?"

5

Landon stieg aus seinem Wagen und ging auf den Eingang der Trailside Lodge zu, während ihm der eisige Dezemberwind ins Gesicht blies. Das Hotel war merkwürdig still und außer dem Hilfssheriff, der am Eingang postiert war, gab es nichts, was darauf hinwies, dass hier ein Mord stattgefunden hatte. Blinkende Lichterketten schmückten die Bäume am Eingang zum Grundstück. Vor dem noch dunklen Himmel, der Schnee versprach, leuchteten sie wie Sterne.

Er holte tief Luft und ging an Deputy Earl Hansen vorbei in das Hotel. Dort hielt er direkt auf das Treppenhaus zu und stieg hinauf zum Tatort.

Deputy Jim Vaughn saß auf einem Klappstuhl vor der Damenumkleide.

„Ist irgendjemand hier gewesen, seit Booth die Leiche mitgenommen hat?", fragte er.

„Nein. Alle haben sich an deine Anordnungen gehalten."

„Danke, Jim."

„Sag Bescheid, wenn du Hilfe brauchst."

Er mochte Jim. Immer hilfsbereit. Genau die Art Mann, die er bei der Arbeit gerne an seiner Seite hatte. „Mach ich."

Landon streifte Plastiküberzieher über seine Schuhe und trat ein. Er zog seine Handschuhe an und sah sich gründlich im Raum um. Vier Toilettenkabinen, drei Duschen. Eine Handvoll Waschbecken und eine Reihe Spinde mit einer langen hölzernen Bank davor. Der

Bereich von den Duschen bis zu den Waschbecken war gefliest, der Rest war mit dicken Gummimatten ausgelegt. Mit Klebeband war die genaue Position der Leiche auf den Fliesen markiert – genau zwischen den Duschen und den Waschbecken, gleich hinter den Spinden.

Landon starrte auf die Tür, den einzigen Ein- bzw. Ausgang der Umkleide. Er spielte Reefs Version der Ereignisse in Gedanken durch. Wenn Reef die Wahrheit sagte, hätte der Täter auf keinen Fall fliehen können, ohne dass er ihn bemerkt hätte.

Selbst mitten in seinem Schock über den Fund der Leiche und abgelenkt durch den Versuch, Karli zu helfen, hätte er mit Sicherheit gesehen, wenn sich etwas bewegt oder jemand den Raum verlassen hätte. Reefs Geschichte konnte nur dann wahr sein, wenn der Mörder versteckt geblieben war, bis Reef und die Augenzeugen den Raum verlassen hatten.

Landon schritt den Raum ab und untersuchte die verschiedenen Möglichkeiten. Der Besenschrank war klein, bot aber genügend Platz, dass ein Erwachsener sich darin verstecken konnte. Die Duschen, Toiletten und selbst einige der Schließfächer, die bis zum Boden reichten, kamen ebenfalls als Versteck infrage. Deshalb würde Landon dafür sorgen, dass überall Fingerabdrücke genommen wurden und eine Spurenanalyse erfolgte, auch wenn Slidell dagegen war. „*Verschwendung von Steuergeldern!*" – so konnte er ihn jetzt schon toben hören. Aber all das war nicht wichtig. Wichtig war, dass sie die Wahrheit herausfanden.

Da sie es mit einem öffentlichen Ort zu tun hatten, würde nur ein Beweis für die Anwesenheit eines Mannes irgendeinen Verdacht erregen, doch selbst dann konnte es Erklärungen geben. In einem Raum, der nur wenige Stufen von dem Jacuzzi auf der Dachterrasse entfernt war, konnten alle möglichen Dinge passieren. Die Chancen, etwas Nützliches oder Bedeutsames zu finden, standen nicht gut, aber das Opfer und die McKennas verdienten, dass er es versuchte. Bei der Suche nach der Wahrheit musste er selbst das Unwahrscheinliche in Betracht ziehen.

Genauigkeit, Anwendung der Regeln und Mangel an emotionaler Beteiligung waren die Schlüssel zu effektiven Ermittlungen. Er konnte nicht zulassen, dass seine Gefühle für die McKennas seiner Arbeit in die Quere kamen. Sonst würde er Karli Davis einen schlechten Dienst erweisen, von Reefs Familie ganz zu schweigen. Er hasste den Kummer, den Reefs Verhalten – so er denn schuldig war – den McKennas zufügen würde, aber es war weitaus besser für sie, die Wahrheit zu kennen, als weiter an eine Lüge zu glauben. Und wenn Reef tatsächlich ein Mörder war, gehörte er hinter Gitter.

Landon hockte sich neben den abgeklebten Umriss auf den Boden. Karli hatte ihren Badeanzug getragen und offensichtlich ein Frotteehandtuch dabeigehabt, das etwa einen Meter entfernt zerknüllt auf dem Boden gelegen hatte.

War sie gerade dabei gewesen, sich umzuziehen, als ihr Killer sie überraschte? Während der Vernehmung von Reef war deutlich geworden, dass er versucht hatte, das Blut aufzuwischen. War Karlis Handtuch dafür von ihm benutzt worden? Wie hatte er denken können, er würde damit durchkommen?

Landon versuchte, sich eine mögliche Folge der Ereignisse vorzustellen.

Reef und Karli stritten sich. Reef stürmte wütend davon. Vielleicht war er nicht in sein Zimmer zurückgekehrt, wie er behauptet hatte. Stattdessen war er auf die Suche nach einer Waffe gegangen, mit der er Karli Angst einjagen und sie kontrollieren konnte. Mit dem Messer in der Hand hatte er sie dann in der Umkleide überrascht. Sie stritten sich erneut, dann geriet die Situation außer Kontrolle und er tötete sie.

Landon schüttelte den Kopf, während er hörbar ausatmete. Reef war früher ein paarmal mit dem Gesetz in Konflikt geraten, aber das galt für viele wütende Jugendliche. Warum sollte aus einem unbesonnenen Teenager automatisch ein erwachsener Verbrecher werden?

Oft war es leider so – aber Mord? Obwohl Reef sich seiner Familie gegenüber gelegentlich respektlos verhalten hatte und einen ziemlich verantwortungslosen Lebenswandel führte, hätte Landon ihn nie als potenziellen Killer eingeschätzt. Aber er war schon einmal getäuscht worden. Von seinem eigenen Vater. Der Prozess damals hatte ihn eine knallharte Wahrheit am eigenen Leibe erfahren lassen: Menschen lügen, doch Beweise tun es nicht. Und genau so würde er diesen Fall analysieren – anhand der Beweise.

Er stand auf und ging in Gedanken noch einmal den zeitlichen Ablauf durch.

Reef hatte Coles und Baileys Verlobungsfeier kurz nach 22 Uhr verlassen.

Sein Handy wies eine empfangene SMS von Karli um 22:26 Uhr auf.

Er antwortete um 22:28 Uhr, dass er gleich kommen würde.

Ashley Clark und Tug Williams hatten bei Thoreau ausgesagt, dass sie von etwa 22:45 Uhr bis kurz nach 23 Uhr zusammen mit Reef und Karli im Whirlpool gewesen waren.

Reef behauptete, er sei gegangen, nachdem er und Karli eine „Meinungsverschiedenheit" gehabt hatten, sei aber etwa fünfzehn Minuten später zurückgekehrt, habe gleich darauf Karlis Schrei gehört, sei in die Umkleide gelaufen und habe sie dort tot vorgefunden.

Ashley und Tug hatten Reef dann mit Karlis Leiche kurz nach Mitternacht entdeckt.

Ashleys Notruf um 0:05 Uhr passte genau zu diesem Ablauf. Ebenso der ursprünglich vom Gerichtsmediziner geschätzte Todeszeitpunkt zwischen 23 Uhr und Mitternacht.

Reef war mit blutiger Kleidung bei dem Opfer vorgefunden worden und bislang gab es keinerlei Hinweis darauf, dass noch jemand in der Damenumkleide gewesen war. Wenn jemand anderes den Mord begangen hatte, dann während der fünfzehn Minuten, die Reef auf seinem Zimmer verbracht hatte. Danach hätte der Mörder noch vor Reefs Ankunft fliehen müssen. Doch das war unwahrscheinlich, da Reef behauptete, er hätte Karlis Schrei und Bewegungsgeräusche gehört. Da Reef zu diesem Zeitpunkt keine fünf Meter vom Ausgang der Umkleide entfernt gewesen war, hätte er den aus der Tür fliehenden Mörder eigentlich sehen müssen.

Wenn Reef nicht Karlis Mörder war, dann hatte er dem Killer zumindest unbeabsichtigt in die Hände gespielt. Landon waren noch nie so schlagende Beweise in einem Mordfall untergekommen – außer, wenn der Mörder tatsächlich auf frischer Tat ertappt wurde.

Deputy Vaughn räusperte sich an der Tür. „Wir haben ein Problem."

Landon zog die Augenbrauen hoch.

„Es sieht so aus, als wäre jemand in Reefs Zimmer eingebrochen."

„Was?"

Landon folgte Vaughn ein Stockwerk tiefer und den Flur entlang zu Reefs Zimmer. Dort fand er Piper vor, die zwischen Deputy Thoreau und der Tür zu Reefs Zimmer stand.

„Ich habe sie auf frischer Tat ertappt", sagte Thoreau.

„Ja, ihr habt mich erwischt. Ich wollte die Sachen meines Bruders holen. Verhaftet mich doch."

„Das wird nicht nötig sein." Landon trat zu ihnen und gab Thoreau ein Zeichen, sich zurückzuhalten.

„Ich habe versucht, ihr zu erklären, dass nichts aus dem Zimmer entfernt werden darf, aber sie hört mir nicht zu."

Erstaunlich, wie hartnäckig und dickköpfig eine so zierliche Frau sein konnte.

„Danke, David. Ich übernehme hier."

Thoreau hob die Hände. „Sie gehört dir."

Piper stemmte die Hände in die Hüften, während der Hilfssheriff den Gang entlangstapfte. „Und ich nehme an, du wirst mir dasselbe erzählen?"

Landon blickte in beide Richtungen, um sich zu vergewissern, dass die anderen Türen geschlossen waren und sie kein Publikum hatten. Er zog sie in Reefs Zimmer und schloss die Tür hinter ihnen. „Was machst du hier?"

„Ich wollte Reefs Sachen holen."

„Das ist ja sehr hilfsbereit von dir, aber im Gefängnis kann er seine Kleidung nicht tragen."

Ihre Augen verengten sich. „Du meinst, du lässt ihn einen von diesen schrecklichen orangefarbenen Overalls tragen?"

„Das ist nicht meine Entscheidung, so sind die Regeln nun mal."

„Also gut. In Ordnung. Dann nehme ich seine Sachen und bewahre sie bei uns auf, bis er nach Hause kommt."

Er berührte sie am Arm, als sie Anstalten machte, zu Reefs Sachen zu gehen.

Sie erstarrte unter seiner Berührung und blickte zu ihm auf. Wie konnte es sein, dass sie so unglaublich stark wirkte und doch zugleich so verletzlich? Er hätte sie am liebsten in den Arm genommen und sie getröstet und beschützt. Sie sah erschöpft aus. „Warum bist du nicht zu Hause und schläfst?" Der nächste Tag würde sich als einer der schwierigsten erweisen, die sie je durchlebt hatte.

„Wie kann ich schlafen, wenn ich weiß, dass Reef in einer Zelle sitzt?"

„Du kannst im Augenblick nichts für ihn tun. Fahr nach Hause und schlaf."

Sie neigte den Kopf ein wenig und beugte sich vor, sodass der Duft ihres blumigen Shampoos ihn in der Nase kitzelte.

„Warum riechst du nach" – sie schnupperte und erstarrte – „Frauenparfüm?"

Becky Malone. Er zog eine Grimasse. „Das ist eine lange Geschichte."

„Und ..." Sie schnupperte noch einmal und blickte dann forschend zu ihm auf. „Rauch?"

Er war nur zwanzig Minuten in Hawkings Pub gewesen, so weit von der Raucherzone entfernt wie möglich, dennoch hing der Gestank von Zigarettenqualm noch immer in seinen Kleidern. Es erschien ihm wie eine Ermahnung zu bedenken, wie leicht er in frühere Verhaltensmuster zurückfallen konnte. „Eine *sehr* lange Geschichte. Du musst schlafen. Jim soll dich nach Hause fahren."

„Ich bin mit meinem Jeep da."

„Es wäre mir lieber, wenn du dich von jemandem bringen ließest."

„Ich komme schon klar. Ich packe nur schnell Reefs Sachen ein und gehe."

„Das geht nicht, Piper. Alles muss katalogisiert werden."

„Warum? Was glaubst du denn, was du da finden wirst?"

Er öffnete den Mund.

„Spar dir die Mühe, du brauchst nicht zu antworten. Ich weiß, dass du nichts Belastendes finden wirst, weil Reef nichts getan hat."

„Ich hoffe, dass es so ist."

„Aber du glaubst es nicht." Sie trat einen Schritt näher und er spürte das körperliche Verlangen, sie in seine Arme zu ziehen, doch er unterdrückte dieses Bedürfnis.

„Du glaubst *tatsächlich*, er könnte einen Mord begehen", sagte sie.

Es spielte keine Rolle, was er glaubte. Das Einzige, was zählte, waren die Beweise. „Wenn Reef unschuldig ist, werden die Beweise es zeigen."

„Weißt du", sagte sie und stellte sich auf die Zehenspitzen, um ihm in die Augen zu sehen, „es gibt Leute, die keine Beweise brauchen, um den Menschen zu vertrauen, die sie lieben."

Er schluckte. *Er* brauchte Beweise. Er hatte die schmerzliche Wahrheit am eigenen Leibe erfahren, dass diejenigen, die einem am nächsten standen, einen am meisten täuschen konnten.

Nachdem er sich zum hoffentlich letzten Mal in dieser Nacht von Piper verabschiedet hatte, begab Landon sich mit Ashley Clark und Tug Williams in die Sitzecke am Ende des Ganges. Sie war gerade einmal zehn Meter von dem Umkleideraum entfernt, in dem Karli gestorben war. Die Nähe des Tatorts sollte ihnen helfen, sich besser an die Ereignisse zu erinnern.

„Wir haben dem anderen Beamten schon alles erzählt, was wir wissen", sagte Tug und ließ sich auf die Couch fallen.

„Das weiß ich zu schätzen. Trotzdem muss ich Sie bitten, die Ereignisse noch einmal mit mir durchzugehen."

„Na gut." Tug seufzte und rieb sich den Schlaf aus den Augen. Er trug eine Jogginghose, ein Thermohemd und ein Paar Lammfellhausschuhe.

„Fangen wir damit an, dass Sie beide mir erzählen, wie sie den Abend verbracht haben."

„Den ganzen Abend oder nur ab da, wo das alles passiert ist?", fragte Ashley. Wenigstens sie schien kooperativ zu sein.

„Fangen wir vorne an."

„Wir haben unsere Läufe absolviert."

Landon zog die Augenbrauen hoch.

„Unsere Trainingsläufe", erklärte Tug. Seine Stimme klang gereizt, weil er alles noch einmal erzählen musste.

„Jeder Teilnehmer hat bestimmte Trainingszeiten, wann er seine Läufe üben kann. Tug und ich üben von vier bis sechs."

„Und Sie haben die ganzen zwei Stunden trainiert?"

„Ja. Der Wettkampf fängt bald an."

„Soll er immer noch stattfinden … angesichts …?"
„Machen Sie Witze?" Tug lachte. „Rick lässt sich von nichts aufhalten. Es könnte eine Lawine abgehen und die Veranstaltung würde trotzdem stattfinden."
„Rick Masterson?", fragte Landon.
„Mhm." Ashley nickte.
„Was können Sie mir über ihn sagen?"
Der Aufzug läutete und Landon blickte hinüber, während die Tür sich öffnete. Bev Miner, Andys Frau und Mitinhaberin des Hotels, erschien mit einem Tablett in den Händen.
„Ich dachte, ihr könntet etwas Warmes zu trinken gebrauchen." Sie stellte das Tablett auf den Tisch und hob den Wasserkocher hoch. „Ich habe schwarzen Tee oder Kakao."
„Das ist sehr lieb, Bev", sagte Landon, „aber es wäre nicht nötig gewesen. Die Nacht ist bald vorbei und du solltest längst im Bett liegen."
„Schlafen, nachdem eine Frau in meinem Haus ermordet wurde? Ich kann von Glück sagen, wenn ich *jemals* wieder schlafen kann. Die Arme." Sie schüttelte den Kopf, die knochigen Finger fest um den Griff des Wasserkochers geschlungen.
Er lächelte, weil er ihr Unbehagen verstand. „Eine Tasse Tee wäre fantastisch." Kaffee wäre noch besser gewesen, aber auch das Koffein im Tee würde ihm helfen, in dieser langen Nacht aufmerksam zu bleiben.
„Für mich nichts", sagte Tug und machte eine abwehrende Handbewegung.
„Ich nehme einen Kakao." Ashley beugte sich lächelnd vor.
Bev leerte den Inhalt einer Kakaopackung in einen Becher, füllte ihn mit dampfendem Wasser und rührte den Inhalt um, bevor sie ihn Ashley reichte.
„Hier. Sie Arme, dass Sie das mit ansehen mussten …" Bev schüttelte den Kopf. „Ich kann nur sagen, ich bin froh, dass er hinter Gittern ist. Eigentlich sollten wir nicht überrascht sein. Reef McKenna ist früher schon immer in Schwierigkeiten geraten."
Landon seufzte. Er fürchtete, dass alle anderen in der Stadt genau dasselbe denken würden, doch er wollte nicht, dass all dieser Tratsch Piper Kummer bereitete. Reefs frühere Probleme waren auf

das Verhalten eines unbesonnenen, zornigen jungen Mannes zurückzuführen. Aber es brauchte anscheinend nicht viel, damit die Leute in der Stadt glaubten, dieses Verhalten könnte auch zu Mord führen.

„Sagt Bescheid, wenn ihr noch etwas braucht", sagte Bev und unterdrückte ein Gähnen.

Landon nickte und nahm seinen Becher. „Machen wir."

Bestrebt, die Befragung wieder in die richtigen Bahnen zu lenken, überflog er seine Notizen. Er beschloss, die Fragen über Masterson im Moment nicht weiterzuverfolgen und stattdessen einige Einzelheiten im Zeitablauf noch einmal durchzugehen. „Also, noch mal zu den Ereignissen des Abends. Ist Ihnen irgendetwas Ungewöhnliches aufgefallen?"

Die beiden sahen einander an und schüttelten die Köpfe. Ashley erwiderte: „Eigentlich nicht … aber ich kann einfach nicht fassen, dass Reef sie tatsächlich getötet hat."

„Was meinen Sie mit *tatsächlich*?"

„Ich weiß nicht." Sie zuckte mit den Schultern. „Es ist nur, die beiden … Die konnten sich ganz schön fetzen."

„Weswegen?"

„Egal. Karli war ziemlich stur. Ehrlich gesagt wundert es mich nicht, dass sie einmal zu oft jemanden auf die Palme gebracht hat."

Landon drehte sich auf seinem Sessel und musterte Tug. Seine früheren flapsigen Bemerkungen und seine gereizte Art brachten ihn auf einen Gedanken. „Hatten Sie einmal ein Verhältnis mit Karli Davis?"

„Ich?" Tug setzte sich auf und schien ein wenig von Ashley wegzurücken. „Nein."

Ashley starrte Tug an, ihr Blick fragend.

„Sind Sie beide zusammen?", fragte Landon, als er bemerkte, dass er einen Nerv getroffen hatte.

Ashley spitzte die Lippen. „Sag's ihm, Tug."

Tug räusperte sich und sah aus wie ein getadeltes Kind. „Ja, wir sind zusammen."

„Nächsten Monat ist es ein Jahr", fügte Ashley stolz hinzu.

„Glückwunsch." Kein Wunder, dass es Tug unangenehm war, über eine andere Frau befragt zu werden. Landon würde einen

Zeitpunkt finden müssen, an dem er unter vier Augen mit Tug sprechen konnte, aber im Moment waren vor allem die Fakten von Bedeutung, die den Mord an Karli betrafen. Die Untersuchung einer früheren Beziehung oder Affäre zwischen den beiden konnte bis zu einem anderen Zeitpunkt warten, es sei denn, Tug hatte unmittelbar vor Karlis Tod Zeit mit ihr verbracht. „Hören Sie, wir sind gleich fertig. Ich brauchte nur die Fakten über heute Nacht."

Die Anspannung wich aus Tugs Miene, nicht aber die Verärgerung. „Egal, bringen wir es hinter uns."

Landon mochte Tug mit jeder Sekunde weniger. „Also gut. Wir waren dabei stehen geblieben, dass Sie beide Ihre Trainingsläufe absolviert hatten."

„Genau", sagte Ashley. „Wir waren mit dem Training fertig, haben unsere Ausrüstung weggeräumt und uns in unseren Zimmern geduscht. Dann sind wir etwas essen gegangen."

„Wann war das ungefähr?"

„Gegen sieben."

Tug rieb sich die Nasenwurzel. „Echt jetzt, es ist vier Uhr morgens, und unser Training fängt um sieben an. Wir brauchen unseren Schlaf."

„Das verstehe ich, und es tut mir leid, dass ich Sie davon abhalte."

„Dann tun Sie es nicht!" Tug schob sich auf dem Sofa vor und machte Anstalten aufzustehen.

„Ich weiß, dass meine Fragen lästig sind und Ihnen unnötig erscheinen, aber ich muss alle Informationen haben. Ich beeile mich."

„Dann los, Mann." Tug ließ sich wieder gegen die Rückenlehne fallen.

Ashley sprach schnell weiter, weil sie anscheinend wusste, dass ihr Freund langsam die Geduld verlor. „Wir haben gegessen, sind dann ungefähr eine Stunde später in mein Zimmer rauf und haben einen Film auf Pay-TV angesehen."

„Lassen Sie mich raten", sagte Tug, „Sie wollen wissen, welchen Film?"

„Es würde mir helfen, die Zeiten genau zu bestimmen."

„*Invictus – Unbezwungen*, mit Matt Damon."

„Haben Sie den ganzen Film gesehen?"
„Ja." Tug legte die Füße auf den Couchtisch.
„Dann sind wir zum Whirlpool gegangen", sagte Ashley und legte eine Hand auf Tugs Knie.
„War noch jemand dort oben?"
„Nein. Nur wir, bis Reef und Karli aufgetaucht sind."
„Wann war das? Was glauben Sie, wie lange Sie dort waren, bevor die beiden erschienen?"
Ashley sah Tug an und zuckte mit den Schultern. „Vielleicht eine halbe Stunde."
„Das könnte hinkommen."
„In welcher Laune waren Karli und Reef Ihrer Meinung nach?"
Ashley runzelte die Stirn.
„Fröhlich, angespannt …?"
„Fröhlich. Karli war angezählt."
„Angezählt?" Eine ungewöhnliche Formulierung.
„Angesäuselt", erklärte Ashley.
„War sie betrunken?"
„Das würde ich nicht sagen, aber sie hatten Alkohol dabei, und sie war auf dem besten Wege dahin."
„War es ungewöhnlich für Karli, dass sie trank?"
Tug lachte und versuchte dann schnell, sein Lachen mit einem Husten zu verdecken, als Ashley ihn anstieß. „Tut mir leid, so meinte ich das nicht. Aber Karli hat gerne einen getrunken."
„Wenn sie nicht im Wettkampf war", ergänzte Ashley.
„Wirklich?"
„Sagen wir, Karli hat gerne die Grenzen ausgereizt."
„Inwiefern noch?"
„Ich weiß nicht …", druckste Ashley. „Ich meine, sie hat gerne gefeiert, ist oft durch die Gegend gezogen, hat ihr eigenes Ding gemacht."
„Hatte sie viele Freunde?"
Ashley sah Tug an. Offensichtlich war ihr die Frage unangenehm. „Sie hat mit vielen Leuten abgehangen."
„Aber gut befreundet war sie mit keinem?"
„Hängt davon ab, was Sie mit *gut* meinen." Tug schnaubte verächtlich.

Ashley verdrehte die Augen.

„Sie wollen damit sagen, dass Karli sich durch die Betten geschlafen hat?"

„Oh ja."

Ashley versetzte Tug wieder einen Hieb und diesmal grunzte er. Offensichtlich hatte es wehgetan.

„Was denn?" Er rieb sich verärgert die Seite. „Ist doch wahr."

„Ich weiß ... es ist nur ..." Ashley biss sich auf die Unterlippe. „Sie ist tot."

„Ich verstehe, dass Sie unter diesen Umständen nicht schlecht über Karli reden wollen. Aber den größten Gefallen tun Sie Karli, wenn Sie mir die Wahrheit erzählen. Geheimnisse verlangsamen die Sache nur. Glauben Sie mir – am Ende kommt die Wahrheit immer raus." So schmerzlich sie auch sein mochte. „Das Beste ist, gleich von Anfang an die Karten auf den Tisch zu legen."

Ashley seufzte. „Also gut. Ja. Karli hat sich durch die Betten geschlafen."

„Ich brauche Namen." Landon zog seinen Notizblock aus der Hemdtasche.

Tug grinste. „Da brauchen Sie aber ein größeres Blatt Papier."

Piper blieb im Flur ihres Hauses stehen. Es war absolut still. So viel war in den vergangenen acht Stunden geschehen, dass sich ihr Kopf drehte. Die Freude und Feierlaune bei Coles und Baileys Verlobungsparty; die Aufregung, weil Reef nach Hause gekommen war; die Spannung zwischen ihm und Cole, als klar wurde, dass Reef wegen des Wettkampfs und nicht wegen seiner Familie zurückgekommen war; das Erscheinen ihres über und über mit Blut befleckten Bruders mitten in der Nacht; die Verhaftung ... ausgerechnet von *Landon*.

Eine Welle der Übelkeit überkam sie und sie warf die Schlüssel auf den Tisch im Flur. *Das ist merkwürdig*. Sie dachte, sie hätte den Brief von Elma auf dem Tisch neben der Schlüsselschale liegen lassen, aber jetzt lag er bei den übrigen Briefen im Postkorb. Es kam ihr merkwürdig vor, dass Kayden ausgerechnet jetzt aufräumte. Genau genommen war es seltsam, dass Kayden *überhaupt* aufräumte. Für jemanden, der so gesundheitsbewusst war, hatte ihre Schwester ungewöhnlich viel Ähnlichkeit mit einem Messie.

Noch merkwürdiger war es, dass Rori nicht gekommen war, um sie zu begrüßen. Es war spät, aber Rori begrüßte sie *immer*.

Sie dehnte sich, um ihren steifen Nacken zu entspannen, und ging in die Küche. Auf dem Weg dorthin fiel ihr Blick ins Wohnzimmer. Sie blinzelte und betrat das Zimmer. Rori lag vor dem mit Girlanden geschmückten Kamin.

Sie bückte sich und kraulte den Husky. Abgesehen von dem Schnarchen, das Roris Brustkorb in rhythmischen Bewegungen hob und senkte, rührte der Hund sich nicht. *Sehr seltsam*. Andererseits war es mitten in der Nacht.

Sie erhob sich und ließ Rori schlafen. Auf ihrem Weg in die Küche kam sie an dem Hauswirtschaftsraum vorbei. Noch immer trübten Blutflecken das Perlweiß der Waschmaschine. Landon hatte Reefs Kleidung konfisziert und Proben genommen, aber der Blutfleck war geblieben. Die Schranktür darüber stand offen und sie fragte sich, ob Landon vergessen hatte, sie zu schließen, nachdem er eine Tüte herausgeholt hatte.

Sie ging in die Küche, füllte ein Glas mit Wasser und lehnte sich an die Küchenzeile, während sie ihren Blick durch den Raum schweifen ließ. Die Hintertür stand einen Spaltbreit offen. War Kayden wirklich schlafen gegangen, ohne nach der Tür zu sehen? Ein Schauer der Angst lief Piper über den Rücken. Irgendetwas stimmt hier nicht.

Sie ging ins Wohnzimmer zurück, kniete sich noch einmal neben Rori und versuchte den Hund zu wecken. Rori knurrte leise, schlief aber weiter.

Piper rannte die Treppe hinauf und nahm dabei immer zwei Stufen auf einmal. Sie schaltete das Licht im Flur ein und öffnete Kaydens Schlafzimmertür einen Spaltbreit.

„Was ist?" Kayden schirmte ihre Augen mit der Hand gegen das helle Licht auf dem Gang ab.

„Hast du die Hintertür offen gelassen?"

„Was? Nein. Ich habe nachgesehen, ob sie abgeschlossen ist, bevor wir zur Wache gefahren sind."

„Jetzt ist sie offen."
„Okay."
„Also, wer hat sie aufgeschlossen und warum ist Rori so neben der Kappe?"
„Was ist los?"
„Ich versuche herauszufinden, warum die Hintertür nicht geschlossen war und unser Hund völlig benommen ist."
„Was meinst du mit *benommen*?"
„Ich meine, dass Rori im Wohnzimmer schnarcht. Sie ist nicht aufgewacht, als ich hereingekommen bin, und hat sich nicht einmal gerührt, als ich sie gekrault habe."
Kayden warf einen Blick auf die Uhr. „Warum kommst du jetzt erst nach Hause? Wo warst du?"
„Das ist doch im Moment egal. Wichtiger ist, dass wahrscheinlich jemand in unserem Haus war!"
„Wenn jemand in unserem Haus war, dann bezweifle ich, dass Rori so friedlich schlafen würde."
„Es sei denn, dieser Jemand hat sie betäubt."
Kayden setzte sich auf. „Warum sollte jemand unseren Hund betäuben?"
„Um sich in unserem Haus bewegen zu können, ohne von Rori in der Luft zerrissen zu werden."
„Im Ernst, Piper, du bist durcheinander. Es ist spät. Du brauchst Schlaf. Den brauchen wir beide." Sie legte sich wieder hin.
„Kayden." Piper riss die Tür nun ganz auf, schaltete die Deckenleuchte im Zimmer ein und trat an das Bett ihrer Schwester.
„Was soll das?" Kayden zog sich ihr Kopfkissen übers Gesicht.
„Machst du dir denn gar keine Sorgen darüber, dass jemand in unserem Haus war?"
„Ich glaube, dass du überreagierst. Das ist verständlich, aber du übertreibst."
„Ich übertreibe?"
„Fehlt etwas aus dem Haus?"
„Soweit ich bis jetzt weiß, nicht."
„Ist der Fernseher noch da? Und die Stereoanlage?"
„Ja." Sie hatte beides im Wohnzimmer gesehen.
„In all den Jahren, in denen wir hier leben, und in all den Jahren,

in denen unsere Eltern hier gelebt haben – ist da *jemals* in unser Haus eingebrochen worden?“

„Nein, aber –“

„Piper, wir brauchen beide noch etwas Schlaf, bevor der neue Tag anfängt.“

Er hatte nicht genug Zeit im Haus gehabt. Typisch für diese Nacht. Von Anfang an war nichts richtig gelaufen. Das dickköpfige Mädchen hatte nicht reden wollen und als er Druck gemacht hatte, war er von Reef McKenna gestört worden. Diese Störung würde allerdings verschleiern, dass er in die Sache verwickelt war, also durfte er sich nicht zu sehr beklagen. Niemand würde auf ihn oder auf *sie* hinweisen – nicht, nachdem das Glück ihm hold gewesen war und die Polizei jetzt einen perfekten Sündenbock hatte. Am Ende würde er wieder auf den Füßen landen – abgesehen von einer Sache. Und wenn er die nicht fand, konnte alles über ihnen einstürzen.

Was hatte das dumme Weib damit gemacht? Genau wie ihre Mutter – sie hatte Informationen an sich genommen, die ihr nicht gehörten. Das Mädchen hätte daraus lernen sollen, dass ihre Mutter aus dem gleichen Grund gestorben war. Hatte sie wirklich geglaubt, sie würde damit durchkommen?

Er hatte ihr Zimmer noch mal durchsucht, und das von Reef auch. Und dann war er hier gelandet. Wenn sich alles beruhigt hatte, würde er abhauen, so wie er auch aus dem Hotel geflohen war. Der Kleinstadtsheriff hatte den Tatort doch tatsächlich lange genug unbeaufsichtigt gelassen, dass es ihm möglich geworden war, unbemerkt zu verschwinden und in der Menge unterzutauchen.

Er verlagerte seine Position in dem engen Wandschrank und wartete. Vielleicht sollte er die Neugierige auch betäuben und für eine Weile aus dem Verkehr ziehen. Nein. Das würde zu viel Aufmerksamkeit erregen. Er würde einfach rausschleichen und bei Tag zurückkommen.

Sie würden morgen früh bestimmt wieder zur Wache gehen. Dann konnte er sich so viel Zeit lassen, wie er brauchte, und das Haus akribisch Zimmer für Zimmer, Schublade für Schublade durchsuchen. Nur durch Genauigkeit konnte man etwas erreichen. So und mit viel Geduld – und die hatte er heute nicht gehabt. Diesen Fehler würde er nicht noch einmal begehen.

6

Landon schüttete auf der Polizeiwache noch einen Becher Kaffee in sich hinein, denn er wusste, dass er keine Zeit haben würde, um sich auszuruhen. Nicht, wenn so viel auf dem Spiel stand. Er musste jede Minute bis zu Reefs Anklageerhebung damit verbringen, nach irgendetwas zu suchen, was darauf hinwies, dass sie den falschen Mann verhaftet hatten. Nach anderthalb Tagen Ermittlungen hatte er allerdings nur noch mehr Gründe gefunden, um Reef einzusperren.

„Wie ist es gelaufen?", fragte Slidell von der Tür aus. „Haben Sie alles, was Sie brauchen?"

Landon blickte von seinen Unterlagen auf. „Es ist ein Anfang."

„Ein Anfang?" Slidell nahm Landon gegenüber Platz und lehnte sich mit dem Stuhl nach hinten, bis dieser nur noch auf zweien seiner metallenen Beine stand. „Ich habe mit dem Staatsanwalt gesprochen. Er will das Große Geschworenengericht umgehen. Er ist damit einverstanden, dem Richter zu sagen, dass genügend Beweise gegen Reef vorliegen, um den Prozess zu eröffnen. Wissen Sie, was das bedeutet?"

Oh ja – wenn Reef unschuldig war, hatte Landon gerade wertvolle Zeit verloren, um seine Unschuld zu beweisen.

„Es bedeutet keine Bürokratie", sagte Slidell mit einem selbstgefälligen Lächeln.

„Und wenn er unschuldig ist?"

„Fangen Sie nicht schon wieder mit diesem Unfug an!" Slidell ließ die Vorderbeine seines Stuhls lautstark auf den Boden aufsetzen. „Er war es. Je eher Sie sich mit der Wahrheit abfinden, desto besser."

„Glauben Sie nicht, dass das ein bisschen voreilig ist?" Wenn man die vorliegenden Beweise betrachtete, war es das nicht. Aber sie brauchten noch das Ergebnis der Autopsie, die Spurenanalyse, die Fingerabdrücke auf der Mordwaffe.

„Voreilig? Er wurde auf frischer Tat ertappt."

„Die Zeugen haben nicht gesehen, wie er ihr die Kehle durchgeschnitten hat."

„Aber so gut wie."

„Ich bin nicht bereit, jemanden aufgrund eines ‚So gut wie' für den Rest seines Lebens hinter Gitter zu befördern." Auch wenn es nicht so aussah, als wäre Reef unschuldig, konnte Landon mit gutem Grund darum kämpfen, mehr Zeit zu bekommen – Zeit, um die Ermittlungen ordnungsgemäß zu Ende zu führen. Leider kämpfte Slidell ebenso energisch darum, ihm diese Zeit zu nehmen. Er wollte unbedingt eine Verurteilung und versuchte, Reefs Fall im Schnellverfahren durchzuprügeln.

Auch wenn Landon nicht hundertprozentig von Reefs Unschuld überzeugt war, wollte er doch betonen, wie wichtig ein methodisches Vorgehen bei den Ermittlungen war.

„Ich dachte, wir wären uns einig, dass es keine Probleme gibt. Dass Sie ein Profi sind und Ihr Urteilsvermögen nicht von der Tatsache beeinträchtigen lassen, dass Sie mit Reefs Familie befreundet sind."

„Es beeinträchtigt mein Urteilsvermögen nicht. So wenig wie Ihr Wunsch, wiedergewählt zu werden, *Ihr* Urteilsvermögen beeinträchtigt."

Slidell beugte sich vor. „Das ist schon das zweite Mal, dass Sie andeuten, ich würde einen Unschuldigen ins Gefängnis stecken, um meine Chancen bei der Wahl zu verbessern."

„Ich sage nur, dass die Ermittlungen in einem Mordfall ihre Zeit brauchen. Die Tat ist gerade einmal vierundzwanzig Stunden her."

„Keine Sorge. Ich bin sicher, dass Sie jede Menge Zeit haben werden, Ihre Ermittlungen zu Ende zu führen, während Reef auf seinen Prozess wartet. Aber ich bin zuversichtlich, dass Ihre Bemühungen am Ende nichts anderes zutage fördern werden als Beweise für die Schuld des Jungen. Der Staatsanwalt hat sich ins Zeug gelegt, sodass die Anklageerhebung in zwei Stunden stattfinden kann." Slidell erhob sich. „Ich werde mir Frühstück besorgen. Soll ich Ihnen etwas mitbringen?"

„Nein, danke." Er hatte keinen Appetit.

Slidell betrachtete ihn einen Moment, dann klopfte er auf seinem Weg nach draußen zum Abschied an den Türrahmen.

Landon seufzte. Nur noch zwei Stunden Zeit, um etwas – *irgendetwas* – zu finden, das auf Reefs Unschuld hindeuten könnte.

Piper erwartete natürlich von ihm, dass er Reef einfach glaubte, aber das konnte er nicht. Es wäre anders gewesen, hätte es sich um Cole oder um Piper oder die anderen gehandelt, mit denen er beinahe jeden Tag verbracht hatte. Doch Reef hatte er in den letzten zehn Jahren so gut wie nie gesehen und davor hatten sie sich auch nicht gerade sehr nahegestanden. Er konnte nicht einfach Beweise ignorieren auf das Wort eines Mannes hin, den er kaum kannte und dem er auch nicht traute.

Gage schüttelte den Kopf, als die Blitze der Kameras aufleuchteten und die Journalisten sich unterhielten. „Könnte es noch schlimmer sein?"

„Ich glaube nicht", sagte Cole, der neben ihn getreten war.

Bailey hielt Coles Hand fest in ihrer. „Ich mache mir Sorgen um Piper."

Gage folgte Baileys Blick durch den Raum zu seinen Schwestern – Kayden wirkte stark und robust, Piper engagiert aber traurig. Wenn Reef schuldig gesprochen wurde, wenn er es tatsächlich gewesen war – was der Himmel verhüten möge –, würde Piper nie wieder so sein wie früher. Keiner von ihnen würde das.

Reef war immer schon verantwortungslos gewesen, risikofreudig, nicht auf seine eigene Sicherheit bedacht und gegenüber den Bedürfnissen anderer eher gleichgültig – aber war er ein Mörder? Schon vor vielen Jahren war Reef von zu Hause weggegangen, aber Gage kannte seinen Bruder trotzdem. Oder doch nicht?

„Danke, dass Sie gekommen sind", sagte Slidell über den Lärm der anwesenden Reporter hinweg.

Durch den Freeride-Wettkampf, der in Yancey stattfand, war die Medienpräsenz neben Jason von der *Tribune* sprunghaft auf beinahe ein Dutzend Journalisten aus dem ganzen Land angewachsen. Eine Handvoll kam sogar aus anderen Teilen der Welt. Jetzt würde sein Bruder der Öffentlichkeit als Hauptverdächtiger in einem Mordfall präsentiert werden.

„Ich möchte im Namen aller Bürger von Yancey unser tiefes Bedauern über die hinterhältige Ermordung einer jungen Sportlerin ausdrücken, die eine vielversprechende Zukunft vor sich hatte. Deshalb freue ich mich, Ihnen mitteilen zu können, dass wir den Verdächtigen in Gewahrsam haben und in Kürze Anklage erheben werden."

Einige Hände schossen in die Höhe und die Reporter stellten ihre Fragen.

„Was war sein Motiv?"

„Kannte er das Opfer?"

Slidell hob die Hand. „Zu Einzelheiten des Falles kann ich mich zu diesem Zeitpunkt nicht äußern."

„Gerüchten zufolge war es eine Beziehungstat. Ein Rachemord."

„Sie können sich darauf verlassen, dass wir die Ermittlungen sehr sorgfältig durchführen. Mehr kann ich im Moment nicht sagen." Slidell trat aus dem Scheinwerferlicht, ohne einen Blick zu den McKennas hinüberzuwerfen, und verschwand im Flur des Gerichtsgebäudes.

Die Journalisten verteilten sich und gingen zum Gerichtssaal hinüber, um auf Reefs Ankunft zu warten. Seine Anklageerhebung hatte noch nicht einmal stattgefunden, doch für sie stand seine Schuld bereits fest. *Aasgeier.*

„Willst du reingehen?", fragte Cole und riss Gage aus seinen Gedanken.

„Um von den Reportern angegafft zu werden? Ich warte lieber hier draußen. Jedenfalls so lange, bis Reef kommt."

„Ich habe das Gefühl, dass es noch eine Weile dauern wird", sagte Cole und setzte sich mit Bailey auf eine der hölzernen Bänke im Flur des Gerichtsgebäudes. „Der Staatsanwalt ist ja noch nicht einmal hier."

„Und der Verteidiger auch nicht“, sagte Piper, die vor ihnen auf und ab ging.

„Er wird kommen“, versicherte Gage ihr.

„Wehe, wenn nicht.“

„Piper, setz dich, während wir warten. Du siehst völlig übermüdet aus.“

„Weil sie die ganze Nacht auf war und Detektivin gespielt hat.“ Kayden gähnte und ließ sich neben Cole auf die Bank fallen.

„Wieso?“ Gage sah sie fragend an.

„Stimmt“, sagte Cole und streckte sich. „Landon hat mir davon erzählt.“

„Landon?“ Kayden sah Piper an. „Du hast doch Landon nichts von deiner Einbrechertheorie erzählt, oder?“

„Einbrecher?“, sagten Gage und Cole wie aus einem Mund.

„Es gab keinen Einbrecher“, versicherte Kayden ihnen.

„Wie kannst du da so sicher sein?“

Kayden seufzte. „Weil nichts gestohlen wurde.“

„Und was ist, wenn sie einfach nicht gefunden haben, was sie suchten?“

„Was *wer* gesucht hat?“, hakte Gage nach.

Cole beugte sich vor. „Landon hat nichts von einem Einbrecher gesagt.“

„Was hat er dann gesagt?“

„Anstatt nach Hause zu fahren, nachdem wir Reef auf der Wache besucht haben, ist Piper im Hotel aufgetaucht, um seine Sachen zu holen.“

„*Da* warst du also?“, sagte Kayden.

Piper zuckte mit den Schultern. „Ich wollte nur Reefs Sachen holen.“

„Gut, aber was soll das mit den Einbrechern?“, fragte Gage. „Glaubst du etwa, dass jemand in Reefs Zimmer eingebrochen ist?“

„Reefs Zimmer?“ Piper legte nachdenklich den Kopf zur Seite. „Hmm. Daran habe ich noch gar nicht gedacht.“

„Na super.“ Kayden seufzte. „Ermutige sie ruhig noch bei diesem Unsinn.“

„Warum hältst du es für Unsinn?“

Gage legte eine Hand auf Pipers schmale Schulter. „Jetzt fang noch mal ganz von vorne an …"

Piper erläuterte ihre Beobachtungen, dass sie verschiedene Dinge im Haus verändert vorgefunden hatte und dass sie fürchtete, Rori könnte betäubt worden sein.

Gage rieb sich die Stirn. Piper neigte manchmal dazu überzureagieren, aber andererseits waren ihre Bauchgefühle oft beunruhigend akkurat. Doch warum sollte jemand in das Haus der Mädchen einbrechen und nichts mitnehmen? „Wie ging es Rori am nächsten Morgen?", fragte er.

„Super", sagte Kayden.

„Aber sie hatte unglaublichen Durst", fügte Piper hinzu.

„Weil sie die ganze Nacht vor dem Feuer geschlafen hat", entgegnete Kayden.

„Ich weiß, dass es ein bisschen abwegig klingt, aber ich habe ein ziemlich mulmiges Gefühl deswegen."

„Verstehe ich", sagte Gage. „Überlegen wir trotzdem, ob es noch eine andere plausible Erklärung gibt."

Sie verschränkte die Arme vor der Brust. „Ich bin ganz Ohr."

Noch immer nicht zufrieden mit den angeblich so plausiblen Erklärungen ihrer Familie, stapfte Piper zu Cole. „Wo bleibt denn Reefs Anwalt? Die Anklageerhebung sollte bereits vor fünf Minuten beginnen."

„Er wird schon noch kommen. Außerdem würde ich mir nicht zu viele Gedanken machen – der Staatsanwalt ist schließlich auch noch nicht da."

„Und was machen wir, wenn er die Fähre verpasst hat oder gar nicht kommen kann?"

„Gott wird ihn herbringen", sagte Cole und sein fester Blick beruhigte sie ein wenig.

Was würde sie bloß ohne ihren großen Bruder tun, der sie immer wieder beschützte? Auch Landon hatte das getan, bis …

Sie atmete frustriert aus.

Schon seit Monaten war ihre Beziehung angespannt. Statt sie

einander näherzubringen, wie Tragödien es oft taten, hatten die Ereignisse des vergangenen Sommers sie und Landon auseinanderdriften lassen. Zuerst hatte sie Landons Distanziertheit für eine Art Strafe gehalten, weil sie sich gegen seinen Willen weiter mit Denny verabredete. Dann hatte sie in Erwägung gezogen, dass er endlich verstanden hatte, dass sie erwachsen geworden war, und ihr nun einfach mehr Freiraum lassen wollte. Aber die Entfernung zwischen ihnen war immer größer geworden. Sie genoss es zwar, dass er ihr nicht mehr ständig im Nacken saß, aber sie vermisste ihn auch – seinen verdrehten, trockenen Sinn für Humor, seine irritierenden Angewohnheiten. War ihm denn nicht klar, wie sehr sie ihn jetzt brauchte? Warum konnte er ihr in der Sache mit Reef nicht genug vertrauen, um das Offensichtliche zu erkennen? Reef hatte Karli nicht ermordet! Jemand anderes musste der Täter sein. Wenn Landon doch nur sein Schwarz-Weiß-Denken ablegen könnte, würde er das sehen.

Sie zog eine Grimasse. Warum musste er so ein Dickschädel sein und immer strikt nach den Regeln vorgehen?

Die Eingangstür ging auf und ein eisiger Windstoß wirbelte herein, der den Saum ihres Rockes erfasste. Die Kälte schmerzte an Wangen und Händen.

Alle Wärme war verschwunden – in einem Augenblick vertrieben von der düsteren Realität des Winters. Die Hoffnung, dass es sich bei dem Neuankömmling um Harland Reeves handelte, den Verteidiger, den sie angeheuert hatten, erstarb. Ebenso schnell, wie der Wind die Wärme verschlungen hatte, trat an ihre Stelle der Schock. *Meredith Blake.*

„Merry?", sagte Gage und seine Stimme klang heiser.

7

„Hallo, Gage." Merediths Tonfall ließ kein Erstaunen erkennen und auch keine anderen echten Gefühle. Sie zog die feinen Lederhandschuhe aus, einen Finger nach dem anderen.

Piper beobachtete, wie Gage zögernd auf Meredith zuging, während sich auf seiner Miene die unterschiedlichsten widerstreitenden Gefühle spiegelten. „Was machst *du* denn hier?", fragte er.

Es war kaum anzunehmen, dass Meredith gehört hatte, was mit Reef geschehen war, und daraufhin nach so vielen Jahren nach Yancey zurückeilte, um rechtlichen und moralischen Beistand zu leisten. Bei Meredith gab es immer einen Hintergedanken, der letzten Endes zeigte, dass sie keine selbstlose und nette Person war.

„Ich muss eine Anklage erheben", sagte sie sachlich.

Gage wurde blass. „Etwa gegen meinen Bruder?"

Meredith versuchte, eine Strähne ihres blonden Haares wieder in den Knoten zu stecken, aus dem sie sich gelöst hatte. Trotz der strengen Frisur sah sie umwerfend aus. Auffällige mandelförmige Augen in einem warmen Mokkafarbton, hohe Wangenknochen und volle Lippen. Es war kein Wunder, dass Gage ihr und ihrer exotischen Schönheit verfallen war. Das waren sie alle. Aber das war gewesen, bevor sie erkannt hatten, wer sie in Wirklichkeit war und welchen Schmerz sie anderen zufügen konnte. „Ja", sagte sie, nachdem sie die widerspenstige Strähne gebändigt hatte. „Das ist korrekt."

„Du hast dich neun Jahre lang nicht in Yancey blicken lassen und kommst ausgerechnet jetzt wieder, um die Anklage gegen meinen Bruder zu übernehmen?"

„Dein Bruder hat mir diese Entscheidung abgenommen, als er Karli Davis getötet hat."

„Warum dieser Fall? Du hättest ihn ablehnen können. Du musstest doch wissen, dass er es war."

„Ich arbeite professionell. Ich vertrete die Fälle, die mir übergeben werden, aber ich erwarte nicht, dass du das verstehst."

„Ist das überhaupt moralisch vertretbar?", fragte Piper wutentbrannt. „Du kennst den Angeklagten."

„Richtigstellung: Ich *kannte* den Angeklagten. Es ist beinahe ein Jahrzehnt her und er war noch ein Kind, als ich ihn das letzte Mal gesehen habe. Deshalb: Ja, es ist zulässig, dass ich die Staatsanwaltschaft in diesem Fall vertrete. Und genau das werde ich im Rahmen der mir gesetzlich zur Verfügung stehenden Möglichkeiten tun."

„Aber du kanntest Reef", sagte Gage. Der Schmerz ließ seine Worte dumpf klingen.

Pipers Herz wurde schwer. Meredith war drauf und dran, ihre Familie ein zweites Mal zu zerstören. Besaß diese Frau überhaupt irgendein menschliches Mitgefühl? Hatte sie kein Erbarmen? Keinen Anstand? Wie konnte sie dort stehen, völlig gefühllos, und damit drohen, *noch* ein Mitglied ihrer Familie zu vernichten? Einer Familie, die ihr einmal so viel Liebe entgegengebracht hatte.

„Merry?", sagte Gage und durchbrach damit Pipers Gedanken. „Du *kanntest* Reef. Er hat sich nicht verändert."

Meredith legte ihren feinen Wollmantel über einen Arm. „Kennt irgendjemand auf dieser Welt einen anderen Menschen durch und durch?"

Die Muskeln in Gages Unterkiefer zuckten. „Wahrscheinlich nicht."

Piper legte eine Hand auf Gages Rücken, als Meredith sie stehen ließ und den Gerichtssaal betrat.

„Sie ist es nicht wert", sagte Kayden. „Sie war es nie wert."

Gages Hände ballten sich zu Fäusten.

Wieder ging die Eingangstür auf und ein arktischer Windstoß fuhr herein, als Reefs Anwalt Harland Reeves eintrat.

Piper saß auf der hölzernen Bank des Gerichtssaals und erinnerte sich an die Bank in der Kirche, auf der sie in ihrer Kindheit immer gesessen hatte. Ihre Gedanken wanderten zu Reef zurück – lockige blonde Haare, leuchtend blaue Augen und immer Unfug im Kopf –, wie er während des Gottesdienstes unter den Kirchenbänken herumgekrochen war. Ihre Eltern hatten das stets mit einer Mischung aus Belustigung und Entsetzen beobachtet, konnten ihm aber nie lange böse sein. Er entschuldigte sich, lächelte, und alles war vergeben.

Und jetzt ...? Sie schüttelte den Gedanken ab. Nein, diesmal war es anders – ihr Bruder versuchte nicht, mit irgendetwas durchzukommen. Er war unschuldig. Er hatte sein Wort gegeben und sie *kannte* sein Herz. Er war spitzbübisch, leichtsinnig und sogar rebellisch, ja, aber zugleich war Reef auch zärtlich und sanft und konnte es nicht ertragen, wenn irgendjemand oder irgendetwas litt. Er hätte Karli nie im Leben umbringen können.

Ihr Blick wanderte über die stetig wachsende Menschenmenge im Gerichtssaal. In einer Stadt von der Größe Yanceys dauerte es nicht lange, bis Neuigkeiten die Runde machten. Bestimmt hatten inzwischen alle davon gehört. Sie fragte sich, ob die Leute, die gekommen waren, Unterstützung bieten oder nur gaffen wollten. Wahrscheinlich war es eine Mischung aus beidem, fürchtete sie.

Meredith saß am Tisch der Staatsanwaltschaft, Block und Stift vor sich. Sie erwiderte Pipers Blick nicht. Wie konnte sie Reef nur ans Messer liefern?

Pipers Gefühle waren vielfältig und widerstreitend. Im Hintergrund blieb immer das nagende Gefühl, dass jemand in ihrem Haus gewesen war, auch wenn der Eindringling merkwürdigerweise nichts gestohlen hatte. Die Hintertür war verschlossen gewesen, das hatte Kayden ihr versichert. In diesen Dingen war ihre Schwester sehr gewissenhaft. Und Rori war nicht sie selbst gewesen. Dass all das nur ein Zufall sein sollte – wie ihre Geschwister glaubten –, und zwar ausgerechnet in der Nacht, in der ihr Bruder zu Unrecht eines Mordes beschuldigt wurde, schien ihr ganz und gar abwegig. Aber warum hatte der Eindringling nichts mitgenommen und wie hing der Einbruch mit der Tatsache zusammen, dass Reef eines Verbrechens bezichtigt wurde? Sie seufzte. Vielleicht hatte Kayden ja doch recht und ihre Fantasie ging mit ihr durch. Sie war müde und entmutigt und traurig. Es war, als steckte sie in einem Albtraum, dem sie nicht entfliehen konnte.

Landon blickte von seinem Platz in der ersten Reihe zu ihr herüber.

So unvernünftig es unter den gegebenen Umständen auch war, sie wollte ihn jetzt gerne an ihrer Seite haben, seinen starken Arm um ihre Schultern spüren und sein nach Zedernholz duftendes Rasierwasser riechen, das sie früher immer beruhigt hatte.

Sie wollte … sie biss sich auf die Unterlippe und verzog ihr Gesicht. Dies war nicht der Zeitpunkt, um darüber nachzudenken, was sie wollte. Und es war ganz sicher nicht der richtige Zeitpunkt, um über Landon nachzudenken. Sie musste all ihre Energie auf Reef richten und darauf, seine Unschuld zu beweisen.

Die Tür des Seiteneingangs öffnete sich und ihr Atem stockte, als sie sah, wie ihr Bruder in Handschellen von Deputy David Thoreau hereingeführt wurde.

Dunkle Ringe lagen unter Reefs Augen und seine Schritte wirkten zögernd, ungläubig. Mit blutunterlaufenen Augen sah er Piper an. Er vertraute darauf, dass sie ihn aus der verfahrenen Situation, in der er sich befand, retten würde. Sie würde tatsächlich alles daransetzen, seine Unschuld zu beweisen.

Reefs Anwalt sprach mit Thoreau, und nach einer kurzen und hitzigen Diskussion wurden Reef die Handschellen abgenommen.

Reef rieb sich die Handgelenke und setzte sich. Piper musterte den Anwalt, den Landon aus seiner Zeit in Fairbanks empfohlen hatte. Harland Reeves war groß, schlank und sportlich. Wahrscheinlich Anfang fünfzig, obwohl man das nicht so ohne Weiteres sicher sagen konnte. Er trug einen guten Anzug, aber nichts Extravagantes. Er beugte sich zu Reef und sprach mit ihm, ganz auf ihn konzentriert. Sie betete, dass er so gut sein möge, wie Landon behauptete, und dass er ihren Bruder vor der Strafe für ein Verbrechen bewahren konnte, das er nicht begangen hatte.

Der Gerichtsdiener räusperte sich. „Bitte erheben Sie sich für das hohe Gericht, Richterin Morrell.“

Piper stand auf. Cole legte eine Hand auf ihren Rücken, um ihr zu zeigen, dass er bei ihr war. Er war immer da. Sie betete, dass er auch für Reef da sein würde, trotz ihrer Meinungsverschiedenheiten in den vergangenen Jahren. Auch wenn Cole wahrscheinlich der letzte Mensch war, den Reef auf seiner Seite haben wollte, würde er Coles Kraft brauchen, um diese Prüfung durchzustehen. Und, was noch wichtiger war, er brauchte Jesus. Vielleicht brachte diese Situation Reef dazu, sich für den Glauben zu öffnen.

Richterin Maureen Morrell trat ein. Ihre dunklen Haare mit den silbernen Strähnen hatte sie zu der für sie typischen Bananenfrisur hochgesteckt. Sie war Ende fünfzig und sah für ihr Alter erstaunlich jung aus. Ihre blasse Haut bildete einen attraktiven Kontrast zu ihren dunklen Haaren und Augen.

Piper und sie begegneten sich beinahe täglich auf der Straße – Piper auf ihrem Weg zu dem Geschäft ihrer Familie, *Last Frontier Adventures*, und Richterin Morrell auf ihrem Weg zur Espressobar, in der sie ihren morgendlichen Mokka zu sich nahm. Piper hätte nie gedacht, dass sie sich unter diesen Umständen treffen könnten. Es war für sie unfassbar, dass Maureen Morrell nun das Leben ihres Bruders in den Händen hielt.

„Bitte nehmen Sie Platz", wies Richterin Morrell die Anwesenden an. „Mr McKenna, der Zweck dieser Anhörung ist, Sie über Ihre Rechte aufzuklären, die Anklagepunkte zu verlesen, die gegen Sie vorgebracht werden, und die Bedingungen für eine Kaution festzulegen, falls das in Ihrem Fall angemessen ist. Ich sehe, dass Sie von einem Anwalt vertreten werden."

Harland erhob sich. „Harland Reeves für die Verteidigung, Euer Ehren."

Meredith stand ebenfalls auf. „Stellvertretende Staatsanwältin Meredith Blake für das Volk, Euer Ehren."

„Gut. Ms Blake, sind Sie bereit, mit der Anklageerhebung zu beginnen?"

„Ja, Euer Ehren. Es wird vor diesem Gericht Anklage erhoben gegen den Beschuldigten Reef McKenna, geboren am 20. Juli 1987. Die Anklage lautet auf Mord."

„Und, Mr Reeves, haben Sie Ihren Mandanten über seine verfassungsmäßigen Rechte aufgeklärt?"

„Ja, Euer Ehren.“

„Gut, dann fangen wir an. Angeklagter, bitte erheben Sie sich.“

Reef stand auf.

„Verstehen Sie, wessen Sie beschuldigt werden?“

„Ja, Euer Ehren.“

„Und wie bekennen Sie sich, Mr McKenna?“

„Nicht schuldig, Euer Ehren.“ Seine Stimme zitterte.

Pipers Blick wanderte zu Landon. Wie konnte er ihren Bruder für schuldig halten?

„Das Gericht nimmt das zur Kenntnis.“ Richterin Morrell schob einige Unterlagen vor sich auf die Seite. „Ich sehe, dass die Staatsanwaltschaft besondere Umstände geltend gemacht hat, weil überwältigende Beweise gegen Mr McKenna vorliegen.“

Meredith erhob sich. „Ja, Euer Ehren. Ich glaube, Sie werden sehen, dass die Beweise gegen Mr McKenna umfassend sind. Die Staatsanwaltschaft ist der Meinung, dass es im Interesse des Volkes ist, auf ein Geschworenengericht zu verzichten und gleich einen Verhandlungstermin festzusetzen.“

„Euer Ehren.“ Harland stand auf. „Ich glaube kaum, dass eine so drastische Entscheidung nötig ist.“

„Tut mir leid, Mr Reeves, aber die Staatsanwaltschaft hat das Recht, gleich zum Prozess zu schreiten. Und ich stimme zu, dass es angesichts der überwältigenden Beweise ein kluges Vorgehen ist.“

Heiße Tränen brannten in Pipers Augen.

„Warten Sie …“ Richterin Morrell überflog ein Dokument in ihrer Hand. „Da die Feiertage kurz bevorstehen, könnten wir am zweiten Januar mit der Verhandlung beginnen. Gibt Ihnen das genügend Zeit, Ihre Verteidigung aufzubauen, Mr Reeves?“

„Könnte ich noch ein paar Wochen mehr haben?“

„In Ordnung. Passt Ihnen der fünfzehnte Januar?“

„Das geht. Vielen Dank, Euer Ehren.“

„Und jetzt zur Kaution.“

„Euer Ehren“, begann Meredith. „Angesichts der überwältigenden Beweise gegen Mr McKenna und der erhöhten Fluchtgefahr beantragt die Staatsanwaltschaft die Ablehnung einer Kaution.“

„Ablehnung?“ Piper starrte Cole entsetzt an. „Das können sie nicht machen. Nicht, wo Weihnachten vor der Tür steht.“

„Euer Ehren“, sagte Harland, „die Staatsanwaltschaft schießt eindeutig über das Ziel hinaus. Keiner der Beweise ist wasserdicht – vor allem nach einer so kurzen Ermittlungszeit. Die McKennas sind angesehene und alteingesessene Bürger dieser Stadt. Die Tatsache, dass sie Recht und Gesetz immer unterstützt haben, sollte doch –“

„Euer Ehren“, unterbrach ihn Meredith. „Das mag für die meisten McKennas zutreffen, aber nicht für Reef. Der Angeklagte ist seit fast sieben Jahren nicht mehr in Yancey ansässig. Und er war in diesen Jahren nicht sehr sesshaft – er ist von einem Ort zum nächsten gezogen und hat keine Wurzeln geschlagen.“

„Mr McKenna ist nicht wohnungslos, Euer Ehren“, sagte Harland. „Und er ist durchaus sesshaft. Er reist nur viel wegen seines Berufs.“

„Beruf?“ Meredith schnaubte verächtlich. „Sagen wir lieber, wegen seines Hobbys.“

Harland richtete seine Aufmerksamkeit unverwandt auf die Richterin. „Euer Ehren, mein Mandant ist Profisportler. Sein Beruf erfordert das Reisen.“

„Also gut, Mr Reeves, und wo hält Mr McKenna sich normalerweise auf?“

„Bei den jeweiligen Wettkämpfen.“

„Aber die finden ja sicher nicht das ganze Jahr statt. Wo ist er gemeldet?“

„In Yancey, Euer Ehren.“

„Wo er seit sieben Jahren nicht mehr war“, warf Meredith ein.

„Wegen seiner Erwerbstätigkeit“, entgegnete Harland.

„Das mag sein, aber ich versuche, seine Bindung an einen bestimmten Ort festzustellen. Versuchen wir es anders“, sagte Richterin Morrell und schob die Ärmel ihrer Robe über ihre Ellenbogen. „Besitzt Mr McKenna ein Eigenheim?“

„Nein, Euer Ehren.“

„Hat er ein regelmäßiges Einkommen?“

Harland sah Reef an.

Er beugte sich vor und murmelte etwas.

Harland nickte und räusperte sich. „Sein Einkommen setzt sich aus Siegprämien und Werbeverträgen zusammen.“

„Hat er ein Jahr oder länger an einem Ort gewohnt?“

Reef schüttelte den Kopf.

„Nein, Euer Ehren."

„Sechs Monate?"

Wieder schüttelte Reef den Kopf.

„Drei?"

Reef nickte.

„Und wo war das?"

Nach einem kurzen Wortwechsel antwortete Harland Reeves: „In Brasilien."

„Im Ausland. Das ist nicht sehr beruhigend", gab Meredith zu bedenken.

„Mr Reeves, ich sage es ja nur ungern, aber Ihr Mandant erfüllt alle Bedingungen eines nicht sesshaften Lebens."

„Eine Notwendigkeit seines Berufes."

„Das mag sein, aber es besteht trotzdem Fluchtgefahr."

„Seine Familie wird für ihn bürgen."

„Das kann ich mir vorstellen, aber das verringert nicht die Fluchtgefahr. Es bedeutet nur, dass die Angehörigen haften." Richterin Morrell wandte sich Landon zu. „Deputy Grainger, Sie sind der leitende Ermittler in diesem Fall. Sie kennen die McKennas. Glauben Sie, dass bei dem Angeklagten Fluchtgefahr besteht?"

Landon sah Piper an.

Ihre Brust zog sich zusammen. *Tu es nicht. Lass ihn nicht Weihnachten in einer Gefängniszelle verbringen.*

Er blickte mit ernster Miene zu Boden.

„Deputy Grainger?", fragte die Richterin ungeduldig.

„Ja, Euer Ehren", sagte er und seine Stimme klang rau. „Ich glaube, dass bei Reef Fluchtgefahr besteht."

Eine Welle der Enttäuschung schlug über Piper zusammen. Sie würde nie zulassen, dass Reef gegen Kautionsauflagen verstieß. Das musste Landon doch wissen. Wenn er Reef schon nicht vertrauen konnte, warum konnte er dann nicht wenigstens *ihr* vertrauen?

„Unter Berücksichtigung aller Faktoren", fuhr Richterin Morrell fort, „beschließt das Gericht, dass eine Freilassung auf Kaution abgelehnt wird."

„Aber Euer Ehren …", protestierte Harland.

„Mr Reeves, ich weiß den Einsatz für Ihren Mandanten zu schätzen, aber meine Entscheidung steht fest. Mr McKenna wird bis zur Verhandlung in Haft bleiben."

„Euer Ehren, können wir nicht –"

„Das war alles", sagte die Richterin. „Danke."

Piper rannte zu Reef, bevor der Hilfssheriff ihn abführen konnte, und umarmte ihn. „Ich werde das nicht zulassen. Ich werde einen Weg finden, deine Unschuld zu beweisen. Das verspreche ich."

8

Gage wartete, bis alle den Gerichtssaal verlassen hatten – alle außer ihm und Meredith.

Sie stand am Tisch der Anklage und stopfte Akten in ihre Tasche.

Er näherte sich ihr von hinten und erhaschte einen Hauch ihres Parfüms. Flieder. Der Duft brachte Erinnerungen an glücklichere Zeiten zurück – Sommer, in denen sie zusammen in der Hängematte neben dem großen Fliederbusch in ihrem Garten gelegen hatten. Und heute – wie hatte es nur so weit kommen können?

„Du willst das hier wirklich durchziehen?“, fragte er.

Sie erstarrte. „Wenn du mit ‚das hier‘ die Anklage in Reefs Fall meinst … dann ja, ich ziehe das hier wirklich durch.“

„Und du empfindest gar nichts dabei?“

„Im Gegenteil, ich empfinde sehr viel für das Opfer und seine Familie.“

Er trat näher und legte seine Hand auf den Tisch, wenige Zentimeter von ihrer Hand entfernt. Es war so lange her, dass er sie berührt hatte, so lange her, seit ihrer beider Leben so eng miteinander verwoben gewesen waren. „Und für meine Familie?“ Er sah sie an. „Für mich?“

Sie hielt seinem Blick stand, aber ihre Augen zeigten keinerlei Gefühle. „Mit diesem Kapitel meines Lebens habe ich abgeschlossen.“

„Einfach so?“ Er schluckte den Schmerz herunter. „Wir verlieren unseren Sohn und schon am nächsten Tag bist du fort. Du hast dir nicht einmal die Mühe gemacht, zu Tuckers Beerdigung zu kommen."

„Es gibt keine Beerdigung für Frühgeburten."

„Er war keine Frühgeburt; er war unser *Kind*, unser *Sohn*."

„Im Gegensatz zu dir sehe ich keine Notwendigkeit, in der Vergangenheit zu leben."

Er konnte kaum atmen, so sehr traf ihn der Schmerz, den ihre Begegnung wieder aufleben ließ. „Merry …"

„Ich habe keine Zeit für so etwas." Sie nahm ihre Aktentasche. „Wenn du mich entschuldigst." Sie schob sich an ihm vorbei und er tat nichts, um sie aufzuhalten. Er hatte es schon einmal versucht und es hatte nichts genutzt.

Er hörte, wie sich hinter ihm die Haupttür zum Saal bewegte, während Meredith durch den Seiteneingang verschwand. Hatte sich eines seiner Geschwister hereingeschlichen, um ihre Begegnung zu beobachten?

Er blieb am Tisch stehen und folgte der Holzmaserung des Tisches mit seinem langen, schmalen Finger bis zu der Stelle, an der sie in das Holz gekritzelt hatte. Sie hatte immer gekritzelt, wenn sie unruhig gewesen war.

War sie wegen des Falles nervös oder vielleicht, weil es etwas mit ihm zu tun hatte? Vielleicht war ihr Herz ja doch nicht aus Stein. Er schüttelte den Kopf. Wem machte er hier eigentlich etwas vor?

Vor dem Gerichtssaal traf er auf eine Gruppe Journalisten. Pech für Reef, dass die Presse gerade wegen des Sportwettkampfs die Stadt belagerte. Nun konnten sie über einen Mordfall berichten und leckten sich wahrscheinlich alle Finger danach.

„Miss McKenna" – ein Journalist hielt Piper ein Mikrofon vor die Nase – „hatten Sie eine Ahnung, dass Ihr Bruder ein Mörder ist?"

„Mein Bruder ist nichts dergleichen."

Gage trat vor, um einzuschreiten, aber Cole legte bereits einen schützenden Arm um Piper und sagte mit finsterer Miene: „Sie verschwinden jetzt besser."

„Ist das eine Drohung? Zieht sich die mörderische Natur vielleicht durch die ganze McKenna-Sippe?"

„Das reicht." Landon trat zwischen die McKennas und den Reporterschwarm.

Plötzlich flackerten überall Blitze auf.

Meredith erschien am anderen Ende des Ganges und die Journalisten eilten sofort auf ihr neues Opfer zu.

„Woher kennen Sie die Staatsanwältin?", ertönte eine mutige Stimme.

Offenbar stürzten sich nicht alle Journalisten nur auf Meredith.

Gage drehte sich um und sah ein elfenhaftes Wesen vor sich – kaum einen Meter sechzig groß, das blonde Haar zu einem Pferdeschwanz zurückgebunden, das vollkommen geformte Gesicht von ein paar federleichten Haarsträhnen umrahmt. *Zauberhaft*. „Wie bitte?"

„Meredith Blake. Woher kennen Sie sie?"

Gage zog eine Grimasse. Er hatte sich getäuscht. Wohl doch keine Elfe, sondern eher eine Stechmücke.

„Die stellvertretende Staatsanwältin … Sie kennen sich ganz offensichtlich." Ungeduld klang in ihrem Tonfall durch.

Er blickte über den Gang zu Meredith hinüber, die sich den Fragen wie ein Profi stellte. Ihre Selbstsicherheit und ihr Ehrgeiz umgaben sie wie ein Strahlenkranz. „Ich kannte sie einmal, vor vielen Jahren." Zumindest hatte er das gedacht.

„Wann war das?" Die Elfe hielt ihm ein Aufnahmegerät vors Gesicht.

Er schob das Gerät zur Seite. „Wer sind Sie?"

„Darcy St. James", sagte sie stolz. „Ich bin Journalistin."

„Bei welcher Zeitung?", fragte er, merkwürdig neugierig, für welches blutsaugende Blatt sie wohl arbeitete.

„*Ski Times*", sagte sie mit etwas weniger Selbstbewusstsein.

War das ihr Ernst? „*Ski Times?*" Beinahe hätte er laut gelacht. „Ich kann mir nicht vorstellen, dass die über *diese* Art von Veranstaltung berichten."

„Ich versichere Ihnen, dass die *Ski Times* sich immer für Geschichten interessiert, die Sportler betreffen. Über den Prozess gegen Ihren Bruder wird die Zeitschrift sicher gerne berichten – und wenn nicht, gibt es eine Menge knallharter kritischer Magazine, die es tun."

Das war es also … sie versuchte, sich einen Namen zu machen. „Ich habe Neuigkeiten für Sie, Schätzchen." Er beugte sich hinunter, um ihr direkt in die Augen zu sehen. „Meine Familie durch den Dreck zu ziehen, wird Ihnen nicht die knallharte Story verschaffen, hinter der Sie her sind. Also verziehen Sie sich."

„Verziehen Sie sich?" Sie schnaubte verächtlich. „Und was fällt Ihnen eigentlich ein, mich Schätzchen zu nennen?" Bei jedem Wort, das sie sagte, rammte sie ihm ihren Zeigefinger in die Brust. Ihre zarte Hand hatte erstaunlich viel Kraft. „Wenn Sie meine Fragen nicht beantworten wollen, frage ich einfach Meredith. Ich bin sicher, sie wird mir gerne Auskunft geben."

„Dann kennen Sie Meredith offensichtlich nicht", sagte er trocken. Sie würde einer aufstrebenden Reporterin nicht einmal die Uhrzeit sagen. Das war das Problem mit ambitionierten Leuten – sie konnten nur die Leute über ihnen gebrauchen, nicht die, die auf der Karriereleiter weiter unten standen.

Darcy St. James ließ den ungehobelten McKenna-Bruder stehen und stapfte davon. Er sah toll aus, aber Charme hatte er keinen. Wieso regte er sich überhaupt so auf? Sie hatte eine berechtigte Frage gestellt, aber er hatte sie mit Verachtung behandelt. Seine abrupte Reaktion sagte ihr, dass sie ins Schwarze getroffen hatte. Zwischen ihm und der stellvertretenden Staatsanwältin gab es definitiv eine wie auch immer geartete Beziehung. Als er gesehen hatte, wie Meredith Blake das Gerichtsgebäude betrat, war er ganz blass geworden – eine Mischung aus Liebe und Schmerz in seinen grauen Augen.

Sie ärgerte sich, als sie durch den Eingangsbereich des Gebäudes lief und die Absätze ihrer Stiefel auf dem Steinfußboden klackerten. Wie konnte dieser Mann es wagen zu behaupten, sie würde seine Familie in den Dreck ziehen? Er hatte ihr ja nicht einmal die Gelegenheit gegeben, sich zu erklären! Wenn er nicht so abweisend und aggressiv gewesen wäre, hätte sie ihm sagen können, dass sie nur zu helfen versuchte.

Sie hatte Reef McKenna in der Vergangenheit schon oft interviewt, deshalb hatte die Nachricht von seiner Verhaftung nach dem Mord an Karli Davis sie auch schockiert. Auch wenn die Indizienbeweise überwältigend waren, würde sie nicht auf denselben Zug wie alle anderen aufspringen. Vor allem dann nicht, wenn dieser Zug in Richtung Wiederwahl des Sheriffs unterwegs war. Sie wollte tiefer graben, sich vergewissern, dass sie tatsächlich den richtigen Mann hinter Gitter gebracht hatten. Wenn nicht, war der wahre Mörder nämlich noch auf freiem Fuß. Und wenn doch, was war dann geschehen? Wie hatte Reef McKenna sich von dem charmanten, verspielten Sportler, den sie kannte, in einen Killer verwandelt?

Es gab so viele Fragen, die es zu beantworten galt. Es schien ihr nur richtig, mit den Menschen zu beginnen, die Reef am besten kannten, mit seinen Angehörigen. Vielleicht hätte sie anders vorgehen und nicht gleich mit ihrer neugierigen Frage über den Bruder und die Staatsanwältin anfangen sollen. Aber da gab es eindeutig eine Verbindung und dadurch war sie spontan auf diese Idee gekommen.

Sie betrachtete Meredith Blake im Blitzlichtgewitter – ihren makellosen Teint, der im Licht der Kameras strahlte, ihre straffen Schultern und die hohe Stirn. Welche Geschichte verband die beiden?

Landon führte die McKennas in den Pausenraum. „Hört zu, ich habe erreicht, dass ihr ihn gemeinsam besuchen dürft. Ihr könnt ihn hier sehen, aber Slidell besteht darauf, dass die ganze Zeit ein Hilfssheriff dabei ist."

„Warum?", fragte Piper. Während die anderen sich im Zimmer niederließen, blieb sie stehen und legte ihre Handtasche und ein Päckchen, das sie für Reef mitgebracht hatte, auf den Tisch neben den traurig aussehenden kleinen Weihnachtsbaum.

„Damit Reef keine Dummheiten macht."

„Ich würde sagen, das hast du mit deiner kleinen Fluchtgefahr-Ansprache doch schon erfolgreich verhindert." Sie konnte immer noch nicht fassen, dass er das getan hatte. Er hatte Reef jede Chance genommen, zu Hause zu wohnen, bis das ganze Durcheinander aufgeklärt war. Wenn ihr Bruder Weihnachten an diesem kalten Ort verbringen musste … Wieder flammte die Wut in ihr auf und ihre Wangen wurden heiß, obwohl das Zimmer kühl war.

„Was willst du damit sagen?“ Landon setzte sich auf die Tischkante, so nahe bei ihr, dass er sie fast berührte.

Sie versuchte zu ignorieren, wie seine Gegenwart ihren Puls rasen ließ. *Frust. Das ist alles nur Frust.*

„Bitte sag nicht, dass du die Hoffnung hattest, er würde fliehen, Piper.“

„Natürlich nicht, du Witzbold. Das würde Reef uns niemals antun.“ Sie wandte den Blick von Landon ab und studierte den Weihnachtsbaum. Seine hängenden Zweige ließen auf mangelnde Wasserversorgung schließen. Außerdem erhielt der Baum in dem fensterlosen Raum kein Tageslicht. Wenn ihm nicht bald jemand ein bisschen Zuneigung zeigte, würde er wie der Weihnachtsbaum von Charlie Brown aussehen, bevor die Woche um war.

„Piper, ich konnte nicht lügen.“

„Das verlange ich auch gar nicht. Ich kann nur einfach nicht glauben, dass du es tatsächlich für möglich hältst, dass er fliehen könnte ...“

„Er hat es schon einmal getan.“

„Er hat Yancey verlassen, ja. Aber er ist nicht vor dem Gesetz geflohen. Das ist ein Unterschied.“

„Ich habe versucht, eure Familie zu schützen.“

„Uns zu schützen? Wie denn das?“, sagte Piper angriffslustig.

Ihr Bruder Cole lehnte sich auf seinem Stuhl zu ihr vor, bereit einzugreifen. „Piper, ich ...“

Landon hob die Hand. „Ist schon in Ordnung, Cole. Ich komme schon damit klar. Wenn ihr für Reef gebürgt hättet und er wäre weggelaufen, hättet ihr alles verloren, Piper.“

„Ich sage dir doch, dass er uns das nicht antun würde. Er würde nicht abhauen und uns mit dem Schlamassel zurücklassen.“

„Bist du sicher?“

„Natürlich.“

„Du klingst sicher, aber du beißt die Zähne zusammen.“ Sein Finger berührte ganz leicht ihr Kinn und sie versuchte zu ignorieren, wie gut sich diese Berührung anfühlte.

„Na und?“

„Das machst du immer, wenn du hin- und hergerissen bist.“

„Glaubst du wirklich, dass du mich so gut kennst?“, sagte sie und versuchte, das Thema zu wechseln. Sie würde auch nicht eine Sekunde lang zugeben, dass sie gezögert hatte. Reef hatte in der Vergangenheit tatsächlich verantwortungslos gehandelt, aber nicht bei etwas so Wichtigem. Nicht, wenn es seine Familie alles kosten könnte.

„Das tue ich." Landon erhob sich und war ihr jetzt sehr nahe. „Ich *kenne* dich."

Sie schluckte und überlegte, was sie erwidern konnte, aber die Tür ging auf und Thoreau führte Reef in Handschellen herein.

„Nimm ihm die Handschellen ab", wies Landon Thoreau an.

„Aber Slidell hat angeordnet –"

„Du kannst ihm sagen, dass er mir die Schuld geben soll, falls etwas schiefgeht."

Thoreau zuckte mit den Schultern. „Wie du meinst. Ich bin draußen vor der Tür."

Landon nickte.

Piper schlang die Arme um Reef. „Wir werden die Sache aufklären. Ich werde nicht zulassen, dass du für ein Verbrechen ins Gefängnis geworfen wirst, das du nicht begangen hast."

Reef lächelte, aber es wirkte gequält, aufgesetzt. „Es sieht aber nicht gut aus."

Sie legte die Hände auf seine Schultern und sah ihm in die Augen. „Wir holen dich hier raus. Du hast nichts Böses getan."

„Die Richterin sieht das offenbar anders. Was ist, wenn die Beisitzer mir auch nicht glauben?"

„Das werden sie." *Sie müssen einfach.* „Was hat Harland gesagt?"

„Dass es nicht gut aussieht."

„Aber *er* glaubt dir?"

Reef rieb seine Handgelenke. „Ich glaube schon. Wir hatten vor der Anklageerhebung nicht viel Zeit. Er sagte, dass ich euch sehen kann. Im Anschluss reden er und ich dann ausgiebig."

Piper blickte zu Cole. „Ich will nicht, dass jemand meinen Bruder vertritt, der ihm einen Mord zutraut."

„Du weiß doch gar nicht, was Harland denkt, Piper." Cole stand auf und berührte ihre Schultern. „Lass ihn und Reef sich unterhalten und dann rede ich anschließend mit ihm, damit wir genau wissen, wo er steht."

Thoreau klopfte an die Glasscheibe. „Slidell hat von fünf Minuten gesprochen."

„Mehr bekommen wir nicht?", fragte Kayden.

„Ich werde versuchen, so viel rauszuholen, wie ich kann." Landon öffnete die Tür, um sich mit Thoreau zu beraten.

„Ich habe dir ein paar Sachen mitgebracht." Piper gab Reef das Päckchen. Das Päckchen, das Landon durchgesehen hatte. Er hatte behauptet, das sei so vorgeschrieben. Sie verstand zwar, dass er sich an die Regeln halten wollte, aber glaubte er im Ernst, sie würde ein Klappmesser darin verstecken? Wie absurd! Sie war keine Verbrecherin und ihr Bruder war auch kein Verbrecher.

Reef zog die rot-weiße, mit Schneeflocken verzierte Patchworkdecke heraus, die an Weihnachten immer auf dem Sofa lag. Wenn er Weihnachten schon nicht zu Hause verbringen konnte, würde sie ihm so viel wie möglich davon mitbringen.

Als Nächstes packte er eine Dose mit Plätzchen aus. Sie hatte ihm jedes Jahr zu Weihnachten welche geschickt, seit er Yancey verlassen hatte. Und sie hatte gebetet, er möge irgendwann nach Hause kommen. Und jetzt, wo er zurück war, verbrachte er Weihnachten hinter Gittern.

„Danke, Piper." Er öffnete die Dose. „Butter-Karamell-Cookies." Ein echtes Lächeln erschien auf seinem Gesicht. „Das sind immer noch meine Lieblingskekse."

„Ich weiß." Sie fuhr mit der Hand sanft durch seine Haare. „So wie ich weiß, dass du unschuldig bist."

Deputy Thoreau öffnete die Tür einen Spaltbreit. „Die Zeit ist um."

Landon kam herein. „Tut mir leid, Leute."

Reef stand auf und bemühte sich, tapfer zu wirken, aber Piper wusste, dass er Angst hatte. Sie konnte es in seinen Augen sehen. Er wirkte wie der kleine Junge von damals, der immer Angst vor Donner gehabt hatte – bei jedem Gewitter hatte er sich im Wandschrank im Flur versteckt. Sie selbst war mit einer Taschenlampe, einer Handvoll Bücher und einer warmen Decke zu ihm hineingekrochen und dann hatten sie beide sich unter die Decke gekauert und beim Schein der Taschenlampe gelesen, bis das Unwetter vorübergezogen war.

Oft hatte ihre Mutter sie am nächsten Morgen dort schlafend gefunden. Beim ersten Mal hätte sie beinahe einen Herzinfarkt bekommen, weil sie dachte, ihre Kinder wären fort. Doch später wusste sie genau, wo sie bei einem Sturm nachsehen musste. Piper wünschte sich sehnlichst, der jetzige Sturm würde auch vorüberziehen.

Sie drückte Reef fest, als Thoreau den Raum betrat, um ihn abzuführen. „Ich werde nicht aufhören zu kämpfen, bis ich dich hier herausgeholt habe, Reef. Darauf hast du mein Wort."

9

Landon fand Cole und Bailey in seinem Büro vor, nachdem er Reef wieder in seine Zelle gebracht hatte. Bailey erhob sich, als er eintrat. „Ich warte draußen." Sie küsste Cole auf die Wange und umarmte Landon, bevor sie ging.

„Wie geht es Piper?" Landon machte sich große Sorgen um sie.

„Sie ist viel stärker, als sie aussieht."

Die Schuld eines Familienmitgliedes würde selbst den stärksten Glauben auf die Probe stellen – sein eigener aufkeimender Glaube jedenfalls war dadurch schon einmal mit einem Schlag zunichtegemacht worden.

„Aber ..." Cole seufzte.

„Aber?" Landon lehnte sich vor.

„Es hat wahrscheinlich nichts zu bedeuten." Cole schüttelte den Kopf. „Wir stehen alle unter Stress, und es ist so viel passiert ..."

„Was ist los?"

Cole rieb seine Oberschenkel. „Piper glaubt, dass in der Nacht, als Reef verhaftet wurde, jemand ins Haus eingedrungen ist." Er berichtete die Einzelheiten. Die nicht verschlossene Hintertür, die offenen Schränke und der Husky im Tiefschlaf.

„Fehlt irgendetwas?"

„Nicht, dass wir wüssten."

„Wie geht es Rori jetzt?"

„Gut. Hör zu, ich weiß, dass Piper eine lebhafte Fantasie hat, aber ..."

„Ihr Instinkt ist normalerweise ziemlich gut." Er war sogar ausgesprochen beeindruckend, aber das würde Landon vor Piper nie zugeben. Damit würde er nur ihren Dickschädel bestärken. „Was ist mit *deinem* Instinkt? Glaubst du, dass jemand eingebrochen ist und den Hund betäubt hat?"

Cole seufzte. „Ich weiß nicht mehr, was ich glauben soll. Ich habe den Mädchen gesagt, dass sie besonders wachsam sein sollen, aber sonst wüsste ich nicht, was wir noch machen könnten."

„Tut mir leid, Mann. Sag mir Bescheid, wenn ich irgendetwas tun kann."

Cole nickte. „Harland kommt heute Abend zu uns. Ich fände es gut, wenn du dabei wärst."

Würde sich das als zu großer Interessenkonflikt erweisen? Musste er sich zurückziehen, ausgerechnet wenn die McKennas ihn am meisten brauchten?

„Es ist in Ordnung, wenn du nicht ..."

„Nein, ich wäre gerne dabei. Ich glaube nur, dass es unethisch ist, wenn ich bei eurem Gespräch anwesend bin."

„Verstehe." Cole schob die Hände in die Hosentaschen. „Daran hatte ich nicht gedacht. Dann komm aber wenigstens anschließend zum Abendessen. Bailey macht ihr berühmtes Irish Stew."

„Gerne." Er durfte nur nicht an etwas beteiligt sein, das den Fall irgendwie beeinflussen konnte, auch wenn es unbeabsichtigt war.

„Grainger", brüllte Slidell.

Landon blickte auf. „Ich sollte wohl besser ..."

„Wir sehen uns zum Essen."

„Ja."

Landon betrat Slidells Büro, die Muskeln angespannt. „Sie wollten mich sprechen?"

„Booth hat gerade angerufen. Die vorläufige Autopsie an Karli Davis ist beendet."

Landon betrat den Obduktionssaal. Der Geruch des Todes lag in der stickigen Luft. Karli Davis lag auf dem kalten Edelstahltisch, ihre Brust mit einer Reihe von Zickzackstichen bedeckt, die ein sehr dunkles Y bildeten.

Landon schob sich ein Mentholbonbon in den Mund, bevor er näher trat. Dieser Trick hatte sich besser bewährt, als sich chinesisches Heilpflanzenöl unter die Nase zu reiben, wie einige andere Beamte es taten.

„Landon.“ Booth zog ein frisches Paar Handschuhe an. „Perfektes Timing.“

Genau das hatte er auch gerade gedacht. Er hatte einmal einer Autopsie von Anfang bis Ende beigewohnt, und es war eine Erfahrung, die er nicht unbedingt wiederholen musste. Es war ihm lieber, nur bei der ersten äußerlichen Untersuchung anwesend zu sein und sich dann nach Abschluss der Obduktion ins Bild setzen zu lassen.

„Todesursache“, sagte Booth ohne weitere Umschweife, „war das Durchtrennen der Halsschlagader.“ Booth zeigte auf den Schnitt in Karlis Hals. „Danach ist sie recht schnell gestorben.“

Landon deutete auf mehrere Einkerbungen unterhalb von Karlis Knie. „Und was ist mit denen hier?“

„Ich kann nicht mit Sicherheit feststellen, welche Verletzung zuerst erfolgte, die am Bein oder die am Hals.“

„Der Mörder hat sie also entweder gefoltert oder post mortem verstümmelt?“ Um des Opfers willen hoffte er, dass Letzteres der Fall war.

Booth nickte.

Landon schüttelte den Kopf. Dass Reef in einem Wutanfall jemanden tötete, war eine Sache, aber Folter oder postmortale Verstümmelung? Konnte Reef wirklich so krank im Kopf sein? Hatten sie am Ende doch den falschen Mann verhaftet?

„Es sieht aus, als wäre der Täter gestört worden, bevor er das, was er tun wollte, vollenden konnte.“ Booth zeigte auf das Ende eines mehrere Zentimeter langen Schnittes am Bein. „Scheint so, als hätte er das Messer schnell weggezogen.“

Wahrscheinlich, als Ashley und Tug erschienen waren. „Was glauben Sie, was er vorhatte?“

„Vielleicht hat er das Töten genossen, aber es ging für seinen Geschmack zu schnell, also hat er weitergeschnitten. Oder“ – Booth atmete aus – „er könnte irgendein Zeichen oder Symbol in ihr Bein geritzt haben.“

Beides wäre ein Zeichen dafür, dass der Killer Macht über sein Opfer demonstrieren musste.

Landon beugte sich über die Leiche, um die Verletzung genauer zu betrachten. „Sieht aus, als gäbe es ein paar Narben in diesem Bereich."

„Ja. Ich vermute, von einer jüngeren Verletzung oder Operation."

„Was heißt jünger?"

„Maximal ein Jahr alt, wahrscheinlich weniger."

„Was ist mit dem Alkohol im Blut?" Ash, Tug und Reef hatten alle gesagt, dass Karli getrunken hatte. Der Alkohol in ihrem Körper konnte ihre Reaktionen verlangsamt und sie bei ihrem Kampf gegen den Mörder behindert haben.

„Der Teststreifen hat gezeigt, dass sie Alkohol im Blut hatte. Um zu wissen, wie viel es war, müssen wir die genauen Ergebnisse der toxikologischen Untersuchung abwarten."

„Gute Arbeit, Booth. Wie immer."

Der schlaksige Mann aus Louisiana lächelte. „Ich hoffe nur, dass ich damit die eindeutigen Beweise liefern kann, die Sie brauchen, um den Killer wegzusperren."

Landon wusste es zu schätzen, dass Booth nicht automatisch Reef mit dem Killer gleichsetzte – nicht, bis alle Beweise vorlagen. Die meisten Bewohner der Stadt jedenfalls würden im Zweifel *nicht* für den Angeklagten entscheiden.

„Sagen Sie mir Bescheid, sobald Sie etwas haben." Landon interessierte sich besonders für die Ergebnisse der Spurensicherung aus dem Umkleideraum. Wenn sie beweisen konnten, dass noch ein anderer Mann in der Damenumkleide gewesen war, hatten sie vielleicht, ganz vielleicht, eine neue Richtung, in der sie ermitteln konnten.

„Das mache ich, aber Sie wissen ja, dass die im Labor unterbesetzt sind. Das könnte Wochen dauern und dann hätten wir noch Glück!"

Glück war das Letzte, was Landon darin erkennen konnte.

10

Nachdem sie Reef besucht hatten, machte Gage sich auf den Weg zur Kaffeebar „Polar Espresso“. Der satte, aromatische Duft bot seiner aufgewühlten Seele nur wenig Trost. Aber je mehr er sich an seine Routine hielt, desto besser, so glaubte er, würde er mit der Situation fertigwerden.

Er stellte sich an der Kasse an und überlegte, was er trinken sollte. Der süße Duft von mit Karamell überzogenen Brötchen lag in der Luft. Die Hitze, die aus der Küche drang, bildete einen deutlichen Kontrast zu der frischen Winterluft, die jedes Mal hereinwehte, wenn sich die Tür des Cafés öffnete. Er drehte sich um und warf einen Blick auf die Schlange hinter sich. Dann erstarrte er. Darcy St. James.

„Sie schon wieder“, stöhnte er.

Sie verdrehte die Augen. „Dasselbe wollte ich auch gerade sagen.“

„Na klar.“

„Was denn? Sie glauben doch wohl nicht ernsthaft, ich wäre Ihnen hierher gefolgt, oder?“

„Natürlich nicht. Das wäre doch unter der Würde einer Reporterin.“

„Was kann ich für dich tun, Gage?“, fragte Mack, der hinter dem Tresen stand.

„Einen großen ‚Moose Madness‘ mit einem doppelten Schuss Espresso, und dazu eins von Pams süßen Brötchen.“ Er konnte förmlich schon spüren, wie der warme Teig mit dem klebrigen Karamellüberzug auf seiner Zunge zerging.

„Alles klar."

Er bezahlte und wartete ungeduldig, während Mack seine Bestellung weitergab. Je weniger Zeit er in der Nähe von Darcy St. James verbrachte, desto besser.

Ihre Finger bewegten sich flink über die Tastatur ihres Blackberrys, wahrscheinlich beim Verfassen einer SMS an ihren Boss, in dem sie ihm von ihrer geplanten Story berichtete.

Frauen wie sie provozierten ihn und er konnte sich nicht beherrschen. „Ich habe gesehen, dass Sie die Nerven verloren haben", sagte er mit einem selbstgefälligen Grinsen.

Sie blickte zu ihm auf. „Entschuldigung?"

„Sie haben Meredith nicht interviewt." Er beugte sich vor und ignorierte den berauschenden Duft ihres Parfüms, während er seine Stimme um eine Oktave senkte. „Waren Sie zu sehr eingeschüchtert?"

„Kaum." Darcy erstarrte.

„Nur damit wir uns richtig verstehen: Sie werden aus meiner Familie keinen Zeitungsartikel machen." Es war am besten, wenn er ihr das gleich in ihren hübschen Schädel eintrichterte, bevor sie den nächsten Schritt unternahm.

„Ich versuche doch nur –"

„Sich auf eine Familie in Schwierigkeiten zu stürzen?", beendete er ihren Satz, bevor sie ihm eine weitere Lüge auftischen konnte.

Sie holte tief Luft und schien dadurch ein Stück zu wachsen. „Sie sollen wissen, dass ich –"

„Ein ‚Moose Madness', groß, mit süßem Brötchen", rief Mack.

Gage hob einen Finger und sah Darcy an. „Behalten Sie für sich, was Sie gerade sagen wollten." Er drehte sich um, nahm seine Bestellung entgegen und dankte Mack.

„Bis morgen." Mack lächelte.

Ohne Darcy auch nur eines weiteren Blickes zu würdigen, ging er an ihr vorbei und in Richtung Tür.

„Was kann ich für Sie tun?", ertönte Macks Stimme hinter ihm.

Darcy erwiderte etwas und dann hörte Gage das markante Klackern ihrer hohen Absätze auf dem Hartholzboden hinter sich.

„Wir waren noch nicht fertig", sagte sie, bevor er fliehen konnte.

„Nein?", fragte er, während er das heiße Gebäck aus seiner Tüte gleiten ließ und einen schnellen Bissen davon nahm. Das warme Karamell überzog seine Zunge.

„Nein! Ich stürze mich keineswegs auf Ihre Familie. Ich versuche nur, zu helfen."

„Ach..." Er leckte sich etwas vom Karamellüberzug von den klebrigen Fingern. „Erzählen Sie mir doch keine Märchen!" Er schlüpfte zur Tür hinaus, als ein Pärchen eintrat. Die kalte Winterluft kühlte sein erhitztes Gesicht.

Er trat an den Bordstein und wartete, während der Schneepflug vorbeifuhr. Darcy stellte sich vor ihn hin und versperrte ihm den Weg. „Was glauben Sie eigentlich, wer Sie sind?"

Er verzog das Gesicht. Wusste die Frau nicht, wann sie aufhören musste?

„*Sie*", sagte sie mit Nachdruck, „wissen gar nichts über mich. Und wenn Sie mal eine Sekunde lang aufhören würden, sich wie ein Flegel zu benehmen, und mich erklären ließen –"

„Das ist nicht nötig. Glauben Sie mir, ich weiß alles, was ich über Frauen wie Sie wissen muss." Er trank einen Schluck von seinem Kaffee, dessen Hitze die Wut spiegelte, die durch seine Adern strömte. Diese Frau hatte vielleicht Nerven!

„Frauen *wie ich*?"

„Genau." Er stapfte über die Straße.

„Dann klären Sie mich doch bitte mal auf", sagte sie, während sie versuchte, mit seinen langen Schritten mitzuhalten. „Was für eine Frau bin ich denn, bitte schön?"

Er blieb auf der anderen Straßenseite stehen und musterte sie.

Sie sah ihn trotzig an – Schultern gestrafft, den Kopf schief gelegt –, aber ihre Wangen röteten sich eindeutig unter seinem kritischen Blick.

Er holte tief Luft und beugte sich vor. „Sie sind die Art Frau, die eine Familie nicht in Ruhe lässt, während einer von ihnen unter Mordverdacht steht." Seine Stimme wurde tiefer, während seine Wut zunahm. „Die Art Frau, die sich nur dafür interessiert, im Leben weiterzukommen. Und die Art Frau, der es egal ist, wen sie dabei verletzt."

„Junge ..." Darcy stieß einen Pfiff aus und schüttelte den Kopf. „Ihnen muss aber eine Frau *gewaltig* quergekommen sein."

Er presste die Lippen aufeinander.

„Moment mal." Ihre Augen weiteten sich. „Meredith Blake?"

Wie hatte die Frau nur so schnell diese Verbindung hergestellt? Gages Gesichtsmuskeln zuckten. Aber es spielte eigentlich auch keine Rolle. Es war ohnehin nur eine Frage der Zeit, bis diese lästige kleine Mücke die ganze schmerzliche Angelegenheit ans Tageslicht zerren würde. Ohne ein weiteres Wort drehte er sich um und stapfte davon.

Darcy ging zum Café zurück und merkte erst jetzt so richtig, dass Pfennigabsätze und eisglatter Boden keine besonders gute Kombination waren. Das hätte Gage McKenna bestimmt gefallen, wenn sie auf ihrem Allerwertesten gelandet wäre, während sie ihm nachlief. Seine Verachtung für sie war offensichtlich, aber sein Schmerz war es auch. Sie hatte einen Nerv getroffen, einen schmerzenden, frei liegenden Nerv. Meredith Blake hatte ihm offensichtlich das Herz gebrochen und jetzt warf er alle Karrierefrauen in einen Topf.

Aber auch wenn Darcy ehrgeizig war, ging es ihr nicht um eine Sensationsgeschichte oder einen Karrieresprung, wie dieser Mann so standhaft behauptete – sie jagte hinter der Wahrheit her. Sie hatte dem Sensationsjournalismus in den vergangenen beiden Jahren den Rücken gekehrt, um über den Sport zu berichten, den sie liebte, und über die Sportler, mit denen sie aufgewachsen war. Nun hatte eine Geschichte endlich ihr Herz berührt und sie mit der Hoffnung erfüllt, dass sie etwas Gutes bewirken konnte. Ihr Instinkt sagte ihr, dass hinter diesem Fall und hinter dem Leben des Opfers mehr steckte, als auf den ersten Blick zu erkennen war. Wenn Gage McKenna seine Vorurteile nicht beiseiteschieben konnte, um ihre Hilfe anzunehmen, dann würde sie einen anderen Weg finden, die Informationen zu bekommen, die sie brauchte. *Ungehobelter Klotz.*

11

Piper schritt auf der Veranda vor dem Haus auf und ab, während sie darauf wartete, dass Reefs Verteidiger eintraf. Die Luft roch nach Schnee und die dunklen Wolken, die sich über ihr zusammenzogen, bestätigten, dass noch ein Unwetter im Anmarsch war.

Warum geschieht das alles, Herr? Reef hätte diese arme Frau nicht ermorden können. Er hat sich so weit von dir entfernt und ich bete, dass diese Prüfung ihn wieder näher zu dir bringt. Du weißt doch, dass er kein Mörder ist. Unter all dem Leichtsinn und der Rebellion liegt ein sanftes Herz, das niemandem etwas zuleide tun könnte. Bitte lass Landon das erkennen. Hilf ihm, sein Bedürfnis nach Tatsachen und Abläufen zu überwinden und zur Abwechslung mal mit dem Herzen zu sehen. Ich bete, dass der tatsächliche Killer gefunden wird und …

Die Haustür ging auf und Bailey trat in einem dunkelgrünen Kaschmirpullover auf die Veranda hinaus. Sie war innerlich wie äußerlich ein wundervoller Mensch. Es war nur allzu verständlich, dass Cole sie so sehr liebte. Das war ganz offensichtlich – man sah es an dem Blick, mit dem er Bailey betrachtete. Piper wünschte, jemand würde auch sie so ansehen. Denny Foster war zwar sehr nett, aber was sie verband, war eher, dass sie sich miteinander wohlfühlten. Aber sie wollte sich nicht nur mit jemandem wohlfühlen – sie wollte eine so kraftvolle, leidenschaftliche Liebe erleben, wie sie ihr Bruder und Bailey teilten.

„Ich dachte, du könntest vielleicht etwas Warmes zu trinken gebrauchen.“ Sie reichte Piper den Becher.

Der Duft von Muskatnuss und Zimt zog durch die kalte Dezemberluft.

„Apfelpunsch?“

Bailey nickte. „So wie du ihn magst – mit extra viel Zimt und einem Löffel Karamell.“

„Danke.“ Piper legte die Hände um den großen Becher in Form eines Elchkopfes und die Hitze des Getränks wärmte ihre Finger.

Sorgfältig darauf bedacht, das riesige Elchgeweih an der richtigen Stelle zu platzieren, führte sie den Becher an ihren Mund. Es war zwar nicht so einfach, aus diesem Becher zu trinken, aber er zeigte ihr Lieblingstier und brachte sie zum Lachen. Er war natürlich ein Geschenk von Reef gewesen. Auch wenn er in den vergangenen sieben Jahren nicht hier gewesen war, hatte er immer an sie gedacht. Er hatte kleine Päckchen geschickt, die ihr jedes Mal ein Lächeln entlockten und gelegentlich auch ein herzhaftes Lachen. Es gab nur zwei Männer in ihrem Leben, die solche starken Gefühle in ihr weckten – Reef und Landon.

Einer war hinter Gittern und der andere …

„Piper?“ Bailey rieb ihren Arm. „Alles in Ordnung?“

„Ja, alles bestens.“

Piper versuchte zu lächeln, aber es schmerzte. *Bitte lass unsere Familie nicht unter dieser Sache zerbrechen.*

„Du solltest reinkommen. Die Temperatur sinkt.“ Bailey zeigte auf das Thermometer an der Wand. Das Quecksilber zeigte minus fünfzehn Grad an.

„Ich komme gleich rein. Ich brauche nur etwas frische Luft.“

Bailey nickte und schlüpfte wieder ins Haus.

Piper trank noch einen Schluck Punsch und ließ die Wärme ihre Kehle hinuntergleiten. Sie hoffte sehr, dass Harland Reeves endlich kam. Sie wollte eine Minute allein mit dem Mann sprechen, um zu sehen, ob er wirklich an die Unschuld ihres Bruders glaubte. Wenn dies nicht der Fall wäre, war es gleichgültig, wie gut er als Anwalt war, denn dann würde er ihren Bruder nicht vertreten.

Harlands Mietwagen bog um die Ecke und die Reifen knirschten auf dem festgefahrenen Schnee.

Sie trat von der Veranda und ging auf Harland zu, während er aus dem Auto stieg. „Wie ist es mit Reef gelaufen?“

„Wir haben uns gut unterhalten."

„Und ...?"

Die Haustür öffnete sich und Cole streckte den Kopf heraus. „Piper! Lass den armen Mann doch erst mal reinkommen, bevor du ihn mit Fragen löcherst."

Seufzend folgte sie Harland den Weg zur Haustür entlang. Nun hatte sie ihre Chance, unter vier Augen mit ihm zu sprechen, verpasst.

Harland blieb stehen, um seine Stiefel an dem Fußabtreter zu säubern, bevor er das Haus betrat.

„Danke, dass Sie gekommen sind." Cole reichte dem Mann die Hand. „Wir warten alle im Wohnzimmer auf Sie."

Fast alle. Es war die erste Familienzusammenkunft seit Jahren, bei der Landon nicht anwesend war. Auch wenn sie verstand, warum er nicht dabei sein konnte, war es ein merkwürdiges Gefühl, dass er nicht hier war. Aber in letzter Zeit fühlte sich alles zwischen ihnen irgendwie merkwürdig an.

Der Duft von Tannengrün zog durch den Flur, als sie sich dem Wohnzimmer näherten. Die frische Fichte, die sie am letzten Wochenende geschlagen hatten, war jetzt mit Popcorngirlanden und ihrem traditionellen Familienschmuck behängt.

Gage hatte Feuer im Kamin gemacht und alle erhoben sich, um Harland zu begrüßen.

Cole trat neben Bailey und legte einen Arm um ihre Taille. Sie lächelte ihn an, als sie neben Kayden auf dem Sofa Platz nahmen.

Gage blieb am Kamin stehen und Jake stand wie immer etwas außerhalb des Kreises. Er drückte sich in der Nähe des Baumes herum, den er schmücken geholfen hatte. Piper hatte Jake nach mehreren erfolglosen Einladungen endlich dazu gebracht, mit ihnen zu feiern. Wann würde Jake erkennen, dass er nicht nur ein Angestellter von *Last Frontier Adventures* war, sondern inzwischen zur Familie gehörte?

Sie setzte sich neben Harland auf das kleinere der beiden Sofas. „Sie haben mit Reef gesprochen?"

„Ja, ich komme gerade von –"

„Und?"

„Lass den Mann ausreden, Piper", tadelte Kayden sie.

„Ist schon gut.“ Harland lächelte. „Ich verstehe, dass dies für alle Beteiligten eine schwierige Zeit ist. Reef und ich haben uns lange und gut unterhalten.“

„Und?“

„Und wir haben eine Menge Arbeit.“ Er zog einen Notizblock und einen Stift aus seiner Aktentasche.

„Ich glaube, meine Schwester ist so ungeduldig, weil sie wissen will“, sagte Kayden, bevor Piper den Anwalt erneut unterbrechen konnte, „ob Sie glauben, dass unser Bruder unschuldig ist.“

„Ja“, sagte Harland mit Nachdruck. „Ich glaube, dass Reef unschuldig ist!“

„Wirklich?“ Piper atmete hörbar aus und merkte erst jetzt, dass sie die Luft angehalten hatte.

„Wenn meine Mandanten mir sagen, dass sie unschuldig sind, dann nehme ich sie beim Wort, aber –“

„Mr Reeves“ – Piper sah ihm in die Augen – „die Person, die meinen Bruder vertritt, muss *wissen*, dass er unschuldig ist.“

„Das verstehe ich. Wenn ich Ihrem Bruder nicht glauben würde, hätte ich den Fall schon abgegeben.“

„Gut.“ Wenigstens das war positiv.

„Und was machen wir jetzt?“, fragte Kayden.

„Ich werde mit Deputy Grainger sprechen und mir den Polizeibericht ansehen“, sagte Harland. „Wir müssen genau wissen, welche Beweise die Polizei gegen Ihren Bruder zu haben glaubt.“

Bailey entschuldigte sich leise und verließ das Zimmer.

„Gibt es etwas, das wir tun können?“, fragte Piper.

„Normalerweise habe ich Mitarbeiter, die mir zuarbeiten, aber angesichts der Tatsache, dass meine Kanzlei weit entfernt ist und wir dort gerade in Arbeit ersticken …“

Er rutschte auf dem Sofa ein Stück vor. „Um ganz offen zu sein: Ich bin nur hier, weil ich Landon einen Gefallen tun wollte. Unsere Kanzlei ist im Moment völlig ausgelastet, aber als ich hörte, dass Sie gute Freunde sind, konnte ich nicht Nein sagen. Und jetzt, wo ich davon überzeugt bin, dass Reef unschuldig ist, kann ich ihm nicht guten Gewissens den Rücken kehren. Aber da ich der Einzige bin, der mit dem Fall zu tun hat, kann ich nur begrenzt Zeit mit den Ermittlungen verbringen. Bei dieser Art von Fall halte ich es für entscheidend, so viel wie möglich über das Opfer in Erfahrung zu bringen. Mit wem hatte sie zu tun, welche anderen potenziellen Verdächtigen gibt es, wie –"

„Das kann ich für Sie in Erfahrung bringen." Piper wusste nun, wie sie konkret helfen konnte.

„Ich wollte eigentlich vorschlagen", sagte Harland, während Bailey mit einem Becher Apfelpunsch zurückkehrte, „dass wir jemanden finden, der Zeit und die Mittel hat, um Nachforschungen anzustellen."

Piper sah ihn skeptisch an. „Warum können wir das nicht selbst machen?"

„Erstens sprechen die meisten Leute nicht gerne mit Angehörigen des Hauptverdächtigen. Zweitens braucht man jemanden, der weiß, wie man es richtig anstellt."

„Zum Beispiel einen Privatdetektiv?", fragte Cole.

„Oder einen Reporter", sagte Jake, als Harland von Bailey einen Becher Apfelpunsch bekam.

„Danke, meine Liebe." Harland trank einen Schluck, bevor er antwortete. „Genau."

Kayden zog die Stirn kraus. „Wie kann ein Reporter denn helfen? Sollten wir die Presse nicht lieber meiden?"

Gage seufzte. „Wie die Pest."

„Reporter werden dafür bezahlt, dass sie Informationen beschaffen", sagte Harland.

„Das werden Privatdetektive auch", entgegnete Gage.

„Ja, aber Journalisten werden von ihren Chefs bezahlt. Bei einem Detektiv müssen Sie selbst das Geld aufbringen. Und die Leute reden eher mit einem Journalisten. Dann haben sie das Gefühl, dass sie sensationelle Neuigkeiten verraten. Ein Privatdetektiv dagegen wirkt oft …"

„Einschüchternd", beendete Jake den Satz.

„Genau." Harland nickte.

Die Falte auf Kaydens Stirn wurde tiefer, während sie ihren strengen Blick auf Jake richtete. „Woher weißt du eigentlich so viel über Reporter?"

Er zuckte mit den Schultern. „Ich mache nur Vorschläge." Wann würde Kayden endlich damit aufhören, den armen Mann ins

Kreuzverhör zu nehmen? Die Tatsache, dass er mit nur einer einzigen Reisetasche in Yancey erschienen war und sie nichts über seine Vorgeschichte wussten, machte ihn noch lange nicht zu einem Verbrecher. Es bedeutete lediglich, dass er eine Familie brauchte, die ihn aufnahm. Es war offensichtlich, dass er innerlich verletzt war. Wodurch, wusste Piper nicht, aber sie hoffte, dass ihre Familie zu seiner Heilung beitragen konnte.

„Hervorragende Vorschläge", sagte Harland. „Sie haben die Wahl. Es gibt ein, zwei Detektive, die ich empfehlen kann. Der eine, der mir am geeignetsten erscheint, ist derzeit außer Landes; der andere arbeitet für uns an einem Fall in Fairbanks. Vielleicht kann ich ihn überreden, für ein, zwei Tage herzukommen, aber er wird nicht billig sein, und –"

„Das Leben unseres Bruders steht auf dem Spiel", unterbrach ihn Kayden. „Wir investieren das Geld gerne."

„Ich nehme Kontakt mit dem Detektiv auf und sehe, ob und wann er Zeit hat. Aber ich kann nicht garantieren, dass es klappt. Ehrlich gesagt fände ich es besser, jemanden zu haben, der sich ausschließlich dieser Sache widmen kann."

„Also doch einen Reporter?", sagte Gage seufzend.

„Das ist mein Rat. Reporter haben Zugang zu vielen Quellen, an die Privatpersonen nicht herankommen. Außerdem reden die Leute freimütiger mit ihnen, wie ich schon sagte."

„Warum sollte ein Journalist uns helfen?", fragte Kayden.

„Journalisten sind immer auf eine große Geschichte aus, auf die Gelegenheit, einen bisher unbeachteten Blickwinkel aufzuspüren."

Gage schnaubte verächtlich. „Das kann man wohl sagen."

Cole sah seinen Bruder an. „Kennst du jemanden?"

Gage stöhnte. „Ich fürchte, ja."

Es gefiel Piper nicht. Überhaupt nicht. Ein Reporter hatte vielleicht Quellen, die sie nicht hatte, aber niemand kannte ihren Bruder so gut wie sie. Wenn Harland und ihre Geschwister einen Journalisten anheuern wollten, sollten sie das ruhig tun. Doch sie würde selbst ebenfalls Nachforschungen anstellen. Nur so konnte sie sicher sein, dass die Sache gründlich erledigt wurde.

12

Gage holte tief Luft und betrat Gus' Imbiss. Er hatte nicht lange herumfragen müssen, bis er Darcy St. James aufgestöbert hatte.

Brenda winkte, als er eintrat. Er erwiderte die Geste, während er seine Stiefel an der Fußmatte abtrat. Schnell ließ er den Blick über die anwesenden Gäste wandern. Eine bunte Mischung aus Einheimischen und Touristen drängte sich in dem kleinen Bistro. Der Duft von Vanille und frischem Teig erleichterte ihm die Entscheidung, was er essen sollte.

Darcy war noch nicht da, was gut war. So würde es so aussehen, als wäre ihre Begegnung reiner Zufall – so „zufällig", wie Darcy ihn gestern in der Espressobar getroffen hatte.

Er setzte sich auf einen Hocker am Ende der Bar und drehte sich ein wenig nach links, sodass er die Tür in den Blick bekam.

„Was kann ich dir bringen?", fragte Brenda und zog den Bleistift hinter ihrem Ohr hervor.

„Einen Teller Pfannkuchen."

„Willst du Fleisch dazu?"

„Hat Gus vielleicht Chorizo-Wurst da?"

„Ja. Sie ist gestern Abend frisch geliefert worden."

„Dann eine doppelte Portion davon."

„Alles klar." Sie schenkte ihm sein übliches Glas Milch ein, bevor sie seine Bestellung an das metallene Förderband heftete.

Gus riss den Zettel ab, las ihn und streckte den Kopf aus der

Küche. „Die Wurst ist heute besonders scharf", sagte er mit einem Leuchten in den alternden Augen.

Gage rieb sich die Hände. „So wie ich es mag." Er war sich nicht sicher, wer von ihnen beiden scharfe Speisen lieber mochte. Im Laufe der Jahre war es ein spielerischer Wettstreit zwischen ihnen geworden, wobei jeder versuchte, den anderen mit seiner jüngsten Entdeckung zu übertrumpfen.

Im letzten Herbst hatte Gus mit einer selbst gemachten Sauce gewonnen, die er *Killer Red* genannt hatte. Auch wenn sie nicht Gages Drang gestillt hatte, neue Dinge auszuprobieren, hatte ihn die Erfahrung zumindest gelehrt, zuerst einen kleineren Bissen zu nehmen.

Ein Windstoß lenkte seine Aufmerksamkeit wieder auf die Tür. Darcy St. James, heute passender in eine lange Daunenjacke und Fellstiefel gekleidet, trat ein. Sie hatte Mühe, die Tür gegen den kräftigen, heulenden Wind zu schließen. Er war mit zwei schnellen Schritten an ihrer Seite und half ihr.

Die Tür schloss sich und sie lachte erleichtert. „Danke." Dann sah sie auf und ihr Lächeln wich einem Stirnrunzeln. „Sie!"

„So sieht man sich wieder."

Sie zog die Handschuhe von ihren schmalen Fingern. „Und ich nehme an, für diese Begegnung geben Sie mir auch die Schuld?"

„Nein, ich wollte Ihnen eigentlich –"

„Sagen, was für ein schrecklicher Mensch ich bin?"

„Nein", sagte er und ignorierte die Gereiztheit, die sie in ihm auslöste. Er tat es für Reef. Daran musste er immer denken, egal, wie nervig diese Frau war. „Ich wollte Ihnen sagen, dass mir mein unhöfliches Benehmen von gestern leidtut."

„*Roh* wäre die treffendere Bezeichnung." Sie zog sich einen freien Hocker am Tresen heran und er setzte sich auf den daneben.

Roh? Woher hatte diese Frau ihren Wortschatz? „Also gut, vielleicht war ich etwas schroff."

„Und voreingenommen und arrogant und –"

„Hey, ich nenne die Dinge nur beim Namen."

„Ich auch."

„Hören Sie", sagte er zähneknirschend. „Ich versuche, mich zu entschuldigen."

„Das sollten Sie auch."

„Ich tu's ja!"

„Gut." Sie nahm die Speisekarte in die Hand und überflog sie.

Diese Frau war absolut unmöglich und sein Ansinnen war eine absurde Idee.

Brenda stellte seinen Teller mit den dampfenden Pfannkuchen vor ihn hin. Sie dufteten frisch und buttrig und köstlich. „Doppelte Portion Wurst." Sie stellte den zweiten Teller ab. „Und noch eine Milch." Sie reichte ihm ein frisches Glas.

Darcys Lippen verzogen sich spöttisch.

„Was?" Er strich Butter auf die goldenen Pfannkuchen.

„Milch?"

„Was dagegen?" Er goss Sirup über sein Essen.

„Ich sehe Erwachsene eigentlich nicht oft Milch trinken, aber vielleicht ist das eine Erklärung für so manches."

„Erklärung für was?"

Sie kämpfte gegen ein Lächeln an. „Egal."

„Was kann ich Ihnen bringen?", fragte Brenda.

„Ich nehme Weizentoast und eine halbe Grapefruit."

„Wir haben keine Grapefruit zu dieser Jahreszeit."

„Also gut, ich nehme, was Sie an Saisonobst dahaben."

„Wow. Sie leben aber wirklich gefährlich", spottete er.

„Und Sie essen wie ein Vierjähriger."

Er spießte ein großes Stück Pfannkuchen auf und schob es sich genüsslich in den Mund.

„Mit passenden Manieren."

„Ist es etwa nicht angemessen, mein Essen zu genießen?" Er spießte den nächsten Bissen auf.

„Es ist nur die ungehobelte Begeisterung, die Sie dabei an den Tag legen."

Er trank einen Schluck Milch und grinste. „Sie sollten mich sehen, wenn ich etwas wirklich liebe. *Begeisterung* ist dann noch untertrieben." Er lachte über den erbärmlichen Teller mit Toast und Dosenpfirsichen, den Brenda vor Darcy abstellte.

„Tut mir leid, aber die hier" – Darcy piekste die glitschigen Früchte mit der Gabel – „sind nicht frisch."

„Das hier ist Alaska, Schätzchen. Es ist mitten im Winter. Frischer wird's nicht."

„Ich verstehe. Also gut." Sie breitete die Serviette auf ihrem Schoß aus und neigte den Kopf zum Gebet.

Gage schnaubte. Das hätte er sich denken können. Sie war gläubig, so wie Meredith es gewesen war. Dass jemand Christ war, bedeutete offensichtlich nicht automatisch, dass er sich auch so verhielt – und genau das war der Grund, warum er mit diesem Glauben nichts zu tun haben wollte.

„Warum sind Sie noch immer hier?", fragte sie, wobei sie sich nicht die Mühe machte, ihre Verärgerung zu verbergen.

„Ich esse." Er zog eine Grimasse, als sie in den trockenen Toast biss. „Wollen Sie nichts da drauftun?"

„Ich mag ihn so."

„Klar." Er musterte sie von oben bis unten. „Für den Fall, dass Sie es noch nicht bemerkt haben – Sie brauchen keine Diät zu machen."

„Ich mache keine Diät. Ich ernähre mich gesund."

„Und Marmelade ist giftig?"

„Nein, aber ich bin lieber vernünftig."

„Und, wie fahren Sie bislang damit? Muss ein wildes Leben sein." Er schüttelte den Kopf. Er kannte Frauen wie sie. Die waren solche Kontrollfreaks, dass sie keine Erfahrung zuließen, die ihre tägliche Routine gefährden konnte.

„Warum rechtfertige ich mich überhaupt vor Ihnen? Und warum sind Sie noch hier?"

„Ich e s s e." Er wusste genau, was sie meinte, aber es machte ihm einfach zu viel Spaß, sie zu ärgern, also ließ er die Katze noch nicht aus dem Sack.

„Da es so aussieht, als müsste ich es Ihnen vorbuchstabieren … Warum *e s s e n* Sie neben *mir?* Ich dachte, Sie wollten nichts mit einem Geier wie mir zu tun haben?" Sie betrachtete ihn einen Moment lang und ihre Augen verengten sich. „Warten Sie mal … Sie wollen etwas von mir."

Der Spaß war vorbei. „Was könnte ich wohl von Ihnen wollen?"

Sie dachte einen Augenblick nach – er konnte praktisch zusehen, wie es in ihrem Kopf ratterte. „Sie brauchen einen Journalisten. Jemanden, der Sachen ausgräbt."

Sie war gut. Das musste er ihr lassen. „Und warum sollte ich damit zu Ihnen kommen, wenn in der Stadt jede Menge Reporter mit mehr Erfahrung herumlaufen?“

Sie dachte darüber nach und ließ die Schultern ein wenig hängen.

Gage unterdrückte ein Lächeln. Jetzt hatte er sie da, wo er sie haben wollte.

Sie schnipste mit den Fingern. „Weil Sie aus irgendeinem Grund beschlossen haben, dass ich neugierig oder verzweifelt genug bin, mich auf eine aussichtslose Angelegenheit einzulassen.“

„Es ist keine aussichtslose Angelegenheit. Es ist die Chance zu beweisen, dass ein zu Unrecht angeklagter Mann unschuldig ist.“

„Sie glauben, dass Ihr Bruder unschuldig ist?“

„Natürlich glaube ich das.“

„Trotz der Tatsache, dass er auf frischer Tat ertappt wurde?“

„Er wurde nicht auf frischer Tat ertappt. Er hat die Frau so gefunden. Für eine Journalistin haben Sie aber wirklich Mühe, Ihre Fakten zu sortieren.“

„Ich habe meine Fakten sortiert.“

„Sie haben nur die Fakten, die Sie von den offiziellen Stellen bekommen. Die Geschichte hat aber noch eine ganz andere Seite.“

„Zum Beispiel?“

„Ich bin nicht bereit, private Einzelheiten mit jemandem zu besprechen, der nicht wenigstens ein Interesse daran hat, die Wahrheit herauszufinden.“

Sie drehte sich zu ihm um und straffte die Schultern. „Ich kann Ihnen versichern, dass ich sehr wohl an der Wahrheit interessiert bin.“

„Selbst wenn sie den Fakten widerspricht, die Sie kennen?“

„Ich halte mich an die Wahrheit und nicht an die Parteilinie.“

Er lächelte. „Dann habe ich doch noch Hoffnung für Sie.“

~

Widerstrebend fuhr Darcy mit Gage zum Haus der McKennas. Nachdem sich alle vorgestellt und den Plan erläutert hatten, sagte Kayden: „Sie sehen also … wir brauchen jemanden, der die anderen Fährten aufspürt.“

Darcy rutschte in dem riesigen Sessel nach vorne. Sie hatten vielleicht Ideen, aber keine Fährten. Noch nicht.

„Wir brauchen jemanden, der weiß, wie man Informationen bekommt. Jemanden, der Zugang zu Quellen hat, an die wir nicht herankommen", sagte Cole.

„Sie wollen also, dass ich prüfe, ob es irgendetwas gibt, was die Polizei übersehen hat? Sie wollen, dass ich herumstochere und herausfinde, ob jemand anders einen Grund hatte, Karli Davis zu töten?" Genau das also, was sie sowieso schon vorgehabt hatte – aber jetzt würden die McKennas mit ihr zusammenarbeiten und sie unterstützen.

„Wir wissen, dass unser Bruder unschuldig ist", sagte Piper.

„Wir brauchen nur Hilfe dabei, es zu beweisen", fügte Kayden hinzu.

„Wir können immer noch zu einem Privatdetektiv gehen, wenn Sie kein Interesse haben." Gage versuchte, so zu wirken, als wäre es ihm egal. Doch sie wusste, dass die Familie ihre Hilfe brauchte – dass *er* ihre Hilfe brauchte.

„Ich bin dabei, unter einer Bedingung."

Gage lächelte, als wüsste er, was jetzt kam. „Und die wäre?"

„Sie führen mich nicht in die Irre und haben keine Geheimnisse vor mir. Ich kann meine Arbeit nicht machen, wenn Sie Dinge vor mir verbergen." Sie wollte die Wahrheit wissen.

Gage erhob sich. Er war viel größer als sie, selbst wenn sie beide standen, aber jetzt, wo sie saß, türmten sich seine ein Meter neunzig vor ihr auf, was sie seltsamerweise eher beeindruckte als einschüchterte. Trotz seiner schlechten Essgewohnheiten war er in fantastischer Form – groß, schlank und muskulös.

„Haben Sie mich gehört?" Er schwenkte eine Hand vor ihrem Gesicht.

Sie spürte, dass sie rot wurde. Sie war so damit beschäftigt gewesen, ihn anzusehen, dass sie ihm nicht zugehört hatte. „Tut mir leid – könnten Sie das noch mal sagen?"

„Gerne." Er verschränkte die Arme vor der Brust. „Wir werden ehrlich mit Ihnen sein, aber das ist für Sie keine Lizenz, in unserem Privatleben herumzuschnüffeln. Hier geht es um Reef und Karli – Punkt."

Er wollte offenbar nicht, dass sie in seiner Vergangenheit mit Meredith herumstocherte. Auch, wenn die Beziehung ihre Neugier geweckt hatte, war sie nicht der Grund, warum sie in Erwägung zog, für die Geschwister zu arbeiten. „Einverstanden, aber Sie müssen verstehen, dass Sie Reef nicht beschützen können, wenn Sie Dinge vor mir verheimlichen. Ich bin auf die Wahrheit angewiesen."

„In Ordnung", sagte Cole.

„Ich habe auch eine Bedingung", sagte Piper und stand auf. „Sie sprechen bitte mit Reef." Dann fuhr sie schnell fort: „Nicht für einen Artikel. Das ganze Gespräch muss vertraulich bleiben. Ich möchte, dass Sie mit ihm reden und sich eine Meinung darüber bilden, ob er unschuldig ist oder nicht. Wenn Sie an seine Schuld glauben, hat es keinen Sinn, dass wir weitermachen."

Klug. „Ist gut." Sie musste das sowieso für sich selbst tun. Wenn sie ihn für schuldig hielt, würde sie es ihnen ehrlich sagen. Sie war eine Reporterin mit ethischen Prinzipien, im Gegensatz zu manchen anderen, die sie kannte.

„Da ist noch etwas", sagte Jake. Er hatte bis jetzt geschwiegen – er hatte sie nur beobachtet und sich einen Eindruck davon verschafft, in welche Richtung die Unterhaltung lief. Er war ihr als enger Freund der Familie vorgestellt worden, aber zwischen ihm und der älteren Schwester, Kayden, schien eine merkwürdige Dynamik zu herrschen. Jake faszinierte sie, wenn sie ehrlich war. Sie konnte andere Menschen in der Regel recht schnell einschätzen, aber er war nur schwer zu durchschauen.

„Ja?"

Jake wandte sich an die McKennas. „Ihr solltet ernsthaft überlegen, ob ihr nicht einen Vertrag aufsetzt, in dem sie zustimmt, nichts zu veröffentlichen, was nicht unmittelbar mit dem Fall zu tun hat."

Kaydens Augen verengten sich, als sie ihn ansah. „Wie kommst du denn auf so eine Idee?"

Jake zuckte mit den Schultern. „Das habe ich aus *Law and Order*."

„Klar", sagte Kayden. Ihrer Miene nach zu urteilen kaufte sie ihm nicht ab, dass er seine juristischen Kenntnisse einer Fernsehserie verdankte.

„Ich finde, das ist eine gute Idee", sagte Cole. „Aber Harland müssen wir damit nicht belästigen, denke ich. Gus kann das bestimmt für uns aufsetzen."

Darcy hatte in seinem Imbissladen mitbekommen, dass er den

Einwohnern der Stadt mit Rat in Rechtsdingen zur Seite stand – typisch für diesen verrückten, aber irgendwie charmanten Ort. Sie nickte. „Einverstanden."

Sobald sie von Reefs Unschuld überzeugt war und den Auftrag der McKennas tatsächlich übernahm, hatte sie kein Problem damit, eine solche Abmachung zu unterschreiben. Es war nur recht und billig. „In der Zwischenzeit", fuhr sie fort, „spreche ich mit Reef."

Cole nicht zustimmend. „Ich sage Landon Bescheid, dass Sie kommen."

„Landon? Sie meinen Deputy Grainger?", fragte sie.

„Genau."

Hmm. Es gab also mehr Verbindungen, als ihr bewusst gewesen war. Sie stand auf und nahm ihre Tasche. „Ich rede mit Ihrem Bruder und melde mich wieder."

„Danke, dass Sie gekommen sind." Cole gab ihr die Hand. „Und dass Sie unseren Vorschlag in Erwägung ziehen."

„Ich bringe Sie zum Hotel zurück", bot Gage an.

„Danke." Sie war vom Imbiss aus mit ihm gefahren und würde allein nicht in die Stadt zurückkommen.

Sie folgte ihm zu seinem Land Rover mit dem Dachgepäckträger, der Überrollstange und dem Ansaugschnorchel. Sie konnte nur erahnen, welche Abenteuer er in dem Ding erlebt hatte.

„Ich weiß es zu schätzen, dass Sie uns angehört haben", sagte er, während er den Motor anließ.

„Wow. Sie können also richtig ernsthaft sein", sagte sie halb im Scherz und halb als Seitenhieb wegen seines früheren Verhaltens ihr gegenüber.

Er zwinkerte und lachte, aber es hatte einen bitteren Beigeschmack. „Gewöhnen Sie sich lieber nicht daran."

13

Slidell hielt Landon an, als er zum Parkplatz der Polizeiwache ging. „Wollen Sie mir vielleicht erklären, warum eine Reporterin Reef interviewt?"

„Sie hat um Erlaubnis gebeten, ihn sehen zu dürfen. Und er hat offensichtlich Ja gesagt. Es gibt kein Gesetz, das ihm Besucher verbietet." Er hielt es nicht für nötig zu erwähnen, dass die McKennas sie geschickt hatten. Das ging nur sie etwas an und nicht Slidell.

Slidell sah ihn prüfend an. „Wohin wollen Sie?"

„Ich muss mit jemandem sprechen."

„Aber verrennen Sie sich bloß nicht in dem Fall!"

„Alles Teil der Ermittlungen", sagte Landon und trat aus der Wache hinaus ins Schneetreiben. Große Flocken ließen sich auf seiner Hutkrempe nieder, als er zu seinem Pick-up ging. Er versuchte, nicht daran zu denken, wie sehr Piper Schnee liebte. Er versuchte, überhaupt nicht an Piper zu denken.

Darcy ging direkt vom Büro des Sheriffs zu *Last Frontier Adventures*, dem Geschäft, das die McKenna-Familie besaß und selbst führte. Gage hatte ihr erzählt, dass er den Rest des Tages dort verbringen würde. Hier könne sie ihn erreichen, für den Fall, dass sie beschloss zuzusagen.

Der Surfersong „Wipe Out!" ertönte als Begrüßungsmelodie, als sie den Laden betrat. Hawaiianische Blumenketten schmückten die Vitrinen, beleuchtete Palmen standen in der Ecke und es roch nach Kokosnuss.

„Darcy“, sagte Jake und trat hinter dem Tresen hervor. „Schön, Sie wiederzusehen.“

„Danke – gleichfalls.“ Sie blickte an ihm vorbei. „Ist Gage da?“

„Ja, er ist in der Garage und macht die Bretter fertig.“ Er zeigte mit dem Daumen über seine Schulter zum hinteren Teil des Gebäudes. „Soll ich ihn rufen?“

„Nein, ich gehe einfach durch.“ So hatte sie die Gelegenheit, sich umzusehen. Zu sehen, womit Gage seinen Lebensunterhalt verdiente.

„Gehen Sie einfach den Gang hinunter, dann am Ende rechts und durch die Tür nach draußen.“

„Alles klar. Danke.“ Sie folgte Jakes Wegbeschreibung, wobei sie an einer Galerie von Fotos vorbeilief, die an der Wand entlang aufgehängt waren – Bilder der McKennas mit Familien, Pärchen und Einzelpersonen bei Outdoor-Aktivitäten. Gage war auf fast allen Bildern zu sehen, wo es um Wildwasser-Rafting ging. Er trug ein breites Grinsen im Gesicht. Je größer die Stromschnellen, desto breiter sein Lächeln. Die Liebe zum Abenteuer schien allen McKennas im Blut zu liegen.

Sie riss sich von den Schnappschüssen los und trat durch den Hinterausgang in die Garage, obwohl *Lager* der treffendere Begriff gewesen wäre. Die Stahlkonstruktion hatte eine Bodenfläche von knapp zwanzig mal fünfundzwanzig Meter und beherbergte eine riesige Auswahl an Abenteuerausrüstung – Kajaks, Flöße, Kletterseile, Ski, Snowboards. Die McKennas führten einen beeindruckenden Betrieb. „Back in Black“ dröhnte aus den Lautsprechern und das ganze Gebäude erbebte von den Bassrhythmen.

Gage war über ein Snowboard gebeugt und trug sorgfältig eine Wachsschicht auf. Er streichelte das Sportgerät förmlich, während er das Wachs gleichmäßig verrieb und einmassierte. So hatte ihr Vater es früher auch mit seinem geliebten Surfbrett gemacht.

Sie beobachtete eine Weile Gages lange, schmale Finger, die über das Brett fuhren, bevor sie ihn störte.

„Hallo“, brüllte sie, in der Hoffnung, die Musik zu übertönen.

Er blickte auf und legte eine Hand an sein Ohr. „Was?"

„Tut mir leid, dass ich störe", schrie sie, so laut sie konnte.

Er nahm die Fernbedienung und betätigte eine Taste. Die Musik verstummte.

„Wie ist es gelaufen?", fragte er, ohne Zeit zu verschwenden.

„Gut."

Er hatte die Ärmel seines T-Shirts aufgerollt und ihr fielen seine muskulösen Unterarme auf.

„Und?"

„Ich bin dabei."

Er zog die Augenbrauen hoch. „Sie glauben ihm?"

„Ja, das tue ich." Sie hatte Reef rundheraus gefragt, ob er einen Mord begangen hatte. Nun glaubte sie wirklich, dass er unschuldig war, auch wenn alle Beweise gegen ihn sprachen.

Gage stellte die Dose mit dem Wachs ab und kam auf sie zu. „Und Sie sagen das nicht nur, um eine Sensationsstory zu bekommen?"

„Das würde ich niemals tun." Sie würde nicht lügen, um sich einen Vorteil zu verschaffen. Das war für sie eine unumstößliche Grenze und sie hatte sich geschworen, diese nie zu übertreten.

„Warum? Weil es unter der Würde einer Reporterin ist?" Er lachte ein wenig und dabei näherte sich sein Gesicht gefährlich dem ihren.

„Nein – weil es unter *meiner* Würde ist", sagte sie und hielt seinem Blick stand.

Er sah sie unverwandt an.

Ihr Atem stockte und ihr Herz begann zu hämmern.

„Dann haben wir eine Abmachung", sagte er schließlich.

„Die haben wir." Sie betete nur, dass diese Abmachung nicht ihr Verderben sein würde.

Landon klopfte an die Tür des Wohnwagens und staunte über dessen Größe. Wahrscheinlich hätte sein ganzes Holzhaus hier hineingepasst.

Die Tür öffnete sich und eine Frau Anfang zwanzig begrüßte ihn. Ihre enge Skihose und das Markenoberteil aus Thermostretch überließen nicht viel der Fantasie.

Landon wandte den Blick ab.
„Kann ich etwas für Sie tun?"
„Ich muss mit Mr Masterson sprechen."
„Hier ist jemand für dich", rief sie über die Schulter.
„Wer denn?", fragte eine Männerstimme.
Sie drehte sich wieder zu Landon um. „Wer sind Sie?"
Er zog seine Marke heraus. „Deputy Grainger."
Die Tür öffnete sich ein Stück weiter und ein Mann mittleren Alters trat heraus. Er hatte dunkle, schüttere Haare und einen schlanken, muskulösen Körper. Das war also Rick Masterson, eine Legende auf der Piste und auch abseits davon.
„Worum geht es?"
„Ich muss Ihnen einige Fragen über Karli Davis stellen."
Rick warf der Frau einen Blick zu. „Kannst du uns bitte allein lassen, Brittany?"
„Klar." Sie schlenderte an Landon vorbei und die Gitterstufen hinunter.
„Kommen Sie rein." Rick hielt ihm die Tür auf.
Das Innere der Behausung war sogar noch edler als das Äußere. Im Wohnbereich standen Ledersofas, die allesamt auf einen gigantischen Plasmabildschirm ausgerichtet waren, der an der Wand hing. Einbauschränke aus Mahagoni und viel Glas mit Facettenschliff rundeten den Raum ab. Dieser Typ genoss das gute Leben.
„Sie haben es nett hier."
„Neun Monate im Jahr ist es mein Zuhause." Rick nahm die Fernbedienung in die Hand und stellte das Spiel auf lautlos. „Setzen Sie sich doch. Ich kann nicht sagen, dass Ihr Besuch mich überrascht."
„Warum das?"
„Ich weiß, wie schnell Gerüchte hier die Runde machen."
„Hier?" Landon stellte sich dumm.
„Im Sportbetrieb." Rick setzte sich und legte den linken Arm über die Rückenlehne des Sofas. „Da wird jede Menge Unsinn erzählt."
„Wollen Sie damit sagen, die Beziehung zwischen Karli und Ihnen war Unsinn?"
„Beziehung?" Rick lachte. „Das hat man Ihnen erzählt?"
„Ich habe gehört, dass Sie beide ein intimes Verhältnis hatten."

Rick fuhr sich mit dem Finger unter der Nase entlang. „Woher haben Sie das?“

„Das kann ich Ihnen nicht sagen. Stimmt es?“

Rick hob sein Bleikristallglas und ließ die Eisstücke darin klirren.

„Mr Masterson?“

„Ich bin ein verheirateter Mann, Deputy. Ich bin sicher, Sie können meine schwierige Situation verstehen.“ Er leerte den Rest des bernsteinfarbenen Getränks.

„Und ich bin sicher, Sie können die Tatsache verstehen, dass eine Frau auf brutale Weise ermordet wurde.“

„Natürlich. Aber Karlis Tod hat nichts mit mir zu tun.“

„Wie können Sie da so sicher sein?“

„Hey, warten Sie mal. Sie wollen doch wohl nicht behaupten, dass *ich* irgendetwas mit ihrem Tod zu tun hatte, oder?“

„Keineswegs. Ich versuche nur, mir ein umfassendes Bild zu verschaffen.“

„Karli und mich gab es in diesem Bild nicht.“

„Nie?“

Rick rieb sich den Nacken.

„Mr Masterson, es wäre das Beste, wenn Sie mir einfach erzählen, was Sie wissen, dann können wir uns beide wieder anderen Dingen zuwenden.“

Rick räusperte sich. „Diese Unterhaltung bleibt unter uns?“

„Solange sie keine Auswirkungen auf die Ermittlungen hat.“

„Gut.“ Rick erhob sich und ging zur Bar. Er nahm den Dekanter mit dem Brandy und bot Landon ein Glas an.

„Nein, danke.“ Er trank im Dienst nichts.

„Wie Sie meinen.“ Rick füllte sein eigenes Glas auf.

„Sie waren gerade dabei zu definieren, was für eine Beziehung Sie und Karli hatten“, sagte Landon, um Masterson auf Spur zu halten.

„Wir hatten Sex. Ist das deutlich genug für Sie?“

„Einmal, mehrmals?“

„Ab und zu in der letzten Saison, bis sie sich verletzt hat.“

„Verletzt?“

„Karli ist am Ende der letzten Saison böse gestürzt. Hat sich einen Kreuzbandriss zugezogen.“

Das erklärte das vernarbte Gewebe, das Booth und er an ihrem

Knie gesehen hatten. „Und sie hat so schnell danach wieder am Wettkampf teilgenommen?“ *Beeindruckend.*

„Karli war hart im Nehmen.“

„Das müssen die anderen doch bewundert haben.“

Rick lachte. „Bewunderung und Karli sind zwei Dinge, die selten in einem Atemzug genannt wurden.“

„Ach ja – und was wurde dann mit ihrem Namen verbunden?“

„Mit ihr feiern oder üblen Stress mit ihr haben“, sagte er und trank einen Schluck Brandy.

Landon mochte den Mann mit jeder Äußerung weniger. „Und das bedeutet?“

„Karli war entweder eine Stimmungskanone oder sie hat allen die Laune verhagelt.“

„Können Sie mir ein Beispiel nennen?“

„Klar. Niemand hatte erwartet, dass Karli so schnell wieder auf den Brettern stehen würde. Ein Kreuzbandriss bedeutet für einen Sportler normalerweise, dass er eine ganze Saison lang aussetzen muss, manchmal sogar noch länger. Aber Karli hat kaum Luft geholt. Bei ihrem ersten Lauf nach der Operation hat sie unglaublich gekämpft. Als sie den Sieg holte, hat das Mädchen, das Zweite geworden war, ihr auf dem Treppchen gratuliert. Doch Karli erwiderte nur: ‚Was habe ich von den Glückwünschen der ersten Verliererin?‘ So war Karli. Sie hatte eine spitze Zunge.“

„Hat sie jemals damit gedroht, Ihrer Frau von Ihnen beiden zu erzählen?“

Rick zuckte zusammen.

„Das interpretiere ich als ein Ja.“

„Hören Sie, Karli hat oft mit irgendetwas gedroht. Das heißt noch lange nicht, dass sie es auch getan hätte.“

„Darüber brauchen Sie sich ja jetzt wohl keine Gedanken mehr zu machen.“

Rick ließ das Eis in seinem Glas kreisen. „Ich weiß, was Sie vorhaben.“

Landon lehnte sich zurück. „Und das wäre?“

„Sie versuchen, einen Sündenbock anstelle des McKenna-Jungen zu finden.“

„Und warum sollte ich das tun?“

„Weil dies seine Heimatstadt ist. Wie viele Einwohner hat das Nest hier? Dreihundert?“

„Bei der letzten Zählung waren es sechshundertundneun.“

„Was auch immer. Die Schule meines Sohnes hat mehr Schüler, als Ihre Stadt Einwohner hat.“

„Und was wollen Sie damit sagen?“ Landon hasste Männer wie Masterson, die glaubten, Geld und Macht würden die Regeln festlegen.

„Ich weiß, wie ihr Kleinstadtbürger seid. Ihr beschützt eure eigenen Leute.“ Ricks Gesicht war gerötet, eine hässliche Mischung aus Alkohol und Wut. „Aber ich sage Ihnen was: Ich werde nicht der Einfaltspinsel sein, der seinen Kopf für den dummen Dorfjungen herhalten muss – verstehen Sie, Kumpel?“

„Für Sie immer noch Deputy Grainger. Und ich schlage vor, Sie beruhigen sich mal wieder.“

„Und ich schlage vor, Sie verschwinden, bevor ich meinen Anwalt anrufe.“

„Ich bin mit meinen Fragen noch nicht fertig.“

„Aber ich mit meinen Antworten.“

Die Titelmelodie von *Top Gun* ertönte und Gage kramte sein Handy aus der Tasche. „Hallo?“

„Piper hier.“ Countrymusik dröhnte im Hintergrund.

„Wo bist du?“

„Ist jetzt egal. Ich glaube, ich bin auf etwas gestoßen.“

Natürlich war sie das. „Cole sagt, wir sollen das Darcy überlassen.“

„Deshalb rufe ich dich ja an. Du musst Darcy finden und ihr sagen, sie soll Rick Masterson unter die Lupe nehmen.“

„Ist das der Typ, der für den Freeride-Wettkampf zuständig ist?“

„Genau der.“

„Was hat er mit Reef zu tun?“

„Nicht mit Reef – mit Karli.“ Der Lärm im Hintergrund nahm zu. „Hör zu, ich kann gerade nicht reden. Sag es Darcy.“ Sie legte auf.

Gage betrachtete sein Telefon. Was hatte Piper jetzt wieder vor?

Gage war eigentlich nicht besonders scharf darauf, Darcy St. James zum dritten Mal an einem Tag zu sehen, aber dennoch erfüllte ihn eine merkwürdige Begeisterung, als er die Stufen zum Caribou Inn hinauflief.

Ein kurzer Anruf bei Ida hatte bestätigt, dass Darcy an diesem Abend da war und offenbar Tee und Dessert im Speiseraum der Pension genoss.

Gage wischte sich die Stiefel auf der Fußmatte ab, zog den Hut vom Kopf und fuhr sich mit der Hand durchs Haar.

„Danke, Ida." Er zwinkerte der Inhaberin hinter dem Empfangstresen zu, als er eintrat. Sie errötete und ihr Lächeln ließ ihre Fältchen auf so sympathische Weise hervortreten, wie es bei seiner Großmutter immer gewesen war.

Er ging durch die Lobby und in den Speiseraum, wo er die vollen Tische nach Darcys ausdrucksstarkem Gesicht absuchte. Sie saß an dem Tisch vor dem gemauerten Kamin, ihr gegenüber eine andere Blondine.

Darcy kicherte und hob ihre Teetasse. „Sie machen Witze."

Die Frau lachte, und der Klang jagte ihm einen kalten Schauer über den Rücken. „Ich meine es todernst", sagte sie.

Meredith. Er blieb keinen halben Meter von ihrem Tisch entfernt stehen.

„Da stand er nun, von Kopf bis Fuß mit giftigem Efeu bedeckt, aber er hatte die dämliche Schildkröte gerettet."

„Das ist köstlich, und …" Darcys Blick begegnete dem seinen und sie verstummte. „Gage." Ihre Wangen röteten sich.

Merediths Lachen verebbte und sie drehte sich mit einem Lächeln zu ihm um. „Dir müssen die Ohren geklungen haben. Wir haben gerade von dir gesprochen."

„Das kann ich mir vorstellen."

Meredith tat einen Löffel Zucker in ihren Tee. „Was machst du hier?"

Er funkelte Darcy an. „Das frage ich mich auch gerade."

Darcy entschuldigte sich so elegant wie möglich und zwang sich, langsam zu gehen, während sie den Raum verließ. Sobald Meredith sie nicht mehr sehen konnte, rannte sie zur Eingangstür.

Sie verschwendete keine Zeit darauf, ihren Mantel zu holen, sondern stürzte hinaus und die Treppe hinunter, um Gage einzuholen. Er schritt mit seinen langen Beinen kräftig aus und sie hatte Mühe, mit ihm mitzuhalten.

Sie wusste genau, was er dachte. Sie konnte seinen Zorn schon an der Haltung seines Hinterkopfes ablesen – an dem steifen Nacken und den sonst so entspannten, jetzt aber starren Schultern.

„Gage", rief sie.

Er ignorierte sie.

„Gage." Die Kälte schmerzte in ihren Fingern. Sie ballte die Hände zu Fäusten, um sie zu wärmen.

Er blieb am Straßenrand stehen, weil Fahrzeuge ihm die Sicht versperrten. Sie holte ihn ein. „Hey." Sie zog ihn am Arm.

Er drehte sich um. Seine dunklen Augen sprühten vor Wut und wirkten doch zugleich kummervoll. „Dann haben Sie ja jetzt wohl bekommen, was Sie wollten."

„Was ich … was meinen Sie?"

„Hat Sie Ihnen die ganze tragische Geschichte erzählt?"

„Ich weiß nicht …" Sie runzelte die Stirn. *Was für eine tragische Geschichte?*

Gage schüttelte den Kopf. „Wissen Sie was? Sie sind richtig gut! Sie hatten mich fast überzeugt mit Ihrer ‚Ich will nur die Wahrheit wissen und es ist unter meiner Würde zu lügen'-Ansprache. Beinahe hätte ich geglaubt, dass mehr in Ihnen steckt, aber mein erster Eindruck war richtig. Sie sind nichts als eine Blutsaugerin."

Die Hitzigkeit seiner Worte passte nicht zu dem eiskalten Wind, der gegen ihre Beine wehte.

„Es ist nicht so, wie Sie denken. Es gab keine freien Tische, deshalb hat sie gefragt, ob sie sich mit an meinen setzen könne. Ich habe nicht angefangen, von Ihnen zu sprechen."

„Natürlich. Und das soll ich Ihnen glauben?"

„Es ist die Wahrheit."

„Sie haben ganz offensichtlich über mich gesprochen."
„Sie hat angefangen, von ihrer Zeit in Yancey zu erzählen, und …"
„Und das kam Ihnen wahrscheinlich gerade recht."
„Ich versuche, die Wahrheit darüber herauszufinden, was mit *Karli Davis* geschehen ist – nicht, was zwischen Ihnen und Meredith Blake war." Natürlich war sie wahnsinnig neugierig darauf, was diese arrogante stellvertretende Staatsanwältin und den ernsthaften McKenna-Bruder wohl verbunden haben könnte. Doch sie hatte versprochen, sich auf Karli zu konzentrieren und nicht in Gages Vergangenheit zu wühlen.
„Dann halten Sie sich in Zukunft auch daran."

14

„Grainger“, brüllte Slidell in dem Augenblick, als Landon die Wache betrat.

Landon senkte den Kopf, weil er genau wusste, was der Tonfall seines Chefs zu bedeuten hatte. Er machte sich auf eine Gardinenpredigt gefasst und ging zu Slidells Büro.

Bürgermeister Cox lehnte mit vor Ärger hochrotem Gesicht an einem Aktenschrank, die Ärmel aufgerollt.

Fantastisch. Der Tag wurde immer besser.

Slidell wiegte sich auf seinem Stuhl vor und zurück. „Ich habe gerade mit dem Anwalt von Mr Masterson gesprochen. Er sagt, Sie hätten seinen Mandanten verhört, ohne ihn vorher über seine Rechte zu informieren und ohne dass ein rechtlicher Beistand anwesend war.“

„Ich habe den Mann nicht verhört, ich habe ihm nur ein paar Fragen gestellt.“ Er blickte auf das Thermostat. Wie hoch hatten sie die Heizung hier drin gestellt – auf dreißig Grad?

„Masterson behauptet, Sie hätten ihm gedroht.“

„Ich habe nichts dergleichen getan.“

„Sein Anwalt sieht das jedenfalls anders. Wir können von Glück sagen, wenn er uns nicht verklagt.“

„Das ist nicht Ihr Ernst, oder?“

„Ich mache keine Witze, Deputy Grainger. Mr Masterson droht damit, den Freeride-Wettbewerb aus unserer Stadt abzuziehen. Haben Sie eine Ahnung, was uns an Einnahmen verloren geht, wenn er seine Drohung wahr macht?“ Cox tupfte seine Stirn mit einem Taschentuch ab – mitten im Winter eine merkwürdige Geste.

„Ich habe dem Mann lediglich ein paar Fragen gestellt. Und das fällt durchaus in meine Zuständigkeit.“

Slidell beugte sich vor, in der Furche an seinem Kinn glänzte der Schweiß. „*Ich* bin Ihre Zuständigkeit und ich befehle Ihnen, die Finger von Masterson zu lassen.“

„Sie befehlen mir, meine Arbeit nicht zu tun?“

„Im Gegenteil. Ich sage Ihnen ganz genau, was Ihre Arbeit ist. Hören Sie auf, angesehene Geschäftsleute wie Rick Masterson zu belästigen und sorgen Sie stattdessen dafür, dass wir diesen Fall zu den Akten legen können.“

„Masterson? Angesehen?“ Landon unterdrückte ein verächtliches Schnauben.

„Ich stimme Slidell zu.“ Bürgermeister Cox schäumte vor Wut. „Wir können von Glück sagen, wenn ich Mr Masterson davon abhalten kann, die Meisterschaft nun woanders stattfinden zu lassen.“

Thoreau klopfte an die Tür.

„Was ist?“, blaffte Slidell.

„Craig sagt, er kommt in einer Stunde, um den Heizkörper zu reparieren.“

„In einer Stunde?“, brüllte Slidell.

Landons Handy klingelte. „Da muss ich rangehen.“ Er gab Slidell und Cox nicht die Gelegenheit zu widersprechen, sondern trat auf den Gang hinaus. „Grainger.“

„Deputy Grainger, hier spricht Ashley Clark.“

„Hi, Ashley. Alles in Ordnung?“

„Eher nicht. Hören Sie, ich weiß ja nicht, was Sie vorhaben, aber Ihr Verhalten ist total unprofessionell. Wie kommen Sie dazu, sie hierher zu schicken?“

Landon hielt sich ein Ohr zu, um den Lärm der Wache im Hintergrund auszublenden. „Schicken? Wen? Ich weiß nicht, wovon Sie sprechen.“

„Reefs Schwester.“

„Was?“ Ein mulmiges Gefühl bildete sich in seiner Magengrube. *Piper.*

„Sie ist heute bei der Qualifikation aufgetaucht und hat gesagt, sie müsste in Bezug auf die Fragen, die Sie gestellt haben, noch mal nachhaken."

„Sie hat *was*?"

„Dass Sie die Schwester des Mörders schicken, um mich zu befragen! So was habe ich noch nie –"

„Stopp. Hören Sie zu. Ich habe Piper *nicht* geschickt."

„Aber sie hat gesagt …"

„Ich kann nur erahnen, was sie gesagt hat, aber ich gebe Ihnen mein Wort – ich habe sie nicht geschickt."

„Sie meinen, sie ist auf eigene Faust zu mir gekommen?"

„Ich fürchte, ja. Sie ist davon überzeugt, dass ihr Bruder unschuldig ist."

„Ich weiß doch, was ich gesehen habe."

„Und ich weiß es zu schätzen, dass Sie es mir erzählt haben."

„Ich muss mich doch nicht persönlich vor Reefs Familie rechtfertigen, nicht wahr?"

„Sie haben völlig recht! Und glauben Sie mir, ich werde mich darum kümmern."

„Sie wird nicht noch einmal herkommen?"

„Nicht, wenn sie nicht im Gefängnis landen will, weil sie laufende Mordermittlungen behindert."

„Ich will nicht, dass sie Schwierigkeiten bekommt. Ich möchte nur nicht, dass sie noch mal herkommt. Sie war ja ganz süß. Und ich konnte den Kummer in ihren Augen sehen. Aber als sie meine Aussage infrage stellte, kam ich mir vor wie ein Schurke – oder schlimmer noch, als würde ich lügen. Aber das tue ich nicht."

„Sie haben mein Wort. Sie wird Sie nicht noch einmal belästigen. Das garantiere ich."

„Danke, Deputy Grainger. Es ist schon schwierig genug, dass die Mannschaft mich schief anguckt, weil ich Reef an den Pranger gestellt habe. Alle mögen ihn. Na ja … fast alle."

„Wer denn nicht?"

Nach einer kurzen Pause fuhr sie fort: „Ich weiß nicht. Ich sage nur, dass nicht jeder von den Sportlern mit jedem anderen dick befreundet ist. Schließlich ist es ja ein Wettkampf."

„Es würde wirklich helfen, wenn ich eine Liste von den Leuten hätte, von denen Sie meinen, dass sie Karli mochten oder auch nicht. Das Gleiche gilt für Reef."

„Hören Sie, ich habe schon genug gesagt. Das ist eine kleine Welt hier. Ich will nicht für eine Informantin gehalten werden. Ich musste mir schon genug anhören, weil ich Ihnen manche Dinge erzählt habe."

„Das verstehe ich, aber ich versichere Ihnen, dass alles, was Sie sagen, vertraulich behandelt wird."

„Offensichtlich nicht. Reefs Schwester hat das gerade bewiesen. Ich sage nichts mehr."

Die Verbindung wurde unterbrochen.

„Hallo? Ashley, hallo?" Missmutig klappte Landon sein Telefon zu. Er würde Piper umbringen.

~

Piper öffnete die Haustür. „Denny." Sie lächelte. „Was machst *du* denn hier?"

„Ich hole dich zu unserer Verabredung ab." Er reichte ihr einen Strauß aus roten Weihnachtssternen und weißen Rosen.

„Unsere Verabredung?" Die jüngsten Ereignisse hatten sie ihr Treffen völlig vergessen lassen.

Er ließ die Schultern hängen. „Du hast es vergessen?"

„Es tut mir leid, aber Reef ist in Haft und ich bin überhaupt nicht in der Stimmung für eine Verabredung."

„Es wird dich auf andere Gedanken bringen. Komm." Als sie zögerte, sagte er: „Ich habe alles seit Wochen geplant."

Sie biss sich auf die Unterlippe, weil sie seine Gefühle nicht verletzen wollte. „Also gut. Gib mir fünf Minuten." Vielleicht würden ihr ein paar Stunden Ablenkung wirklich guttun. Vielleicht half es ihr ja sogar, den Kopf freizubekommen, sodass sie bessere Ideen hatte, wie sie Reef helfen konnte.

„Zieh dich warm an", rief er ihr nach.

Sie blieb stehen und wollte ihn schon fragen, warum – doch dann beschloss sie, sich überraschen zu lassen.

Eine halbe Stunde später stieg sie am Ende der Knotchcliff Road aus Dennys Subaru. Vor ihnen lag nichts als Wildnis. „Okay. Ich bin neugierig."

Er drückte freundschaftlich ihre Schulter und ging zum Kofferraum. „Wann bist du das nicht?"

Der Vollmond hing am tiefschwarzen Himmel. Sein Licht wurde vom frisch gefallenen Schnee reflektiert.

„Kannst du das bitte mal halten?" Er reichte ihr eine batteriebetriebene Laterne.

„In Ordnung." Sie schaltete die Lampe ein und sah zu, wie sich das Licht über den Schnee zu ihren Füßen ergoss.

Denny setzte einen Rucksack auf und klemmte sich eine Decke unter den Arm. „Bist du bereit?"

Sie nickte, obwohl sie eigentlich gar keine Lust auf dieses kleine Abenteuer hatte. Es fühlte sich nicht richtig an, mit Denny zusammen Spaß zu haben, während ihr Bruder in einer Zelle saß. Außerdem hatte sie das merkwürdige Gefühl, dass jemand sie beobachtete. Sie ließ ihre Blicke über den Gebirgskamm wandern.

Denny zog sie am Ärmel. „Komm mit." Er führte sie beide einen überwucherten schmalen Pfad entlang, der sich in Kurven durch den Wald schlängelte. Die dicht stehenden Fichten schirmten sie vor dem kalten Wind ab und der Boden unter ihren Füßen war braun, weil kein Schnee darauflag.

Kleine Tiere huschten in den Ästen über ihnen und im Unterholz herum. Der Baumbestand wurde dünner und bald lag wieder Schnee auf dem Pfad. Frische Hufspuren, die größer waren als ihre Hände, deuteten darauf hin, dass hier vor Kurzem ein Elch gewesen war. Sie spähte um sich herum in den Wald hinein, in der Hoffnung, einen Blick auf ihr Lieblingstier erhaschen zu können. Aber sie sah nichts.

„Noch ein Stückchen weiter", sagte er.

Das mulmige Gefühl, dass sie beobachtet wurden, verstärkte sich mit jedem Schritt, den Piper tat. Sie drehte sich um und blickte hinter sich. *Nichts.* Vielleicht spielte ihre Fantasie ihr doch einen Streich.

Schließlich erreichten sie eine Lichtung – flach und weit auf einer Anhöhe, von der aus man auf das Meer hinuntersehen konnte. Tausende Sterne funkelten vor ihren Augen.

„Und?", fragte er.

„Es ist atemberaubend."

„Genau wie du“, sagte er ohne zu zögern.

Das kam für ihren Geschmack ein wenig zu schnell – beinahe, als wäre es einstudiert. *Oh Mann, Landon!* Er war nicht einmal hier und doch verdarb er ihr die Verabredung, weil sie Dennys Äußerungen zu sehr analysierte. Landon hatte Denny von Anfang an nicht gemocht und er hatte nicht gezögert, ihr zu sagen, dass er Denny für einen Schürzenjäger hielt. Auch wenn das wahrscheinlich stimmte, behandelte Denny sie gut und sie genoss seine Aufmerksamkeit. Sie war gerne mit ihm zusammen, aber sie wusste mittlerweile, dass nie etwas Ernstes daraus werden könnte. Sie liebte Denny nicht. Deshalb sollte sie ihn eigentlich nicht länger hinhalten und die Sache beenden. Doch nicht an diesem Abend, nachdem er sich so viel Mühe gegeben hatte. Aber bald.

Denny schüttelte die graue Wolldecke aus und legte sie über die glitzernde Schneedecke. Darauf platzierte er zwei Gläser, zwei Teller, eine Thermoskanne und mehrere Plastikbehälter. Ein Winterpicknick unterm Sternenhimmel. Sehr umsichtig.

„Meine Dame.“ Denny kniete sich hin und klopfte auf die Decke.

Sie setzte sich neben ihn und Denny breitete eine zweite Decke über ihren Schoß.

Der Himmel dehnte sich wie ein riesiges Goldfischglas vor ihnen aus, sodass sie sich wie ein Kind im Autokino fühlte. Doch dieses Mal war die Leinwand weit wie der Horizont und zeigte Gottes fantastische Schöpfung.

Denny öffnete die Thermoskanne und der süße, schwere Duft von Schokolade erfüllte die Luft.

„Heißer Kakao?“

„Selbst gemacht, nur für dich.“ Er zwinkerte. „Soll ich Schlagsahne oder Marshmellows hineintun?“

„Schlagsahne. Danke.“

Er verzierte ihren Kakao entsprechend und wandte sich ihr dann zu. „Alles in Ordnung?“

„Tut mir leid. Mir geht so vieles durch den Kopf.“

Er seufzte. „Wieder einmal Landon?“

„Was?“ Sie runzelte die Stirn. Sie dachte zwar an Landon, aber er war nicht der einzige Grund, warum sie abgelenkt war – dazu kamen der Fall, ihr Bruder, das Gefühl, dass sie beobachtet wurden

… das alles zusammen. Warum hatte Denny ausgerechnet Landon im Verdacht?

Denny stützte einen Arm auf sein angewinkeltes Knie. „Er ist immer bei uns."

Landon war in letzter Zeit ausgesprochen distanziert gewesen, ja, fast gar nicht mehr Teil ihres Lebens. Sie hatte gedacht, seine Abwesenheit würde sie glücklich machen, aber wenn sie ehrlich war, fühlte sie sich eher traurig … und sogar einsam. So verrückt es war, aber sie vermisste ihn. „Ich weiß, dass er sich gerne in unsere Angelegenheiten einmischt, aber …"

Denny nahm ihre Hand. „Nein, Piper. Ich meinte damit, dass wir nicht ein *einziges* Mal miteinander ausgehen können, ohne dass du von Landon anfängst oder dich in Gedanken an ihn verlierst."

Diese Wendung hatte sie nicht erwartet. „Meinst du das ernst?"

„Absolut. Du redest ständig von Landon oder lässt dich von ihm ablenken."

„Es ist manchmal einfach so … frustrierend." Denny drückte seine Gefühle klar aus. Warum konnte Landon das nicht ebenso? Er sagte, die Sache mit Reef tue ihm leid, aber da war noch etwas. Wenn er ihr in die Augen sah, konnte sie in seinem Blick die Gefühle sehen, aber er hielt sich immer zurück. Es machte sie wahnsinnig.

Denny streichelte ihre Hand. „Weißt du, manchmal denke ich, du redest so viel über ihn, weil du ihn magst."

„Natürlich mag ich ihn. Er ist für mich praktisch wie ein älterer Bruder. Uns verbindet die typische Geschwister-Hassliebe." Oder wenigstens war es so bis zum vergangenen Sommer gewesen, in dem sich etwas, das sie immer noch nicht ganz verstand, verändert hatte.

„Ich fürchte, das stimmt, nur ohne den Geschwisterfaktor."

„Was meinst du?"

„Das du etwas für Landon empfindest."

„Du meinst, romantische Gefühle … für *Landon*?" Etwas in ihrem Herzen flackerte auf. „Nein", sagte sie mit einer Gewissheit, die sie nicht empfand. In Wahrheit veränderten sich ihre Gefühle für Landon tatsächlich – sie vertieften sich auf eine Weise, die sie nicht erklären konnte. Aber er zog sich zurück und das frustrierte und beunruhigte sie.

Denny fuhr mit einem Finger über ihre Wange. „Bist du sicher?"

„Mhm." Sie lachte nervös und war sich ihrer Sache absolut nicht sicher.

„Ich bin froh, dass du das sagst, denn ich möchte nicht, dass du verletzt wirst, wenn du erfährst, mit wem ich ihn neulich gesehen habe."

„Mit wem hast du ihn denn gesehen?" Sie trank einen Schluck Kakao.

„Mit Becky Malone."

Sie hätte beinahe den Kakao über seine Jacke gespuckt. „Becky Malone?"

„Ja."

„Du hast *Landon* mit Becky Malone gesehen?"

„Ja, sie kamen zusammen aus Hawkings Pub."

„Warte mal. Landon war in einer Bar?" *Mister Tugendhaft in einer Bar? Unmöglich.*

„Genau."

„Er muss dort etwas Dienstliches zu tun gehabt haben." Alles andere ergab keinen Sinn.

„Es sah aber nicht wie etwas Dienstliches aus", sagte Denny und holte einige Kekse aus einem der Behälter, um sie auf einem Teller anzurichten.

„Was willst du damit sagen?"

„Dass Landon und Becky aus dem Hawkings gewankt sind und sich ziemlich gut verstanden, wenn du verstehst, was ich meine." Er schob sich einen Keks mit Schokostückchen in den Mund.

„Landon und Becky Malone? Nie im Leben!" Obwohl … sie hatte plötzlich ein flaues Gefühl im Magen. Hatte er deshalb neulich nach Parfüm und Rauch gerochen? *Landon* – sie schluckte – *und Becky Malone?*

„Ich weiß, dass du mir nicht glaubst."

„Das ist es nicht. Es ist nur …" Es ergab keinen Sinn.

„Du glaubst, es passt nicht zu seinem Charakter."

„Genau."

„Vielleicht weißt du ja nicht alles über Landons Charakter. Hast du schon mal überlegt, ob Landon vielleicht auch eine Schattenseite hat?"

„Landon … eine Schattenseite?" Sie lachte laut auf. Die Vorstellung war absurd.

15

Landon parkte hinter Denny Fosters Subaru Forester am Ende der Knotchcliff Road, während das Adrenalin in seinen Adern pulsierte.

Piper hörte nie zu. Sie lernte nie aus ihren Erfahrungen. Erst steckte sie die Nase in seine Ermittlungen und verärgerte Augenzeugen, und jetzt das hier – sie fuhr einfach irgendwo in die Wildnis mit Denny, wieder einmal.

Er stapfte durch den Wald auf die Lichtung zu, die sie als Jungs in der Highschool im Sommer immer benutzt hatten, um sich dort ungestört mit Mädchen zu treffen. So wie er Denny kannte, würden die beiden dort sein. Es war zwar tiefster Winter, dennoch folgte Denny weiterhin seinen Gewohnheiten. Was sah Piper in dem Kerl eigentlich? Klar, er sah gut aus und hatte Geld, aber ihr waren eigentlich doch andere Dinge wichtig.

Lachen drang an sein Ohr – Piper. Sie berührte wahrscheinlich Dennys Arm, so wie sie es tat, wenn er etwas sagte, was sie lustig fand. So wie an dem Abend von Coles und Baileys Verlobungsparty.

Es hatte ihn beinahe in die Knie gezwungen, Piper so vertraut mit Denny zu sehen. Er wurde den Gedanken an diese Szene nicht mehr los, konnte kaum atmen und war schließlich bei Hawkings gelandet. Erfolglos hatte er versucht, die Erinnerung an den Anblick zu ertränken.

Das war ein Fehler gewesen. Er hätte sich davon niemals herunterziehen lassen dürfen. Hätte nicht Zuflucht im Alkohol suchen sollen, um den Schmerz zu betäuben. Er wusste es doch eigentlich besser. Es hatte noch nie jemandem genützt, Trost in einer Flasche zu suchen.

Er trat aus dem Wald und sah sie. Pipers Hand lag auf Dennys Arm, so wie er es sich vorgestellt hatte. Die beiden saßen dicht aneinandergekauert unter einer Decke mit einer Art Picknick um sich herum. Etwas Kitschigeres hätte Denny wohl kaum einfallen können.

Das Bedürfnis, sich auf den Kerl zu stürzen, wurde fast übermächtig.

„Aber was ist, wenn du dich irrst?", sagte Denny und streichelte ihr Kinn mit seinem behandschuhten Daumen.

„Aber Landon ist –"

„Kurz davor, dich zu erwürgen?", sagte er und trat näher.

Piper sprang erschrocken auf. Die Decke, die ihre Beine bedeckt hatte, fiel zu Boden. „Was machst du –?"

„Was ich hier mache?" Er biss die Zähne zusammen, während sein Herzschlag in seinen Ohren pochte. „Das könnte ich dich auch fragen. Du hast dich doch wohl nicht schon wieder mit einem Mann in die Wildnis begeben?"

Denny erhob sich ebenfalls von der Decke. „Wir haben nur ein Picknick gemacht. Und ich wüsste nicht, was dich das angeht."

„Es geht mich nichts an? So wie es aussieht, sind Piper und ich sehr gut darin, uns in anderer Leute Angelegenheiten einzumischen."

Sie runzelte die Stirn. „Wovon redest du?"

„Nicht hier." Er packte sie am Arm. „Wir reden im Wagen."

„Wagen?" Sie wehrte sich gegen seinen Griff. „Ich kann nicht weg."

„Falsch." Er zog sie hinter sich her.

Denny eilte ihnen nach. „Du kannst sie nicht einfach mitnehmen."

Landon fasste Pipers Arm noch fester. „Das werden wir ja sehen." Als Denny ihnen weiter folgte, drehte Landon sich um und knurrte: „Halt dich da raus, Denny."

Piper stapfte neben ihm her und versuchte, sich seinem Griff zu entwinden. „Landon, das ist unhöflich … und du benimmst dich lächerlich."

„Ich benehme mich lächerlich? Du bist diejenige, die handelt, ohne nachzudenken. Erst bei Ashley und jetzt mit Denny mitten im Wald."

„Und du handelst, ohne etwas zu fühlen."

„Was zum Henker soll das bedeuten?" Dass er nichts empfand, nichts fühlte? Im Gegenteil. Er war in seinen Gefühlen für sie beinahe ertrunken.

„Warum kannst *du* nicht mal zur Abwechslung sagen, was du fühlst? Oder fühlst du einfach nichts?"

Nichts fühlen? Er würde in diesem Moment nichts lieber tun, als sie in die Arme zu nehmen und zu küssen. Aber beim letzten Mal, als er auf sein Herz gehört hatte, war es zerbrochen. Dieses Mal sah es so aus, als würde es ohnehin gebrochen werden, ganz egal, was er tat. Solange er atmete, würde sein Herz ihr gehören.

Er öffnete die Beifahrertür seines Pick-ups und schob Piper hinein. „Glaub mir, ich habe jede Menge Gefühle."

Ihre Augen weiteten sich und er wusste, dass er zu viel gesagt hatte. Er knallte die Tür zu und stapfte zur Fahrerseite.

Nachdem er eingestiegen war, ließ er den Motor an. „Gefühle", sagte er und legte den Gang ein, „führen dazu, dass du irgendwo in der Wildnis mit einem Mann endest, und das ist gefährlich."

Sie verschränkte die Arme vor der Brust, während er die Straße hinunterraste. „Ich bin mit dir irgendwo in der Wildnis."

„Das ist etwas anderes." Und das wusste sie auch.

„Wieso? Du bist doch auch ein Mann, oder?" Sie schob trotzig das Kinn vor. „Oder bist du etwa nicht gefährlich?"

„Gefährlicher, als du ahnst." Er dachte an die Nacht in seinem Haus zurück. Daran, wie nahe Piper ihm gewesen war und wie sehr jede Faser seines Körpers danach verlangt hatte, sie zu küssen.

Sie schnaubte verächtlich. „Ich bitte dich!"

„Es ist mein Ernst, Piper. Wenn du dir noch mal so etwas wie eben leistest …"

„Was? Dass ich mit einem Mann ausgehe?"

„Dass du dich in Gefahr bringst oder wichtige Zeugen in einer Morduntersuchung verhörst."

„Ach, darum geht es."

„Ich meine es ernst, Piper – beim nächsten Mal …"

„Was? Gibst du mir eine Tracht Prügel?“

Seine Finger krallten sich um das Lenkrad, als er auf die Hauptstraße abbog. „Du kannst mir glauben, dass mir schon öfter danach zumute war.“

Sie warf ihm einen finsteren Blick zu. „Das ist doch wirklich lächerlich.“

„Weißt du eigentlich, was du getan hast?“

„Ich habe versucht, der Wahrheit auf den Grund zu gehen.“

„Du hast einen entscheidenden Zeugen dazu gebracht, dass er nichts mehr sagen will.“

„Tug hat seine Geschichte revidiert?“ Hoffnung schwang in ihrer Stimme mit.

„Tug?“ Er runzelte die Stirn. „Ich spreche von Ashley.“

„Oh.“ Sie starrte aus dem Fenster.

„Mit Tug hast du auch gesprochen? Mann, es wird immer besser.“

„Warum? Weil deine Zeugen ihre Aussage geändert haben?“

„Nein. Ashley hat ihre Aussage nicht geändert, und Tug auch nicht, soweit ich weiß. Sie werden nicht lügen, nur weil du ihnen was vorgeheult hast.“

„Ich will ja auch gar nicht, dass sie lügen.“

„Was wolltest du denn dann erreichen?“

„Ich wollte mich vergewissern, dass sie sich richtig erinnern. Dass du alle relevanten Fragen gestellt hast und keine Scheuklappen aufhattest, so wie meistens.“

„*Ich* trage Scheuklappen? Na, du hast wirklich Nerven! Du wolltest doch nur etwas ganz Bestimmtes hören.“

„Genau – die Wahrheit.“

„Sie haben bereits die Wahrheit gesagt. Jetzt redet Ashley dank deiner Aktion nicht mehr. Und ich bin sicher, dasselbe werde ich auch von Tug zu hören bekommen.“

„Was meinst du damit?“

„Ich meine, von ihr erfahre ich nichts mehr. Wegen deiner Nachforschungen, bei denen du so getan hast, als hätte ich dich geschickt, vertraut sie mir keine Informationen mehr an. Sie glaubt, ich hätte sie verraten und dir weitergesagt, was sie mir im Vertrauen erzählt hat.“

„Aber das hast du nicht.“

„Ich weiß das, aber *sie* nicht." Er warf Piper einen Blick zu, als sie in die Auffahrt zum Haus der McKennas einbogen. „Wie hast du überhaupt von ihrer Geschichte erfahren?"

„Ich habe ein bisschen herumgestochert."

„Wenn du diese Ermittlungen in irgendeiner Weise behindert hast …"

„Jetzt beruhige dich mal. Ich habe Tug nur ein paar Drinks spendiert. Er hat wie eine Nachtigall gesungen."

„Na, super. Ich hoffe, du bist zufrieden mit dir."

„Zufrieden? Mein Bruder sitzt im Gefängnis wegen eines Verbrechens, das er nicht begangen hat. *Zufrieden* ist so ziemlich das letzte Wort, um meinen Zustand zu beschreiben."

„Dann sind wir ja schon zu zweit."

„Ich weiß gar nicht, warum du dich so aufregst. Du hast doch Ashleys Aussage schon. Was brauchst du noch?"

„Du hast keine Ahnung, wie polizeiliche Ermittlungen ablaufen, oder?"

„Aha, jetzt kommt der Teil, bei dem du mir sagst, was für ein dummes, naives Kind ich bin."

„Ich habe dich nie als dumm bezeichnet."

„Also nur naiv? Das ist natürlich viel besser."

„Ich denke, du bist weder dumm noch naiv."

„Für fähig hältst du mich aber offensichtlich auch nicht."

„Auch das stimmt nicht."

„Nein?"

„Nein", sagte er und hielt vor ihrem Haus.

„Was denkst du denn dann über mich?" Sie starrte ihn so ernsthaft an, mit so viel offenem Kummer im Blick, dass er beinahe versucht war, ihr zu sagen, wie er wirklich empfand. Dass sie wundervoll, schön und mutig war. Aber das konnte er ihr niemals sagen, weil er ihre Zurückweisung nicht ertragen würde.

„Siehst du." Ihre Miene war unnachgiebig. „Du kannst mir noch nicht einmal antworten, weil du in mir nur ein unfähiges Kind siehst."

„Piper, ich …"

„Vergiss es." Sie öffnete die Tür.

Es gab so vieles, was er ihr sagen wollte, aber er konnte nicht. „Piper …"

„Was?" Sie drehte sich mit zitternder Stimme um.

„Ich will dich …" *So sehr, dass es wehtut.* Seine Kehle zog sich zusammen.

„Du willst mich …?" Sie legte den Kopf schief.

„Ich will dich …" Er schluckte, als ein zweites Paar Scheinwerfer in der Auffahrt erschien. Denny. Er seufzte. „Nicht mehr bei meinen Ermittlungen sehen."

„Verstanden." Sie knallte die Tür zu und es erschütterte seine Seele.

16

Landon bog in seine gepflasterte Auffahrt ein, sein Herz in Trümmern. Die Scheinwerfer warfen Licht auf seine Terrasse und erleuchteten eine einsame Gestalt.

Becky Malone.

Sie saß in seinem Schaukelstuhl, die bloßen Beine übereinandergeschlagen. War sie verrückt? Das Quecksilber zeigte beinahe fünfundzwanzig Grad minus an. Sie erhob sich, als er näher kam, und bückte sich, um etwas aufzuheben. Als sie sich aufrichtete, sah er ein Sixpack in ihrer rechten Hand.

Mit einem Seufzer stieg er aus dem Wagen.

Im Haus bellte Harvey, der ihn kommen hörte.

„Still“, befahl er und der Hund gehorchte.

Becky hob das Kinn mit ihrer üblichen selbstsicheren Miene. „Hallo, Fremder.“

Er musterte ihren Aufzug – eine gelbe Daunenjacke, Fellstiefel und einen Jeansminirock. Sie war auf alle Fälle einzigartig. „Kalt?“

„Eisig. Du lässt mich besser rein.“

„Das ist keine gute Idee.“ Es war sogar eine ausgesprochen katastrophale Idee.

„Hör auf, so ein Spießer zu sein. Lass mich rein.“ Sie streckte die Hand nach der Türklinke aus und er legte seine Hand auf ihre. „Mmm“, schnurrte sie, „du fühlst dich schön warm an.“

„Hör zu, es tut mir leid, wenn ich neulich einen falschen Eindruck erweckt habe, aber …“

„Da ist dieses Aber schon wieder." Sie lächelte. „Willst du nicht ein bisschen Spaß haben?"

„Ich fürchte, nein." Er wollte ihre Gefühle nicht verletzen, aber er musste unmissverständlich sein.

„Na gut." Sie schmollte. „Kann ich dann wenigstens deine Toilette benutzen, bevor ich gehe? Ich warte schon eine ganze Weile."

„Natürlich. Aber beeil dich." Er wollte, dass sie so schnell wie möglich verschwand.

„Kein Problem. Ich brauche nicht hierzubleiben, wenn ich nicht erwünscht bin. Ich kann auch woanders hin."

Er hatte ein schlechtes Gewissen, als er sah, dass ihre Unterlippe ein wenig zitterte. Er hatte sie wirklich nicht kränken wollen. Er durfte sie nur nicht im Unklaren lassen. Zwischen ihnen würde nichts laufen.

Er öffnete die Tür und Harvey begrüßte sie mit einem missbilligenden Blick.

„Hier bist du also zu Hause." Sie zog eine halb leere Flasche Rum aus ihrer Jackentasche, bevor sie ihren Mantel ablegte.

Fantastisch. Sie konnte unmöglich Auto fahren. „Ich mache dir einen Kaffee, während du das Bad benutzt, okay?"

Sie salutierte spöttisch. „Was immer Sie sagen, Officer." Sie sah sich um. „Nett hast du es hier."

Das war Pipers Einfluss. Sie hatte darauf bestanden, dem Haus etwas Leben einzuhauchen. Die Gardinen mit dem Blattmuster und die passenden Sofakissen, die Kerzen auf dem Kaminsims und die Bilder an der Wand hatte sie hinzugefügt. „Das Bad findest du hinter der zweiten Tür rechts." Er zeigte in die entsprechende Richtung.

„Alles klar." Becky schlenderte den Flur hinunter und der Geruch von Rum folgte ihr.

Er legte einen neuen Filter in die Kaffeemaschine und holte die Tüte mit dem gemahlenen Kaffee hervor.

„Schönes Bett", rief sie mit verführerischer Stimme.

Er hielt in seiner Tätigkeit inne. „Die *zweite* Tür, Becky."

„Zweite, dritte, was spielt das schon für eine Rolle? Komm doch zu mir."

Er wusste, dass er sie nie hätte hereinlassen dürfen. Er beendete schnell die Kaffeevorbereitungen, schaltete die Maschine ein und durchquerte dann den Flur. Harvey knurrte, als Landon an ihm vorbeikam.

Als er um die Ecke trat, sah er Becky auf seinem Bett ausgestreckt, die Fellstiefel abgestreift. Rock und Oberteil – was ohnehin nicht üppig war – hatte sie noch an.

„Schöne Laken." Sie fuhr mit der Hand über die Oberfläche. „Wir könnten guten Gebrauch davon machen."

„Becky, ich –"

„Muss ich ein bisschen Überzeugungsarbeit leisten?" Sie stand auf und ging auf ihn zu. Ihre geschickten Finger begannen, die Knöpfe seines Hemdes zu öffnen. Sie versuchte, ihn zu küssen. Der überwältigende Geschmack von Rum schlug ihm entgegen.

Er umfasste ihre Oberarme und schob sie vorsichtig, aber bestimmt zurück. „Das wird nicht geschehen."

Harvey bellte, als Scheinwerferlicht über die Fensterscheiben wanderte.

Landon blickte auf die Uhr. Um ein Uhr nachts? Wer konnte das sein?

„Wahrscheinlich hat jemand sich verfahren", sagte Becky und versuchte, ihm wieder näherzukommen.

Eine Wagentür fiel ins Schloss.

„Ich sehe nach, während du dich wieder anziehst." Er verließ das Zimmer und ging zur Haustür. Die rechte Hand an seine Waffe gelegt, öffnete er die Tür mit der linken.

Dann stockte ihm der Atem. „Piper. W-w-w-as machst du denn hier? Ist etwas passiert?"

„Ich weiß, du denkst, ich hätte dir deinen Fall vermasselt, aber ich muss dir etwas über eine neue Spur erzählen." Sie schob sich an ihm vorbei ins Haus und rümpfte die Nase. „Rieche ich Kaffee?"

Er war froh, dass das alles war, was sie roch. „Jetzt ist kein guter Zeitpunkt."

„Warum?" Ihre großen braunen Augen sahen ihn fragend an und ihre Wangen röteten sich. „Tut mir leid, habe ich dich geweckt?"

Er folgte ihrem Blick zu seinem offenen Hemd. Er knöpfte es schnell zu. Becky hatte ganze Arbeit geleistet.

„Landon?" Beckys Stimme klang jetzt noch eine Spur verführerischer. „Kommst du nicht zurück ins Bett?"

Er erstarrte und sah Verwirrung in Pipers engelgleichem Gesicht. Dann verengten sich ihre Augen. „Hast du …?" Sie ging auf den Flur zu. „Ist jemand hier?"

Adrenalin schoss durch seine Adern und er machte einen Schritt nach vorne, um sie aufzuhalten, aber es war zu spät.

Piper war stehen geblieben. Ihren Blick hielt sie auf Becky gerichtet.

„Ach, wen haben wir denn da?" Beckys Stimme war lieblich, aber jedes Wort war mit Gift getränkt. Demonstrativ lehnte sie nur spärlich bekleidet im Türrahmen.

„Piper." Er streckte die Hand nach ihr aus, aber sie wich zurück. „Ich …" Wie sollte er das erklären?

Ihre Augen waren voller schmerzlicher Enttäuschung. „Tut mir leid, dass ich gestört habe." Sie drehte sich um und rannte zur Tür.

Er lief ihr hinterher. „Es ist nicht so, wie du denkst", sagte er, als er sie in der Auffahrt einholte.

Sie fuhr so schnell herum, dass sie ihn beinahe zu Fall gebracht hätte. „Sag mir nur eins … ist *sie* der Grund, warum du in letzter Zeit so abgelenkt warst?"

„Was?"

„Du bist seit Monaten nicht mehr du selbst. Du bist mürrischer als sonst, distanzierter, und *jetzt* …" Ihre lodernden Augen waren auf Becky gerichtet, die in der Tür stand.

„Das hat nichts mit dem hier zu tun."

„Mit *dem hier*?" Ihre Miene verhärtete sich. Waren das Tränen in ihren Augen?

„Piper." Er nahm ihre Hand. Sie war ganz kalt.

Sie riss sich los. „Und ich habe dich Denny gegenüber verteidigt …"

„Denny? Was hat *er* denn damit zu tun?"

„Er hat gesagt, dass du was mit Becky Malone hast. Aber ich dachte: *Nie im Leben!*" Sie seufzte angewidert. „Ich bin so ein Idiot."

„Du bist kein Idiot."

„Die Indizien beweisen ja wohl etwas anderes." Sie stieg in ihren Jeep und ließ den Motor an, während der Schnee lautlos zu Boden fiel.

17

Piper konnte nicht schlafen und so begann sie, die Spülmaschine auszuräumen. Sie zog einen Teller heraus und stellte ihn ins Regal. Noch immer strömte das Adrenalin durch ihre Glieder. *Becky Malone und Landon?* Das passte nicht zusammen. So war Landon nicht. Nicht *ihr* Landon.

Sie nahm den nächsten Teller und stapelte ihn scheppernd auf den ersten.

Landon war so ernsthaft, immer so korrekt. Sie biss sich auf die Lippe. Vielleicht hatte Denny recht. Vielleicht kannte sie Landon doch nicht so gut, wie sie dachte. Dieser Gedanke brachte sie schrecklich aus dem Gleichgewicht.

Sie warf die letzten Teller auf den Stapel.

„Weißt du eigentlich, wie spät es ist?", fragte Kayden, die schläfrig und im Pyjama in die Küche kam. „Wer hat *dich* denn geärgert?"

Piper streckte die Hand nach einem Glas aus.

Kayden hielt sie zurück. „Lass mich das machen."

„Gut." Piper trat eingeschnappt zurück.

„Also, welche Laus ist dir über die Leber gelaufen?"

Piper lehnte sich an die Küchenzeile. „Landon."

„Na, das ist ja ein Schock." Kayden lächelte.

„Das ist es tatsächlich." Sie war sich nicht sicher, was der größere Schock war – dass Reef des Mordes beschuldigt wurde oder dass sie Becky in Landons Haus angetroffen hatte.

„Geht es um Reefs Fall?“, fragte Kayden, während sie vorsichtig das Glas in den Schrank räumte.

„Nein. Das allein ist es nicht.“ Obwohl es Landons Distanziertheit erklären würde, wenn er ein Verhältnis mit Becky hätte.

„Was dann?“

Es war ihr zuwider, es auch nur auszusprechen. Aber sie war so niedergedrückt, dass sie ihre Last unbedingt loswerden musste.

„Ich bin zu ihm gefahren, um ihm zu erzählen, was ich herausgefunden habe, und …“

„Er war nicht glücklich darüber?“

„Ich hatte gar nicht die Gelegenheit, es ihm zu sagen. Ich war zu geschockt.“ Schmerz erfüllte erneut ihre Brust wie zuvor, als sie Becky gesehen hatte.

Kayden schloss die Tür der leeren Spülmaschine. „Wovon?“

„Besser gesagt, von wem.“

Kayden zog fragend ihre dunklen Augenbrauen hoch.

„Becky Malone.“

„Sie war bei Landon?“ Kayden hätte beinahe gelacht.

Piper nickte.

Kayden starrte sie mit offenem Mund an. „War sie …? Haben die beiden …?“

„Es sah ganz danach aus.“

„Das glaube ich nicht.“ Kayden lehnte sich neben Piper an die Küchenzeile.

Sie glaubte es genauso wenig. Landon war immer so anständig und zugeknöpft gewesen. Und nun hatte er vor ihr gestanden mit weit offenem Hemd, das einen Blick auf seinen muskulösen Oberkörper freigab … und im Hintergrund Becky Malone. Unfassbar.

„Was hast du gesagt?“, fragte Kayden, schwang sich auf die Arbeitsplatte und ließ ihre Beine baumeln.

„Ich weiß es nicht mehr.“ Pipers Herz hatte wie wahnsinnig gehämmert und der Schock ihr so das Gehirn vernebelt, dass die Erinnerung nur vage war – so, als hätte sie es gar nicht selbst erlebt.

„Ich glaube wirklich nicht, dass er mit ihr schläft, aber sie könnten zusammen sein … ich frage mich, ob Cole davon weiß.“ Kayden nahm eine Pistazie aus der Schale, die Piper auf der Küchenzeile hatte stehen lassen, und schob sie sich in den Mund.

Daran hatte sie gar nicht gedacht. Denny wusste es. Wer sonst noch? Kein Wunder, dass Landon sie für naiv hielt. Und kein Wunder, dass Landon sich dagegen gewehrt hatte, als sie ihn mit Nancy Bowen verkuppeln wollte, wenn er anscheinend Frauen wie Becky Malone bevorzugte.

Schon der Gedanke daran schnürte ihr die Kehle zu. Ihr war richtiggehend schlecht. Sie empfand schreckliches Heimweh und hatte das Gefühl, ganz verloren zu sein. „Wie kann er nur …? Becky Malone? Warum sollte er sich für *sie* entscheiden?"

„Stimmt. Sie wirkt nicht gerade wie jemand, der auf eine ernsthafte Beziehung aus ist."

Beziehung. Wie lange ging das schon so? War Becky der Grund, warum er sich von ihr zurückgezogen hatte? Würde er noch mehr auf Abstand gehen, jetzt, wo sie von den beiden wusste?

Sie schluckte. Sie durfte Landon nicht verlieren.

Kayden sah sie prüfend an. „Warum nimmst du die Sache eigentlich so persönlich?"

„Das tue ich nicht." Sie fing an, die Arbeitsplatte abzuwischen.

„Doch, das tust du."

„Na ja … Weißt du, als Christ glaube ich, dass man nicht einfach so mit jemandem schlafen sollte, mit dem man nicht verheiratet ist."

„Das denke ich auch. Das entspricht nicht dem, wie Gott sich das Miteinander von Mann und Frau gedacht hat. Deshalb glaube ich auch, dass Landon das nicht tun würde. Aber selbst wenn er ein Verhältnis mit Becky Malone hat, würde ich mich nicht *persönlich* von Landon verraten fühlen." Kayden sprang von der Küchenzeile. „Du offensichtlich schon." Sie nahm noch eine Pistazie. „Und du musst dich fragen, warum."

Landon stand vor Pipers Haus, an die riesige Fichte vor ihrem Fenster gelehnt. Er hatte Becky sicher nach Hause gebracht und dann hatte es ihn hierher gezogen. Am liebsten wäre er die dicken Äste der Fichte zu Pipers Fenster hinaufgeklettert und hätte sie geweckt, damit er ihr alles erklären konnte. Selbst wenn Piper in ihm nie mehr sehen würde als einen Freund, musste sie wissen, dass er nicht mit Becky geschlafen hatte.

Er musste Piper sagen, wie er empfand, damit sie verstand, dass seine „Distanziertheit und Abgelenktheit“ nichts mit Becky Malone zu tun hatte, sondern allein mit ihr. Aber der Gedanke, dass Piper ihm in die Augen sehen und ihm sagen würde, sie könnte ihn niemals auf diese Weise lieben, ließ seinen Atem stocken. Er war einfach nicht stark genug, um das verkraften zu können.

Cole und Piper sagten immer, dass Jesus die Quelle ihrer Kraft sei. Und Pastor Braden sprach oft davon, dass man gerade in seiner Schwachheit von Gott gestärkt werden konnte. Aber er wusste nicht, wie er diesem Gott nahekommen konnte …

Frustriert stieß Landon mit der Stiefelspitze in den Schnee.

Früher hatte er versucht, Gott zu vertrauen, und öfter gebetet. Dennoch waren seine schlimmsten Befürchtungen eingetroffen. Gott hatte es nicht verhindert. Wieso sollte es diesmal anders sein? Welchen Sinn hatte es zu beten, wenn Gott sich entschied, einen nicht vor den schmerzlichen Erfahrungen des Lebens zu verschonen?

Piper würde sagen, dass Gott den Menschen auch in ihrem Leid und in ihrer Trauer nahekam. Dass er aus den leidvollen Erfahrungen schließlich etwas Gutes erwachsen lassen konnte. Dass alles in Gott aufgehoben war und einen Sinn hatte. Doch dieser Sinn war für ihn oft schwer zu erkennen.

„Glaube aber ist: Feststehen in dem, was man erhofft, Überzeugtsein von Dingen, die man nicht sieht.“

Diesen Vers hatte Cole den Teenagern in seiner Jugendgruppe neulich mitgegeben. Es war ein Satz aus dem Hebräerbrief, wenn er sich richtig erinnerte.

Er warf einen letzten Blick auf Pipers dunkles Fenster, dann drehte er sich um und machte sich auf den Heimweg.

Konnte Gott wirklich die Leere und das Loch füllen, das in ihm immer größer wurde? Konnte Gott ihm die Kraft geben, die er brauchte?

Er blickte zum nächtlichen Himmel hinauf.

Wenn du wirklich da bist, wie Cole und Piper sagen, kannst du dich mir zeigen?

So wie bei der Arbeit brauchte er Beweise. Blinder Glaube war nichts für ihn.

18

Gage tauchte das Paddel ins Wasser und ließ das Kajak im Morgengrauen durch die kühle Bucht gleiten. Er war am vergangenen Abend gerade zum Haus seiner Schwester zurückgekehrt, als Darcy erschienen war, die unterschriebene Schweigeerklärung in der Hand. Auch wenn er nichts mehr mit ihr zu tun haben wollte, waren seine Geschwister nicht bereit, ohne ihre Hilfe weiterzumachen. Es sei denn, er organisierte einen anderen Journalisten. Doch für ihn bedeutete ein neuer Reporter lediglich neuen Ärger.

Darcy war klug und hatte eine schnelle Auffassungsgabe. Wenn seine Familie sie für ihre Zwecke einspannte, konnte sie wahrscheinlich eine Menge erreichen. Nachdem der Vertrag unterzeichnet war, durfte sie kein Wort über ihn und Meredith drucken, aber das war ein schwacher Trost. Meredith hatte mit Darcy über seine frühere Beziehung zu ihr gesprochen und Darcy war nicht der Typ, der die Dinge auf sich beruhen ließ. Dazu war sie seinen Schwestern zu ähnlich. Immer am Wühlen. Immer neugierig.

Die Morgensonne ging über den Bergen auf und kletterte über den Horizont. Ihre Strahlen fielen auf das tiefblaue Wasser. Gage paddelte schneller und die Anstrengung erwärmte seine Armmuskeln. Er würde Darcy den Fall bearbeiten lassen, aber er würde sie im Auge behalten und sich vergewissern, dass sie ihren Teil der Abmachung einhielt.

Piper erreichte den oberen Skilift des Ferienortes Kaner genau um zwölf Uhr mittags, so wie vereinbart. Kaner lag genau gegenüber von Yancey auf der nördlichen und ansonsten unwirtlichen Seite von Tariuk Island. Nur diejenigen, die sich für schwierige Abfahrten interessierten, legten die nicht ungefährliche Strecke zurück. Die Straße führte nicht über den tückischen Bergpass, sondern wand sich an der Küste der Insel entlang und war an manchen abgelegenen Stellen durch Eis und Lawinen gefährdet.

Der Ferienort bestand aus einem rustikalen Hotel, einigen präparierten Skipisten und jeder Menge Wildnis für Helikopter-Skiing. Kayden führte viele der Exkursionen, die ihr Familienunternehmen *Last Frontier Adventures* von Kaner aus startete.

„Einzelperson?", rief der Liftbetreiber.

Piper hob die Hand.

„Kommen Sie bitte hierher", wies er sie an.

Sie schob sich mit ihrem Snowboard an den Füßen zur letzten freien Lücke des Liftes vor, als schon der Sitz hinter ihr und ihrer Nachbarin, die ebenfalls allein unterwegs war, erschien.

Nachdem sie beide sicher saßen, lächelte Megan Whitaker und fuhr sich mit einer Hand durch das schulterlange blonde Haar. „Gut gemacht", sagte sie und zog den Sicherheitsbügel vor ihnen herunter.

„Danke, aber ich bin nicht sicher, wozu diese Geheimniskrämerei nötig war."

„Nach *dem* Stress, den Ashley hatte, weil sie mit der Polizei gesprochen hat?" Megan schob ihr pinkfarbenes Fleece-Stirnband über die Ohren. „Ich will auf keinen Fall als Verräterin gelten."

„Wollen die Leute denn nicht, dass Karlis Mörder gefasst wird?"

„Die meisten glauben, dass er das schon ist."

„Die anderen Sportler glauben wirklich, dass *Reef* sie umgebracht hat?" Kannten sie ihren Bruder denn gar nicht?

„Nicht alle", sagte Megan, „und deshalb habe ich ja auch eingewilligt, dass wir uns treffen."

„Das weiß ich wirklich zu schätzen." Sie war so begeistert gewesen über ihre neue mögliche Spur, dass sie gleich zu Landon geeilt war, um ihm davon zu erzählen. Dass sie ihn mit Becky ertappt hatte, dämpfte ihre Begeisterung, aber nicht ihren Wunsch, die Wahrheit herauszufinden.

„Kein Problem", sagte Megan. „Aber Sie haben nur zwei Minuten, bevor wir oben ankommen, also würde ich mich ranhalten, wenn ich Sie wäre."

„Okay." Piper konzentrierte sich. „Ich weiß, dass die Beweise gegen Reef ziemlich wasserdicht aussehen, aber ich kenne meinen Bruder. Er hätte Karli nicht töten können. Glauben Sie, es gibt jemanden, der ihr etwas antun würde – jemanden, der zu so einer Tat fähig wäre?"

Megan lächelte und ihre umwerfend blauen Augen funkelten. „Sie kannten Karli ganz offensichtlich nicht."

„Nein, warum?"

„Es überrascht mich, dass Reef es Ihnen nicht erzählt hat."

„Dass er mir was nicht erzählt hat?" Sie waren zu aufgebracht gewesen, um über irgendetwas anderes zu sprechen als darüber, wie sie seinen Namen reinwaschen wollten.

„Karli war nicht sehr beliebt."

„Bei wem?"

„Bei so ziemlich allen."

„Warum?"

„Karli machte … ihr eigenes Ding. Sie trank, feierte, schlief mit vielen Typen – und es war ihr ziemlich egal, mit wem."

„Sie meinen, auch mit Männern, die schon vergeben waren?"

„Genau."

„Deshalb mochten die Frauen sie nicht, aber was ist mit den Männern?"

„Karli machte Ärger, wo auch immer sie war. Wahrscheinlich ist sie deshalb so oft umgezogen."

„Aber Sie haben sich ein Zimmer mit ihr geteilt."

„Sonst wollte keiner."

„Das war nett von Ihnen."

Megan zuckte mit den Schultern. „Karli kannte meine Cousine Tess. Die sagte mir, dass Karli auch eine andere, nettere Seite hätte. Ich habe sie beim Wort genommen."

„Und hatte Ihre Cousine recht?"

„Schwer zu sagen. Karli und ich waren erst zwei Tage im Hotel, als ..." Megan schluckte. „Sie wissen schon."

„Sie haben gestern erwähnt, Sie wüssten, wo Karli vor der Saison gewohnt hat."

„Ja, sie und Tess waren Zimmergenossinnen."

„Wissen Sie, wo?"

„In British Columbia – an zwei verschiedenen Orten. Ich glaube, vor einiger Zeit waren sie in der Wolf Creek Lodge, wo Tess jetzt auch wieder arbeitet."

„Kommt Karli aus Kanada?"

„Ursprünglich?" Wieder zuckte Megan mit den Achseln. „Keine Ahnung. Karli hat nicht viel von sich erzählt."

„Sie sagten, Ihre Cousine kannte Karli besser als die meisten anderen Menschen."

„Ja, aber das heißt nicht viel. Karli war sehr misstrauisch."

„Haben Sie irgendeine Ahnung, warum?"

„Nein, ich konnte nicht einschätzen, ob sie einfach nur grob und aggressiv war oder ..."

„Was?", hakte Piper nach.

Der Sessellift war oben angekommen und sie stiegen aus.

Megan wartete, bis die beiden Skiläufer hinter ihnen den Lift verlassen hatten und losgelaufen waren, bevor sie weitersprach. „Es klingt wahrscheinlich melodramatisch, vor allem unter diesen Umständen, aber Tess hat mir erzählt, dass Karli Angst gehabt hätte."

„Wovor?"

Megan zögerte, während eine andere Gruppe sich vom Lift entfernte.

„Tess sagte, es sei ihr so vorgekommen, als hätte Karli ständig über ihre Schulter gesehen. Sie zog oft um und blieb nie lange an einem Ort." Megans Blick huschte zum Lift hinüber. „Hören Sie, ich verschwinde besser."

„Wer, glauben Sie, könnte uns zusammen sehen?"

„Irgendeiner von den anderen Sportlern." Sie setzte ihre Skibrille auf. „Sie wissen doch sicher, dass die Welt des Extremsports sehr klein ist. Wir behalten die meisten Dinge für uns, wenn Sie wissen, was ich meine."

„Was für Dinge?"

„Was abseits der Hänge passiert, wird nicht weitergetragen."
„Und eine Menge davon hatte mit Karli zu tun?"
Megan nickte.
„War irgendetwas dabei, das Grund genug für einen Mord wäre?"
Megan zuckte mit den Schultern und stieß sich ab. „Hängt davon ab, was man zu verlieren hat."

Piper trank einen Schluck heißen Kakao, bevor sie vom Parkplatz in Kaner losfuhr. So nervös Megan zunächst auch wegen ihres Treffens gewesen war, am Ende hatte sie sich doch hilfsbereit gezeigt. Tess war ihre erste vielversprechende Spur. Jetzt musste Piper sie nur noch finden.

Sie stellte ihren Becher in die Getränkehalterung des Wagens und bog rechts auf den Highway 11 – die einzige Straße, die Yancey mit dem Norden der Insel verband. Die Fahrt in die Stadt zurück dauerte nur zwei Stunden, aber mit der aufregenden Neuigkeit im Kopf würde es sich wahrscheinlich wie eine Ewigkeit anfühlen.

Es war heute ruhig auf der Straße, da die meisten Skiläufer noch auf dem Berg waren. Aber sie hatte keine Zeit fürs Skilaufen, keine Zeit für Vergnügungen. Nicht, während Reef im Gefängnis verrottete.

Sie konnte es kaum erwarten, nach Hause zu kommen und allen von ihrer Entdeckung zu erzählen. Sie würde Cole bitten, Landon von den neuesten Entwicklungen zu berichten. Sie selbst wollte ihm nicht gegenübertreten, noch nicht. Nicht, solange sie die Szene vom vorigen Abend noch so lebhaft vor sich sah. Was sollte sie sagen? Was *konnte* sie sagen? Sie verstand immer noch nicht ganz die überwältigenden Gefühle, die sie durchströmten. Deshalb wollte sie Landon lieber nicht sehen – nicht, bis ihr Herz sich beruhigt hatte und ihr Verstand wieder richtig funktionierte.

Sie schob die neueste CD der christlichen Rockband „Kutless" ein und betete, dass ihre Gedanken sich mehr auf Gott richten würden und nicht ständig um Landon kreisten.

Natürlich hatte sie die Sache nicht einfach ruhen lassen können. Der Sheriff war absolut überzeugt davon, dass Reef schuldig war. Selbst der Ermittlungsbeamte suchte in der falschen Richtung, aber nein, *sie* musste ihre neugierige Nase ja in Dinge stecken, die sie nichts angingen. Dem musste er ein Ende bereiten. Er musste sie davon abhalten, diese Spur zu verfolgen, die sie am Ende noch zu ihm führen würde.

Er sah ihren Jeep hundert Meter vor sich auf dem Highway. Er hatte Abstand gehalten, bis sie mitten in der Wildnis waren, um sicherzugehen, dass niemand sie beide beobachtete. Er beschleunigte und näherte sich ihrem Wagen, bis er ihre aufgerissenen Augen im Rückspiegel sehen konnte. Dann schlug er zu.

19

Landon nahm das Gespräch entgegen, als Coles Name auf dem Display seines Handys erschien. „Hallo, Cole."

„Piper hatte einen Unfall."

„Was?"

„Ich erkläre dir alles, wenn du zum Krankenhaus kommst."

Minuten später betrat Landon das Krankenhaus, während sein Herzschlag in seinen Ohren hämmerte und jedes andere Geräusch übertönte. Er rannte an Krankenschwestern vorbei, den Blick starr auf den Gang vor sich gerichtet.

Die Räume der Notaufnahme lagen jetzt vor ihm. Er sah Kaydens Silhouette durch eine Scheibe und bog nach rechts ab.

Jemand sagte etwas, als er sich durch eine Gruppe von Ärzten und Pflegern schob, aber die Worte klangen dumpf.

Er betrat die durch Vorhänge abgetrennte Kabine und das Herz schlug ihm bis zum Hals.

Piper saß auf dem Krankenbett – wach und streitlustig. Ein paar kleinere Schürfwunden und Pflaster bedeckten ihre Arme, ihren Hals und ihr Gesicht, aber nichts Ernstes.

Erleichterung durchströmte ihn und das angestaute Adrenalin brannte in seinen Gliedern, während es sich langsam auflöste.

Gage drückte seine Schulter. „Alles klar, Mann?"

„Geht es ihr gut?"

„Mir geht es prima. Ich wünschte, ihr würdet nicht so einen Aufstand machen." Sie zog an ihrem Krankenhaushemd, um sich anders hinzusetzen.

„Du wurdest von der Straße gedrängt", sagte Cole, der auf der rechten Seite ihres Bettes Wache stand. „Natürlich machen wir da einen Aufstand."

„Was?" Landon starrte Piper entsetzt an.

„Es ging alles so schnell. Ich weiß nur, dass dieser SUV ganz dicht hinter mir war. Das Nächste, woran ich mich erinnere, ist, dass die Sanitäter mich unten in der Schlucht aus meinem Jeep holten."

„Und der andere Fahrer?"

„Weg", sagte Cole.

„Und das bedeutet ...?"

„Der Typ hat sie angefahren, ihren Wagen von der Straße gedrängt und ist dann abgehauen."

Landons Miene verfinsterte sich. Niemand, der hier wohnte, würde Piper anfahren und fliehen. „Hast du den Wagen genauer gesehen?"

Piper schüttelte den Kopf. „Er war schwarz oder zumindest dunkel, ein SUV, aber wie ich schon sagte, es ging alles ziemlich schnell."

„Ich werde die Autobahnpolizei anrufen und sehen, was ich herausfinden kann.

Cole nickte zustimmend. „Es war auf der Nordseite von Highway 11."

Landons Blick wanderte zu Piper. „Was hast du denn auf *diesem* Teil von Highway 11 gemacht?" Er war auch unter dem Namen „Lawinenstraße" bekannt.

„Ich war snowboarden."

„Wer war bei dir?" Er konnte vielleicht die Mitfahrer befragen.

„Niemand."

„Du warst mit dem Snowboard unterwegs ... ganz allein?" Piper zog nur selten allein los, dafür war sie viel zu gesellig. Im Gegensatz zu ihm.

„Ja. Ich war alleine beim Skilift."

Irgendetwas stimmte hier nicht. Sie antwortete zu präzise ... und war das etwa der Anflug eines selbstgefälligen Lächelns auf ihren Lippen? „Was geht hier vor sich, Kleines?"

„Ich dachte, wir hätten uns darauf geeinigt, dass du mich nicht mehr so nennst." Sie verschränkte trotzig die Arme vor der Brust. Ihr Gesicht verzog sich schmerzlich, weil sie zu viel Druck auf den intravenösen Zugang an ihrem Arm ausübte. Vorsichtig zog sie den Arm ein wenig zur Seite.

„*Du* wolltest das. Ich habe es aber nie versprochen." Landon wandte sich an Cole. „Weißt du, was sie da draußen gemacht hat?"

Cole senkte den Blick.

„Warte mal. Hat das etwas mit Karlis Fall zu tun?"

Piper legte den Kopf schief. „Vielleicht."

Er trat näher, sodass er links neben ihrem Bett stand. „Was hast du getan?"

„Ich habe ein paar Fragen über Karli gestellt."

„Du musst damit aufhören, Piper. Lass mich meine Arbeit machen."

„Es kann doch nicht schaden, wenn ich dir helfe, oder?"

„Du liegst in einem Krankenhausbett!"

Ihre Augen weiteten sich. „Glaubst du etwa, dass der Unfall etwas damit zu tun hat, dass ich Fragen über Karli gestellt habe?"

Wahrscheinlich fand Piper die Möglichkeit, dass jemand sie zum Schweigen bringen wollte, auch noch aufregend. „Das kann ich noch nicht sagen."

„Aber du meinst, es wäre möglich?"

„Es ist möglich", sagte er widerstrebend. Er wusste, dass diese Antwort sie nur noch mehr anspornen würde, wo sie doch lieber ausruhen und sich aus den Ermittlungen heraushalten sollte.

„Das bedeutet, dass Karlis Mörder noch auf freiem Fuß ist." Ihr zerkratztes Gesicht leuchtete.

„Oder jemand hat etwas zu verbergen."

„Zum Beispiel die Tatsache, dass er Karli umgebracht hat."

„Oder die Tatsache, dass er ein Verhältnis mit Karli hatte."

„Masterson." Sie setzte sich auf. „Du glaubst, Masterson hat sie getötet?"

„Woher weißt du von Masterson? Na, egal", sagte er schnell, bevor sie antworten konnte. Je weniger er über ihre bisherigen Eskapaden wusste, desto besser. Wichtig war nur, dass sie damit aufhörte – und zwar *sofort*. Bevor ihr noch etwas zustieß. „Ich sage nicht, dass Masterson sie getötet hat …" Obwohl ihm der Gedanke schon gekommen war. „Ich sage nur, dass jemand dich dazu bringen möchte, mit dem Herumschnüffeln aufzuhören. Du sollst nichts entdecken, was dieser Jemand mit viel Mühe geheim halten will. Es hat vielleicht noch nicht einmal mit dem Mord an Karli zu tun, sondern damit, seinen oder ihren Ruf zu schützen."

„Inwiefern kann es dem Ruf von irgendjemandem schaden, wenn ich erfahre, wo Karli gearbeitet hat?"

„Du *weißt*, wo Karli gearbeitet hat?" Bisher gingen sie davon aus, dass Karli einige Zeit im Westen Kanadas verbracht hatte. Doch es erwies sich als äußerst schwierig, die Spuren dieser Dame zu finden.

Piper lächelte. „Siehst du, ich helfe dir doch."

„Aber zu welchem Preis? Du hättest umkommen können!"

„Ich bitte dich." Sie atmete hörbar aus. „Ich hab mir beim Klettern schon mehr Verletzungen zugezogen."

„Aber wenn du kletterst, versucht wenigstens niemand, dich umzubringen."

„Beim Felsklettern vielleicht nicht, aber manchmal glaube ich, dass Eis einen eigenen Willen hat." Sie sah Kayden an. „Erinnerst du dich an die Zeit in Ecuador?"

„Piper!" Landon war mit seinem Latein am Ende. „Bitte schweif nicht ab."

„Gut. Ich habe gerade darauf hingewiesen, dass ich dir *geholfen* habe herauszufinden, wo Karli gewohnt und gearbeitet hat, wenn sie nicht bei Wettkämpfen war."

Wie konnte er in einem Moment panische Angst haben, dieses Mädchen zu verlieren, und schon im nächsten Augenblick den Wunsch verspüren, sie zu erwürgen? „Und wo war das?"

„Ich habe mich mit einer der Sportlerinnen getroffen – Megan Whitaker. Deshalb war ich gestern Abend bei dir, um dir davon zu erzählen, dass ich ein Treffen mit ihr vereinbart hatte."

Er erstarrte, weil er fürchtete, sie würde Becky erwähnen. Sie mussten reden und die Sache aus der Welt schaffen, aber nicht hier, nicht im Beisein ihrer ganzen Familie – und nicht, nachdem sie beinahe getötet worden wäre. Überrascht stellte er fest, dass sie einfach fortfuhr.

„Es hat sich herausgestellt, dass Megans Cousine in British Columbia mit Karli zusammengewohnt hat. Die Cousine, Tess, arbeitet derzeit in der Wolf Creek Lodge, etwa eine Stunde außerhalb von Kamloops. Dort will ich anfangen."

„Was meinst du damit?"

„Ich fahre nach British Columbia."

Eine Mischung aus Besorgnis und Frustration trieb ihm die Wärme in die Wangen. „Oh nein, das wirst du nicht!"

„Oh doch."

Landon fuhr herum und sah Cole an. „Wie wäre es mit ein bisschen Unterstützung?"

Cole räusperte sich. „Piper, es ist zu gefährlich für dich, im Ausland im Leben eines Mordopfers herumzustochern."

„Es ist Kanada, Cole, nicht der Nahe Osten. Ich bin schon oft gereist und im Übrigen brauche ich von keinem von euch die Erlaubnis dazu."

Die Frau brachte ihn mit Vorliebe auf die Palme. „Ich muss zur Wache zurück. Wir können später weiterreden."

„Wie schön", sagte sie mit einem Sarkasmus, der selbst Kayden beeindrucken musste.

Ohne ein weiteres Wort gab Landon Cole ein Zeichen, ihm zu folgen. Er trat auf den Gang hinaus.

Cole machte sich ganz offensichtlich Sorgen. „Glaubst du wirklich, dass jemand versucht hat, Piper zum Schweigen zu bringen?"

„Der Angreifer hätte eigentlich wissen müssen, dass das unmöglich ist." Landon seufzte. „Tut mir leid. Das ist unter den gegebenen Umständen nicht lustig. Aber ich habe wohl zu viel nervöse Energie."

„Du wirkst, als hättest du seit Tagen nicht mehr geschlafen."

Landon fuhr sich mit der Hand durchs Haar. „Zu viel zu tun. Hör zu …" Er zog Cole ein Stück weiter, sodass Piper sie nicht mehr sehen konnte. „Ich werde die Autobahnpolizei anrufen und nachfragen, was da draußen passiert ist. Du musst mir versprechen, dass in der Zwischenzeit immer jemand in Pipers Nähe bleibt."

„Meinst du, sie ist immer noch in Gefahr?"

„Ich weiß nicht, aber ich werde kein Risiko eingehen." Nicht bei der Frau, die er liebte.

20

Landon verließ das Krankenhaus und tausend Gedanken überschlugen sich in seinem Kopf. War Reef der Killer, oder war der Killer noch auf freiem Fuß? War Pipers Unfall ein willkürlicher Fall von Rowdytum, oder hatte er etwas mit dem Mord an Karli zu tun? Und wenn beides zusammenhing, was hatte Piper erfahren, wodurch der Fahrer des anderen Fahrzeugs sich bedroht fühlte? Oder war es einfach die Tatsache, dass sie Nachforschungen anstellte?

Wichtiger noch – wie konnte er jetzt einfach mit seinen Ermittlungen fortfahren? Er wusste, dass Piper ihre Spur weiterverfolgen würde, selbst wenn die Gefahr bestand, dass sie getötet wurde. Wie konnte er sie beschützen, wenn er meistens nicht einmal ihren Aufenthaltsort kannte? Er wusste genauso gut wie Pipers Geschwister, dass sein Protest auf taube Ohren fiel. Sobald Piper entlassen war, würde sie in einem Flugzeug nach British Columbia sitzen. Er wusste, was er tun musste. Sie ließ ihm keine andere Wahl.

Die Fahrt zur Polizeiwache dauerte knapp drei Minuten, sodass er keine Zeit für detaillierte Planungen hatte – doch sein Entschluss stand fest.

Zwanzig Minuten später ging Landon über die Veranda zu Coles Haustür, während ihm Slidells Schimpftirade noch in den Ohren klang. Eisiger Wind zerrte an ihm. Die Temperatur war noch einmal um zehn Grad gesunken. Er war froh, dass die Rettungskräfte Piper so schnell gefunden hatten. Sie hätte ganz schnell erfrieren können. Er blickte zu ihrem und Kaydens Haus hinüber. Entweder sie hatte unverschämt viel Glück oder einen mächtigen Beschützer. Gott schien ihm Letzteres ins Ohr zu flüstern. Er hatte zu Gott gebetet und Gott hatte ihm geantwortet. Die Frage war nun, wie er darauf reagieren sollte.

Cole öffnete die Tür, noch bevor er geklopft hatte.

„Wir müssen reden."

„Komm rein." Cole ging voran ins Wohnzimmer, in dem Kayden, Jake und Bailey saßen.

„Ich bin froh, dass ihr alle hier seid." Er nahm seinen Hut ab und zog die Handschuhe aus, die er auf den Kaminsims legte, um sie zu wärmen.

„Hast du bei der Autobahnpolizei etwas erfahren?", fragte Bailey.

„Ja. Es war definitiv kein Unfall. Wer auch immer Piper angefahren hat, tat es mit voller Absicht. Es gab keine Bremsspuren. Der Angreifer hat sie einfach abgedrängt und ist weitergefahren." Die Vorstellung jagte ihm einen Schauer über den Rücken.

„Warum Piper?", fragte Bailey. „Warum nicht auch Megan? Beide waren doch an dem Gespräch beteiligt."

„Das ist die entscheidende Frage. Ich fahre zum Krankenhaus zurück und versuche, Piper nähere Informationen zu entlocken."

„Und dann redest du mit Megan?", fragte Jake.

„Wenn ich sie finde."

Kayden runzelte die Stirn. „Was meinst du damit?"

„Sie ist abgereist."

„Abgereist? Die Meisterschaft hat doch noch nicht einmal angefangen."

„Spielt keine Rolle, sie ist weg. Hat sich vom Wettkampf abgemeldet, aus dem Hotel ausgecheckt und ist abgereist."

„Warum? Glaubst du, sie hat von Pipers Unfall gehört und Angst bekommen?"

„In Yancey machen Neuigkeiten schnell die Runde, deshalb würde mich das gar nicht wundern. Wahrscheinlich fürchtete sie, die Nächste zu sein."

„Hast du Slidell davon erzählt?", fragte Cole. „Jetzt muss er doch endlich Reefs Rolle bei Karlis Tod neu überdenken."

Landon schluckte. Slidell war noch genauso von Reefs Schuld

überzeugt wie vorher, weshalb ihm seine Entscheidung auch leichter gefallen war. „Es gibt noch etwas, das ich euch sagen muss."

„In Ordnung", sagte Cole, aber es klang angespannt.

„Ich habe Karlis Fall an Slidell abgegeben."

„Du hast *was*?"

„Ich habe Slidell Karlis Fall übergeben und –"

„Da hättest du Reef genauso gut eigenhändig verurteilen können!" Kayden war aufgesprungen und lief jetzt auf und ab. „Du weißt doch, dass Slidell nur wiedergewählt werden will."

„Ich weiß, aber –"

„Wie konntest du dann –"

„Lasst es mich erklären."

Landon öffnete die Tür zu Pipers Krankenhauszimmer und streckte den Kopf hinein.

Sie zappte gerade durch die Sender im Fernsehen, während Gage auf dem Sessel saß, seine Füße auf Pipers Bettkante gelegt und einen Comic in der Hand.

„*Iron Man?*"

Pipers Hand erstarrte auf der Fernbedienung.

„*Captain America.*" Gage lächelte. Er stand auf und klemmte sich das Heft unter den Arm. „Wenn du ein paar Minuten hier bist, hole ich mir was zu essen."

„Klar. Ich rühre mich nicht von der Stelle." Als Gage das Zimmer verließ, wurde Landon bewusst, dass er mit Piper nun zum ersten Mal seit jener Nacht in seinem Haus allein war. Er schob unsicher die Hände in die Hosentaschen. „Wie fühlst du dich?"

„Ich will hier raus." Sie strich sich die Haare aus dem Gesicht.

Sie sah besser aus, wacher, sogar etwas ausgeruht. Doch jetzt, nachdem seine erste Erleichterung sich gelegt hatte, bemerkte er erst das Ausmaß ihrer Verletzungen. Nichts Lebensbedrohliches, aber durchaus schlimmer, als er zunächst gedacht hatte. Verbände bedeckten einen großen Teil ihrer Arme und ihres Gesichts. Eine Haarsträhne hatte sich unter einem Klebestreifen auf ihrer Wange verfangen.

„Du hast da …“ Er trat näher.

Sie berührte ihr Gesicht mit der Hand, aber bei der Berührung zuckte sie schmerzlich zusammen.

„Lass mich.“ Er beugte sich über sie. „Sie haben ein paar Haare mit festgeklebt.“ Er machte sich daran, die Strähne zu befreien, während Piper hin und her rutschte. „Halt still.“

Sie runzelte die Stirn, gehorchte aber.

Ihre Haare fühlten sich weich und seidig zwischen seinen Fingern an. Er löste vorsichtig die Ecke des Pflasters ab, zog die Haarsträhne heraus und schob sie hinter ihr Ohr, bevor er das Pflaster wieder befestigte. „So. Jetzt ist es besser.“

Sie umfasste seine Hand und ließ sie nicht mehr los. Hitze durchfuhr ihn. „Es ist *nicht* besser.“

Er sah ihr in die Augen, in denen sich die ganze Tiefe ihrer Gefühle spiegelte. „Ich weiß. Es tut mir leid. Sehr, sehr leid.“

„Dann finde Karlis Mörder.“

Er schob seine Hand in die Hosentasche, als sie ihn losließ, um die Wärme ihrer Berührung so lange wie möglich zu bewahren. „Ich habe mir deinen Bericht angesehen.“

„Meinen Bericht?“

„Über deinen Unfall, obwohl ich nicht weiß, warum wir alle es so nennen. Es war kein Unfall.“

Ein Hoffnungsschimmer flackerte in ihren braunen Augen auf. „Nein?“

„Nein.“ Er sank auf den Stuhl neben ihrem Bett. „Die Person, die dich von der Straße gedrängt hat, tat es mit voller Absicht. Ich muss jetzt herausfinden, warum.“

„Wegen Karli. Wegen der Fragen, die ich gestellt habe.“

„Was für Fragen waren das?“

„Über ihr Leben, ihre Vergangenheit …“

„Ich muss es genauer wissen.“

„In Ordnung.“

Er hörte zu, als sie die Unterhaltung zwischen ihr und Megan detailliert wiedergab.

„Klingt so, als hätte Karli sich viele Feinde gemacht. Da könnte es tatsächlich eine Spur geben.“

„Genau das dachte ich auch.“

Er zögerte, weil er nicht sicher war, wie sie das, was er sagen wollte, aufnehmen würde. Würde sie ihm danken, ihn beschimpfen oder wäre es ihr egal? „Ich habe Slidell um Beurlaubung gebeten."

„Du hast was?" In ihrem hübschen Gesicht war die Verwirrung zu sehen.

„Slidell hindert mich daran, meine Arbeit zu machen. Aber ihr seid meine Familie und ich werde …" Entsetzen machte sich in ihm breit, als Piper sich plötzlich aus dem Bett erhob und sich mit offenen Armen auf ihn stürzte.

Er sprang auf und ihre Arme schlangen sich warm um ihn. „Danke."

„Du tust dir noch weh." Er drückte sie sanft wieder zurück auf ihr Krankenbett. „Du hängst schließlich noch am Tropf."

„Das spielt alles keine Rolle."

„Deine Gesundheit und Sicherheit spielen sehr wohl eine Rolle." Mehr als alles andere.

„Also, wo willst du anfangen?"

Er zog fragend eine Augenbraue hoch.

„Na damit, Reefs Unschuld zu beweisen."

Das Herz schlug ihm bis zum Hals. „Ich …"

Ihre Augen verengten sich. „Du glaubst, dass er unschuldig ist. Und deshalb hast du dich beurlauben lassen. So ist es doch, oder?"

„Ich habe mich beurlauben lassen, damit ich den Fall mit reinem Gewissen bearbeiten kann."

Sie zog die Stirn kraus. „Das heißt, es geht um dein Gewissen? Nicht darum, Reefs Unschuld zu beweisen?"

Es geht darum, dich zu beschützen. „Ich werde die Wahrheit herausfinden, was auch immer dazu nötig ist."

„Aber du glaubst immer noch, die Wahrheit könnte sein, dass Reef schuldig ist?"

„Ich suche unvoreingenommen nach der Wahrheit." Die Beweise sprachen immer noch gegen Reef, aber allmählich begann er zu glauben, dass der Junge tatsächlich unschuldig sein könnte. Das würde er Piper aber nicht sagen, jedenfalls noch nicht, solange er nicht ganz sicher war. „Ich fliege nach British Columbia, um Karlis Schritte nachzuvollziehen. Ich fange an der Wolf Creek Lodge an und treffe dort hoffentlich Megans Cousine Tess."

„Ich komme mit."

„Nein, das tust du nicht. Du bleibst hier, wo deine Brüder dich im Auge behalten können." Er wusste, dass es keinen Sinn hatte, ihr zu widersprechen. Doch er musste es wenigstens versuchen, musste ihr vor Augen halten, in welcher Gefahr sie sich befand.

„Ich bin erwachsen. Auch wenn du und Cole das nicht zu glauben scheint, brauche ich keinen Babysitter."

„Nein, aber du brauchst jemanden, der auf dich aufpasst – besonders jetzt."

„Ich kann auf mich selbst aufpassen."

Er warf einen Blick auf ihre Verletzungen. „Wie man sieht."

Ihre Miene verhärtete sich. „Ich habe die Informationen bekommen, oder etwa nicht?"

„Aber um welchen Preis? Du hättest getötet werden können." Verstand sie das denn nicht? Um ein Haar hätten sie Piper heute verloren. Er konnte sich eine Welt ohne sie nicht vorstellen. Und er wollte es auch nicht.

Er versuchte, das Summen der Filteranlage und das langsame, rhythmische Tropfen der intravenösen Versorgung zu ignorieren. Beides erinnerte ihn schmerzlich daran, wo sie waren und wie knapp Piper einer ernsthaften Verletzung entronnen war.

„Aber ich lebe noch", sagte sie und ihre Stimme klang fester.

„Diesmal." Er betete, dass es kein nächstes Mal geben würde. „Du musst klüger sein, was diese Dinge angeht. Mehr auf deine Sicherheit bedacht."

„Super. Noch ein Vortrag."

Hitze wallte in seinen Adern auf, aber er bemühte sich um einen sachlichen Tonfall. Wenn er laut wurde, schaltete sie nur auf stur. Er musste sie dazu bringen, dass sie ihn anhörte. „Wenn du mir zuhören würdest, bräuchte ich dir keine Vorträge mehr zu halten." Er betrachtete ihre trotzige Miene, ihre angespannte Körperhaltung. Er hatte sie nicht ärgern wollen, er wollte ihr helfen. Er ließ die Schultern hängen. „Du verstehst das nicht." Er schluckte. „Du weißt nicht, was ich dachte, als Cole anrief. Als er sagte, du hättest einen Unfall gehabt. Da habe ich …"

„Da hast du …?", hakte sie sanft nach.

Einen Augenblick lang war er versucht, ihr *alles* zu sagen. Wie leidenschaftlich er sie liebte. Dass die Vorstellung von einem Leben ohne sie so trostlos war, dass er fürchtete, es nicht ertragen zu können.

Hinter ihnen ging knarrend die Tür auf.

„Sonderlieferung für Miss Piper McKenna." Denny trat mit einem großen Strauß aus bunten Luftballons ein, die über seinem Kopf tanzten.

„Denny." Pipers Blick huschte zwischen Denny und ihm hin und her.

Landon erhob sich. „Ich lasse euch beide allein."

„Aber wir waren mit unserer Unterhaltung doch noch nicht fertig", sagte sie.

„Es kann warten." Er schlüpfte zur Tür hinaus, bevor sie widersprechen konnte.

21

Landon schob den Riemen der Reisetasche auf seiner Schulter höher, während er sich einen Weg durch den internationalen Flughafen von Vancouver bahnte. Er war gegangen, bevor Piper aus dem Krankenhaus entlassen worden war. So hatte sie keine Chance, sich an seine Fersen zu heften. Sie würde wütend sein, wenn sie erfuhr, dass er ohne sie abgereist war. Er bezweifelte nicht, dass sie ihm folgen würde, sobald sie konnte. In der Zwischenzeit aber konnte er mit Tess und einer Handvoll Kollegen von Karli reden und dann wieder nach Yancey reisen, bevor Piper aus dem Krankenhaus entlassen wurde. Er musste nicht alles über Karlis Leben in Erfahrung bringen – er würde sich lediglich einen Eindruck verschaffen, um abschätzen zu können, ob irgendetwas einer genaueren Untersuchung bedurfte.

Er unterdrückte ein Gähnen und kämpfte gegen die Müdigkeit an, die ihn in ihren Krallen hielt, weil er wusste, dass ihm der anstrengendste Teil der Reise noch bevorstand. Eine kleine Maschine mit sechs Plätzen würde den geräumigen Jet ersetzen, den er von Anchorage nach Vancouver genommen hatte.

Er hatte nichts gegen kleinere Flugzeuge, zumal er seit Teenagerzeiten das Wasserflugzeug der McKennas geflogen war. Aber dieses Flugzeug würde ihn tief in die raue Wildnis von British Columbia bringen, wo unebenes Terrain und unberechenbare Windströmungen die kleine Maschine gefährden konnten.

Am Ende des Ganges stieß er die Tür auf und Schnee umwirbelte seine Füße. Er spähte in die verschneite Dunkelheit hinaus und entdeckte den Flieger, der im Schneetreiben wartete. Das Flutlicht ließ das helle Metall vor dem schwarzen Hintergrund des Nachthimmels glänzen. *Na, super.*

„Halt mir die Tür auf", rief eine Frauenstimme. Eine *zu vertraute* Frauenstimme. Es war unmöglich. Er hatte sie gestern Abend im Krankenhaus zurückgelassen. Es konnte nicht sein, dass sie so schnell entlassen worden war. Er drehte sich um und sah Piper, die eine riesige Reisetasche über der Schulter hatte und mehrere kleinere Taschen schleppte, auf sich zueilen.

„Das ist nicht dein Ernst."

„Warum?" Sie zuckte mit den Schultern und die Tasche glitt über ihre Arme hinunter. „Ich wollte gut gerüstet sein."

„Das meine ich nicht. Was machst du hier? Du solltest im Krankenhaus sein."

„Sie haben mich gehen lassen."

„Und du hattest natürlich nichts damit zu tun, dass sie dich entlassen haben?" Sie war unmöglich.

„Das Entscheidende ist", sagte sie, ohne auf seine Frage einzugehen, „dass ich reisen kann."

„Herzlichen Glückwunsch." Er packte sie bei den Schultern und drehte sie um. „Zum Schalter geht es dort entlang. Ich bin sicher, sie können dich bald nach Yancey zurückbringen."

„Ich fliege mit dir." Sie wand sich aus seinem Griff.

„Nein, das tust du nicht. In deinem Zustand solltest du überhaupt nicht reisen." Alle Pflaster in ihrem Gesicht waren verschwunden, außer dem rechteckigen über ihrer rechten Augenbraue, aber die Schürfwunden und Prellungen waren noch da.

„Entschuldige bitte?"

Es war so gut wie unmöglich, einer Extremsportlerin zu sagen, dass sie Zeit für die Genesung brauchte. „Ich mache mir Sorgen um dich."

„Das ist lieb … aber unnötig. Mir geht es gut. Und jetzt sollten wir uns lieber in Bewegung setzen, bevor unser Flieger es tut."

Er versperrte ihr den Weg nach draußen. „Piper, du solltest gar nicht hier sein. Geh nach Yancey zurück. Lass mich meine Arbeit machen." Wenn sie dabei war, würde er sich niemals konzentrieren können.

Sie neigte den Kopf ein wenig zur Seite – ein klares Zeichen dafür, dass es Ärger geben würde. „Wir wissen beide, dass ich fliegen werde, entweder mit dir, dann kannst du deinen Beschützerinstinkt befriedigen und mich im Auge behalten, oder allein. Was ist dir lieber?"

Am liebsten wäre es ihm gewesen, wenn er sie auf der Stelle in seine Arme hätte ziehen und küssen können.

„Landon?"

„Du bist unmöglich." Er brummte vor sich hin und stieß die Tür auf.

Ein Windstoß fuhr herein, während sie an ihm vorbeihuschte.

„Du wirst gar nicht merken, dass ich da bin." Sie eilte über den schneebedeckten Asphalt und reichte ihre Taschen dem wartenden Flugbegleiter.

„Als wäre das möglich!" Er seufzte und stieg die Gitterstufen zur Cessna hinauf, zugleich aufgeregt und eingeschüchtert durch den Gedanken, mehrere Tage mit Piper allein zu sein.

Sie wählte die erste Sitzreihe und ließ sich auf den Platz am Fenster fallen. „Kann ich denn etwas dafür, dass ich unvergesslich bin?"

„So kann man es auch ausdrücken."

„Wie würdest *du* mich denn beschreiben?"

„Hartnäckig? Stur?"

„Sehr witzig. Und was ist mit dir?"

Landon schob sich in seinen Sitz, als drei andere Passagiere sich vorbeidrängten. „Was ist mit mir?"

„Wenn wir schon mal dabei sind, Macken aufzuzählen …"

„Dann sollte dir nichts einfallen."

„Das ist der Witz des Jahrhunderts!"

„Dass du sprachlos sein könntest? Ich weiß, aber ich gebe die Hoffnung nicht auf." Er zwinkerte.

„Du und *Hoffnung*. Das ist jetzt wirklich zum Totlachen. Du bist der Mensch, der am meisten …" Sie verstummte, als ihr Blick zu dem Piloten wanderte, der sie mit Interesse beobachtete.

Er war jung für einen Piloten – höchstens dreißig. Seine Lippen verzogen sich zu einem Lächeln. „Sind Sie beide immer so?"

Landon seufzte. „Ja."

„Nein", berichtigte Piper.

Der Pilot lachte. „Das verspricht leidenschaftliche Nächte."

Pipers Wangen röteten sich und ihre Blicke huschten zu den Mitreisenden, die sie ebenfalls neugierig ansahen. „Wir sind nicht …" Sie zeigte auf sich und Landon. „Ich bin nicht …"

Landon erbarmte sich ihrer und beugte sich zum Piloten vor. „So ist das nicht, Mann."

„Die Dame ist also noch zu haben?" Er sah Piper an und sein Lächeln wurde breiter.

„Ja, schon", stotterte sie.

„Nein", sagte Landon und warf dem jungen Mann seinen schärfsten „Denk-nicht-mal-dran"-Blick zu.

Der Pilot hob beschwichtigend die Hände und wandte sich wieder seinen Armaturen zu.

„Wer von uns beiden ist jetzt unmöglich", murmelte Piper seufzend.

Landon zog eine Akte aus seiner Tasche. „Du kannst dich später bei mir bedanken."

Piper schlug ihre Zeitschrift auf. „Und jetzt ignoriere ich dich."

Er unterdrückte ein Grinsen. Sie konnte es versuchen, aber er provozierte sie ebenso gerne wie sie ihn. Wenn doch nur alles, was er für sie fühlte, so auf Gegenseitigkeit beruhen würde.

Er lehnte sich mit einem selbstgefälligen Grinsen zurück und machte es sich für den Flug bequem. Auf dem Weg zu seinem Sitz war er an ihnen vorbeigegangen, aber sie hatten nicht einmal mit der Wimper gezuckt. Er war Miss McKenna gefolgt und sie wiederum hatte ihn zu Detective Grainger geführt. Auch, wenn es für ihn von Vorteil war, dass dieser Beamte sich aus Reefs Fall zurückgezogen hatte – denn der Sheriff hatte Reef sowieso schon für schuldig erklärt –, beunruhigte ihn Graingers kleiner Ausflug mit Piper.

Es gab zu viel, was die beiden in Erfahrung bringen oder aufdecken konnten, aber andererseits waren diese Dinge gut verborgen. Außerdem war er sehr gut darin, seinen Zielobjekten zu folgen.

Er hatte lange gebraucht, um Karli aufzuspüren, und sie schließlich unschädlich gemacht. Aber diese beiden waren klug und stellten zusammen eine noch größere Gefahr dar als alleine. Er würde sich an ihre Fersen heften und wenn sie der Sache zu nahe kamen, würde er dafür sorgen, dass ihre Ermittlungen dauerhaft beendet wurden. Aber es hatte keinen Sinn, vorschnell zu handeln – zwei Leichen würden jede Menge Fragen aufwerfen. Nein. Er würde abwarten, und wenn die Situation es erforderte, würde die wilde kanadische Landschaft ausreichend Gelegenheiten für „Unfälle" bieten.

22

Piper folgte Landon zum Tresen der Skischule. Es war inzwischen ihr dritter Versuch, Megans Cousine Tess zu finden. Bis jetzt kannte niemand in der Wolf Creek Lodge die Dame, oder niemand gab es zu. Piper vermutete natürlich Letzteres. Sobald klar wurde, dass sie jemanden suchten, antworteten alle ausweichend.

„Wollen Sie eine Stunde buchen?“, fragte das fröhliche Mädchen hinter dem Tresen. Sie war jung, so um die zwanzig, schlank, groß und blond. Sie lächelte Landon auf eine Weise an, die Piper beunruhigte. Was hatten diese Frauen eigentlich? Erst Becky Malone und jetzt dieses Mädchen, das ihm schöne Augen machte.

Klar, Landon sah gut aus. Er hatte dunkelblaue Augen, gut geformte Wangenknochen und ein kantiges Kinn. Und er war muskulös, aber nicht auf Bodybuilder-Art, sondern auf eine natürliche Weise, die seine Kraft unterstrich. Er war männlich, während Denny kultiviert war. Landon hatte ganz eindeutig Ecken und Kanten, aber sie musste zugeben, dass sie den frischen, natürlichen Duft seines Rasierwassers und den leicht unrasierten Eindruck attraktiv fand.

„Nein, tut mir leid, da kann ich Ihnen nicht weiterhelfen“, sagte die junge Frau gerade.

Piper straffte die Schultern und spürte, wie ihr die Röte in die Wangen stieg. Sie hoffte nur, dass Landon nicht bemerkt hatte, wie er von ihr angestarrt worden war. Sie gab dem Schlafmangel und der dünnen Bergluft die Schuld daran, dass ihr Herz raste wie wild.

„Fällt Ihnen vielleicht jemand anderes ein, der sie kennen könnte?“, versuchte Landon weiter, etwas zu erfahren.

Piper konzentrierte sich wieder auf die aktuelle Situation.

Das vorher so fröhliche, zum Flirten aufgelegte Mädchen war plötzlich wortkarg geworden, als Landon seine Fragen stellte, genau wie die anderen. „Wie ich schon sagte …“ Sie gab das Foto von Karli zurück. „Ich kenne weder sie noch Tess.“

Landon schob das Bild in den Umschlag zurück. „Danke trotzdem.“

Piper beugte sich zu Landon, als sie sich umdrehten und gingen. „Und was jetzt?“

„Vielleicht sind die Leute beim Skilift etwas gesprächiger.“

Sie traten hinaus und ihre Stiefel hinterließen tiefe Spuren im Schnee, als sie sich dem ersten Lift näherten.

Piper musterte den Liftführer. Ein junger Mann im Studentenalter – gebleichte blonde Haare bis auf die Schultern, gesprungene Lippen von der Kälte. Sie legte eine Hand auf Landons Arm. „Soll ich es mal versuchen?“

Landon machte eine einladende Handbewegung. „Bitte sehr, die Dame.“

Sie verwuschelte ihre Haare ein wenig und legte noch etwas Lipgloss auf, bevor sie auf den jungen Mann zuging, und betete, sie möge ihm wenigstens eine winzige Information entlocken, die ihnen helfen konnte.

Sie lächelte, als sie näher kam. „Hi.“

Er blickte von seiner eintönigen Arbeit auf und erwiderte ihr Lächeln.

„Ich bin Piper.“

„Freut mich. Ich heiße Zack.“

Sie wartete, bis er der nächsten Gruppe ein Zeichen gegeben hatte, sich für die freien Sitze aufzustellen.

„Freut mich, dich kennenzulernen.“ Sie schlenderte näher und sah aus dem Augenwinkel Landons süffisantes Grinsen.

„Das Vergnügen ist ganz auf meiner Seite.“ Zack zwinkerte ihr zu. „Sieht aus, als hättest du etwas abbekommen.“

Piper schob sich die Haare aus ihrem zerschrammten Gesicht. „Nicht genug, als dass ich deshalb zu Hause bleiben würde.“

Er lächelte, offensichtlich beeindruckt.
„Du siehst aus, als würdest du dich hier auskennen."
„Bin in den Bergen aufgewachsen", sagte er stolz. „Willst du wissen, was die beste Abfahrt ist, Süße?"
„Immer, aber deshalb bin ich nicht hier."
Seine Augenbraue wanderte nach oben und sein Grinsen wurde breiter. „Ach, nein?" Er gab dem nächsten Pärchen ein Zeichen, in den Lift zu steigen.
„Ich suche jemanden."
„Ach, wirklich?" Er trat näher. „Vielleicht brauchst du ja nicht mehr weiterzusuchen."
Sie unterdrückte ein Lachen. Der Typ war ein Schürzenjäger. „Hm, das klingt verlockend, aber ich suche meine Freundin Tess."
„Ach ja?" Sein Blick huschte nach rechts zu einer Gruppe Frauen, die um die Feuerstelle saßen. „Woher kennst du Tess denn?" Er stellte sie auf die Probe. Eine der Frauen musste Tess sein.
„Ich kenne sie noch gar nicht. Ihre Cousine Megan hat gesagt, ich soll sie grüßen, wenn ich das nächste Mal hier bin."
„Und warum hast du dann gesagt, dass du eine Freundin von Tess bist?"
„Da habe ich mich falsch ausgedrückt. Ich hätte sagen sollen, dass ich eine Freundin ihrer Cousine bin."
„Klar." Zacks Lächeln war verschwunden und er richtete seine Aufmerksamkeit wieder auf den Lift. „Ich habe Tess seit der letzten Saison nicht mehr gesehen."
Seit der letzten Saison. Wenigstens hatte jetzt jemand zugegeben, dass sie hier gearbeitet hatte.
„Tut mir leid, dass ich dir nicht weiterhelfen konnte." Er zuckte mit den Schultern.
Oh doch, das hast du. „Na ja, trotzdem danke."
„Jederzeit, Baby."
„Das sah mir nach einer interessanten Unterhaltung aus." Landon verzog spöttisch das Gesicht, als sie sich wieder zu ihm gesellte. „Hat er dir verraten, wo wir Tess finden?"
„In gewisser Weise schon."
„Und?"
„Wir müssen einfach nur abwarten und beobachten."

„Was beobachten?"

Piper zog sich auf die Querstange der Absperrung, die vom Lift aus nicht zu sehen war, aber klare Sicht auf den Feuerplatz bot. „Mit welchem dieser Mädels Zack spricht." Sie zeigte auf die Gruppe, die um das Feuer saß.

Landon befragte sie nicht weiter, sondern setzte sich neben sie auf den Zaun.

„Nein." Sie zupfte ihn am Ärmel und zog ihn wieder auf den Boden. „Stell dich hierhin." Sie schob ihn vor sich. „Dadurch bin ich verdeckt und wir fallen weniger auf." Sie deutete mit dem Kinn auf mehrere Pärchen, die um sie herumstanden und sich in den Armen hielten oder küssten.

Landon folgte ihrem Blick und dann sah er ihr direkt in die Augen.

Ihr Blick wanderte zu seinem Mund und sie verlor sich für einen Augenblick im Gedanken daran, wie es wohl wäre …

Er stupste ihr Knie an. „Hallo, hörst du mich?"

„Klar." Sie räusperte sich und ihre Wangen wurden vor Verlegenheit ganz heiß. Sie blickte zur Feuerstelle hinüber und dann zum Lift. Zack war verschwunden. Ihr Blick ging wieder zur Feuerstelle. Fehlte jemand? Sechs Mädchen. Es waren sieben gewesen. Schnell betrachtete sie die Gesichter der übrigen und versuchte, sich die Züge der fehlenden jungen Frau in Erinnerung zu rufen. *Wie konnte ich nur so blöd sein?* Sie hätte nur konzentriert beobachten müssen, aber sie hatte sich von Landon den Kopf verdrehen lassen. Und jetzt hatte sie ihre vielleicht einzige Chance vertan, Tess zu finden.

Landon runzelte die Stirn. „Was ist los?"

„Sie ist weg." Zack war schnell.

„Wer? Tess?" Landon fuhr herum.

„Vorhin waren sieben Frauen da. Jetzt sind es nur noch sechs. Und Zack ist verschwunden. Er muss sie gewarnt haben und sie sind beide gegangen, während ich abgelenkt war."

Er zog die Augenbrauen hoch. „Abgelenkt wovon?"

„Egal. Das spielt keine Rolle."

Sie war überrascht, dass er sie nicht zusammenstauchte, dabei hatte sie es verdient. Stattdessen nahm Landon einfach ihre Hand und half ihr vom Zaun. „Ich gehe hier entlang. Du nimmst die andere Richtung. Sie können noch nicht weit sein. Das Ganze ist höchstens zwei Minuten her. Seine blondierten Haare fallen auf."

Landon ließ ihre Hand los und lief auf das Hotel zu. Piper machte sich in Richtung der Skihänge auf den Weg.

Sie überflog die Menschenmenge auf der Suche nach Zacks gebleichten Haaren, während der letzte Rest Tageslicht verblasste. Zu viele Leute waren jetzt hier versammelt, die nach einem Tag auf den Skipisten ins Hotel zurückkehren wollten. Sie stellte sich auf die Zehenspitzen und suchte am Rand der Menschenansammlung, bis sie in etwa zehn Meter Entfernung einen Hinterkopf entdeckte, der Zack gehören könnte.

Sie fing an, sich einen Weg durch die dichter werdende Menge zu bahnen. „Entschuldigung, darf ich mal?", rief sie, während sie sich vorwärtsdrängte.

Die vielen Menschen versperrten ihr die Sicht, aber sie schob sich weiter und erhaschte nach einer Weile noch einen Blick auf Zacks blonden Schopf. Er betrat die Ausleihe und sie schlüpfte nach ihm in den Laden. Es dauerte einen Augenblick, bis ihre Augen sich an das künstliche Licht gewöhnten.

An den Wänden standen Schließfächer und an der Rückgabe lehnten Skier und Snowboards. Am anderen Ende des Raumes ging Zack auf die Hintertür zu.

Sie lief weiter, wich einem Paar Skistiefel aus und sprang über ein paar Taschen, die jemand abgestellt hatte.

„He, Vorsicht!", rief jemand.

Sie drehte sich um. „Tut mir leid." Doch plötzlich wurden ihre Füße unter ihr weggezogen und sie landete mit Kopf, Rücken und Po auf dem harten Betonfußboden. Der Schmerz des Aufpralls durchzuckte sie.

„Alles in Ordnung?" Ein Mann erschien über ihr und sah sie besorgt an.

„Puh. Da haben Sie sich aber ordentlich hingelegt." Ein Skilehrer in roter Jacke bückte sich zu ihr herunter.

„Mir geht es gut." Sie stand auf und ihr Kopf drehte sich. Aber sie musste durch diese Tür gehen und Zack finden, bevor es zu spät war.

„Sind Sie sicher, dass alles in Ordnung ist?", fragte der Mann.

„Ja, alles bestens." Sie ging weiter und ignorierte den stechenden Kopfschmerz, während sie auf die Tür zulief. Sie riss sie auf und trat wieder in die Kälte hinaus. Der Wind schlug ihr mit Wucht ins Gesicht. Sie befand sich dem Eingang zum Hotel direkt gegenüber. Die Außenbeleuchtung flammte auf und erleuchtete den Schnee, der jetzt fiel.

Ihr Blick wanderte zum Boden. Frische Fußspuren führten zum Hotel. In der Hoffnung, Zack zu finden, folgte sie der Spur und ihr Puls beschleunigte sich. Die Fußabdrücke verschwanden schließlich im festgetretenen Schnee um die Hotelterrasse herum.

Sie trat durch einen Seiteneingang ein und fand sich am Ende eines Ganges wieder. Während sie den Flur entlangeilte, wurde ihr immer schwindeliger, bis die Tapete mit den Naturmotiven vor ihren Augen zu verschwimmen begann.

Als sie um die Ecke bog, prallte sie schmerzhaft mit jemandem zusammen. Sie hatte Mühe, das Gleichgewicht zu behalten.

„Immer langsam." Eine Hand stützte sie.

„Zack?", sagte sie und blickte benommen auf. Hatte sie ihn tatsächlich gefunden?

„Bist du mir gefolgt?"

„Nein. Ich meine, ja …" Sie sah sich schnell um, in der Hoffnung, Tess zu sehen, aber sie waren allein. „Ich wollte dir nur sagen, falls du Tess siehst …" Was würde Tess davon überzeugen, dass sie keine Feindin war, sondern eine Verbündete?

„Ja?"

„Ich versuche, einer Freundin von ihr zu helfen."

„Wie das?"

„Ich versuche, ihren Mörder zu finden."

Landon fand Piper in der Hotellobby mit dem Rücken zum wärmenden Feuer sitzen, den Blick unverwandt auf den Weihnachtsbaum geheftet.

Kein Wunder, dass sie den Baum anstarrte. Der gesamte Baumschmuck bestand aus kleinen Tieren, darunter auch winzige Elche mit Schal im Schneeflockenmuster.

Er ließ sich neben ihr auf das braune Ledersofa fallen. „Kein Glück gehabt?"

„Ich habe ihn gefunden."

Landon richtete sich auf. Warum sah sie dann so enttäuscht aus? „Und Tess?"

Sie schüttelte den Kopf. „Aber ich glaube, sie wird meine Nachricht bekommen. Ich habe Zack erzählt, dass Megan mich geschickt hat und dass wir Karli Davis' Mörder suchen."

„Du meinst, das hilft?"

„Ich hoffe und bete." Piper rieb sich die Schläfen.

„Alles in Ordnung?"

Sie zuckte mit den Schultern. „Ich bin nur ausgerutscht und hingefallen."

„Bist du verletzt?" Es erschien Landon plötzlich wie eine unsinnige Frage angesichts ihrer Prellungen und Beulen, aber er meinte irgendwelche neuen Verletzungen.

„Es schmerzt halt ein wenig."

„Wo hat es dich erwischt?"

„So ziemlich meine ganze Rückseite. Wenigstens hatten die Leute was zu lachen." Sie lächelte. „So oft bekommt man schließlich nicht zu sehen, dass jemand in hohem Bogen durch die Luft wirbelt."

Er sah sie besorgt an. „Lass mich mal sehen."

„Mit mir ist alles in Ordnung."

„Das kann ich besser beurteilen." Er nahm ihre Hand und führte sie zu ihrem Zimmer – auf dem Gang direkt gegenüber von seinem. Er hatte erwartet, sie würde etwas dazu sagen, dass sie Becky in seinem Haus angetroffen hatte, aber sie hatte kein Wort darüber verloren. Nicht auf dem Flug und auch nicht auf der einstündigen Fahrt zum Hotel. Nichts. Sie hatten am Abend zuvor eingecheckt und er hatte sie zu ihrem Zimmer begleitet. Und heute waren sie die ganze Zeit über mit Nachforschungen beschäftigt gewesen. Er musste etwas sagen, musste ihr klarmachen, dass er nicht mit Becky geschlafen hatte, aber der Zeitpunkt schien ihm nicht richtig. Es lief im Moment gut. Sie redeten miteinander, lachten sogar. Er hatte sie ganz für sich, wenigstens für ein paar Tage. Das wollte er nicht dadurch verderben, dass er Becky erwähnte. Auf ihrem Heimweg nach Yancey würden sie noch genügend Gelegenheit haben, darüber zu sprechen. Im Augenblick wollte er nur ihre Gesellschaft genießen. Er wollte genießen, dass er sie für sich hatte, auch wenn sie nie ihm gehören würde.

„Ich habe doch gesagt, dass alles in Ordnung ist“, protestierte sie, als sie ihr Zimmer betraten und die Tür hinter sich schlossen.

„Tu mir den Gefallen.“

„Also gut.“ Sie sank auf das grün-rote Tweedsofa.

Er fing an, sie auf eine Gehirnerschütterung hin zu untersuchen. Dann begutachtete er ihre Prellungen und blauen Flecke. „Abgesehen von der dicken Beule, die sich auf deiner Rübe bildet“ – er berührte die Stelle vorsichtig und sie zuckte zusammen – „ist dir glaube ich nichts passiert.“

„Ich sage doch: Es ist nichts, was ein heißes Bad nicht kurieren könnte.“ Sie zog ihre Stiefel aus und streckte sich.

Ihr Verhalten war nicht provokativ gemeint, aber die Vorstellung von Piper in der Badewanne war … Landon versuchte, an etwas anderes zu denken.

„Ich … äh … ich gehe besser.“ Er stand schnell auf und warf dabei die Erste-Hilfe-Tasche zu Boden. Er kniete sich hin, um sie wieder aufzuheben. Piper tat dasselbe. Während sie gemeinsam den Inhalt der Tasche wieder einsammelten, waren ihre Gesichter nur wenige Zentimeter voneinander entfernt. Zu gleicher Zeit griffen sie beide nach einer Verbandsrolle und ihre Hände berührten sich. Ihre schmalen Finger schwebten für einen Augenblick unsicher über seinen, doch er zog schnell die Hand zurück. Sein Herz raste.

Er erhob sich und klemmte sich das Erste-Hilfe-Set unter den Arm. „Ich gehe dann mal, damit du … du weißt schon.“

„Ist gut.“ Sie zog die Nase kraus – auf diese anbetungswürdige Weise, die Grübchen auf ihren Wangen entstehen ließ. Dann ging sie ins Bad und ließ Wasser in die Wanne laufen.

„Sag einfach Bescheid, wenn du fertig bist … angezogen … so weit“, murmelte er und klang in seinen eigenen Ohren wie ein Volltrottel.

Sie kam wieder aus dem Bad, noch immer bekleidet. „Alles in Ordnung?“

„Natürlich. Warum nicht?“ Er lockerte seinen Hemdkragen. Wie hoch hatte sie hier drin denn die Heizung gedreht?

„Du bist plötzlich so fahrig."

Er würde nicht einmal fragen, was sie mit *fahrig* meinte. Er öffnete die Tür und tippte auf das Schloss. „Schließ hinter mir ab."

Ein süßer, verführerischer Duft strömte aus dem Badezimmer, in dem Dampf aufstieg.

Seine Kehle war wie zugeschnürt. „Ein Schaumbad?"

„Ja. Die haben einfach alles da. Ein tolles Hotel, nicht wahr?"

„Stimmt, super." Jetzt würde sie noch unglaublicher duften, wenn er sie das nächste Mal sah. „Ich sollte …" Er drehte sich um und zog die Tür hinter sich zu. Er wartete, bis er das Klicken der Verriegelung hinter sich hörte, bevor er sich auf den Weg zu seinem eigenen Bad machte, um zu duschen – und zwar sehr lange und sehr kalt.

23

Piper schüttelte den Kopf, als sie zu ihrer Tasche ging, um saubere Kleidung herauszuholen. Wenigstens schien Landon ebenso abgelenkt zu sein, wie sie es war, obwohl sie bezweifelte, dass es denselben Grund hatte. Landon sah sie bestimmt nicht so, wie sie ihn in letzter Zeit wahrnahm.

Sie nahm ihren Kulturbeutel und ging ins Bad, wo sie die Tasche auf den Beckenrand stellte und darin kramte, bis sie eine Haarspange fand. Sie band ihre Haare hoch und begutachtete die Schrammen in ihrem Gesicht. Dann fuhr sie mit einem Finger über den Wundschorf auf ihrer Wange und erinnerte sich daran, wie vorsichtig und zärtlich Landon ihre Wunden untersucht hatte …

Sie glaubte, ein schwaches Geräusch gehört zu haben, also drehte sie das Wasser aus und lauschte.

Ein leises Klopfen an der Tür.

„Ich komme." Sie öffnete, weil sie erwartete, dass Landon davorstand. „Was hast du vergessen?"

Es war nicht Landon. Vielmehr stand da eine Frau, die ungefähr so alt war wie sie selbst, aber Megan Whitakers auffällig blaue Augen hatte.

„Tess?"

„Kann ich reinkommen?" Sie hatte die gleiche Figur und Größe wie Megan, aber kurze dunkle Haare.

„Natürlich."

Tess sah sich noch einmal auf dem Gang um, bevor sie eintrat.

„Ich bin froh, dass Sie gekommen sind. Es ist gar nicht so einfach, Sie zu finden."

„Die kleine Suite", sagte Tess und blickte sich um. „Hübsch. Ich war noch nie in einer. Die Angestellten haben Holzhäuser im Wald."

„Das klingt gemütlich."

„Die sind schon in Ordnung." Tess zuckte mit den Schultern. „Aber gegen einen Hauch von Luxus hätte ich auch nichts einzuwenden." Sie fuhr mit dem Finger über die Kante von Pipers dicker weißer Bettdecke. „Was ist mit Ihrem Gesicht? Hatten Sie einen Unfall beim Snowboardfahren?"

„Nein, aber einen Unfall beim Autofahren."

Tess zog eine Grimasse. „Autsch."

„Es sieht schlimmer aus, als es ist. Setzen Sie sich doch." Sie zeigte auf die kleine Sitzecke, die aus einem Sofa, zwei gepolsterten Stühlen und einem rustikalen Couchtisch aus Holz bestand.

Tess ließ sich auf den dunkelroten Stuhl fallen. „Zack hat gesagt, dass Megan Sie geschickt hat."

„Ja. Sie dachte, Sie könnten uns vielleicht helfen, mehr über Karli zu erfahren."

„Karli ist tot", sagte Tess ohne zu blinzeln, aber die Traurigkeit in ihren Augen war offensichtlich.

„Es tut mir so leid."

„Megan sagt, sie hätten Reef deswegen verhaftet."

„Sie kennen Reef?"

„Im Sportgeschäft kennt jeder jeden."

„Sie sind auch Sportlerin?"

„Ich war. Ich musste diese Saison wegen einer Verletzung aussetzen."

Piper betrachtete sie, konnte aber keine Anzeichen einer Verletzung erkennen.

Tess hob ihr rechtes Bein. „Ich habe mir den Knöchel und das Wadenbein gebrochen. Der Gips ist schon seit Monaten runter, aber ich bin noch nicht bereit für einen Wettkampf."

„Das tut mit leid." Kein Wunder, dass sie litt. Eine ernsthafte Verletzung und der Tod einer Freundin so kurz nacheinander.

„Es heilt gut. Ich kann schon wieder Skifahren, nur für Wettbewerbe reicht es noch nicht. Wir können wohl nicht alle wie Karli sein."

Piper runzelte die Stirn. „Wie meinen Sie das?"

„Das war missverständlich ausgedrückt." Tess schüttelte den Kopf. „Ich kann noch immer nicht fassen, dass Karli tot ist."

„Wann haben Sie es erfahren?"

„Megan hat angerufen und mir von Karli erzählt. Und sie hat gesagt, dass Reefs Schwester versucht, seine Unschuld zu beweisen."

Danke, Megan.

„Das war die erste Nachricht."

„Die erste?"

„Ja. Zwei Tage später hat sie noch einmal auf Band gesprochen. Sie klang ziemlich panisch. Sie sagte, sie würde eine Weile verreisen und ich solle vorsichtig sein."

„Hat sie gesagt, warum?"

„Nein. Deshalb war ich auch nicht begeistert davon, dass Fremde nach mir fragen, vor allem, weil Sie nicht alleine hier sind."

Landon. „Er ist mein Freund. Er hilft mir."

Tess zog eine Zigarette und ihr Feuerzeug heraus. „Was dagegen?"

Piper schüttelte den Kopf. Eigentlich hatte sie etwas dagegen, aber sie würde nichts sagen, was dazu führen könnte, dass Tess ging – jetzt, wo sie endlich mit ihr reden konnte.

„Ich weiß, dass es eine schlechte Angewohnheit ist." Tess zog an ihrer Zigarette und ihr leuchtend pinkfarbener Lippenstift hinterließ einen Ring auf dem Filter.

„Man sieht nicht viele Sportler, die rauchen."

„Ich habe auch lange nicht geraucht. Seit dem College nicht mehr, aber die Verletzung hat mich irgendwie zurückgeworfen. Karli war da ganz anders."

„Was für eine Verletzung hatte Karli denn?"

„Kreuzbandriss."

„Oh nein." Piper hatte schon oft gesehen, dass Sportler deswegen ihre Karriere beenden mussten. „Wie ist das passiert?"

„Sie ist im letzten Wettkampf der Saison böse gestürzt. Es war ihr erster Lauf, die Abfahrt war vereist, Karli hat mehr riskiert, als gut war, und so landete sie im Krankenhaus mit einem gerissenen Kreuzband und einer entsprechenden OP."

„Das war am Ende der *letzten* Saison?“
„Ja – im April.“
„Dann ist die Verletzung aber schnell geheilt.“
„Keiner hatte damit gerechnet, dass sie so schnell zurückkommen würde.“
„Und ich habe den Eindruck, dass auch nicht alle glücklich darüber waren, oder?“
Tess blies den Zigarettenrauch in die Luft. „Jedenfalls nicht das Mädel, das wegen ihr rausgeflogen ist.“
„Rausgeflogen?“ Piper widerstand dem Drang, den Rauch wegzuwedeln. Sie konnte es sich nicht leisten, irgendetwas zu tun, was Tess als Beleidigung empfinden würde. Ihre Informationen konnten ihrem Bruder die Freiheit zurückbringen.
„Es gibt nur eine bestimmte Anzahl Teilnehmerplätze bei den Wettkämpfen und die Konkurrenz ist groß. Als Karli zurückkam, fiel die Letzte auf der Liste hinten runter.“
„Und wer war das?“
„Ein Mädchen namens Samantha Mann.“
„Und wie hat Samantha die Nachricht aufgefasst?“
„Was glauben Sie wohl? Obwohl sie jetzt bestimmt nicht mehr so wild darauf wäre, mit Karli zu tauschen.“ Tess schnaubte verächtlich und zog wieder an ihrer Zigarette.
„Es ist wirklich erstaunlich, dass Karli so kurz nach ihrem Unfall wieder teilnehmen konnte.“
„Karli hatte ihre Fehler – eine ganze Reihe sogar –, aber sie war eine herausragende Sportlerin.“
„Was können Sie mir noch über sie sagen?“
„Was wollen Sie wissen?“
Piper bezwang den Hustenreiz in ihrer Kehle. „War dies der letzte Ort, an dem Karli gearbeitet hat, bevor sie zum Wettkampf zurückgekehrt ist?“
„Nein. Im März sind wir nach Vailmont Village gezogen, aber nach Karlis Verletzung war sie in Glacier Peak zur Physiotherapie. Und nach meiner Verletzung bin ich auch dorthin gegangen.“
Piper merkte sich die Namen, weil sie wusste, dass Tess zu nervös war, als dass sie warten würde, bis Piper etwas aufgeschrieben hatte.

„Wenn Karli persönliche Dinge hinterlassen hat, dann sind die in Glacier Peak?"

„Ja, wahrscheinlich in den Schließfächern fürs Personal."

Nachdem sie die Frage der letzten Aufenthaltsorte von Karli geklärt hatte, drang Piper zum Kern der Sache vor. „Megan sagt, Karli hätte ängstlich gewirkt, so als würde sie ständig über ihre Schulter sehen. Worum ging es denn dabei?"

„Keine Ahnung. Ich habe einmal versucht, sie zu fragen. Aber wenn Karli etwas zu persönlich wurde, dann wechselte sie das Thema oder ignorierte die Frage einfach."

„Haben Sie jemals hinter diese Mauer blicken können?"

„Ein, zwei Mal." Tess kaute an ihrem Daumennagel. „Während der Physiotherapie."

Das Telefon im Zimmer klingelte.

Tess' Blick huschte zu dem Apparat hinüber.

„Das kann warten", sagte Piper und versuchte, den Fluss ihrer Unterhaltung nicht zu unterbrechen. „Sie sagten gerade …"

Nachdem das Klingeln aufgehört hatte, fuhr Tess fort. „Die Therapien für Sportler sind sehr intensiv. Alle Hoffnung ruht darauf, dass die Behandlung hilft, denn wenn nicht, dann ist es aus mit der Karriere."

Piper wusste, wie schwer das für ihren Bruder gewesen war. „Mein ältester Bruder Cole hatte eine Verletzung, die seine Laufbahn als Skiläufer beendet hat."

„Das ist echt übel. Hat er es überlebt?"

Piper wusste, dass Tess nicht fragte, ob Cole einen tödlichen Unfall gehabt hatte, sondern ob sein Leben daran zerbrochen war. Viele Sportler, deren Karriere durch eine Verletzung beendet wurde, kamen nie ganz damit klar. „Er hat eine neue Berufung gefunden, etwas, das er sogar noch mehr liebt – das Tauchen."

„Das ist toll." Tess schnipste die Asche in das Glas, das Piper vor sie hingestellt hatte. „Ich weiß nicht, ob ich das gekonnt hätte. Ich bin schon jetzt ganz entmutigt, weil ich diese Saison aussetzen muss. Ich kann mir nicht vorstellen, wie es wäre, wenn ich kein Comeback schaffen würde."

„Und Karli?"

„Sie konnte sich nichts anderes für ihr Leben vorstellen. Sie hat für die Wettkämpfe gelebt. Deshalb hat sie auch so sehr gekämpft, um wieder gesund zu werden. Das hat ihre Konkurrenten nicht gefreut."

„Warum sagen Sie das?" Sie hatte es bereits von anderen gehört, aber sie wollte wissen, was Tess dazu sagte.

„Niemand mochte Karli besonders."

„Das habe ich auch gehört. Warum war das so – was meinen Sie?"

Wieder klingelte das Telefon und Tess blickte nervös zum Apparat hinüber.

„Wer immer das ist, kann noch mal anrufen", sagte Piper. Sie würde nicht das Risiko eingehen, Tess wegen eines Telefonats zu verlieren. „Warum mochten die Leute Karli denn nicht?"

„Weil sie sich nicht an die Regeln gehalten hat."

„Inwiefern?"

„Sie hat viel getrunken, viel gefeiert, manchmal sogar unmittelbar vor einem Wettkampf – und trotzdem hat sie die meisten ihrer Konkurrentinnen alt aussehen lassen. Sie hat geschlafen, mit wem sie wollte, ganz gleich, ob der Kerl eine Beziehung hatte oder nicht. Sie konnte echt krass sein. Und sie liebte es über alles, andere zu provozieren."

„Aber Megan und Sie scheinen sie anders kennengelernt zu haben, oder wenigstens haben Sie mehr als nur diese Seite in ihr gesehen."

Tess drückte ihre Zigarette aus, sehr zu Pipers Erleichterung, und lehnte sich mit verschränkten Armen zurück. „Karli hatte auch eine andere Seite. Sie zeigte sie nicht sehr oft, aber wenn man genauer hinsah und mehr als nur ein paar Stunden mit ihr verbrachte, kam sie zum Vorschein."

„Zum Beispiel?"

„Entschlossenheit, Hingabe, eine erstaunliche Verwundbarkeit."

„Verwundbar inwiefern?"

„Wir haben uns immerhin so gut verstanden, dass wir uns ein Zimmer geteilt haben. Die meisten anderen Mädchen wollten nichts mit ihr zu tun haben. Aber erst, als wir gemeinsam die Physiotherapie durchgemacht haben, konnte ich einen Einblick in Karlis Seele bekommen."

Piper beugte sich vor. „Und?"

„Ich glaube, insgeheim hatte sie Angst."

„Wovor?“
„Vor ihrer eigenen Persönlichkeit.“
Es klopfte an die Tür. „Ich bin es“, rief Landon.
„Es ist nur mein Bekannter. Haben Sie was dagegen, wenn er reinkommt?“
„Sind Sie sicher, dass er in Ordnung ist?“
„Absolut.“
„Okay, dann ja.“ Tess zuckte mit den Schultern, die aber so angespannt waren, dass die Geste merkwürdig wirkte.
„Piper!“ Landon hämmerte gegen die Tür. „Mach auf.“
„Beruhige dich. Ich komme ja.“ Sie schob den Riegel zurück und Landon kam hereingestürzt.
„Warum bist du nicht ans Telefon gegangen?“
„Weil ich Besuch habe.“
Landon blickte an ihr vorbei. „Tess?“
„Ja“, sagte Piper. „Tess war so freundlich, ein paar Fragen über Karli zu beantworten.“
„Landon Grainger“, sagte er und trat mit ausgestreckter Hand näher. „Danke für Ihre Hilfe. Tut mir leid, dass ich so reingeplatzt bin.“
„Schon gut.“
„Haben Sie etwas dagegen, wenn ich mich dazusetze?“
„Nein.“ Tess lächelte zum ersten Mal, seit sie den Raum betreten hatte. „Setzen Sie sich ruhig.“ Sie klopfte auf den Platz neben sich.
„Bevor du *hereingeplatzt* bist, hat Tess mir von ihrem Eindruck erzählt, dass Karli Angst hatte.“
„Ich bin hereingeplatzt, weil du nicht ans Telefon gegangen bist.“
„Ich hatte Besuch. Außerdem hätte ich auch im Bad sein können.“
„Deshalb habe ich ja auch den Warnanruf gestartet.“
„*Warnanruf?*“
„Ja. Ich habe es zwei Mal klingeln lassen und dann aufgelegt, damit du Zeit hast, aus der Wanne zu springen und zurückzurufen.“
„Wieso gehst du davon aus, dass ich aus der Wanne springen würde?“
„Weil wir einen Fall untersuchen und ich angerufen habe.“
„Du glaubst also, ich springe, wenn du pfeifst?“

Tess blickte interessiert zwischen den beiden hin und her. „Sind Sie beide ein Paar?"

„Wir?" Pipers Wangen röteten sich.

„Wir sind Freunde", sagte Landon, wie er es schon so oft getan hatte, aber diesmal fühlte Piper sich irgendwie betrogen.

Sie sank auf die Couch zurück und fragte sich, was mit ihr los war und wann diese unbehagliche Phase sich endlich legen würde.

„Oh." Tess lächelte wieder. „Ich habe Ihrer *Freundin* gerade erzählt, dass Karli nicht viel von sich preisgegeben hat, aber Schmerz kann ein wirksamer Katalysator sein. In Karlis Fall haben ihr Unfall und die folgende Physiotherapie ihren Panzer etwas angeknackst. Nach einer sehr anstrengenden Behandlungseinheit hat sie bei mir durchblicken lassen, dass sie nicht ihren richtigen Namen benutzte."

„Karli oder Davis?"

„Sowohl als auch."

Piper rutschte nach vorne. Endlich erfuhren sie etwas Relevantes. „Wie lautete denn ihr richtiger Name?"

„Ich weiß nicht. Sie hat ihn mir nicht verraten."

„Hat sie gesagt, warum sie ihren Namen geändert hat?"

„Sie sagte, das sei nicht sie gewesen, das hätte jemand anders getan."

„Wer denn?"

„Keine Ahnung. Haben Sie vielleicht irgendetwas zu trinken?"

„Nein, aber ich kann zum Automaten laufen und eine Limo holen", bot Piper an.

„Dann hätte ich gerne eine *Mountain Dew*."

„Alles klar." Piper öffnete die Tür und warf Landon einen Blick zu. „Bin gleich wieder da."

Er nickte.

Als die Tür ins Schloss fiel, beugte Tess sich vor und stützte die Unterarme auf ihre Knie. „Hören Sie, Ihre Freundin ist wirklich süß, aber ich glaube, dass *Sie* derjenige sind, der dies hören sollte."

„Ich bin ganz Ohr." Er versuchte zu ignorieren, wie nahe Tess ihm gekommen war, weil er nichts tun wollte, was sie als Ablehnung verstehen konnte.

„Ich glaube, Karli ist vor ihrer Vergangenheit weggelaufen."

„Was für eine Vergangenheit?"

„Ich weiß nicht. Aber sie hat oft über ihre Schulter geschaut und wollte nie länger an einem Ort bleiben. Nie hat sie jemandem vertraut." Tess kaute an ihrem Daumennagel. „Ich vermute … sie war auf der Flucht vor einem Mann, der sie misshandelt hat."

„Hat Karli denn jemals irgendetwas gesagt, aus dem man schließen könnte, dass sie verheiratet war?"

Tess ließ sich in die Sofakissen zurückfallen. „Nein, aber wie ich schon sagte, sie hat nie viel von sich erzählt."

Er hatte sie offenbar vor den Kopf gestoßen. Das musste er schnell wiedergutmachen. „Das scheint eine echte Möglichkeit zu sein."

Ihre Miene erhellte sich. „Meinen Sie?"

„Auf jeden Fall." Es war tatsächlich eine Möglichkeit. Und selbst wenn die Idee mit dem prügelnden Ehemann sich nicht als zutreffend erwies, hatte Tess ihnen eine wichtige Information gegeben.

„Ich glaube, er fuhr Motorrad."

„Wer? Ihr Mann?"

„Ja."

„Wieso?"

„Karli hatte schreckliche Angst vor dem Geräusch von Motorrädern. Wann immer sie eins hörte, wurde sie ganz nervös und reizbar."

„Interessant."

Tess lächelte.

Die Tür ging auf und Piper kam herein, drei Getränkedosen und ein paar Snacks auf dem Arm. Sie reichte Tess die Dose Mountain Dew. „Ich dachte, vielleicht haben Sie auch Hunger? Allerdings hat der Automat nicht die beste Auswahl." Sie warf die Snacks auf den Couchtisch.

Tess kramte in den Snacks und entschied sich für ein Snickers. „Danke."

„Kein Problem." Piper warf Landon eine Dose Sprite zu.

„Danke."

„Was habe ich verpasst?"

Tess wechselte einen Blick mit Landon. „Wir haben nur geplaudert."
Piper riss eine Tüte mit Minibrezeln auf. „Auch gut."
Tess stand auf. „Ich muss gehen."
„Jetzt schon?" Piper erhob sich ebenfalls.
„Ja."
„Aber ich habe noch eine Menge Fragen."
„Ich habe Ihnen alles erzählt, was ich weiß."
„Gibt es noch jemanden, mit dem wir reden könnten? Vielleicht die Physiotherapeutin, bei der Sie und Karli waren?"
„Nein." Tess nahm ihre Tasche. „Sie hat mit der Sache nichts zu tun."
Piper folgte ihr zur Tür. „Was meinen Sie damit?"
„Ich meine, sie kann Ihnen auch nicht mehr erzählen als ich, also lassen Sie sie bitte in Ruhe!"
„Was ist mit Karlis Kollegen in Vailmont oder Glacier?"
„Sie können es versuchen, aber ich bezweifle, dass sie mit Ihnen reden werden."
„Weil wir nach Karli fragen?"
„Weil Sie es völlig falsch anfangen."
Piper runzelte die Stirn. „Was meinen Sie denn jetzt *damit*?"
„Die Skisportfamilie hält zusammen. Wir machen uns nicht viel aus Außenseitern. Je tiefer Sie in das Territorium von British Columbia eindringen, desto enger wird die Gemeinschaft. Wenn Sie beide anfangen, Fragen zu stellen, werden Sie nichts erreichen."
„Könnten Sie uns nicht mit den anderen bekannt machen?"
„Nein, ich will nicht noch mehr in die Sache reingezogen werden." Sie senkte den Kopf und warf Landon einen Blick zu. „Tut mir leid."
„Was schlagen Sie denn vor?"
„Wenn Sie zu einem anderen Hotel fahren, um Nachforschungen anzustellen, dann versuchen Sie, nicht aufzufallen."
„Und wie?"
„Tun Sie so, als wollten Sie Unterricht nehmen. Sagen Sie, dass Sie Freunde von Karli sind. Das sie das Hotel vor einiger Zeit empfohlen hat und Sie es sich mal angucken wollten. Verbringen Sie Zeit mit den Skilehrern – zeigen Sie Interesse am Sport, geben Sie

ihnen ein Gefühl der Sicherheit, bevor Sie anfangen, Fragen zu stellen. Mehr wie bei einer normalen Unterhaltung und nicht wie bei einem Verhör."

„Das ist ein hervorragender Rat", sagte Landon. „Könnten wir noch mal mit Ihnen sprechen?" Es wäre gut, noch ein zweites Gespräch zu führen. Vielleicht konnte sich Tess nach einem guten Nachtschlaf an weitere wichtige Details erinnern.

„Geht nicht. Ich reise ab."

Landon sah Piper an und dann wieder Tess. „Wirklich? Wann denn?"

Tess umklammerte den Türknauf. „Jetzt."

24

„Das ist ja so aufregend“, flüsterte Piper hinter Landon, als sie vor der Tür zu Tess’ Hütte kauerten.

Er ließ das Schloss aufschnappen und sah sich noch einmal um. Er wollte sichergehen, dass er von niemandem beobachtet worden war. Dann schlüpfte er in das Holzhaus, das Karli und Tess gemeinsam bewohnt hatten.

„Tess hat gesagt, es sei Monate her, dass Karli hier war“, flüsterte Piper und betrat hinter ihm das Haus. „Und wenn Karli etwas Persönliches zurückgelassen hätte, dann am wahrscheinlichsten doch in den Schließfächern in Glacier Park, oder?“

„Es kann trotzdem nicht schaden nachzusehen, wenn wir schon mal hier sind. Tess hat auch gesagt, dass das Zimmer nach Karli keinen neuen Bewohner hatte. Wir suchen das ganze Haus ab – halt Ausschau nach allem, was Karli gehört haben könnte!“

Piper nickte begeistert und schaltete ihre kleine Taschenlampe an, die ihr breites Grinsen erleuchtete.

Er schüttelte den Kopf, als sie in dem dunklen Flur verschwand. Kein Wunder, dass er sich ständig Sorgen um sie machte. Welche andere Frau würde sich wohl an einem Einbruch freuen?

Er drehte an dem Knauf der nächstliegenden Tür und betrat ein Schlafzimmer. Einige Poster von Snowboardern und ein paar Landschaftsaufnahmen hingen an den mit Holz verkleideten Wänden. Ein Schreibtisch und eine passende Kommode, die ein wenig an Studentenwohnheime erinnerten, standen an der gegenüberliegenden Wand. Er ließ den Blick über die Regale und Oberflächen gleiten. Nichts Persönliches. Ein schmales Bett mit einer nackten Matratze befand sich an der Außenwand. Karlis Zimmer. Er legte die Taschenlampe auf der Kommode ab und fing an, die Schubladen von unten nach oben aufzuziehen. Die ersten drei waren leer, die vierte enthielt ein paar Kleidungsstücke – Socken, zwei Thermohemden und ein Paar Schneehosen. Er sah sie durch, in der Hoffnung, irgendwelche versteckten Gegenstände darin zu finden, aber ohne Erfolg. Dann ging er zu Karlis Schreibtisch und fand noch weniger – zwei Stifte, ein leeres Notizbuch und eine Sonnenbrille. Er kniete sich hin und untersuchte die Unterseite des Schreibtisches, der Kommode und schließlich des Bettes.

„Hast du was gefunden?“, fragte Piper.

Er zuckte zusammen. Dieses Mädchen konnte sich anschleichen wie ein Geist. Sie war der einzige Mensch, den er nie kommen hörte. „Nein.“ Er stand auf und klopfte sich den Staub von der Jeans. „Und du?“

„Tess' Zimmer ist noch voll mit ihren Sachen, aber das hier“ – sie hielt einen Kalender hoch – „sah am interes…“

Die Haustür knarrte.

Landon hielt Piper mit einer Hand zurück.

„Ich sage dir, ich habe Licht im Fenster gesehen“, sagte eine Frauenstimme.

„Ja, klar“, antwortete die Stimme eines Mannes.

Landon zog leise die Schlafzimmertür zu.

„Ich weiß doch, was ich gesehen habe.“

„Gut, wir sehen nach, aber ich bleibe trotzdem dabei, dass du unter Verfolgungswahn leidest.“

Das Licht im Wohnzimmer ging an.

Landon deutete auf das Fenster und Piper schlich schnell darauf zu.

„Ich bin nicht die Einzige, die unter Verfolgungswahn leidet“, sagte die Frau. Beide Stimmen kamen immer näher.

Piper öffnete das Schiebefenster.

„Was soll das denn heißen?“, fragte der Mann. Ihre Stimmen waren jetzt genau vor der Tür.

„Na, ich meine natürlich Tess. Sie ist abgehauen, sobald die beiden angefangen haben herumzuschnüffeln.“

Landon schob Piper zum Fenster hinaus und folgte ihr dann genau in dem Moment, als das Licht hinter ihnen anging.

Piper grunzte, als er draußen auf ihr landete.

„Das Fenster ist auf. Wer leidet jetzt unter Verfolgungswahn?“ Die Stimme der Frau klang jetzt gefährlich nahe.

Landon rollte sich und Piper dicht an die Hauswand, in der Hoffnung, dass seine dunkle Jacke und die Büsche sie verbergen würden.

„Vielleicht hat Tess das Fenster offen gelassen“, sagte der Mann.

„Das glaubst du doch selbst nicht!“

Landon duckte sich und hielt die Luft an, als der Mann den Kopf zum Fenster hinausstreckte.

„Siehst du was?“, fragte die Frau.

„Nein.“ Das Fenster wurde geschlossen.

Landon atmete langsam aus und rollte zur Seite. „Sorry. Alles in Ordnung?“

Piper setzte sich langsam auf und er betrachtete sie in dem Lichtschein, der durch das Fenster fiel. Er schob ihr die Haare aus dem Gesicht, weil er fürchtete, er könnte den Verletzungen, die sie in den letzten Tagen abbekommen hatte, noch welche hinzugefügt haben. Seine Hand erstarrte, als er ihre weiche Haut berührte.

Sie blinzelte.

„Hast du dir wehgetan?“ Er räusperte sich etwas verlegen.

Sie schüttelte den Kopf.

Das Licht ging aus und hüllte sie wieder in Dunkelheit. Eine Minute später wurde die Haustür geöffnet.

Wieder zog Landon Piper an sich und drückte sich an die Hauswand. Er fühlte ihr Herz an seiner Brust schlagen, schnell und aufgeregt, so wie sein eigenes.

„Ich sage dir, da stimmt etwas nicht“, sagte die Frau.

„Was soll ich denn deiner Meinung nach tun?“

„Ich weiß nicht, aber wir müssen die beiden im Auge behalten.“

„Die beiden, die nach Tess gefragt haben?“

„Und nach Karli.“

Ihre Stimmen verklangen und Landon ließ Piper widerwillig los. Er stand auf und half ihr auf die Füße. „Bist du sicher, dass alles in Ordnung ist?“

Ihre vollen Lippen verzogen sich zu einem Grinsen. „Mir geht's prima."

„Wirklich?"

„Das hat einen Riesenspaß gemacht."

„*Spaß*?" Das Mädchen war tatsächlich verrückt.

„Ach, komm schon." Sie klopfte sich den Schnee von der Hose. „Du willst mir doch nicht weismachen, dass das nicht aufregend war."

Jeder Nerv in seinem Körper stand unter Strom. *Aufregend* war gar kein Ausdruck dafür.

~

Piper zog die Handschuhe aus und warf sie auf den Couchtisch in ihrem Hotelzimmer. Ihre Gedanken rasten ebenso wie ihr Herz. Kein Wunder, dass Landon die Polizeiarbeit so liebte. Die Aufregung, wenn man Spuren verfolgte … das konnte einen schon süchtig machen. „Warum hat Tess wohl so heftig reagiert, als wir fragten, ob wir mit ihrer Physiotherapeutin sprechen können?"

„Ich weiß nicht." Landon hängte seine Jacke über den Stuhl. „Mir schien es, als wollte sie die Frau beschützen."

„Aber wovor?", fragte sie, während Landon sich vor den Kamin kniete.

„Ich weiß nicht."

„Na, hoffentlich wird das hier" – Piper hielt den Kalender hoch und ließ sich auf die Couch fallen – „uns helfen, sie zu finden."

Landon schob das Anzündholz zurecht und legte zwei Holzscheite darüber. „Wir sollten den Zimmerservice anrufen und uns etwas zu essen bringen lassen. Ich habe das Gefühl, dass es eine lange Nacht wird."

„Gute Idee." Sie lächelte bei dem Gedanken an die kommende Nacht – sie und Landon allein vor einem warmen Kaminfeuer, wie sie gemeinsam an der Lösung eines Falles arbeiteten. Nur sie beide. Sie fragte sich, ob das irgendwann vorüber sein würde und ob Becky …

Sie verdrängte den Gedanken. *Nein, denk gar nicht daran. Konzentriere dich auf den Fall.*

Landon entzündete ein Streichholz und hielt die Flamme an das Anzündholz, bis es Feuer fing. Dann warf er das Streichholz in den Kamin. Er ließ seine Stiefel vor dem Feuer stehen und kam zu ihr. „Du genießt das so richtig, nicht wahr?"

„Mit dir an einem Fall zu arbeiten? Ja, total."

Ein Lächeln zuckte um seine Mundwinkel, als er sich neben sie setzte.

„Was ist?"

„Ich frage mich gerade, ob das gut oder schlecht ist."

25

Landon saß auf dem Fußboden, mit dem Rücken an die Couch gelehnt, Notizen um ihn herum auf dem Teppich verteilt. Er versuchte zu ignorieren, wie nahe ihm Piper war, als sie sich von ihrem Platz auf dem Sofa vorbeugte. Sie betrachtete eingehend den Kalender in seiner Hand. Er atmete den süßen Duft ihres Haares ein und bewunderte ihre seidige Haut, als ihre Hand seine flüchtig berührte.

„Wir kommen der Sache näher." Ihr Atem verursachte ihm eine Gänsehaut im Nacken.

„W…" Er räusperte sich. „Was?"

„Na, Tess' Kurzschrift." Sie lehnte sich auf dem Sofa zurück und zog die Beine unter sich.

„Okay. Kurzschrift." Er räusperte sich wieder. Tess' Kalender war nur eine Sammlung karierter Blätter und linierter Seiten. Keine Monate, keine Überschriften und nichts, das darauf hinzuweisen schien, dass es um ein bestimmtes Kalenderjahr ging. Es war so, als hätte sie die ursprüngliche Aufteilung aufgebraucht, herausgerissen und sie durch die neuen Seiten ersetzt. Dabei hatte sie offenbar ein verrücktes System aus Initialen und Nummern entwickelt. Es war ein Albtraum, das Ergebnis entziffern zu wollen.

Landon gefiel die plötzliche Distanz zwischen ihnen nicht, sodass er aufstand und Anstalten machte, sich neben Piper aufs Sofa zu setzen.

„Kannst du das Feuer schüren?", fragte sie, bevor er sich setzen konnte.

Er blickte auf die glimmenden Kohlen. Er hatte nicht einmal bemerkt, dass das Feuer heruntergebrannt war. „Sicher." Er reichte ihr den Kalender und ging um das auf dem Boden abgestellte Tablett, das der Zimmerservice gebracht hatte, herum. Er würde es auf den Gang stellen, wenn er heute Nacht in sein Zimmer hinüberging. Oder in den frühen Morgenstunden, was wahrscheinlicher war. Aber er hatte keinen Grund, sich darüber zu beschweren. So konnte er mehr Zeit mit Piper verbringen.

Er bückte sich über den Kamin und schürte das Feuer, bevor er noch einen Holzscheit nachlegte.

„Sieh dir diesen Eintrag an – JP I 2.4 23. Ich glaube, JP sind die Initialen einer Person", sagte Piper hinter ihm. Er konnte förmlich hören, wie es in ihrem Gehirn ratterte.

Landon setzte sich neben sie und studierte den Eintrag. „Es könnte auch ein Ort sein."

„Gut, aber die nächsten Zahlen müssen Daten sein."

„Sieht so aus. Vielleicht ein Datum und dann eine Zeit?" Aber was für eine Zeit war 23? Es sei denn, Tess hatte die militärische Bezeichnung 2300 verwendet. Oder war es Tess' Kurzform für 2.30 Uhr?

„Wenn wir den ungefähren Zeitpunkt ihrer Verletzung in Betracht ziehen, haben die Initialen TN, die sich regelmäßig wiederholen, wahrscheinlich etwas mit ihrer Physiotherapie zu tun."

„Und wir wissen, dass sie damals in Glacier Peak gelebt hat."

„Also sollten wir nach Physiotherapeuten in der Gegend suchen, deren Name mit TN beginnt."

Landon nahm seinen Laptop und begann mit der Suche. Es dauerte nicht lange, bis sie das Wellspring Physiotherapiezentrum in Invermere, British Columbia, gefunden hatten – nur eine halbe Stunde vom Kurort Glacier Peak entfernt. Die leitende Therapeutin hieß Taylor Nash.

Piper griff nach ihrem Handy.

„Was machst du?"

„Ich rufe Taylor Nash an."

„Es ist nach Mitternacht!"

„Stimmt. Das hatte ich vergessen."

„Wir rufen gleich morgen früh an."

„In Ordnung.“ Sie trommelte mit dem Bleistift auf dem Kalender.

„Es dauert nicht mehr lange bis zum Morgen.“

Sie nickte.

„Ich sollte gehen, damit du schlafen kannst.“

„Ja, klar. Wir wissen doch beide, dass ich viel zu aufgedreht bin, um zu schlafen.“

„Du willst also weitermachen?“

„Natürlich.“ Sie hielt den Kalender hoch. „Da wir jetzt wissen, dass die Buchstaben für Initialen stehen ...“

„*Wissen* tun wir es nicht.“

„Also gut. Wir gehen davon aus, dass sie es tun.“

„Wir verfolgen die Spur, die am meisten Sinn ergibt. Wir gehen logisch vor.“

„Nenn es, wie du willst, aber ausgehend von dieser Theorie scheint es in der Zeit, in der sie in Behandlung waren, nur einen Verweis auf Karli zu geben.“

„Wenn K für Karli steht.“ Viele Namen begannen mit K, ebenso viele Orte.

„Nehmen wir einmal an, dass es so ist. Die Zahlen, die folgen, sind anders. Sie sind zu lang für Daten oder eine Telefonnummer ...“

„Es sei denn, es ist eine Telefonanlage mit Durchwahl.“

„Durchwahl. Sehr schlau.“

„Nur, wenn es stimmt.“

Sie stieß ihn mit der Schulter an. „Du könntest ruhig mal ein Kompliment annehmen.“

„Also gut. Es ist genial, aber genau genommen können die Zahlen für alles Mögliche stehen.“

„Ich werde deinen Pessimismus einfach ignorieren. So, was ist jetzt mit *S. Bridge*?“

Dieser Eintrag, von dem sie vermuteten, dass er sich auf Karli bezog, war der einzige, der mehr umfasste als Initialen und Zahlen.

„Vielleicht ein Ort.“ Sie tippte mit dem Bleistift gegen ihre Unterlippe.

„Irgendwie klingt es vertraut.“

„Ja?“

„Ja, aber ich weiß nicht, warum.“ War es ein Ort, an dem er schon mal gewesen war, oder eine Person, der er begegnet war? Irgendetwas sagte der Name ihm, aber er wusste nicht, was.

„Vielleicht sollten wir einen Atlas nehmen und anfangen, nach Orten zu suchen, die mit *S* anfangen und mit *bridge* aufhören. Was meinst du, sollen wir hier suchen oder in Alaska?“

„Ich würde in der Nähe ihrer Heimat anfangen.“

„Also in British Columbia?“

„Vorausgesetzt, dass dies tatsächlich Karlis Heimat war. Wir wissen lediglich, dass sie ein paar Jahre hier gelebt hat.“ Je tiefer sie in Karli Davis' Leben eintauchten, desto weniger greifbar wurde sie. Niemand außer Tess schien irgendetwas Bedeutsames über sie zu wissen. Aber selbst das, was Tess wusste, blieb lückenhaft.

„Was glaubst du – warum hat sie sich einen falschen Namen zugelegt?“

„Wir können nicht sicher sein, dass es so war.“ Er legte den Arm über die Sofalehne.

Piper runzelte die Stirn. „Aber Tess hat gesagt ...“

„Was Karli ihr erzählt hat.“

„Genau.“

„Du gehst davon aus, dass Karli die Wahrheit gesagt hat.“

Piper kniff die Augen zusammen. „Du glaubst, sie hat gelogen?“

„Wie mir scheint, hatte sie nicht gerade die höchsten moralischen Maßstäbe.“

„Weil sie mit allen möglichen Leuten ein Verhältnis hatte?“

„Zum Beispiel.“

„Interessant, dass du das sagst.“ Sie drehte sich ein wenig, um ihn besser ansehen zu können.

„Warum?“

„Ich bin nur neugierig ... Glaubst du, dass es falsch ist, mit jemandem zu schlafen, ohne mit ihm verheiratet zu sein? Oder stört dich eher, dass Karli ständig wechselnde Partner hatte, von denen einige sogar verheiratet waren?“

„Ich sage nur, dass das, was wir bisher über Karli erfahren haben, nicht auf einen besonders noblen Charakter schließen lässt.“

„Stimmt, aber du hast meine Frage nicht beantwortet.“

„Ich dachte, wir sprechen über Karli.“

„Das haben wir auch.“ Sie rutschte näher. „Aber jetzt frage ich *dich.* Was denkst du darüber, wenn man mit jemandem schläft, ohne mit dieser Person verheiratet zu sein?"

„Ich finde, man sollte warten, bis man verheiratet ist."

„Wirklich?" Sie legte den Kopf schief.

„Warum bist du so überrascht?" Kaum hatte er die Worte ausgesprochen, da dämmerte ihm auch schon der Grund für ihre Frage. *Becky.* Wie hatte er nur so begriffsstutzig sein können?

„Ich habe gehört, wie du zu den Teenies in Coles Jugendgruppe gesagt hast, wie wichtig es sei, verantwortungsvoll mit ihrer Sexualität umzugehen und zu warten … aber dann …" Sie blinzelte und richtete ihren Blick auf die Flammen.

Seine Kehle war wie zugeschnürt. „Aber dann?"

Die Worte klangen gepresst. „Dann warst du mit *ihr* zusammen."

Es versetzte ihm einen Stich, den Kummer in Pipers Stimme zu hören. „Ich verspreche dir, dass nichts passiert ist, Piper."

„Was ist deine Definition von *nichts*?"

Typisch Piper. Sie kam immer gleich zum Punkt. „Nichts bedeutet *nichts*. Becky war zu mir gekommen, weil sie wollte, dass etwas passiert. Sie hat versucht, mich dazu zu bringen, und das hast du gesehen, aber das war alles. Nachdem du weg warst, habe ich sie nach Hause gefahren und seither nicht mehr mit ihr gesprochen."

Seine Worte brachten nicht die Erleichterung, die er in ihrem schönen Gesicht zu sehen gehofft hatte.

„Warum war sie überhaupt da?"

„Sie ist einfach aufgetaucht. Sie hat auf meiner Terrasse gewartet, als ich nach Hause kam."

„Wegen eures gemeinsamen Abends in Hawkings Pub?"

Er zuckte zusammen, als er den Schmerz in ihrer Miene sah. „Ich weiß nicht, was Denny dir erzählt hat, aber wir hatten keinen *gemeinsamen Abend* bei Hawkings."

„Du warst also nicht dort?"

Wie sehr er sich nun wünschte, das leugnen zu können. „Doch, das war ich."

„Dienstlich?" Ihre Worte klangen hoffnungsvoll.

Er hätte die Wahrheit lieber vermieden, aber er konnte sie nicht belügen. „Ich fürchte nicht."

„Warum dann? Um sie zu treffen?"

„Nein.“ Er nahm all seinen Mut zusammen. „Ich war dort, um etwas zu trinken.“

„Oh.“ Sie runzelte die Stirn. „Mir war nicht klar, dass du trinkst.“

„Das tue ich auch nicht.“ Oder jedenfalls hatte er es lange nicht mehr getan. Nicht seit dem letzten Mal, als er versucht hatte, zu vergessen.

„Warum dann?“

„Es ist eine lange Geschichte.“

Sie sah sich in dem stillen Zimmer um. „Ich gehe nirgendwohin.“

Er betete, dass das stimmte. „Es ist spät.“ Außerdem konnte er keine offene Unterredung mit Piper führen, ohne ihr zu sagen, was er empfand. Er war noch immer zu feige, um sich ihrer Zurückweisung zu stellen. Außerdem wollte er nicht, dass sie sich unbehaglich fühlte. Sie hatten immer noch einige Tage mit Nachforschungen vor sich und es wäre nicht hilfreich, wenn Piper verlegen war, weil sich der beste Freund ihres Bruders hoffnungslos in sie verliebt hatte. „Wir sollten ein bisschen schlafen.“

Er nahm den Kalender und stand auf. Piper folgte ihm zur Tür, offensichtlich nicht glücklich über das abrupte Ende ihrer Unterhaltung. „Was ist unser nächster Schritt?“

„Unser nächster Schritt?“

„Ja. Was ist für morgen geplant?“

„Ach ja, morgen.“

Sie sah ihn prüfend an. „Was dachtest du denn, was ich meine?“

„Nichts. Also, morgen …“

Sie legte den Kopf schief, während er versuchte, sich zu konzentrieren. „Alles in Ordnung?“

„Ja, klar.“ Er räusperte sich. „Ich glaube nur, dass wir hier nicht mehr weiterkommen.“

Sie trat einen Schritt näher, sodass er zwischen ihr und der Tür festsaß. „Wie weit wärest du denn gerne gekommen?“

Sein Mund war wie ausgetrocknet. Sie meinte doch wohl nicht …

„Mit Karlis Fall.“

„Ja. Karlis Fall. Ich … äh …“ Er fühlte den Türknauf in seinem Rücken. Sein Gehirn spielte ihm gefährliche Streiche. Piper fragte sicher nur nach dem Fall und flirtete nicht mit ihm.

„Du …?“

„Ich denke, wir sollten weitergehen."
Sie lächelte schläfrig. „Weitergehen klingt interessant."
„Nach Vailmont", sagte er ein wenig zu laut.
Ihr Lächeln wurde breiter. „Nach Vailmont."
Er nickte. „Ich glaube, wir wissen alles, was wir hier über Karli in Erfahrung bringen können." Er schüttelte den Kopf und versuchte, seine wandernde Vorstellungskraft zu bändigen. „Ich finde, als Nächstes sollten wir in Vailmont suchen, da Tess glaubt, dass Samantha Mann immer noch dort arbeitet. Und wir können versuchen, uns die Identität der Physiotherapeutin von Karli und Tess bestätigen zu lassen, bevor wir nach Glacier Peak fahren."
Sie unterdrückte ein Gähnen. „Klingt gut."
Er zögerte, obwohl er wusste, dass er gehen musste, aber es widerstrebte ihm. Sie stand unmittelbar vor ihm, keine zwanzig Zentimeter von ihm entfernt. Wenn er einfach die Hände ausstreckte, konnte er sie in seine Arme ziehen und …
Und was?
Sie sprach über den Fall. Es waren lediglich seine dämlichen Gedanken, die in eine andere Richtung galoppierten – diese gefährliche Richtung, wo es nur um Piper und ihn ging.
Sie stellte sich auf die Zehenspitzen. „Ist noch was?"
„Nein." Er schüttelte den Kopf. „Nichts." Nichts, was sie hören wollte.
„Dann sehen wir uns morgen früh."
„Genau. Bis morgen früh."

26

Landon drehte sich um und zerknüllte das Kissen unter seinem Kopf. Eine freudige Erwartung ließ ihn nicht schlafen. *Unbegründete* Erwartung.

Sein Gehirn spielte ihm übel mit, indem es ihn glauben ließ, Piper hätte tatsächlich mit ihm geflirtet und sie könnte ebenso empfinden wie er. Er wälzte sich wieder auf die andere Seite und warf schließlich frustriert das Kissen quer durchs Zimmer. Es hatte keinen Sinn, er konnte nicht schlafen. In seinem Kopf überschlugen sich die Gedanken und wanderten in eine Richtung, die er verhindern musste. Er streckte den Arm aus und schaltete die Nachttischlampe an. *Genauso gut kann ich meine Energie nutzbringend einsetzen.* Er nahm Tess' Kalender und sein Notizbuch vom Nachttisch, setzte sich im Bett auf und machte sich an die Arbeit.

Kurz vor Tagesanbruch fiel ihm endlich wieder ein, warum ihm *S. Bridge* so bekannt vorkam. Er kannte einen US-Marshal mit dem Namen *Scott Bridge.* Der Mann hatte Landons Studienkollegen und Mitbewohner Luke betreut, als der in seinem Anfangsjahr bei den Marshals gewesen war. Außerdem hatte er Luke geholfen, mit dem Verlust seines ersten Zeugen zurechtzukommen. Höchstwahrscheinlich hatte der Vermerk mit einem ganz anderen S. Bridge zu tun. Oder vielleicht war statt einer Person doch ein Ort gemeint, so wie sie es zuerst angenommen hatten. Dennoch ließ ihn sein Instinkt zum Telefon greifen. Er nahm sein Handy und rief seine Kontakte auf. Schließlich fand er Lukes Namen und Nummer.

Landon traf Piper im Restaurant des Hotels an. Sie hatte einen Teller mit halb gegessenen Pfannkuchen vor sich stehen.

„Nicht gut?“ Er zeigte auf den Teller in dem Versuch, das Gespräch auf ein unverfängliches Thema zu lenken.

„Sie waren lecker. Hast du schon gegessen?“

„Nein. Ich bestelle mir etwas, bevor wir fahren.“ Er nahm die laminierte Speisekarte und überflog sie, wobei seine Augen die Worte zwar sahen, aber sein Verstand sie nicht erfasste. Piper war alles, woran er denken konnte. Was sie gestern Abend gesagt hatten, was sie nicht gesagt hatten … oder beinahe.

Er hasste diese Verlegenheit. Er sehnte sich nach der Freundschaft und Vertrautheit, die früher zwischen ihnen geherrscht hatte, aber er wusste, sie würde nicht zurückkehren. Sie waren gezwungen, nach vorne zu blicken, so oder so.

Aber im Moment hatten sie einen Fall, den sie aufklären mussten. Er drehte die Karte auf die andere Seite. Doch noch immer nahm er die Worte nicht wirklich wahr. „Hast du Taylor Nash erreicht?“

„Nein, aber ich habe eine Nachricht hinterlassen. Die Frau am Telefon war nicht sehr hilfsbereit.“

„Was meinst du?“

Piper stach in ihre Pfannkuchen. „Sie wollte nicht bestätigen, dass Karli und Tess Patientinnen waren.“

„Das überrascht mich nicht.“

„Es hat keinen Sinn, den ganzen Weg nach Invermere zu fahren, bevor wir nicht wissen, dass wir auch wirklich die richtige *TN* haben. Jedenfalls nicht, bevor wir in Vailmont fertig und auf dem Weg nach Glacier Peak sind.“

„Was ja bald der Fall sein wird.“

Sie atmete frustriert aus. „Ich will doch nur wissen, ob wir auf der richtigen Spur sind.“

„Ich weiß.“ Er widerstand dem Drang, ihre Hand zu ergreifen.

„Wenigstens habe ich Gage erreicht.“

Er legte die Speisekarte beiseite. Er würde einfach Kaffee und Toast nehmen. „Und?“

„Ich habe ihn und Darcy gebeten, sich Karlis Personalakte beim

Sportveranstalter anzusehen. Gage sagte, sie würden Masterson heute einen Besuch abstatten. Hoffentlich finden sie etwas in Karlis Akte, das uns zu ihrer wahren Identität führt."

„Falls sie wirklich einen falschen Namen angenommen hat."

„Du glaubst immer noch, dass Karli Tess angelogen hat?"

„Im Moment weiß ich nicht, was ich denken soll." *Oder fühlen.*

„Also gehen wir jeder Möglichkeit nach."

„Genau. Deshalb habe ich einen befreundeten US-Marshal angerufen, Luke."

„US-Marshal? Was haben die denn …?" Sie zog die Stirn kraus und riss dann die Augen auf. „Du glaubst, Karli war in einem Zeugenschutzprogramm?", sagte sie viel zu laut.

„Schhh." Er blickte hinter sich, um zu sehen, ob jemand etwas gehört hatte. Er beschloss, die potenzielle Verbindung zu Scott Bridge nicht zu erwähnen, bis sie auf dem Weg nach Vailmont waren. Er wollte nicht, dass Piper in ihrer Aufregung dem ganzen Hotel von ihrer Spur erzählte.

Andererseits … vielleicht würde er warten, bis seine Vermutung sich bestätigte. Er wollte nicht, dass sie sich Hoffnungen machte, die dann zerschlagen wurden.

„Tut mir leid." Sie beugte sich vor und ihre Augen leuchteten. „Was hast du herausgefunden?"

„Noch nichts. Luke geht der Sache nach und ruft mich zurück. Es ist nur ein Versuch, aber …"

Sie lächelte. „Du bist deinem Bauch gefolgt."

„Und wahrscheinlich wird nichts dabei herauskommen."

„Oder es ist der Schlüssel zu allem."

Piper folgte Landon ins Hotel Vailmont Village. Es war luxuriöser als Wolf Creek. Schilder mit verschiedenen Wellnessangeboten fanden sich überall in der Lobby – einem weitläufigen Eingangsbereich mit einer ungewöhnlichen Mischung aus Kronleuchtern und freigelegten Holzbalken. Ein silberner Weihnachtsbaum, der nur mit dunkelroten Samtschleifen geschmückt war, glitzerte in der Mitte der Lobby.

Nach ihrem erbärmlichen Flirtversuch vom vergangenen Abend kam sie sich heute völlig lächerlich vor. Kein Wunder, dass Landon sich so gewunden hatte. Der arme Kerl hatte wahrscheinlich nur noch fliehen wollen. Obwohl … irgendwie hatte er gar nicht so gewirkt.

Sie nahm einen Flyer von dem Metallständer rechts neben ihr und blätterte darin. Sie musste sich auf den Fall konzentrieren und darauf, die Unschuld ihres Bruders zu beweisen. Sie sollte ihre dummen Fantasien in Bezug auf Landon aufgeben, vor allem die absurde Vorstellung, er könnte sie ebenso anziehend finden wie sie ihn.

„Also, wie gehen wir vor?", fragte sie, als er ihr zum Informationstresen voranging, wo man Kurse buchen konnte. Sie hatten ihren grundlegenden Plan besprochen, aber noch nicht die Einzelheiten erörtert.

„Wir tragen uns für den nächsten freien Kurs ein und checken ein, während wir warten."

„Nein, ich meine, wer von uns gibt den Anfänger? In der Broschüre sind zwei Schwierigkeitsgrade angegeben." Sie hielt den Flyer hoch. „Anfänger und Fortgeschrittene. Ich glaube, wir können mehr in Erfahrung bringen, wenn wir uns aufteilen und unterschiedliche Kurse buchen."

„Clever gedacht. Ich nehme den Fortgeschrittenenkurs."

„Ich wusste, dass du das sagen würdest."

„Gut, dann ist es entschieden."

„Nicht so schnell." Sie zog ihn am Ärmel. „Wir entscheiden das ganz gerecht."

„Und wie?"

Sie zog eine Münze aus der Tasche. „Kopf oder Zahl?"

Piper konnte sich nicht beherrschen und grinste selbstgefällig, als Landon zu einem Anfängerkurs davontrottete. Für jemanden, der beinahe so lange Ski lief, wie er laufen konnte, war die einzige Möglichkeit, ihn auch nur annähernd wie einen Neuling aussehen zu lassen, ein Snowboard. Sie hatte in den vergangenen Jahren schon öfter versucht, ihm eines aufzuschwatzen. Nun, wo es ihr endlich gelungen war, würde sie jede Minute genießen. Sie saß auf der obersten Stange eines Metallzauns und hätte sich vor Vergnügen und Schadenfreude am liebsten die Hände gerieben.

Da ihr Fortgeschrittenenlehrgang erst in einer halben Stunde begann, beschloss sie, die Vorführung einfach zu genießen. Endlich würde sie Landon beobachten können, wenn er einmal nicht in seinem Element war. Seine düsteren Blicke in ihre Richtung zeigten ihr, dass er sich darüber ganz und gar nicht freute.

Er war glücklicherweise in den Kurs gekommen, den Samantha Mann unterrichtete, die Frau, die wegen Karli aus dem diesjährigen Wettkampf geflogen war. Der Mann am Empfang hatte ihnen mit einem Leuchten in den Augen gesagt, Samantha wolle „*Sami* – mit I" genannt werden.

Als *Sami* dann aus dem Hotel trat und sich zu ihren Schülern begab, verging Piper allerdings ihre Schadenfreude in Bezug auf Landon. Sami war blond, gut gebaut und sah einfach umwerfend aus. Die Mienen ihrer männlichen Schüler erhellten sich mit einem Schlag.

Je mehr Zeit Sami mit Landon verbrachte – ihm mit der Ausrüstung half, ihm zeigte, wie man auf dem Snowboard das Gleichgewicht hielt, indem sie ihre Hände auf seine Hüften legte –, desto unleidlicher wurde Piper.

Vielleicht war es doch keine so gute Idee gewesen, sich aufzuteilen.

Sami demonstrierte ihren Schülern auf einem Teil des Anfängerhügels, wie die Abfahrt mit dem Snowboard aussehen sollte, und kam mit einem eleganten Hüftschwung wieder zum Stehen. *Also bitte!* Piper schüttelte den Kopf.

„Alaska", rief Sami. „Warum versuchen Sie es nicht einmal?"

Landon deutete fragend auf sich selbst.

„Ja, Sie!" Sami lächelte.

Piper wartete auf einen Sturz oder irgendetwas, das die Bewegungen eines Anfängers widerspiegeln würde, aber Landon startete elegant durch und fuhr mit Geschwindigkeit an Sami vorbei, bevor er etwas wackelig zum Stehen kam.

„Super, Alaska", sagte Sami. „Sind Sie sicher, dass Sie das noch nie gemacht haben?"

„Sicher. Sie sind wahrscheinlich einfach eine fantastische Lehrerin!"

Piper beugte sich vor. Flirtete er etwa?

„Fortgeschrittenenkurs?", fragte eine Frau und ihr Gesicht erschien in Pipers Blickfeld. Sie drehte sich um und folgte Pipers Blick. Dann stieß sie einen bewundernden Pfiff aus, als sie Landon sah. „Nette Aussicht."

Röte schoss in Pipers Wangen. „Was? Nein, ich habe nicht …"

„Hey, kein Problem. Er ist mir auch schon aufgefallen. Ich heiße übrigens Mandy."

„Piper."

„Bist du in meiner Fortgeschrittenengruppe?"

„Ja."

„Du siehst ein bisschen lädiert aus. Bist du sicher, dass du fit genug bist?"

„Aber immer!"

„Dann ist es ja gut. Ich mag Mädels, die nicht zimperlich sind. Wir fangen da drüben an." Sie zeigte auf die Gruppe, die mit ihren Snowboards bereits am Fuß des zweiten Lifts wartete.

„Super." Wenigstens schien Mandy ein fröhlicher Typ zu sein. Vielleicht war sie ja bereit zu reden.

27

Noch immer schockiert davon, dass sie Gage dazu hatte überreden können, im Wagen sitzen zu bleiben, näherte sich Darcy Mastersons Wohnwagen. Seit er sie in der Pension im Gespräch mit Meredith angetroffen hatte, war Gage nicht mehr von ihrer Seite gewichen, sondern „behielt sie im Auge", wie er es formulierte. Auch wenn sie nichts gegen seine Gesellschaft hatte, waren seine Absichten eindeutig. Er wollte sich vergewissern, dass sie sich auf Reefs Fall konzentrierte und ihre Nase nicht in seine Beziehung mit Meredith steckte. Sie hatte Meredith seit jenem Abend höchstens auf dem Gang gesehen. Seit Meredith wusste, dass sie Gage kannte, hielt sie Abstand. Vielleicht fürchtete sie ebenfalls, dass Darcy in Angelegenheiten herumstochern könnte, die sie nichts angingen. Auch wenn Darcy liebend gerne erfahren hätte, was zwischen den beiden geschehen war – sie hatte ihr Versprechen gegeben und das würde sie auch halten.

Sie warf einen Blick über die Schulter zu Gage, der im Wagen saß. Darcy war froh, dass er eingewilligt hatte, sie allein mit Masterson sprechen zu lassen. So nervös, wie dieser Mann war, würde er kaum gewillt sein, sich von Reefs Geschwistern verhören zu lassen. Da Masterson aber ein Frauenheld war, würde er sich von Darcy alleine vielleicht etwas Brauchbares entlocken lassen.

Sie klopfte und eine große, schlanke, braunhaarige Frau öffnete die Tür. Sie trug enge Jeans, einen ebenso engen roten Kaschmirpullover und UGG-Boots.

Sie musterte Darcy. „Was wollen Sie?"

Darcy streckte trotz der frostigen Begrüßung die Hand aus. „Darcy St. James."

Die Frau verschränkte die Arme vor der Brust.

Darcy versuchte es anders. „Ich muss mit Mr Masterson sprechen."

„Worüber?"

„Es ist eine persönliche Angelegenheit."

„Er ist mein Mann, also ist jede persönliche Angelegenheit, die Sie mit ihm besprechen wollen, auch meine Angelegenheit."

Das war also die oft erwähnte, aber selten gesehene Theresa Masterson. Es ging das Gerücht um, dass sie ein ziemliches Skihäschen gewesen war, bis sie den reichen, zehn Jahre älteren Rick Masterson geehelicht hatte.

„Entschuldigen Sie bitte, das war mir nicht klar. Wie gesagt, mein Name ist Darcy St. James und ich untersuche Karli Davis' Vergangenheit."

„Er hat über dieses Flittchen nichts zu sagen." Theresa machte Anstalten, die Tür zu schließen, aber Darcy hielt sie davon ab.

„Es geht nicht um Ihren Mann."

„Aber Sie haben doch gerade gesagt ..."

„Ich hätte es besser erklären sollen. Ich versuche, mehr über Karlis Vergangenheit herauszufinden, *bevor* sie zu Ihnen kam. Ich müsste nur einen kurzen Blick auf die Unterlagen werfen, die Sie von ihr haben."

Theresa sah sie misstrauisch an. „Wieso?"

Darcy musterte die Frau und versuchte einzuschätzen, welche Vorgehensweise ihr die benötigte Information am besten beschaffen würde. „Es sieht ganz danach aus, als wäre Karli nicht die gewesen, als die sie sich ausgegeben hat."

„Ich kann nicht sagen, dass mich das überrascht. Sie hat nur Ärger gemacht. Ich wusste es gleich, als ich sie das erste Mal sah. Sie hätten sehen müssen, wie sie herumstolziert ist – so als gehörten die Berge ihr! Mädchen wie sie gibt es zuhauf, aber hinter der Fassade steckt nichts."

„Klingt so, als wären Sie eine gute Menschenkennerin."

„Hören Sie, Schätzchen, man braucht kein Genie zu sein, um ein Flittchen zu erkennen."

„Haben Sie was dagegen, wenn ich reinkomme? Ich glaube, Sie sind der erste intelligente Mensch, mit dem ich bis jetzt gesprochen habe."

Theresas rosige Wangen färbten sich noch ein wenig dunkler. „Warum nicht."

Piper saß an einem Tisch in der Cafeteria des Hotels und starrte aus dem großen Panoramafenster, das sich fast über die gesamte Wand erstreckte. Sie fragte sich, wo in aller Welt Landon abgeblieben war. Sein Kurs war eine Stunde vor ihrem zu Ende gewesen, und noch immer war nichts von ihm zu sehen. Sie hoffte, dass er wenigstens ein paar nützliche Informationen ergattert hatte, abgesehen von Samis Sternzeichen, Körpermaßen oder Lieblingsfarbe.

Leider hatte sie den Fehler begangen, ihrer Skilehrerin zu erzählen, sie sei eine Freundin von Karli. Auch wenn sie keine Ahnung hatte, was Karli der Frau getan hatte, war es offensichtlich, dass irgendetwas vorgefallen sein musste. Mandy hatte Piper nicht einmal mehr in die Augen gesehen.

Nun waren sie schon zwei Tage in British Columbia und hatten immer noch keine Informationen, die sie wirklich weiterbrachten – abgesehen von der Möglichkeit, dass Karli Davis nicht ihren echten Namen benutzt haben könnte. Sie brauchten aber etwas Greifbares, Tatsachen, um zu beweisen, dass ihr Bruder unschuldig war. Piper hatte nicht gerade zu ihrem Erfolg beigetragen, weil sie zugelassen hatte, dass ihre Gedanken ständig um Landon kreisten. Es war Zeit, dass sie sich auf den Fall konzentrierte. *Nur* auf den Fall.

Ein kalter Luftzug drang durch die Fensterscheibe. Piper rieb sich die Hände, um sie zu wärmen. Sie hatte immer noch das merkwürdige Gefühl, dass jemand sie beobachtete. Sie drehte sich um und ließ den Blick durch die Cafeteria wandern. Alle waren mit ihren eigenen Angelegenheiten beschäftigt. Ihr Blick blieb an einem Mann hängen – groß, dunkle Haare mit silbernen Strähnen, wahrscheinlich Anfang fünfzig –, der an einem Tisch im hinteren Teil des Raumes saß. Er las ein Buch, während er sein Mittagessen aß. Er kam ihr seltsam bekannt vor, aber sie wusste nicht, wieso. Hatte sie ihn schon einmal gesehen? Vielleicht auf ihrem Flug nach Kamloops? Sie war von ihrem Wortgefecht mit Landon so abgelenkt gewesen, dass sie nicht besonders auf die anderen Passagiere geachtet hatte, aber etwas an ihm …

„Hey“, sagte Landon, und sie fuhr zusammen.

„Tut mir leid.“ Er stellte einen dampfenden Becher vor sie hin. „Ich dachte, du könntest etwas Warmes gebrauchen.“

„Danke.“ Sie legte die Hände um den roten Porzellanbecher und genoss die Wärme. Der süße, tröstliche Duft von heißer Schokolade stieg ihr in die Nase.

Landon sank auf den Stuhl ihr gegenüber und warf seine Skimütze auf den freien Platz neben sich. Sein zerzaustes Haar stand in alle Himmelsrichtungen ab, was ihn aber nur noch umso anziehender machte. „Es gab keine Schlagsahne für den Kakao, tut mir leid.“

Landon … *anziehend*? Sie verlor anscheinend allmählich den Verstand. Sie hob den Becher hoch und trank einen Schluck.

„Wie war dein Tag?“, fragte er und biss in ein Barbecue-Sandwich, das unglaublich lecker roch.

„Nicht annähernd so gut wie deiner“, murmelte sie.

Er wischte sich die würzige Sauce von den Lippen. „Was?“

„Egal.“ Sie war schlecht gelaunt. „Hast du etwas Nützliches erfahren?“

„Noch nicht, aber ich gehe heute Abend mit Sami essen.“ Er biss wieder in sein Sandwich.

„Essen?“ Ihre Kehle zog sich zusammen. „Wie bei einer Verabredung?“

„Ja, warum?“

Sie senkte den Blick und betete, dass er ihre Enttäuschung nicht bemerkte. „Ich bin nur überrascht.“

„Überrascht, dass sich jemand mit mir verabreden will?“

„Nein.“

„Was dann?“

Sie suchte krampfhaft nach einer glaubwürdigen Reaktion, etwas außer der albernen Eifersucht, die sie erfüllte. „Nur überrascht über die Kombination.“ So wie bei ihm und Becky Malone.

Landon lächelte, aber hinter dem Lächeln verbarg sich Kummer. „Du meinst, warum eine schöne junge Frau mit einem – warte mal, ob ich mich richtig erinnere, wie du mich beschrieben hast … ach ja – *abgerissenen Nörgler ohne jedes Modebewusstsein* ausgeht?"

„Du reißt das aus dem Zusammenhang." Und das war überhaupt nicht der Grund für ihre Verwirrung. Oder nur teilweise. Sie hätte nicht gedacht, dass Landon an einem Skihäschen wie Sami interessiert sein könnte. Aber sie hatte ja auch nicht erwartet, dass Sami sich einen Mann wie Landon aussuchen würde. „Es ist nur so, dass Skihäschen normalerweise auf Männer wie …" – sie suchte die Cafeteria ab – „*ihn* stehen."

Landon drehte sich um und betrachtete den Mann, auf den sie gezeigt hatte – groß, blondes welliges Haar, klassisch gut aussehend. Er wandte sich wieder Piper zu. „Nur weil *du* auf den Typ ‚Ken' stehst, heißt das noch lange nicht, dass alle Frauen es tun."

„Ich stehe nicht auf ‚Ken'."

„Und was war mit Brad Williams, Trent Dixon oder Denny?"

„Brad Williams zählt nicht. Der war nur ein Schulschwarm. Wir sind nie zusammen ausgegangen." Deshalb fragte sie sich in diesem Moment auch, woher Landon überhaupt von ihrem Interesse an Brad wusste.

„Und was ist mit Trent und Denny?" Landons Grinsen war viel zu selbstgefällig, fand sie.

„Zufall." Sie zuckte mit den Schultern.

„Klar", nickte er. „Nenn es, wie du willst, aber ich weiß zufällig, dass manche Frauen einen echten Mann vorziehen und keinen Dressman haben wollen."

„Ach, tatsächlich?" Das war wieder der unausstehliche Landon, den sie kannte.

„Ja. Und ich tue Sami gerne den Gefallen – im Tausch gegen die richtigen Informationen natürlich."

Sie kniff die Augen ein wenig zusammen und ihr Puls beschleunigte sich. Was *genau* wollte er damit sagen? Dass der Verlauf der Verabredung davon abhing, welche Informationen Sami lieferte? „Du wirst doch wohl nicht ernsthaft …" Sie verstummte, als eine Gruppe von Skilehrern an ihrem Tisch vorbeiging, mit Sami als Nachhut.

„Wir sehen uns um acht, Alaska." Sami zwinkerte.

„Freue mich schon, Kanada." Landon lächelte.

„Ich bitte dich!" Piper schnaubte verächtlich, als die Gruppe sich entfernte. „Du willst das doch wohl nicht allen Ernstes durchziehen, oder?"

„Meine Verabredung? Aber natürlich." Er stand auf, nahm seine Sachen und beugte sich über sie, um einen Kuss auf ihre Haare zu drücken. „Du brauchst nicht aufzubleiben."

28

„Wie lief es mit Masterson?“, rief Kayden aus der Küche herüber, während Darcy sich in dem riesigen Sessel niederließ, der inzwischen zu ihrem Lieblingsplatz geworden war.

Jeden Abend versammelten sie sich in Kaydens und Pipers Wohnzimmer, um Reefs Fall und die Ereignisse des Tages zu besprechen. Und jeden Abend wartete bei ihrer Ankunft eine einfache Mahlzeit auf sie, normalerweise Suppe oder ein kräftiger Eintopf mit Fleisch und Kartoffeln. Dann saßen sie alle um das knisternde Feuer herum, während würziger Tannenduft in der Luft lag – ein starker Kontrast zu dem stürmischen Wind und den eisigen Temperaturen draußen.

Bailey sorgte immer dafür, dass sie nach dem Essen ein heißes Getränk in den Händen hielten – frischen Kaffee, heißen Kakao oder Apfelpunsch. Der Duft strömte von der Küche durch das ganze Haus. Heute gab es heißen Apfelsaft mit Gewürzen.

Da sie in Südkalifornien aufgewachsen war, war Darcy naturgemäß kein großer Winterfan, trotz ihrer häufigen Reisen zu den kalifornischen Skigebieten wie Mammoth Mountain oder Lake Tahoe und zu den Winterwettkämpfen, über die sie berichtete. Doch die gemütliche Wärme, die bei den McKennas herrschte, ließ den Winter eindeutig verlockender erscheinen.

„Darcy?“, sagte Kayden.

Darcy blinzelte. „Tut mir leid, ich war mit den Gedanken woanders.“

Besorgnis huschte über Baileys hübsches Gesicht. „Ist alles in Ordnung?"

„Ja. Manchmal schweifen meine Gedanken ab, aber um Kaydens Frage zu beantworten: Mein Besuch lief sehr gut."

Cole zog die Augenbrauen hoch. „Er war kooperativ?"

„*Sie* war äußerst kooperativ."

„Sie?", sagte Bailey. „Das heißt ...?"

Darcy lächelte. „Mrs Masterson."

„Das überrascht mich", sagte Kayden, die sich auf den einzigen freien Platz auf dem Zweiersofa neben Jake niederließ. Sofort schien sich eine unsichtbare Mauer zwischen den beiden zu errichten.

Darcy fragte sich ernsthaft, was Jake getan hatte, um Kayden so misstrauisch zu machen. Der Mann faszinierte sie immer mehr, je näher sie ihn kennenlernte. Vielleicht würde sie ein paar Nachforschungen über Jake Westin anstellen, wenn dieser Fall abgeschlossen war.

„Darcy." Gage schnipste vor ihrem Gesicht mit den Fingern.

„Tut mir leid." Sie blinzelte und versuchte, sich zu konzentrieren.

„Bist du sicher, dass alles in Ordnung ist?", fragte Bailey mit ehrlicher Besorgnis.

„Brauchst du einen Kaffee, um dich wach zu machen?", fragte Gage.

„Nein. Ich bin schon aufgedreht genug. Ich denke über zu viele Dinge gleichzeitig nach."

Gage legte die Füße auf den Polsterhocker und lehnte sich in seinem Sessel zurück. „Du musst lernen, dich zu entspannen."

„Da magst du recht haben."

„Du wolltest uns von deiner Unterhaltung mit Mrs Masterson erzählen?", erinnerte Jake sie.

„Genau. Mrs Masterson. Zuerst war sie ein bisschen feindselig, aber dann habe ich ihr erklärt, dass ich etwas über Karlis Vergangenheit wissen will und nicht über die ihres Mannes. Da gab es kein Halten mehr. Ich habe noch nie gesehen, dass jemand einem anderen Menschen so viel Feindseligkeit entgegenbringt."

„Ich vermute, sie wusste von dem Verhältnis zwischen Karli und ihrem Mann?", warf Cole ein.

„Ja, und ich habe das Gefühl, dass es in Bezug auf ihn nicht viel gibt, was sie nicht weiß. Interessant ist, dass sie allein Karli für die Affäre verantwortlich macht, trotz der Tatsache, dass ihr Mann seinen Ruf weghat, was die jungen Sportlerinnen im Team betrifft."

„Klingt nach einem richtigen Aufreißer", sagte Kayden trocken.

„Kann man wohl sagen." Darcy hasste Männer wie ihn und bemitleidete die armen Frauen, die sie sich als Beute aussuchten, obwohl sie kaum glauben konnte, dass Karli in die Kategorie hilfloses Opfer fiel.

„Du glaubst also, Mrs Masterson weiß von seinen Affären?", fragte Jake.

Was er in Wirklichkeit festzustellen versuchte, war wohl, ob Theresa Masterson ein Motiv gehabt hatte, Karli zu töten. Darcy wägte ab, was sie im Gespräch mit der Frau beobachtet hatte. „Theresa ist eindeutig eine kluge Frau, auch wenn sie ihre Intelligenz vielleicht nicht immer geschickt einsetzt. Ich glaube, wir können davon ausgehen, dass sie genau weiß, was im Sportgeschäft vor sich geht."

„Warum bleibt sie dann bei ihm?", fragte Kayden, die sich keine Mühe gab, ihre Verachtung zu verbergen.

„Geld, Ansehen … vielleicht glaubt sie, dass er sie braucht. Eine ziemlich kranke und sehr traurige Beziehung eigentlich."

„Sie gibt also den Frauen die Schuld und verteidigt ihren Mann?" Kaydens Verärgerung ließ ihre Stimme höher klingen.

„So sieht es aus, aber Karli schien sie besonders zu hassen."

„Was meinst du, woran das liegt?", fragte Jake mit offensichtlichem Interesse.

„Zuerst sah es nur so aus, als hätte sie generell nichts für Frauen mit zweifelhafter Moral übrig, aber bei näherem Hinsehen …" Sie lächelte Gage an.

Er erwiderte ihr Lächeln. „Darcy hat online geforscht und herausgefunden, dass Karli alle drei Rekorde von Theresa Masterson gebrochen hat. Natürlich hieß sie noch Theresa Dunbar, als sie die Rekorde aufstellte."

„Also hatte Karli nicht nur ein Verhältnis mit ihrem Mann, sondern hat auch alle ihre früheren Leistungen in den Schatten gestellt", sagte Bailey.

„Genau."

„Wirkte sie wütend genug, um jemanden deswegen umzubringen?"
„Könnte sein, denn wie es aussieht, war es definitiv nicht unter Theresas Würde, einer Konkurrentin zu schaden."
Jake beugte sich interessiert vor. „Was meinst du damit?"
„Im Jahr 2001, als Theresa auf dem Höhepunkt ihrer Karriere war, hatte sie eine ernsthafte Rivalin, eine junge aufstrebende Snowboarderin namens Kendra Morris. Kendra schlug Theresa in der Qualifikation vernichtend, und alle gingen davon aus, dass sie siegen würde. Aber am nächsten Tag versagte Kendras Ausrüstung während ihres Laufs. Sie verlor die Kontrolle, flog aus der Kurve und zog sich einige ernsthafte Verletzungen zu. Sie kann froh sein, dass sie den Sturz überlebt hat."
„Und du meinst, Theresa hatte etwas damit zu tun?", fragte Cole.
„Es gab entsprechende Gerüchte."
„Irgendwelche Beweise?", fragte Jake.
„Nein, aber zwei Jahre später geschah etwas Ähnliches mit einer anderen talentierten Sportlerin namens Jessica Clarkson. Sie besiegte Theresa in der Qualifikation, aber am Tag des Wettkampfs hatte sie eine schlimme Lebensmittelvergiftung."
„Der Zeitpunkt ist verdächtig, aber Lebensmittelvergiftungen kommen vor."
„Stimmt, aber ich habe ein bisschen nachgebohrt. Jessica hat mit der ganzen Mannschaft im Hotel gegessen und war die Einzige, die krank wurde."
„Gab es eine offizielle Untersuchung?", fragte Jake.
„Beim ersten Fall haben die Trainer Kendra Morris' Ausrüstung überprüft und gesagt, es könnte auch Materialermüdung gewesen sein. Damit waren die Ermittlungen beendet. Beim zweiten Mal hat Jessica Beschwerde eingelegt, aber es ist nicht viel passiert. Es ist ausgesprochen schwierig, eine Lebensmittelvergiftung nachzuweisen, wenn man mit einer Kantine zu tun hat, die drei Mal täglich hundert Sportler versorgt."
„Und es ist ein ziemlicher Sprung von einer Lebensmittelvergiftung hin zu Mord", sagte Jake. „Aber es wäre wahrscheinlich klug herauszufinden, wo Theresa Masterson in der Nacht war, in der Karli ermordet wurde."
„Das sehe ich auch so", sagte Darcy. „Ich habe Theresa wie neben-

bei gefragt, wo sie war, als sie von dem Mord an Karli erfuhr. Ich wollte etwas herausfinden, ohne dass sie Verdacht schöpft."

„Guter Plan", sagte Jake.

„Danke. Theresa behauptet, sie sei in einem Wellnesshotel auf Kodiak Island gewesen und habe erst von Karlis Tod erfahren, als sie am nächsten Tag nach Yancey zurückkam."

„Praktisch. Hat sie gesagt, wie sie hierher gereist ist?"

„Sie hat die Fähre von Kodiak genommen."

„Das lässt sich doch leicht überprüfen", sagte Kayden.

„Und leicht vortäuschen", fügte Jake hinzu.

Kayden wandte sich ihm mit ärgerlicher Miene zu. „Wie kann man denn vortäuschen, mit einer Fähre anzukommen?"

„Oh, ich bin sicher, dass sie mit der Fähre gekommen ist", sagte Jake. „Die entscheidende Frage ist, ob es ihre erste Überfahrt war."

„Wie kommst du nur auf so etwas?" Kayden schüttelte den Kopf. „So würde ein Verbrecher denken."

„Kayden, du musst damit aufhören", sagte Cole in einem Tonfall zwischen Verärgerung und Flehen. „Das hilft doch niemandem. Wir müssen zusammenhalten, anstatt uns innerhalb der Familie anzugreifen."

„Jake gehört nicht zur Familie."

Jake zuckte zusammen, als er Kaydens verletzende Worte hörte. „Ich bin kein Verbrecher."

„Und wir sollen dich einfach so beim Wort nehmen?"

„Habe ich euch jemals Anlass gegeben, an meinem Wort zu zweifeln?"

Sie schluckte und antwortete nicht.

„Wir müssen uns konzentrieren, um Reefs willen", sagte Cole, der sich das momentane Schweigen zunutze machte.

„Ich werde sehen, was ich über Mrs Mastersons Reisedaten in Erfahrung bringen kann", sagte Darcy in dem Bemühen zu helfen und der zunehmenden Anspannung im Raum entgegenzuwirken.

„Wir sollten zu diesem Wellnesshotel auf Kodiak fahren", sagte Gage. „Dort können wir überprüfen, ob sie wirklich da war. Kayden, kannst du uns rüberfliegen?"

„Du willst fliegen? *Mit mir*?" Kayden riss die Augen auf.

„Ja."

Sie lächelte. „Wie süß."

Darcy warf Bailey einen Blick zu. „Gibt es da etwas, das ich wissen sollte?"

„Keine Angst. Kayden ist eine hervorragende Pilotin." Bailey lehnte sich vor und senkte die Stimme. „Gage hat es nur nicht so mit großen Höhen."

„Wirklich?" Sie sah Gage an. Er hatte vor etwas Angst? *Bemerkenswert.*

„Konntest du Karlis Akte einsehen?", fragte Cole.

„Ach ja." Sie hatte sich von den Fragen über Theresa ablenken lassen. Sie zog einen zusammengefalteten Zettel aus der Tasche. „Ich habe in der Bücherei Kopien gemacht und ein paar Anrufe getätigt."

„Und?"

„Es passt alles zusammen, aber …"

„Aber?", drängte Jake.

Darcy zuckte mit den Schultern. „Es fühlt sich irgendwie nicht richtig an."

„Was meinst du damit?"

„Ich weiß nicht. Ich kann noch nicht genau den Finger darauflegen, aber es kam mir irgendwie künstlich vor. Alles Nötige war vorhanden wie das Geburtsdatum oder die Versicherungsnummer – aber sonst nichts. Keine lebenden Angehörigen. Die letzte bekannte Adresse war ein Postfach. Es war alles sehr unnatürlich."

„Gab es in den Unterlagen irgendetwas über Karlis Eltern?", fragte Bailey.

Darcy las ab, was auf dem Blatt Papier stand. „Thomas und Rebecca Davis. Beide verstorben."

„Stehen Geburts- und Todesdaten dabei?"

„Nein." Das war merkwürdig. „Nur ihre Namen."

„Hast du schon mit Landon darüber gesprochen?", fragte Jake.

„Gage und ich haben mit Piper telefoniert, bevor wir hierherkamen. Mit Landon konnten wir nicht sprechen. Piper sagte, er sei bei einer Verabredung."

„Eine Verabredung?", sagte Kayden. Es klang ungläubig.

„Irgendetwas, um Informationen zu beschaffen. Piper klang alles andere als glücklich darüber."

„Das kann ich mir vorstellen“, sagte Kayden mit einem wissenden Lächeln.

29

Piper blickte noch einmal durch den Spion. Es war schon fast Mitternacht, aber noch immer war von Landon nichts zu sehen. Warum dauerte das so lange? Was taten er und Sami die ganze Zeit?

Sie ging zum Bett und legte sich hin. Warum machte seine Verabredung mit Sami ihr so zu schaffen? Und seine Begegnung mit Becky Malone – was auch immer da gewesen war?

Ihre Gefühle für Landon waren eindeutig dabei, sich zu verändern, aber sie hatte keine Ahnung, was sie deswegen unternehmen sollte. Sie verstand die Tiefe ihrer Gefühle nicht, geschweige denn, dass sie gewusst hätte, was sie wollte. Sie wusste nur, dass sie Landon hier bei sich haben wollte, und zwar *jetzt*.

Ein Klopfen schreckte sie auf und sie kroch schlaftrunken aus dem Bett.

Erleichterung durchflutete sie, als sie Landon durch den Spion sah. *Endlich*.

Sie entfernte die Kette und zog die Tür auf.

„Guten Morgen, Schlafmütze." Er ging an ihr vorbei ins Zimmer. „Ich habe Donuts und Kaffee mitgebracht."

„*Morgen*? Wie spät ist es denn?" Sie starrte auf den Wecker auf ihrem Nachttisch – 8 Uhr!

Landon riss die Vorhänge auf und die Sonnenstrahlen fielen in den Raum.

„Ich muss eingeschlafen sein." Sie rieb sich die Augen und sah ihn dann misstrauisch an. Er wirkte ausgesprochen gut gelaunt.

„Du bist wieder nicht ans Telefon gegangen." Er fischte einen Donut aus der braunen Papiertüte und biss hinein.

„Ich habe es nicht gehört. Wann bis du zurückgekommen?"

„Von wo?"

„Von deiner Verabredung."

„Sagen wir mal, es war spät." Er ließ sich aufs Bett fallen und zog einen zweiten Donut aus der Tüte.

„Was ist passiert?" Sie musste einfach fragen.

Landon leckte etwas Zuckerguss von seinem Daumen. „Also wirklich, Piper, du weißt doch, dass ein Gentleman niemals über seine Rendezvous plaudert."

Ungewissheit machte sich in ihr breit. „Du hast nicht …?" War etwas geschehen? Hatten er und Sami …?

„Was habe ich nicht?"

Mann, er grinste wie ein Honigkuchenpferd. „Ach, egal." Sie ging ins Bad und schloss ärgerlich die Tür hinter sich.

„Wo willst du hin?" Seine Schritte folgten ihr über den Teppich. „Willst du nicht wissen, was ich in Erfahrung gebracht habe?"

Das hing davon ab, ob es Sami betraf oder den Fall.

„Ich glaube nicht, dass Sami etwas mit Karlis Tod zu tun hat."

„Ach ja?" Und wie war er zu dieser Schlussfolgerung gekommen?

„Sami war sauer, weil sie aus dem Kader geflogen ist, aber sie wirkt auf mich viel zu entspannt, um gewalttätig zu werden."

„Und das ist alles, was du erfahren hast?" Er war die ganze Nacht aus gewesen und konnte nichts vorweisen außer der Überzeugung, dass Sami nicht wütend genug war, um Karli umzubringen?

„Nein. Ich habe noch etwas herausgefunden. Die Theorie mit dem schlagenden Ehemann ist hinfällig, es sei denn, Karli hat mit sechzehn geheiratet."

Piper öffnete die Tür. Vielleicht kamen sie ja jetzt ein Stückchen weiter. „Warum mit sechzehn?"

„Sami sagt, Karli hat gelogen, was ihr Alter betraf, damit sie in den Kader aufgenommen wurde, obwohl sie erst siebzehn war. Sie überzeugte Masterson davon, dass sie schon achtzehn sei, weil sie keine elterliche Erlaubnis hatte."

Piper ging an ihm vorbei zur Sitzecke. „Und warum das?"

„Ihre Eltern waren gestorben."

So wie Gage es gestern Abend am Telefon gesagt hatte – ihre Eltern waren in den Vereinsunterlagen als verstorben registriert.

„Woher wusste Sami, dass Karli wegen ihres Alters gelogen hat? Das klingt nicht nach etwas, das Karli erzählen würde."

„Sami sagte, dass sich Karli in der ersten Saison, in der sie im Team war, gleich den Titel geholt hat. Zwei Jahre später hörte sie, wie Karli sich damit brüstete, die jüngste Gewinnerin aller Zeiten zu sein, aber jemand hatte ein paar Jahre zuvor schon einmal den Titel mit achtzehn geholt. Sami wies Karli darauf hin und da Karli zu diesem Zeitpunkt volljährig war und nicht mehr aus dem Kader geworfen werden konnte, erklärte sie Sami, dass sie ursprünglich ein falsches Alter angegeben hätte. Zum Zeitpunkt ihres Sieges sei sie erst siebzehn gewesen und damit die jüngste Titelinhaberin aller Zeiten."

„Das ist gut. Aber nicht *so* gut, dass man dafür die ganze Nacht ausbleiben muss."

„Wow! Das ist es, was dich wurmt, nicht wahr?"

Mehr, als sie gedacht hätte. Der Gedanke an ihn und Sami – der Gedanke an ihn und irgendeine Frau – schnürte ihr plötzlich die Kehle zu. „Ich weiß nicht, wovon du redest."

„Natürlich weißt du das. Es macht dir etwas aus, dass ich eine Verabredung mit Sami hatte."

„Wohl kaum." Sie setzte sich aufs Sofa und versuchte die Ungewissheit zu ignorieren, die sie niederdrückte. Sie musste sich zusammenreißen. Sie musste sich über ihre Gefühle für Landon klar werden und genau analysieren, *warum* sie so fühlte. Lag es daran, dass er in letzter Zeit so distanziert gewesen war? War es oberflächliche Eifersucht oder etwas viel Tieferes? In ihrem Inneren kannte sie die Antwort. Sie war nur noch nicht bereit, sich mit den Folgen zu befassen.

„Also, was ist es?", fuhr er fort. „Die Tatsache, dass ich eine Verabredung hatte, oder die Tatsache, dass ich mit Sami aus war?" Er musterte sie. „*Das* ist es."

„Was?"

„Dir passt es nicht, dass ich eine Verabredung mit *Sami* hatte." Er rieb sich das Kinn. „Interessant."

Sie musste ihn ablenken, und zwar schnell. „Interessant ist das letzte Wort, das ich gebrauchen würde, um dich zu beschreiben."

„Jetzt wirst du aber kratzbürstig.“ Sein Grinsen wurde immer breiter, was sie nur noch mehr ärgerte. „Du bist richtig sauer wegen der Sache.“

Sie durfte nicht zulassen, dass er die Wahrheit sah. Noch nicht. Nicht, bis sie selbst sich im Klaren darüber war. „Ich bin sauer, weil du den ganzen Abend aus warst und so getan hast, als würdest du Nachforschungen anstellen, während ich die eigentliche Arbeit gemacht habe.“ Sie stand auf und ging wieder in Richtung Bad, aber er versperrte ihr den Weg. Es war eine ausgesprochen lästige Angewohnheit von ihm.

„Nein“, sagte er.

„Nein?“

„Nein.“ Er hob den Zeigefinger. „Das ist nicht der Grund dafür, dass du sauer bist.“

Sie verschränkte die Arme vor der Brust. „Dann sag du mir mal, warum ich sauer bin, Sherlock.“

„Weil ich mit jemandem aus war, den du nicht selbst ausgesucht hast.“

„Das ist doch lächerlich.“ Sie versuchte, sich an ihm vorbeizuschieben, aber er ließ es nicht zu.

„Ach ja?“

„Ja.“

„Sehen wir uns mal die Fakten an. Du versuchst ständig, mich zu verkuppeln, und beklagst dich, ich hätte kein Leben außerhalb meiner Arbeit. Aber wenn ich tatsächlich eine Verabredung habe, wirst du sauer.“

„Ich wollte dir einen Freundschaftsdienst erweisen, deshalb habe ich versucht, dich mit einer netten Frau wie Nancy Bowen zu verkuppeln – nicht mit einem Skihäschen wie Sami oder jemandem wie Becky Malone.“ Obwohl selbst der Gedanke, dass Landon mit Nancy ausgehen könnte, ihr jetzt zusetzte.

„Es ist also in Ordnung, wenn ich mit einer Frau ausgehe, die du gutheißt. Eine, die ungefährlich zu sein scheint. Ist es das?“

„Nein.“

„Weißt du, für jemanden, der sich ständig darüber beklagt, dass ich mich in dein Liebesleben einmische, scheinst du deine Nase ganz schön oft in meines zu stecken.“

Das tat sie tatsächlich. Aber taten sie es beide aus demselben Grund? Machte ihn der Gedanke, dass sie mit Denny zusammen war, wütend und eifersüchtig? Hatte er nächtelang wach gelegen und gebetet, dass ihre Verabredung früh enden und nichts geschehen würde, was sie aus seinem Leben reißen könnte?

Sie starrte ihn an. Durfte sie zu hoffen wagen, dass all seine ungehobelten Proteste gegen ihre Treffen mit Denny ein *Liebesbeweis* waren?

30

Piper hielt ihren Becher unter den Kaffeeautomaten. Sie war nicht in der Lage gewesen, die Unterhaltung mit Landon fortzusetzen. Deshalb hatte sie sich entschuldigt, um duschen zu gehen, und gesagt, sie könnten sich in einer Stunde in der Lobby treffen.

Sie war schon nach der Hälfte der Zeit fertig und alleine in die Cafeteria gegangen. Ihre Gedanken überschlugen sich. Sie brauchte ... *Ich habe keine Ahnung, was ich brauche.* Wieder verspürte sie diese Ungewissheit. Und zu allem Überfluss hatten sie beide noch nicht einmal etwas Konkretes über Karli herausgefunden. Nur Verdachtsmomente und Vermutungen. Und sie hatten auch noch keine Antwort von Taylor Nash erhalten. In einer halben Stunde würden sie nach Glacier Peak aufbrechen und auf dem Weg im Wellspring Therapiezentrum vorbeischauen, ob mit oder ohne Einladung. Sie betete nur, dass Landon und sie die richtige *TN* finden würden.

„Du bist Landons Freundin, oder?"

Piper blickte auf und sah Sami neben sich in der Schlange stehen. „*Eine* Freundin. Wir sind nur gut befreundet." Das hatte er Sami während seiner Verabredung mit ihr doch bestimmt klargemacht.

„Klar." Sami schob ihren Bagel in einen Toaster. „Das kauft dir niemand ab, also kannst du das Theater genauso gut lassen."

Piper nahm sich einen Muffin und legte ihn auf ihr Tablett. „Ich weiß nicht, wovon du redest."

„Natürlich weißt du das. Es hat keinen Sinn, es zu leugnen. Landon hat ausgepackt."

„Er hat was?“

„Er hat versucht es zu leugnen, aber komm schon, es ist doch so was von offensichtlich. Ihr zwei steht total aufeinander.“

„Landon und *ich*?“ Sie zwang sich zu einem Lachen.

„Hör mal, Schätzchen, du kannst doch nicht ernsthaft so ahnungslos sein.“ Sami nahm ihren Bagel, ließ ihn auf ihr Tablett fallen und schlenderte in Richtung Kasse.

Piper folgte Sami. Erst hatte diese Frau ein Rendezvous mit Landon und jetzt wurde Piper auch noch von ihr beleidigt? „Ich bin alles andere als ahnungslos!“ Obwohl sie nicht gerade das Gefühl hatte, so gut informiert zu sein wie sonst.

Sami hielt der Kassiererin ihre Personalkarte hin. „Jetzt mach dir mal nicht ins Hemd.“ Sie nahm ihre Karte wieder entgegen und ging auf das Drehkreuz zu.

Piper bezahlte und folgte ihr.

Sami blickte auf, als sie sich an einen Tisch setzte, von dem aus man den Fuß des Berges im Blick hatte. „Ich will damit nur sagen, dass du, wenn es um Landon geht, offenbar nicht das siehst, was alle anderen sehen.“

Wollte sie damit andeuten, dass *sie* Landon besser kannte? „Und was, bitte schön, wäre das?“

„Dass er eine fantastische Partie ist und nur Augen für *dich* hat.“

Pipers Knie wurden weich. „Für mich?“

Sami deutete auf den freien Platz ihr gegenüber. „Gestern Abend hat er praktisch nur von dir gesprochen.“

Piper setzte sich. „Wirklich?“

„Ja.“

„Aber Landon und ich sind nicht …“

„Dann solltet ihr es sein.“

„Du verstehst das nicht. Landon ist …“ Wie konnte sie alles, was Landon für sie war, in ein paar Worte fassen? „Er ist …“

„Attraktiv, intelligent, leidenschaftlich“, bot Sami an.

Piper lächelte. „Die ersten beiden Attribute gebe ich zu, aber *leidenschaftlich?*“ Schon der Gedanke daran, dass Landon leidenschaftlich sein könnte … Erinnerungen stiegen in ihr auf …

So wie er sie nach der Schießerei im Arm gehalten hatte; das Feuer in seinen Augen, als er sie an die Wand seines Hauses gepresst hatte, während er versuchte, ihr etwas klarzumachen. Hatte sie das all die Jahre übersehen? Landon in seiner Auffahrt, nachdem sie Becky Malone in seinem Haus angetroffen hatte; der Hunger in seinen Augen, die Verzweiflung, als sie davonfuhr – das war die heftigste Gefühlsregung, die sie jemals an ihm erlebt hatte.

„Hörst du mir noch zu?", sagte Sami und wedelte mit einer Hand vor Pipers Gesicht herum.

„Ja, tut mir leid, ich war nur ..."

„Kein Problem." Sami schüttelte ihre Packung Orangensaft, bevor sie sie öffnete. „Landon sagte, ihr fahrt heute nach Glacier Peak?"

„Ja, Tess hat gesagt, dass Karli zuletzt dort gearbeitet hat."

„Das könnte stimmen."

Piper versuchte, sich auf Karli zu konzentrieren und auf den Fall – so schwer es auch war, ihre Gedanken von Landon loszureißen und von dem, was Sami ihr gerade anvertraut hatte. „Kanntest du sie gut? Karli?"

„Ja und nein." Sami zuckte mit den Schultern. „Das Mädchen hatte eine Menge Probleme. Manchmal tat sie mir sogar ein bisschen leid. Bei anderen Gelegenheiten ..." Sami schob einen Strohhalm in ihren Saft. „Aber das spielt jetzt wohl keine Rolle mehr."

„Landon sagt, Karli hätte dir erzählt, dass sie sich als älter ausgegeben hat."

„Stimmt."

„Und du hast ihr geglaubt?"

„Karli hat selten die Wahrheit gesagt, deshalb fiel es auf, wenn sie es mal tat."

„Gibt es noch irgendwas, das dir als wahr aufgefallen ist?"

„Ich weiß nicht ... sie hat mal gesagt, dass ihre Mutter jung gestorben ist." Sami trank einen Schluck.

„Hat Karli jemals davon gesprochen, dass sie nicht ihren richtigen Namen benutzt?"

„Das hat Landon mich auch gefragt, aber nein, ich kann mich nicht erinnern, dass sie jemals einen anderen Namen als Karli genannt hat."

„Hatte sie Besuch von ihren Verwandten oder Freunden?"

„Nein. Sie war eine der wenigen, die bereit waren, über Weihnachten zu arbeiten. Über ihre Familie, ihr Zuhause hat sie nie gesprochen …“ Sami legte nachdenklich den Kopf schief.

„Was ist?“

„Da war das eine Mal, als wir uns darüber unterhielten, wer die besten Snowboarder sind … da hat sie darauf bestanden, dass Surfer die besten Snowboarder sind.“

„Mit dem Surfen ist es hier aber nicht weit her.“

„Es gibt ein paar Verrückte, die in Alaska auf Gletschern surfen, aber ich hatte das Gefühl, dass sie in einer wärmeren Gegend aufgewachsen ist, wo gesurft wird.“

„Hat sie gesagt, wo?“

„Nein, und ich habe auch nicht gefragt. Es interessierte mich eigentlich nicht.“

„Es hat den Anschein, als hätte niemand Karli gemocht.“ Es war traurig.

„Das hatte sie sich selbst zuzuschreiben.“

„Mir kommt es vor, als wäre sie wirklich orientierungslos gewesen.“ *Und allein.*

„Ja, aber ich bin ziemlich sicher, dass es Karli so gefiel.“

Piper wartete vor dem Hoteleingang, während Landon ihre Taschen in den Kofferraum ihres Mietwagens lud. Das Äußere des dunkelroten Wagens mit Allradantrieb hatte schon bessere Tage gesehen, aber das luxuriöse sandfarbene Leder der Innenausstattung war noch immer in tadellosem Zustand.

Sie sah, wie der blass orangefarbene Sonnenschein, der durch die Wolken brach, die rötlichen Strähnen in Landons Haar aufleuchten ließ. Wie hatte ihr diese raue Attraktivität all die Jahre entgehen können?

„Bist du so weit?“ Er hielt ihr die Tür auf.

Sie nickte und stieg ein.

Landon ging auf seine Seite, stieg ein und ließ den Motor an. „Was hast du eigentlich damit gemeint, als du sagtest, du hättest gestern Abend die ganze *echte Arbeit* gemacht?“

Sie legte ihren Sicherheitsgurt an und ließ ihn einrasten. „Es bedeutet, dass ich einige Anrufe getätigt habe."

„Hast du denn irgendwas Neues erfahren?"

„Allerdings." Sie erzählte, was Gage und Darcy ihr über Theresa Masterson berichtet hatten.

„Wann überprüfen sie Theresas Alibi?"

„Sie fliegen heute nach Kodiak."

„Sonst noch etwas? Haben sie in Karlis Personalakte irgendetwas Verdächtiges gefunden?"

„Nicht direkt."

„Sondern ...?"

„Darcy sagt, alles passte, aber es fühlte sich irgendwie künstlich an."

„Wenn Karli in einem Zeugenschutzprogramm war, würde ich genau das erwarten."

„Was das betrifft ..." Sie drehte sich ein wenig, um ihn besser ansehen zu können. „Wenn Sami recht hat und Karli mit siebzehn in den Kader aufgenommen wurde, wäre das mit dem Zeugenschutzprogramm niemals möglich gewesen."

„Vielleicht ist sie gegangen."

„Du meinst, sie hat das Programm verlassen?"

„Es kommt vor, und zwar öfter, als man meinen sollte. Es ist kein einfacher Weg, alle Menschen zu verlassen, die man liebt, sich an strikte Regeln zu halten und nie jemanden an sich heranzulassen."

„Aber hätten Karlis Eltern sie nicht zurückgehalten?" Sie erinnerte sich daran, dass Cole sich geweigert hatte, Reef am Profisport teilnehmen zu lassen, bis er die Schule abgeschlossen hatte und achtzehn geworden war. Reef war am Morgen seines achtzehnten Geburtstags von zu Hause fortgegangen und seither nur selten zurückgekommen. Sie hatte wirklich gehofft, dass er dieses Mal bleiben würde, aber das war vor Karlis Tod gewesen.

„Sami sagt, Karli hätte ihr erzählt, ihre Eltern seien gestorben, bevor sie mit dem Profisport angefangen hat. Weißt du noch?"

„Ach ja, stimmt. Sami meinte auch, Karli hätte erwähnt, dass ihre Mutter zu jung gestorben sei."

Landons Hände schlossen sich fester um das Lenkrad. „Du hast dich mit Sami unterhalten?"

Sie nickte.
„Wann?“ Er versuchte, beiläufig zu klingen, aber sein Unbehagen war deutlich zu spüren.
„Heute Morgen. In der Cafeteria.“
„Wie kam es denn dazu?“
„Sie war hinter mir in der Schlange am Frühstücksbuffet.“ Sie sah ihn skeptisch an. Hatte er Sami wirklich von seinen Gefühlen für sie, Piper, erzählt? „Warum fragst du?“
„Ach, ich bin nur neugierig.“ Er trommelte auf das Lenkrad. „Worüber habt ihr denn gesprochen?“
„Vor allem über Karli.“
Er warf ihr einen Blick zu. „Vor allem?“
Sie ignorierte seine Frage und stellte stattdessen selbst eine. „Und du?“
„Und ich … was?“
„Worüber hast du mit Sami gesprochen? Irgendwas *außer* Karli?“
Er schluckte und sein Adamsapfel hüpfte auf und ab. „Dies und das.“
„Zum Beispiel?“
„Oh, schau mal.“ Er zeigte auf die Uhr am Armaturenbrett. „Schon neun Uhr. Nash hat mit ihrer Sprechstunde begonnen. Ich versuche besser noch mal, sie zu erreichen, bevor sie andere Termine hat.“ Er nahm sein Handy, bevor Piper widersprechen konnte.
Interessant. Landon war plötzlich fahrig und nervös. Vielleicht hatte Sami die Wahrheit gesagt. Vielleicht war sie nicht die Einzige, deren Gefühle sich verändert hatten. Diese Möglichkeit löste ein angenehmes Kribbeln in ihrer Magengegend aus.

„Wellspring Zentrum für Physiotherapie“, sagte eine Frau am anderen Ende der Leitung.
„Oh, hallo“, stotterte Landon, während er mit den Gedanken noch ganz woanders war. Was hatte Sami bloß Piper erzählt? „Kann ich bitte mit Taylor Nash sprechen?“
„Sind Sie ein Patient von Ms Nash?“
„Nein.“

„Darf ich dann fragen, worum es geht?"

„Ich rufe wegen einer Patientin von Ms Nash an, Karli Davis. Ich habe bereits mehrere Nachrichten hinterlassen."

„Einen Moment bitte."

Eine Instrumentalfassung von „Stille Nacht" lief.

Dann klickte es in der Leitung. „Sie haben wirklich Nerven, noch mal anzurufen."

„Tut mir leid, aber da muss es sich um eine Verwechslung handeln."

„Der Einbruch in mein Büro war illegal, kein Versehen."

„In Ihr Büro wurde *eingebrochen*?"

„Spielen Sie mir nichts vor – ich weiß, dass Sie es waren. Sie haben offensichtlich in der gestohlenen Akte nicht gefunden, was Sie gesucht haben. Und nun wollen Sie mich weiter belästigen. Ist das Ihre Taktik?"

„Ms Nash, hier liegt eine Verwechslung vor. Ich bin Deputy Sheriff Landon Grainger und ich ermittle im Mordfall Karli Davis."

„Mordfall?" Eine längere Pause folgte.

„Ms Nash?"

„Karli ist" – ihre Stimme brach – „tot?"

„Ja, Ma'am. Ich fürchte, das ist sie."

„Das kann nicht sein."

„Was kann nicht sein?"

„Hören Sie, ich will nicht darüber sprechen, ohne genau zu wissen, wer Sie sind. Zu welchem Bezirk gehören Sie, haben Sie gesagt?"

„Ich hatte es noch nicht gesagt, aber es ist Yancey in Alaska."

„Gut, ich sage Ihnen, was ich tun werde. Ich werde die Nummer der Polizei von Yancey heraussuchen und wenn alles stimmt und Sie sind, wer Sie sagen, dann können wir reden."

Kluge Dame. „Ich bin nicht in Yancey. Ich bin hier in British Columbia und untersuche Karlis Fall."

„Also gut, geben Sie mir eine Nummer, unter der ich Sie erreichen kann. Wenn Ihre Angaben sich als korrekt erweisen, können Sie in mein Büro kommen und wir unterhalten uns."

„Danke."

„Ich melde mich." Dann wurde die Verbindung unterbrochen.

„Was sollte das denn?“, fragte Piper.

„Wie es scheint, wurde in Ms Nashs Büro eingebrochen und Karlis Akte entwendet.“

„Hat sie gesagt, wann?“

„Nein, aber danach zu schließen, wie frisch ihre Wut klang, würde ich sagen, erst vor Kurzem.“

„Das kann kein Zufall sein.“

„Sieht jedenfalls nicht nach einem Zufall aus.“ Aber es war noch zu früh, um sich ein Urteil zu erlauben. Er brauchte alle Fakten. Es hatte keinen Sinn, sich auf etwas zu versteifen, das vielleicht mit dem Mord an Karli oder Reefs Unschuld überhaupt nichts zu tun hatte.

Keine Stunde später klingelte sein Handy.

31

Die Fahrt von Vailmont nach Invermere, wo sich das Wellspring Therapiezentrum befand, dauerte etwa vier Stunden. Sie kamen in der Mittagspause der Praxis an, während der keine Behandlungen stattfanden. Landon fand, dass es nicht besser hätte passen können. So würden sie nicht von Patienten gestört werden und hatten Taylor Nashs ungeteilte Aufmerksamkeit. Die Physiotherapeutin kam ihnen an der zweiflügeligen Glastür der Praxis entgegen. Sie wartete, bis Landon seinen Ausweis gezeigt hatte, bevor sie die Tür aufschloss und sie hereinbat. Sie war groß, schlank, etwa Ende dreißig und trug eine randlose Brille. Sie wirkte intelligent und ein wenig ängstlich.

„Ich dachte, wir unterhalten uns am besten in meinem Büro." Sie ging voran.

Ihr Büro war klein, aber hell und freundlich. Alles hatte helle Farben – ein neutraler sandfarbener Teppich, zartgelbe Wände, weiße, moderne Möbel. Und alles war blitzsauber. Der Zitrusduft eines Raumerfrischers hing in der Luft, gemischt mit dem strengeren Geruch von Desinfektionsmittel. Farbenfrohe Gemälde von bunten Blumen hingen neben einer Handvoll Zertifikate an der hinteren Wand.

Taylor setzte sich hinter ihren Schreibtisch. „Bitte nehmen Sie Platz."

Landon zog einen Stuhl für Piper vor.

„Danke." Sie lächelte und blickte zu ihm auf, als sie sich setzte.

Er nickte und versuchte die Freude zu ignorieren, die ihr Lächeln in ihm auslöste. Er sank auf den Stuhl neben ihr und betete um die Selbstbeherrschung, seine Aufmerksamkeit ganz und gar auf den Fall zu lenken.

Wenn er ehrlich mit sich war, betete er in letzter Zeit ziemlich oft. Es war merkwürdig, wie leicht ihm das Beten plötzlich fiel. Nach dem Verrat seines Vaters hatte Landon sich geweigert, mit Gott zu sprechen. Aber nachdem er in letzter Zeit öfter in Stoßgebeten zu Gott geschrien oder ihn vielmehr angeknurrt hatte, erfüllte dieser ihn offenbar mit einem neuen Drang zu beten. Landon brauchte definitiv Hilfe von Gott, dessen war er sich bewusst. Pipers Unbehagen angesichts seiner Verabredung mit Sami tat gut. Es mochte kleinlich sein, aber dass es ausnahmsweise einmal andersherum war, erfüllte ihn mit einer merkwürdigen Zuversicht. Vielleicht empfand sie doch mehr als nur Freundschaft für ihn. In letzter Zeit sah sie ihn ganz anders an. Und warum hatte sie ihn so über seine Unterhaltung mit Sami ausquetscht? Er warf ihr einen Blick zu und ertappte sie dabei, dass sie ihn anstarrte. Wusste sie um seine Gefühle?

Piper blinzelte und richtete ihren Blick wieder auf Taylor Nash. „Vielen Dank, dass Sie mit uns sprechen."

„Gerne geschehen." Taylors blonde Haare waren im Nacken mit einem Band zu einem lockeren Pferdeschwanz zusammengefasst. Sie schob sich die Haare über ihre Schulter auf den Rücken. „Ich habe mit Ihrem Sheriff Slidell gesprochen." Ihre Äußerung galt Landon. „Er sagte, Sie seien beurlaubt."

„Es war die einzige Möglichkeit für mich, nach British Columbia zu kommen und weiter zu ermitteln."

Sie schlug ihre langen Beine unter der Glasplatte ihres Schreibtischs übereinander. „Wie das?"

Er berichtete kurz von den vergangenen Ereignissen und erklärte, was sie bei ihren Nachforschungen erfahren hatten, in der Hoffnung, dass Taylor sich für seine Offenheit revanchieren würde. „Und das hat uns zu Ihnen geführt", sagte er, während sie mit ihrem Stift einen gleichmäßigen Rhythmus auf einem noch unbenutzten Notizblock schlug. „Heute Morgen haben Sie von einem Einbruch gesprochen."

Taylor atmete aus und legte den Stift beiseite. „Vor ein paar Wochen rief ein Mann an, der Fragen über Karli stellte."

„Hat dieser Mann seinen Namen genannt?"

„Er sagte, er sei Karlis Vater, aber ich wusste, dass das eine Lüge war." Sie musterte Piper und betrachtete offensichtlich ihre Verletzungen.

„Woher wussten Sie, dass er log?"

„Weil Karlis Eltern tot sind."

„Sind Sie da sicher?"

„Das hat Karli mir erzählt." Taylor wirkte plötzlich misstrauisch. „Müssten Sie das nicht wissen?"

„Wir wissen vom Tod ihrer Eltern, aber wir versuchen herauszufinden, was *andere* über Karli wissen, ohne zu schnell *unsere* Erkenntnisse preiszugeben. Ergibt das einen Sinn?"

„Vermutlich schon." Taylor nahm wieder ihren Stift in die Hand und rollte ihn zwischen den Fingern hin und her. „Was ist mit Ihnen passiert?", fragte sie Piper schließlich.

„Ich hatte einen Autounfall."

„Ist ihr Nacken steif?"

„Nein."

„Achten Sie darauf. Es kann Tage oder sogar Wochen dauern, bis sich Symptome zeigen."

Piper nickte. „In Ordnung."

„Zu viele Menschen ignorieren einen steifen Nacken, ohne zu wissen, dass das ein Zeichen ist, dass etwas verletzt wurde."

„Danke. Ich werde es im Auge behalten."

„Gerne." Taylors Blick wanderte wieder zu Landon.

Er verstand das als Aufforderung fortzufahren. „Hat Karli jemals erzählt, was mit ihren Eltern geschehen ist?"

„Nein, aber ich habe nach ihnen gefragt. Karli hatte OI."

„OI?", fragte er.

„Osteogenesis imperfecta. Man nennt es auch „Glasknochenkrankheit", sie ist genetisch bedingt. Sie war bei Karli nicht sehr ausgeprägt, aber trotzdem vorhanden."

„Hat Karli gesagt, von welchem Elternteil sie die Krankheit geerbt hat?"

„Nein. Sie fand es sehr belastend, darüber zu sprechen. Das ist durchaus verständlich, weil schon so manche Sportlerkarriere durch diese Erkrankung beendet wurde."

„Ich kenne mich mit OI nicht aus", sagte Piper. „Können Sie die Symptome erklären?"

„Normalerweise brechen die Knochen des Patienten leicht, seine Gelenke sind überdehnbar und die Muskeln schwach. Meist setzt eine frühe Schwerhörigkeit ein und die weißen Lederhäute der Augen verfärben sich bläulich oder grau. Karlis Chirurg hat die Diagnose gestellt, als der Kreuzbandriss operiert wurde."

„Sie sagten, Karli hätte eine milde Form?", fragte Piper.

„Die einzigen Symptome, die sie aufwies, waren überdehnbare Gelenke und beginnende Schwerhörigkeit. Zum Glück konnten wir die Gelenke durch Physiotherapie stabilisieren. Jedenfalls, solange sie hier war."

„Wie lange war das?"

„Zwei Tage nach ihrer Operation bis vor ein paar Wochen."

„Warum ist sie danach nicht mehr gekommen?"

„Sie wollte wieder an Wettkämpfen teilnehmen. Ich habe sie gewarnt, dass es dafür noch zu früh sei, aber sie hat nicht auf mich gehört."

„Was war mit dem Mann, der sich als Karlis Vater ausgegeben hat?", fragte Landon, um sie wieder auf das Telefonat zurückzubringen, von dem sie abgeschweift waren. „Haben Sie ihm gesagt, dass Sie ihn für einen Lügner hielten?"

„Natürlich."

„Und?", fragte Piper und rutschte auf ihrem Stuhl ein wenig vorwärts.

„Er bestand darauf, ihr Vater zu sein, und sagte, Karli sei verwirrt, was ihre Vergangenheit betrifft."

Piper zog die Augenbrauen zusammen. „Verwirrt?"

„Er hat es nicht näher erklärt, sondern mir nur eine Telefonnummer gegeben und mich gebeten, sie an Karli weiterzuleiten."

„Und haben Sie das getan?"

„Ja. Ich dachte, sie sollte wissen, dass jemand sich bei mir als ihr Vater ausgegeben hatte. Und ich war selbst auch neugierig. Ich hatte noch nie eine Patientin wie Karli – so … verschlossen."

„Wie hat Karli reagiert, als Sie sie anriefen?" Er konnte sich vorstellen, was für ein Schock die Nachricht für Karli gewesen sein musste.

„Nicht gut." Taylor seufzte und schob die randlose Brille auf ihrer schmalen Nase nach oben. „Sie hat vehement bekräftigt, dass ihr Vater tot sei. Dann hat sie das Telefonat abrupt beendet. Es war das letzte Mal, dass ich etwas von ihr gehört habe."

„Sind Sie denn davon ausgegangen, sie wiederzusehen?"

„Ja. Sie hatte noch einen Termin ausgemacht … etwa vor zwei Wochen, aber sie ist nicht erschienen. Ich habe versucht, sie zu erreichen, aber die Nummer, die ich hatte, war nicht mehr gültig."

„Haben Sie diese Nummer noch?" Er konnte sie überprüfen lassen.

„Ihre Akte ist weg, aber vielleicht ist sie noch in meiner Datenbank."

„Sie sagten, die Patientenakte fehlte nach dem Einbruch?"

„Ja."

„Fehlen noch andere Unterlagen?", fragte er.

„Nein. Deshalb weiß ich ja, dass *er* es war."

„Der Mann, der sich als Karlis Vater ausgegeben hat?", fragte Piper und die Aufregung ließ ihre Stimme höher klingen.

„Und ihr Arzt."

„Was?"

„Ein paar Tage nach dem Anruf von ihrem angeblichen Vater wurde ich von einem Mann angerufen, der behauptete, Karlis Hausarzt zu sein."

„Hatten die beiden die gleiche Stimme?", fragte Piper. „Wussten Sie daher, dass es sich um dieselbe Person handelte?"

„Nein, die Stimme klang anders. Ich glaube, er versuchte sie zu verstellen, aber der Tonfall war ähnlich und das Sprachmuster auch. Ich wusste einfach, dass er es war."

„Sie klingen sehr überzeugt", sagte Landon. Er ließ es wie eine Feststellung klingen und nicht wie eine Frage, die ihr Urteilsvermögen in Zweifel zog.

„Das bin ich. Nicht nur, weil ich die Sprachmuster erkannt habe, sondern wegen der einfachen Tatsache, dass Karli keinen Hausarzt hatte."

„Wirklich?" Piper rutschte noch ein Stück vor, bis sie förmlich auf der Stuhlkante hing. Landon betete, dass all diese Fragen sie weiterbringen würden und Piper nicht wieder enttäuscht wurde.

„Sind Sie sich da ganz sicher?", fragte er. Er wollte nicht einfach annehmen, dass die Information korrekt war, ohne dass er sie kritisch durchleuchtet hatte.

„Ich bin ganz sicher. Karli glaubte, sie sei gesund und brauche keinen Arzt."

„Aber sie brauchte einen Chirurgen", sagte Piper.

„Ja, wenn sie jemals wieder an einem Wettkampf teilnehmen wollte. Ich bin überzeugt davon, dass dies der einzige Grund ist, warum sie den Arzt aufgesucht hat. Aus demselben Grund ist sie auch zu mir gekommen. Die Wettkämpfe schienen alles zu sein, was Karli hatte."

„Hinterließ der Mann, der sich als ihr Arzt ausgab, eine Nummer?"

„Dazu hatte er keine Gelegenheit. Ich habe aufgelegt."

Landon zog eine Grimasse. Wäre sie doch nur geschickt vorgegangen – sie hätte seine Nummer bekommen und ihn hinhalten können, bis die Behörden ihn gefunden hatten.

„Und das war das letzte Mal, dass Sie von ihm gehört haben?", fragte Piper.

„Ja."

„Und der Einbruch?", fragte Landon.

„Geschah nur ein paar Tage später."

„Erzählen Sie mir, was passiert ist."

Taylor erläuterte das Ereignis, angefangen mit dem ersten Anruf ihrer Sicherheitsfirma bis zu dem Zeitpunkt, als sie ins Büro kam und die Polizei angerufen hatte, gefolgt von einem Gang durch die Räumlichkeiten für die Versicherung.

„Und das Einzige, was fehlte, war Karlis Akte?"

„So ist es. Deshalb wusste ich, dass er es war."

„Das heißt, alle Ihre Informationen über Karli sind verschwunden?", fragte Piper. Es klang mutlos.

„Das habe ich nicht gesagt." Taylor lächelte und drehte den Computerbildschirm zu ihnen um. „Wir sind dabei, auf eine papierlose Dokumentation umzusteigen. Meine Helferin Natalie arbeitet seit Monaten daran, alle meine Akten in den Computer einzupflegen."

„Hatte sie Karlis Daten schon eingegeben, als der Einbruch stattfand?"

„Sie war gerade dabei. Ich habe nachgesehen, bevor Sie kamen. Wie es aussieht, ist die Hälfte der Unterlagen, die Karli betreffen, vorhanden." Taylor tippte die entsprechenden Passwörter ein, um Zugriff auf die Datenbank zu erhalten, und rief auf, was von Karlis Akte existierte.

Landon überflog die Informationen, wobei er Mühe hatte, Pipers Nähe zu ignorieren, weil ihre Hände auf dem Schreibtisch seine fast berührten.

„Karli Michelle Davis", sagte er. Ihren zweiten Vornamen hatten sie noch nie gehört.

„Das ist neu." Piper lächelte.

Taylors schön geschwungene Augenbrauen zogen sich fragend nach oben. „Ihr Name?"

„Ihr zweiter Vorname", sagte Landon. „Obwohl wir vor Kurzem erfahren haben, dass *Karli Davis* ein Pseudonym gewesen sein könnte."

„Ein Pseudonym? War Karli in Schwierigkeiten mit dem Gesetz?"

„Nicht, dass wir wüssten."

Taylor schüttelte den Kopf. „Das verstehe ich nicht."

„Es könnte sein, dass sie einen falschen Namen benutzt hat, um sich zu schützen."

„Wovor?"

„Das versuchen wir herauszufinden."

Taylor lehnte sich zurück. „Wie merkwürdig."

„Ich gehe davon aus, dass sie Ihnen gegenüber nie etwas darüber erwähnt hat."

„Überhaupt nicht."

„Sieh mal." Piper zog ihn am Arm und zeigte auf den Monitor. „Hier unten steht etwas über die Bankverbindung."

Landon richtete seinen Blick auf die Stelle, an der Pipers Finger lag. Er zog die Augenbrauen hoch. „Karli hat Rick Masterson als Mitinhaber ihres Kontos angegeben?"

Taylor drehte den Bildschirm zu sich zurück und überprüfte die Information. „Das stimmt."

„Warum Masterson?", fragte Piper.

„Ich weiß nicht, warum sie ihn angegeben hat", sagte Taylor, „aber nach unseren Unterlagen hat er die gesamten Kosten für die Behandlung übernommen."

Landon schluckte angesichts dieser Erkenntnis. „Ich glaube, wir müssen Darcy und Gage bitten, Masterson noch einen Besuch abzustatten."

Es klopfte an der offenen Bürotür.

Taylor blickte auf. „Ach, Tim, komm rein." Sie wandte sich wieder Piper und Landon zu. „Dies ist Tim Donovan. Er hat auch mit Karli gearbeitet, hat sogar die meisten Behandlungen durchgeführt. Ich dachte, es nützt Ihnen vielleicht, wenn Sie auch mit ihm sprechen."

„Das wäre super. Danke", sagte Landon.

„Gehen wir in mein Büro?"

„Gerne." Landon erhob sich und folgte Piper, die sich an Tims Fersen heftete.

„Danke, dass Sie uns helfen wollen."

„Kein Problem. Ich werde tun, was ich kann, damit Karlis Mörder geschnappt wird. Bitte setzen Sie sich doch." Tim zeigte auf zwei Stühle mit Rollen am Fuß der Behandlungsliege. „Tut mir leid, dass mein Arbeitszimmer nicht mehr hermacht." Sie saßen in einem großen Raum, der mit den unterschiedlichsten Trainingsgeräten ausgestattet war – mit Laufbändern, Liegefahrrädern, riesigen Gummibällen und Hanteln. An einer Wand gab es eine Reihe von Untersuchungskabinen, jede mit einer Liege, auf der Papier lag, und einem Vorhang, den man zuziehen konnte. Tims Schreibtisch bestand aus einem Rollwagen mit einem Laptop und einem Stapel Akten auf dem unteren Ablagebrett.

Landon wartete, bis Piper sich gesetzt hatte, bevor er den zweiten Stuhl nahm.

„Was wollen Sie wissen?", fragte Tim.

„Taylor hat gesagt, dass Sie die meisten Behandlungen bei Karli durchgeführt haben", sagte Piper.

„Ja, Taylor führt die Erstgespräche mit neuen Patienten und übergibt sie dann normalerweise einem von uns für die wöchentlichen Therapiestunden."

„Wie lange haben Sie mit Karli gearbeitet?"

„Vier intensive Monate lang … alles für die Katz." Er schüttelte den Kopf. „Ich kann nicht fassen, dass sie tot ist."

„Hat sie viel geredet, als sie hier war?", fragte Landon.

„Ja, sie hat geredet, aber nicht über irgendetwas Bestimmtes."

Das kam ihnen bekannt vor.

„Ihre Freundin Tess sagte, Karli hätte sich ihr einige Male geöffnet, als sie gemeinsam in der Reha waren."

„Das kommt öfter vor. Die Therapie kann für jemanden in Karlis und Tess' Situation ziemlich belastend sein – wenn man für das kämpft, was man liebt, wofür man lebt. Die Übungen sind Schwerstarbeit. Alles, was den Patienten wichtig ist, hängt vom Erfolg der Behandlungen ab. Es kann frustrierend sein, Muskeln neu belasten zu müssen, die früher so gut funktioniert haben, und über den Schmerz hinwegzutrainieren. Es berührt das innerste Wesen eines Menschen und viele bekommen dadurch eine neue Perspektive."

Landon versuchte, seine Skepsis nicht zu zeigen. Er bezweifelte nicht, dass die Physiotherapie anstrengend war, aber Tims Beschreibung klang für seinen Geschmack etwas zu emotional. „Meinen Sie, bei Karli war es so – dass sie eine neue Perspektive bekommen hat?"

„Karli war eine Kämpfernatur. Diese Frau hatte eine Kraft, die ich bisher selten erlebt habe. Ich weiß nicht, ob sie eine neue Perspektive hatte, aber sie war entschlossen, wieder an den Wettkämpfen teilzunehmen. Nach allem, was ich gehört habe, hat sie das auch geschafft."

„Klingt so, als wären Sie stolz auf sie", sagte Piper.

„Ich bin immer stolz auf meine Patienten. Aber Karli habe ich bewundert."

„Weil sie eine Kämpfernatur war?"

„Ja, aber nicht nur in der Therapie, auch sonst im Leben."

„Wie kommen Sie darauf?"

„Menschen sind mein tägliches Brot. Ich diagnostiziere ihre Verletzungen und versuche herauszufinden, wie sie ticken. Dieses Wissen nutze ich, um einen Plan zu entwickeln, damit sie geheilt werden."

„Das heißt, Sie haben Karli durchschaut?", fragte Landon, der Tims Ansatz mit wachsender Skepsis begegnete.

„Sie war eine harte Nuss, wahrscheinlich von allen meinen bisherigen Patienten am schwierigsten zu knacken. Aber tief in ihrem Inneren war sie ein verletztes Kind, das niemanden auf der Welt hatte."

„Sie sind ja ein richtiger Philosoph“, sagte Landon trocken.

Tim zuckte mit den Schultern, von Landons Skepsis kein bisschen beeindruckt. „Ich sage nur, wie ich es sehe.“

„Und hat Karli Ihre Diagnose bestätigt?“, fragte Piper lächelnd.

Typisch Piper, dass sie auf die Gefühlsduselei hereinfiel.

„Wie Tess Ihnen schon sagte, sind während der kräfteraubenden Behandlungen ein paar Dinge an die Oberfläche gekommen.“

„Zum Beispiel?“

„Karlis Liebe zu ihrer Mutter. Ihr Verlust hat sie zutiefst getroffen.“

„Und was ist mit ihrem Vater?“

„Es war, als hätte es ihn nie gegeben.“

Wut und Hitze durchströmten seine Adern, als er vor dem Wellspring Therapiezentrum stand. Zweifellos jammerte diese nichtsnutzige Therapeutin ihnen die Ohren voll mit seinen Versuchen, Karli zu finden. Zum Glück hatte sie keine Ahnung, wer er war. Aber jetzt wussten das neugierige Mädchen und ihr Polizeifreund, dass noch jemand Karli gesucht hatte. Sie erfuhren mehr, als er gedacht hatte. Er würde noch ein bisschen warten, um zu sehen, was sie als Nächstes vorhatten – vielleicht würden sie ihn doch noch hinführen. Das Kosten-Nutzen-Verhältnis konnte er immer noch kontrollieren. Er würde sie so lange nicht töten, bis er sicher war, dass er von ihren Nachforschungen nicht weiter profitieren konnte. Erst musste er sichergehen, dass sie ihn nicht zu dem Ort führen konnten. Wenn sie allerdings der Wahrheit näher kamen, wenn sie *ihnen* näher kamen, würde er gezwungen sein, sofort zu handeln.

32

Gage schnallte sich in der Cessna an und hatte seit Jahren zum ersten Mal das Bedürfnis zu beten. Doch er wusste, dass es nichts nützen würde. Gott existierte nicht, und wenn doch, dann wollte er nichts mit diesem Gott zu tun haben. Wer ein unschuldiges Kind sterben ließ, hatte keine Anbetung verdient.

„Na, wirst du es überleben?“, fragte Kayden mit einem frechen Grinsen. „Die Knöchel an deiner Hand sehen ein bisschen weiß aus.“

Gage blickte auf seine Finger, die sich um die Armlehne gekrallt hatten. Er ließ los und schüttelte seine Hände aus. „Flieg einfach los.“

„Wie du willst.“

„Quälgeist.“ Er warf Darcy einen Blick zu, die ihren Wortwechsel mit großem Interesse beobachtete. „Sind deine Geschwister genauso nervig wie meine?“

„Mein Bruder hatte solche Phasen.“

„Hatte? Hat sich das ausgewachsen?“, sagte er so laut, dass Kayden es trotz des Propellergeräusches hören konnte. Eigentlich sollte er nicht mit Steinen werfen, wo er doch selbst im Glashaus saß. Denn was verspielte Unreife anging, war er ein Meister.

„Er ist vor drei Jahren gestorben“, sagte Darcy.

„Tut mir leid, ich …“

„Das wusstest du ja nicht.“

„Was ist passiert?“

„Es gab Komplikationen im Zusammenhang mit seinem Downsyndrom."

„Das ist schrecklich." Da hatte er noch einen Beweis, dass es keinen Gott gab.

„Peter war ein Segen, solange wir ihn hatten. Ein echtes Licht in der Dunkelheit."

Segen? Der arme Junge hatte Downsyndrom gehabt und das war ihm am Ende auch noch zum Verhängnis geworden. „Es muss schwer gewesen sein, ihn leiden zu sehen."

„Das war es, aber Gott war gütig. Als die Komplikationen anfingen, ging es schnell, und Peter musste nicht lange leiden."

„Gütig? Das ist das Letzte, was ich über einen solchen Gott sagen würde."

Sie zog die Augenbrauen hoch. „Über *was für einen* Gott?"

„Einen *Gott*", sagte er, während er mit den Fingern Anführungszeichen in die Luft malte, „der überhaupt erst ein Kind mit Downsyndrom erschafft."

„Wills du damit sagen, es wäre besser, wenn Peter nie geboren worden wäre?"

„Nein. Natürlich nicht." Das hatte er nicht gemeint.

„Was genau willst du dann sagen?"

„Ich sage, wenn es einen Gott gibt, ist es grausam von ihm, ein Kind zu erschaffen, das sein ganzes Leben lang kämpfen muss."

„Ja, Peter hatte zu kämpfen, aber er war gleichzeitig einer der besten, erstaunlichsten Menschen, die ich jemals kennen durfte."

„Das wollte ich gar nicht in Abrede stellen." So etwas würde er niemals tun.

„Peter war freundlich und selbstlos und hatte einen kindlichen Glauben, der mich umgehauen hat."

„Glauben an Gott?" Sie machte doch sicher Witze.

„Glauben an seinen Schöpfer und Erhalter."

„Erhalter? Du hast doch gerade gesagt, dass Peter vor drei Jahren gestorben ist."

„Gott hat sich entschieden, Peter zu sich zu holen, aber das heißt nicht, dass er aufgehört hat, ihn zu erhalten. Das wird er in alle Ewigkeit tun."

„Ich verstehe, dass du das Bedürfnis hast zu glauben …"

„Offensichtlich verstehst du es nicht."

„Ich verstehe, wie es ist, jemanden zu verlieren." Und all den quälenden Schmerz, der damit zusammenhing.

„Das mag sein, aber Gott verstehst du ganz eindeutig nicht."

„Es ist ja auch unmöglich, jemanden zu verstehen, den es nicht gibt."

„Warum glaubst du eigentlich, dass es Gott nicht gibt?"

„Weil es offensichtlich ist."

Sie drehte sich ein wenig zu ihm. „Das musst du mir erklären."

„Es gibt viel zu viel Leid und sinnlosen Schmerz auf der Welt, als dass es einen Gott geben könnte."

„Warum gehst du davon aus, dass schmerzliche Umstände keinen Sinn haben?"

„Welchen Sinn hatte Peters Leiden denn? Oder dein Kummer über den Verlust?"

„Es gibt Dinge, die wir diesseits des Himmels nicht ganz begreifen können."

„Dieses Argument habe ich schon öfter gehört." Er schnaubte verächtlich.

„Weil es stimmt."

„Nein, weil man sonst nichts zu sagen weiß, wenn jemand sinnlos stirbt."

„Niemand stirbt sinnlos."

„Mein Sohn schon."

Darcy wartete, bis Gage zur Toilette gegangen war, bevor sie sich an Kayden wandte.

„Ich komme mir wie ein Ungeheuer vor", sagte sie, während sie auf seine Rückkehr warteten.

„Du konntest das doch nicht wissen."

„Wie lange ist es her?"

„Fast zehn Jahre."

„Wow. Er war noch jung."

„Meredith wurde in ihrem letzten Schuljahr schwanger."

Meredith. Das erklärte ihre verbitterte Beziehung.

„Sie wollten heiraten und nach Anchorage ziehen, nachdem das Baby geboren war. Meredith wollte studieren, während Gage abends eine Ausbildung zum Koch machen würde. Sie hatten sich alles überlegt. All diese Träume und Pläne."

„Was ist passiert? Ich meine, wie …?"

„Ihr Sohn war ein Frühchen und starb zwei Tage nach der Geburt. Danach fiel alles auseinander. Meredith beschloss, ihre Pläne weiterzuverfolgen, allerdings ohne Gage."

Darcy schluckte, während sie Gage beobachtete, wie er durch die Wartehalle auf sie zukam. Es brach ihr fast das Herz. „Wie schrecklich."

„Seitdem ist er nicht mehr derselbe." Kayden warf ihre leere Getränkedose in den Mülleimer. „Ich dachte nur, du solltest es wissen, damit du verstehst, warum er diese Dinge sagt. Er wollte nicht unsensibel oder grausam sein."

„Ich verstehe."

„Er ist ein guter Kerl. Er ist nur verloren und verletzt."

Piper drehte die Heizung auf und wärmte ihre Hände vor dem Gebläse, während Landon vor ihrem Mietwagen auf und ab schritt – immer noch auf dem Parkplatz von Wellspring. Sein Freund von den Marshals hatte angerufen, und sie sprachen schon seit einer halben Stunde. Piper konnte ihre Ungeduld kaum noch beherrschen. Was erzählte Luke ihm? War Karli in einem Zeugenschutzprogramm gewesen? War sie deshalb jetzt tot … wegen ihrer Vergangenheit?

Endlich stieg Landon wieder in den Wagen ein. Er blies in seine Hände, um sie zu wärmen.

Sie richtete die Lüftung auf ihn. „Und?"

Er lächelte. „Karli war definitiv im Zeugenschutzprogramm."

Piper atmete erleichtert auf. Das war es – das war der Schlüssel, um den Mord an Karli aufzuklären. Der Schlüssel, um Karlis Mörder zu finden und Reefs Unschuld zu beweisen – sie wusste es einfach. „Das ist fantastisch. Wie lautete ihr richtiger Name? Warum war sie in dem Programm? Was ist mit ihren Eltern?"

„Es gibt eine kleine Komplikation."
Sie sah ihn besorgt an. „Was für eine Komplikation?"

Gage ging als Erster die Treppe zum Kodiak Inn hinauf und Darcy folgte ihm. Sie war seit ihrer Ankunft schrecklich schweigsam gewesen – genau genommen, seit er Kayden und sie zusammen allein gelassen hatte.

Es war klar, dass seine Schwester die Gelegenheit genutzt hatte, um Darcy über seine Vergangenheit aufzuklären. Normalerweise war Piper das Plappermaul, aber es war typisch für Kayden, dass sie in Abwesenheit ihrer Schwester diese Rolle übernahm.

Es ging ihm auf die Nerven, dass Darcy ihn jetzt mit verhaltenem Mitgefühl ansah. Sein Leben und *sein* Sohn gingen sie überhaupt nichts an.

An der Tür blieb er stehen und drehte sich zu ihr um. „Ich weiß, dass Kayden aus dem Nähkästchen geplaudert hat."

„Sie hat nur …"

Er hob eine Hand, um sie zum Schweigen zu bringen. „Spar dir irgendwelche Erklärungen. Es ist mir egal, warum sie meinte, meine persönlichen Angelegenheiten ausplaudern zu müssen. Entscheidend ist, dass es meine Angelegenheiten sind. *Meine.* Und ich werde keine deiner brennenden Fragen beantworten. Verstanden?"

„Verstanden."

„Und ich will auch nicht, dass du meine Familie damit belästigst. Ich weiß, dass das für jemanden wie dich schwer zu akzeptieren ist, aber es gibt Dinge auf dieser Welt, die privat sind und das auch bleiben sollen."

„Da stimme ich vollkommen zu."

„Ha!" Sie hatte wirklich Nerven. Sie konnte es doch wenigstens zugeben!

„Du denkst, du hättest mich durchschaut, aber du weißt gar nichts über mich."

„Was ich weiß, reicht mir."

Darcy verschränkte die Arme vor der Brust und legte den Kopf auf eine überhebliche Weise schief, die ihn ärgerte. „Und was genau ist das?"

„Es geht immer nur um eine gute Story. Das treibt dich an und deshalb wirst du deine Karriere immer über andere Menschen stellen." So wie Meredith.

„Wenn das so wäre, hättest du längst etwas über dich und Meredith in der Zeitung lesen können."

„Ach ja? Soll ich dir noch dankbar sein, weil du meine persönlichen Angelegenheiten nicht veröffentlichst?"

„Ich sage nur, dass du dich irrst, was mich betrifft. Und wenn du auch nur für eine Sekunde mal von deinem hohen Ross steigen würdest, könntest du das vielleicht auch erkennen." Sie stapfte an ihm vorbei in die Pension.

Er grunzte. Sie sollte besser absolut herausragend bei ihrer Arbeit sein, damit sich der ganze Ärger mit ihr lohnte.

Gage bestellte sich etwas im Café in der Nähe des Kodiak Inn. Darcy hatte ihre Unterhaltung mit dem Besitzer weitergeführt, nachdem sie längst erfahren hatten, was sie wissen mussten – dass Theresa Masterson ein felsenfestes Alibi für die Nacht hatte, in der Karli ermordet worden war. Gage hatte die Gelegenheit genutzt, um sich höflich zu entschuldigen, und mit Darcy verabredet, dass sie sich später im Café treffen würden. Er brauchte Zeit, um seinen Kopf freizubekommen und um Darcys wütenden Blicken zu entfliehen. Wenigstens sah sie ihn jetzt nicht mehr mitleidig an. Nach ihrem Streit war sie schnell wieder zu der alten Empörung zurückgekehrt. Das war ihm nur recht.

Aus den Lautsprechern des Cafés drang „Winter Wonderland". Silberne Girlanden schmückten die Glastür und Schneeflocken aus Papier hingen an silbernen Pfeifenputzern von der abgehängten Decke.

Er setzte sich auf einen Barhocker, während das Mädchen hinter der Bar seine Bestellung bearbeitete. Darcy hatte gesagt, es würde nur eine Minute dauern, aber er wusste es besser. Darcy von einem Informanten loszueisen – das war in etwa so, als würde man einem müden Kleinkind den Schnuller wegnehmen.

Sein Handy klingelte. Er sah auf die Nummer des Anrufers und lächelte. „Hi, Kleines. Wie geht's?"

„Wir machen Fortschritte", sagte Piper. „Und ihr?"

„Darcy und ich haben gerade Theresa Mastersons Alibi überprüft."

„Und?"

„Großer Mokka mit Pfefferminz", rief die junge Frau hinter der Bar.

„Warte mal kurz, Schwesterherz." Er legte das Telefon ab und ging, um seine Bestellung abzuholen. Er dankte der Frau und ließ Trinkgeld in das Glas fallen.

Dann stellte er sein Getränk auf den Tisch und nahm das Telefon wieder in die Hand. „Bist du noch da?"

„Klar, ich bin hier. Du wolltest etwas über Theresas Alibi sagen?"

„Stimmt. Wir haben bestätigt bekommen, dass sie im Kodiak Inn zu Gast war, als Karli ermordet wurde. Der Besitzer hat höchstpersönlich dafür gebürgt, dass Theresa die ganze Nacht da war."

„Dagegen kann man wohl nichts sagen."

„Du klingst nicht besonders enttäuscht."

„Weil ich glaube, dass wir etwas noch Besseres gefunden haben."

„Ach ja?" Es war höchste Zeit, dass einer von ihnen gute Neuigkeiten in Erfahrung brachte.

„Ja, aber wir brauchen deine und Darcys Hilfe."

„Schieß los."

~

Darcy betrat das Café und sah Gage an einem Tisch im hinteren Teil des Raumes. Sie ging auf ihn zu. Er blickte auf und lächelte, als er sie sah. Sie wäre beinahe stehen geblieben. Verwirrt blickte sie hinter sich, um sich zu vergewissern, dass er wirklich *sie* anlächelte. Zufrieden stellte sie fest, dass niemand hinter ihr stand.

Es war das erste Mal, dass er sich tatsächlich über ihren Anblick zu freuen schien. Was sie aber noch mehr überraschte als das, war die Tatsache, dass dieses Lächeln sie von Kopf bis Fuß erwärmte.

„Und, hast du noch irgendwelche Fortschritte gemacht?", fragte er, als sie sich setzte.

„Ich wollte nur gründlich sein." Warum grinste er bis über beide Ohren? „Was ist los?"

„Piper hat gerade angerufen."

Sie betete, dass es gute Neuigkeiten für die McKennas gab – nach allem, was sie durchgemacht hatten, konnten sie gute Nachrichten gebrauchen. „Und …?"

„Landon hat vorhin mit seinem Freund Luke gesprochen, der bei den US-Marshals ist. Karli Davis war definitiv im Zeugenschutzprogramm."

Darcy hätte am liebsten die Arme ausgestreckt und ihn gedrückt. Das war ein Riesenfortschritt. „Das ist super."

„Ja und nein."

„Was meinst du?"

„Luke konnte bestätigen, dass Karli in dem Programm war und es auf eigenen Wunsch vor fünf Jahren verlassen hat, aber das war es auch schon. Ihre Akte ist versiegelt."

„Ist das üblich?"

„Luke sagt, normalerweise weiß nur derjenige, der den Fall betreut, wer der oder die Betroffene vor der Aufnahme ins Zeugenschutzprogramm war. Karlis Name erscheint in der Datenbank während der Jahre, in denen sie an dem Programm teilgenommen hat. Aber alle persönlichen Informationen kannten nur sie und ihr Betreuer."

„Hat Luke mit diesem Betreuer gesprochen?"

„Er versucht, den Kollegen ausfindig zu machen. Aber kurz nachdem Karli das Programm verlassen hat, ist dieser Mann aus dem Dienst ausgeschieden. Er ist irgendwie untergetaucht. Sie bekam einen neuen Kontakt im Zeugenschutzprogramm zugewiesen, falls sie wieder zurückwollte – einen Typ namens Scott Bridge. Er ist ein guter Freund von Luke, deshalb hat er überhaupt so viel erfahren können. Aber um Karlis ursprüngliche Identität aufzudecken, müssen wir unbedingt ihren Betreuer finden."

„Hast du den Namen dieses Mannes erfahren?"

„Henry Mars. Seine letzte bekannte Adresse ist in Homer, Alaska."

„Glaubst du, Kayden hat etwas dagegen, uns nach Homer zu fliegen?"

„Nicht für einen solchen Durchbruch."

33

Landon verschwand in der Tankstelle, als dicke Flocken zu fallen begannen. Piper schob ihr Handy wieder in die Tasche. Sie war zuversichtlich, dass Gage und Darcy diesen Henry Mars finden würden. Er war der Schlüssel zur Aufklärung des Mordes an Karli, dessen war sie sich sicher. Deutlich weniger sicher war sie, was ihre Gefühle für Landon betraf. Sie kam sich vor wie ein Teenager, der sich zum ersten Mal verliebt hatte. Samis Worte beim Frühstück und Landons offensichtliches Unbehagen angesichts dieses Themas ließen Hoffnung in ihr aufsteigen – vielleicht empfand Landon ja für sie genauso.

Sie liebte Landon. Das hatte angefangen, als ihre Familie ihn vor so vielen Jahren inoffiziell adoptiert hatte. Aber was sie jetzt fühlte, war eine ganz andere Art der Liebe. In ihrem Bauch flatterten Schmetterlinge. Es war ein Gefühl, wie es nur von dem Mann ausgelöst wird, der *der Richtige* ist. Das war in ihrem Alter eigentlich lächerlich. Und dass es sich dabei um Landon handelte, war noch lächerlicher. Und doch ... irgendwie fühlte es sich vollkommen richtig an.

Er kam zum Wagen zurück und reichte ihr einen Styroporbecher. „Tee."

„Danke." Sie ließ die Wärme in ihre Finger strömen. „Hier ist es wirklich extrem viel kälter."

Er ließ den Motor an und stellte die Warmluft der Klimaanlage ein. „Wir fahren ja auch nach Norden."

„Stimmt. “
„Ist alles in Ordnung?“ Seine Stimme war tief und voller Fürsorge.
„Ja, warum?“
„Ich kann sehen, wie es in deinem Gehirn rattert.“
Sie seufzte. „Es hört nie auf zu rattern.“ Jedenfalls hatte es nicht aufgehört, seit sie Yancey verlassen hatten.
„Willst du mir sagen, was dich diesmal umtreibt?“
Sie biss sich auf die Unterlippe. „Ich bin nicht sicher.“
„Nicht sicher, was dich beschäftigt, oder nicht sicher, ob du es mir erzählen willst?“
„Letzteres.“
Er schluckte. „Ich will dich nicht drängen.“
„Das wäre ja ganz neu.“
Der scharfe Kontrast der eisigen Außentemperaturen zur Wärme im Inneren des Wagens ließ die Fenster beschlagen, sodass sie vom Rest der Welt abgeschottet waren.
„Es ist nur, ich fühle mich …“
„Beunruhigt?“, schlug er vor.
„Ja …“
„Wegen des Falls?“
Sie nickte. *Aber da ist noch mehr, viel mehr.*
Er rückte näher. „Sonst noch was?“
Sie schluckte. „Was meinst du?“ Sie lehnte sich näher zu ihm. Sie sehnte sich danach, dass er etwas sagen würde – *irgendetwas*, das darauf schließen ließ, was er für sie empfand.
Auch er lehnte sich zu ihr und sie konnte den warmen Zederndu ft seines Rasierwassers riechen. „Geht es um etwas, das Sami gesagt hat?“
Sie nickte und sah zu ihm auf, sodass ihr Gesicht nur noch einen Hauch von seinem entfernt war.
„Das habe ich befürchtet.“
„Warum?“
„Weil …“
„Weil du nicht so empfindest oder weil du nicht wolltest, dass ich es weiß?“
Er hielt ihrem Blick stand und sie bemerkte die Leidenschaft in seinen Augen. Leidenschaft für *sie*. „Letzteres.“

Ihre Gefühle überschlugen sich. Ohne nachzudenken drückte sie ihre Lippen auf seine. Noch im selben Moment ärgerte sie sich über ihre Impulsivität, doch …

Er war nicht zurückgewichen.

Seine Lippen waren weicher, als sie gedacht hatte. Er zögerte zunächst, doch dann erwiderte er ihren Kuss zärtlich und intensiv. Seine starken Hände umfassten ihr Gesicht.

Piper betrat das Hotel in Glacier Peak wie in Trance. Sie konnte sich nicht daran erinnern, wie sie dorthin gelangt waren. Ihr einziger Gedanke war die Erinnerung an den Kuss. Ihren und Landons Kuss. Es schien irgendwie unwirklich und doch war es wirklicher als alles, was sie jemals gefühlt hatte.

„Möchten Sie ein Zimmer?“, fragte der Mann an der Anmeldung.

„Ja“, sagte Landon.

Wenigstens einer von ihnen war in der Lage, irgendwelche Worte zu formulieren.

„Wir brauchen zwei Zimmer – am liebsten nicht so weit auseinander.“

„Ich sehe nach, was sich machen lässt.“ Der Mann wandte sich seinem Computer zu. Seine Finger flogen über die Tastatur, während er sprach. „Wie lange wollen Sie hierbleiben?“

Landon zuckte mit den Schultern. „Ein paar Tage.“

„Prima. Darf ich fragen, wie Sie von uns erfahren haben?“

„Unsere Bekannte Karli Davis hat uns das Hotel empfohlen.“

„Oh …“ Der Mann blickte auf, aber seine Miene war undurchdringlich. „Sie sind Freunde von Karli?“

„Ja.“ Endlich brachte sie eine Silbe heraus.

„Das ist merkwürdig.“

„Warum? Weil sie nicht viele Freunde hatte?“, sagte Piper mit einem Lächeln. Sie wollte dem Mann beweisen, dass sie etwas über Karli wussten.

„Stimmt, Sie kannten sie offensichtlich gut.“ Er lächelte. „Aber ich meinte eigentlich, dass Sie nicht die ersten Bekannten von Karli sind, mit denen ich innerhalb des letzten Monats hier gesprochen habe. Es waren schon zwei Leute vor Ihnen da – und das ist für Karli *wirklich* ungewöhnlich."

„Oh." Piper versuchte, ihre Aufregung zu unterdrücken. „Können Sie sich vielleicht an die Namen der beiden erinnern? Vielleicht kennen wir sie ja."

„Tut mir leid." Der Mann schüttelte den Kopf. „Zwei Typen halt."

„Waren sie jung? Alt? Klein? Groß?"

„Der erste Typ war so alt wie Karli, meine Größe, dunkle Haare, aber der zweite war ein bisschen zu alt für sie, wenn Sie mich fragen, und auch nicht ihr Typ."

„Wie alt würden Sie ihn schätzen?", fragte Landon.

„Ende vierzig, Anfang fünfzig. Karli war nicht direkt wählerisch, was das Alter betraf, aber er wirkte eher etwas ältlich, wenn Sie verstehen, was ich meine."

„Ist er lange geblieben?", fragte Landon.

„Nein. Er ist sofort abgereist, als er erfuhr, dass Karli nicht mehr hier war."

„Haben Sie ihm erzählt, wohin sie abgereist ist?", fragte Piper.

„Wie sollte ich? Keiner von uns wusste, wohin sie wollte. Wir wussten nicht einmal, *dass* sie gehen wollte. Irgendwann war sie einfach weg."

„Das sieht Karli ähnlich." Piper lächelte.

„Sie wussten nicht, dass sie zu ihren Wettkämpfen zurückwollte?", fragte Landon.

„Nein. Wir waren alle perplex, als wir ihren Namen auf der Teilnehmerliste sahen." Sein Blick wanderte zur Tür. „Hi, Todd", begrüßte er einen Mann, der die Lobby betrat. „Die beiden hier sind Freunde von Karli."

Todds Schritte wurden langsamer und er musterte sie kurz, bevor er zur Begrüßung nickte. „Alles klar?"

„Kann nicht klagen", sagte Landon.

Todd richtete seine Aufmerksamkeit auf Piper und ein Lächeln stahl sich auf seine Lippen. „Wollen Sie auf die Piste? Sie sehen wie eine erfahrene Snowboarderin aus und wir haben hier gerade jede Menge Neuschnee."

„Auf jeden Fall", sagte sie.

„Cool." Er zwinkerte. „*Wir* sehen uns draußen."

Piper schloss die Tür zu ihrem Zimmer auf und Landon trug ihre Taschen hinein. Glacier Peak stand in auffälligem Kontrast zu den beiden letzten Unterkünften, in denen sie abgestiegen waren. Auch wenn es luxuriös war, wirkte es auf ihn nicht wie ein Feriendomizil. Die Anlage bestand aus dem Hauptgebäude, in dem sie untergebracht waren, und einer Reihe Holzhäuser für Gäste und Angestellte. Es gab keine präparierten Abfahrten oder Sessellifte. Wer hier Ski laufen oder mit dem Snowboard surfen wollte, tat das mit dem Helikopter. Sechzig Hektar unberührte Wildnis umgaben das Hotelgrundstück – frischer, jungfräulicher Schnee, der nur darauf wartete, durchpflügt zu werden.

„Sollen wir uns für die Exkursion morgen eintragen?“, fragte sie, als er ihre Taschen abstellte.

„Auf jeden Fall.“ Er schluckte und fragte sich, wie lange sie wohl Höflichkeiten austauschen würden. Sie hatten sich doch gerade geküsst! Er und Piper hatten sich tatsächlich *geküsst!* Im Moment konnte er an nichts anderes denken, als sie erneut zu küssen. Aber wie ging es ihr jetzt mit dem, was gerade geschehen war? Er betete im Stillen, dass sie es nicht schon wieder bereute.

„Klingt gut.“ Sie zog den Reißverschluss ihrer Reisetasche auf und zog einen Pullover heraus.

Der Raum war mit einem großen Himmelbett und einem gemauerten Kamin ausgestattet, aber er fühlte sich kühl und klamm an. „Ist dir kalt?“

„Nur ein bisschen.“ Sie rieb sich die Arme. „Ich drehe das Thermostat auf.“

„Ich mache ein Feuer, bevor ich gehe.“

„Danke.“

„Kein Problem.“ Er bückte sich vor dem Kamin und machte sich an die Arbeit. „Sieht aus, als hättest du einen neuen Bewunderer“, sagte er, während er ein Holzscheit auf den Rost legte.

„Wen? Todd?“

„Ich habe gesehen, wie er dich angestarrt hat.“ So, wie die meisten Männer Piper anstarrten. Sie war einfach eine Augenweide.

„Hast du gesehen, wie er gezögert hat, als er Karlis Namen hörte?“

Landon schob etwas von dem Anzündholz in den Kamin und griff nach der Streichholzschachtel. „Glaubst du, sie hatten was miteinander?“

„Vielleicht. Ich werde sehen, was ich morgen aus ihm herausbekomme. Klingt so, als würde er bei der Exkursion mit von der Partie sein.“

Landon zog ein langes Streichholz aus der Schachtel, entzündete es und hielt es an das Anzündholz. „Wir werden *beide* an der Exkursion teilnehmen.“ Er stand auf und legte die Schachtel auf den Kaminsims, dann trat er wieder zu ihr.

„Wenn ich allein bin, erfahre ich vielleicht mehr.“

„Ich weiß, aber …“

„Aber was?“

Das Feuer knisterte hinter ihm, als die Flammen das Holzscheit erfassten. Er spürte die Hitze in seinem Rücken.

„Ich habe so ein ungutes Gefühl, seit wir Yancey verlassen haben.“

„*Du* verlässt dich auf ein Bauchgefühl?“ Sie lachte. „Dann sind wir wirklich in Schwierigkeiten!“

Wenn er nicht bald das Zimmer verließ, würden sie das tatsächlich sein. Seine Selbstbeherrschung ließ rapide nach. Er konnte den Blick nicht von ihren süßen, vollen Lippen abwenden …

Er rieb sich den Nacken. „Ich gehe besser.“

„Sollten wir nicht erst noch reden?“

Das Reden machte ihm keine Sorgen. Aber wenn er nicht bald ging, würde er sie noch einmal küssen. „Wir können morgen früh reden. Nachdem wir beide ausgiebig geschlafen haben.“ Und nachdem er *sehr* kalt geduscht hatte.

„Du willst jetzt alles, was passiert ist, logisch erklären, oder?“ Sie sank auf die Bettkante.

Er versuchte, die Vorstellung abzuschütteln, wie sie beide auf diesem Bett lagen und er ihr schönes braunes Haar durch seine Finger gleiten ließ … Er räusperte sich. „Es ist wichtig, mit Logik an eine ansonsten impulsive Entscheidung heranzugehen.“

Sie schluckte. „Willst du damit sagen, dass das, was du Sami über mich erzählt hast, impulsiv war?“

„Ja.“ Er hätte Sami gegenüber nie seine Gefühle für Piper gestehen sollen.

Sie runzelte die Stirn, offensichtlich gekränkt. „Du hast es also nicht ernst gemeint?“

Natürlich hatte er es ernst gemeint. Jedes einzelne Wort. „Das sage ich ja gar nicht.“

„Was sagst du denn dann?“

„Ich sage nur, dass wir einen klaren Kopf behalten müssen.“ Er schloss die Augen und versuchte, sich zu konzentrieren. „Wir verbringen eine Menge Zeit zusammen. Da kann es schon mal zu unüberlegten, gefährlichen Situationen kommen …“

„Du glaubst, es ist nicht echt!?“

Er betete inbrünstig, dass es echt war. Er wollte nur nicht, dass Piper später etwas bereuen würde. Dass sie sich in eine Emotion hineinsteigerte und dann feststellte, dass es ein Fehler gewesen war. Dass *er* ein Fehler gewesen war. „Ich sage nur –“

„Schon gut.“ Sie stand auf und öffnete die Tür. „Du hast wahrscheinlich recht. Du solltest besser gehen.“

Er nickte. Aber mit jedem qualvollen Schritt, den er sich von ihr entfernte, fühlte er einen Stich in seinem Herzen.

34

„Sind alle da?", fragte Todd.

„Ich zähle sechs Personen", sagte der Pilot.

„Sechs ist richtig. Dann sind wir so weit."

Die Rotoren fingen mit einem rhythmischen Geräusch an, sich zu drehen, und Piper lehnte sich für den Flug mit dem Helikopter zurück. Das Herz brannte ihr in der Brust, und sie wünschte, Landon würde etwas sagen … *irgendetwas*, um dieses Schweigen zwischen ihnen zu brechen. Sie hatte ihn gestern Abend gebeten zu gehen, weil sie es nicht ertragen konnte, dass er ihren Kuss so schnell mit Vernunft erklären wollte. Sie hatte doch noch den Geschmack seiner Lippen auf ihren gespürt, während er sie zu überzeugen versuchte, dass es keine echten Gefühle waren, dass alles nur den Umständen geschuldet war. Auch, wenn ihre enge Zusammenarbeit natürlich alles intensivierte, hatten Pipers Gefühle für Landon schon seit letztem Sommer unter der Oberfläche geschwelt. Endlich waren sie hervorgebrochen und sie mussten sich beide damit auseinandersetzen, egal, wie die Umstände aussahen.

„Wir sind gleich da", sagte der Pilot.

„Also, dann macht eure Ausrüstung startklar", wies Todd sie an.

Piper trat in die Bindungen ihrer Skischuhe und verschloss sie.

„Es ist heute sehr windig", sagte Todd. „Achtet darauf, dass ihr gut eingepackt seid."

Sie zog den Reißverschluss ihrer Jacke über ihrem Fleeceshirt zu und streifte ihre Handschuhe über. Sie hoffte, dass der Ausflug eine willkommene Gelegenheit bot, das angestaute Adrenalin auszuschütten.

Todd beugte sich vor und legte eine Hand auf ihre Schulter. „Bist du bereit für die Fahrt deines Lebens?"

Piper sah zu Landon, der endlich ihren Blick erwiderte. Sie sahen sich einen Moment lang in die Augen und sie fragte sich unwillkürlich, ob sie beide vielleicht den Absprung zu etwas ganz Großem schaffen oder abstürzen würden.

„Noch zwei Minuten", sagte Todd. „Wir bilden zwei Teams da draußen. Piper, dein Freund und ich sind die erste Mannschaft. Kurt" – er deutete mit dem Kinn auf den anderen Kursleiter – „du und deine Leute steigen als zweite Gruppe aus. Wir treffen uns an Stützpunkt eins zum Mittagessen um elf Uhr."

Kurt nickte und sie alle machten sich bereit, bevor sich die Tür des Hubschraubers öffnete.

„Los geht's", sagte der Pilot.

„Alles klar." Kurt rieb sich die Hände. „Frischer Neuschnee, der nur auf uns wartet. Viel besser geht es nicht."

„Denkt dran: Seid gut zu dem Berg, dann ist er hoffentlich auch gut zu euch." Todd gab Landon ein Zeichen, als Erster zu springen. Er ging in Stellung und der bitterkalte Winterwind wirbelte herein, als die Tür sich den Naturgewalten öffnete. „Du kannst."

Landon warf ihr einen Blick zu und sprang.

Todd gab ihr ein Zeichen, an die Tür zu treten. „Wir geben ihm dreißig Sekunden, dann bist du dran."

Das Adrenalin schoss durch ihre Adern, als sie in die weite, schneebedeckte Wildnis hinausstarrte. Eine makellose Leinwand, die darauf wartete, gestaltet zu werden. Kurt hatte recht. Viel besser ging es wirklich nicht. Sie brauchte diese Ablenkung.

„Du kannst", sagte Todd.

Sie grinste und sprang. Freude stieg in ihr auf, als sie auf den jungfräulichen Schnee zufiel. Die Anspannung entwich aus ihrem Körper, abgelöst von dem süchtig machenden Hochgefühl des Abenteuers.

Als sie aufsetzte, bremste die dicke, frische Schicht Pulverschnee ihren Aufprall. Sie glitt über den makellosen Schnee und entdeckte ein paar Meter vor sich Landon, der auf sie wartete. Als sie näher kam, vollführte sie direkt vor ihm eine Hundertachtzig-Grad-Wende.

„Angeberin." Er lachte und die ernsthafte Schwere schien sich etwas zu heben.

Er stieß sich mit den Skiern ab, wich geschickt den natürlichen Buckeln aus und ließ den Pulverschnee hoch aufstieben.

„Nicht schlecht, alter Mann." Sie grinste und schoss an ihm vorbei.

„Wer ist hier alt?" Er überholte sie wieder und fuhr über eine Klippe. Mühelos vollführte er einen Salto, die Skier perfekt gekreuzt.

Ihr stockte der Atem, bis er landete, eine Kurve fuhr und dann zum Stehen kam.

Sie wartete an dem Überhang und blickte hinunter. „Beeindruckend."

„Dann lass mal sehen, was du zu bieten hast."

„Du solltest besser aus dem Weg gehen. Ich brauche Platz."

Er lächelte, und sie drehte sich um, damit sie Anlauf nehmen konnte. Dann holte sie tief Luft, schob alle Gedanken beiseite und konzentrierte sich nur auf den Sprung. Sie stieß sich ab und drehte sich um dreihundertsechzig Grad, während sie über die Klippe flog.

Sie brachte ihre Skier in die richtige Position, landete und bremste direkt neben Landon.

Er klatschte. „Nicht schlecht für eine Anfängerin."

„Anfängerin? Ha! Ich habe dir gerade eine Lektion erteilt."

„Nicht schlecht, ihr beiden", rief Todd von der Klippe hinunter. „Ich sehe, dass wir drei viel Spaß haben werden."

Der Spaß wäre ohne Todd allerdings noch weitaus größer.

„Du bist also mit Karli befreundet?", fragte Todd, der sich in der Mittagspause neben Piper setzte. Mitarbeiter hatten Faltstühle zusammen mit Verpflegung zu dem vereinbarten Treffpunkt gebracht.

Landon hatte sich von Piper entfernt, um ihr Gelegenheit zu geben, sich alleine mit Todd zu unterhalten. Seinen Faltstuhl hatte er in die Nähe einiger schneebedeckter Bäume gestellt und behielt sie von dort aus im Auge.

Piper wischte sich Erdnussbutter von der Lippe. „Ja. Ich bin eine Freundin von Karli." Sie fühlte sich der toten Frau tatsächlich immer mehr verbunden. Ihr Tod und all die Kämpfe, die Karli hatte durchmachen müssen – viele davon selbst verursacht, wie es schien – bewegten sie zutiefst.

Todd holte sein Mittagessen aus der Kühlbox und machte es sich auf dem Stuhl neben ihr bequem. „Und woher kennst du Karli?"

„Wir sind uns vor einem Jahr begegnet."

„Wo denn?" Todd öffnete seine Getränkedose.

„Beim Skilaufen."

„Habt ihr oft Zeit miteinander verbracht?" Er biss in sein Sandwich.

„Oft würde ich nicht sagen, aber wir hatten gemeinsame Freundinnen."

„Zum Beispiel?"

„Megan Whitaker und Tess Girard."

„Tess ist cool. Und du?" Er berührte ihre Haare, die vom Schnee nass und plattgedrückt sein mussten. „Piper, nicht wahr?"

Also gut, vielleicht hatte Landon recht und Todd war ein Schürzenjäger. Normalerweise würde sie einem Typ wie ihm nicht mal die Uhrzeit sagen, aber sie brauchte alle Informationen, die sie bekommen konnte. *Für Reef.* „Stimmt." Sie lächelte ihn an.

„Bist du auch so ein cooles Mädchen, Piper?", fragte er und seine Stimme nahm einen tiefen Klang an.

Sie kämpfte gegen den Drang an, sich zu übergeben. „Das hoffe ich doch."

„So cool wie Karli?" Er zwinkerte.

Sie zwang sich weiterzulächeln. „Ich glaube, Karlis Coolness erreichen wir alle nicht."

Er lachte. „Wir haben nämlich heute Abend eine Party bei mir. Nur die Kollegen und ein paar ausgewählte Gäste."

„Klingt nett."

„Kommst du?"

„Klar. Wann?"

„Um zehn. Aber lass deinen Freund zu Hause."

„Meinen Freund?"

„Der Typ, mit dem du hier bist. Ich seid doch kein Paar, oder?"

„Nein." Wie sollten sie auch, wenn Landon nicht den Mund aufmachte und seine Gefühle preisgab?

„Cool. Also lass ihn zu Hause."

Landon würde da nie mitspielen. „Wieso?"

„Na, das Verhältnis von Jungs und Mädels muss schließlich ausgeglichen sein. Das ist doch kein Problem, oder? Aber wenn du natürlich lieber mit *ihm* abhängen willst …"

„Das ist es nicht. Er hat nur einen ausgeprägten Beschützerinstinkt."

Todd legte seinen schweren Arm um ihre Schulter. „Sag ihm, er braucht sich keine Sorgen zu machen. Ich werde mich gut um dich kümmern."

Klar, das wird bestimmt helfen.

„Kommt nicht infrage!", brüllte Landon.

Sie hatte nichts anderes erwartet. „Aber es ist vielleicht unsere einzige Chance, Informationen zu bekommen."

„Wir werden einen anderen Weg finden." Er ging in seinem Zimmer auf und ab, die Schultern angespannt.

„Komm schon …", sagte sie, während sie auf der Couch sitzen blieb und sich weigerte, sich von seinem wütenden Patrouillieren im Zimmer beeindrucken zu lassen. „Du weißt, dass dies die perfekte Gelegenheit ist, in die Lagerräume des Personals zu gelangen. Todd sagte, dass fast alle Kollegen kommen, außerdem ein paar von den Gästen. Und sie werden sicher viel trinken."

Er blieb kurz stehen, als sie den Alkohol erwähnte. „Noch ein Grund, warum ich nicht will, dass du alleine dort hingehst."

„Das verstehe ich, aber die Angestellten werden viel eher etwas ausplaudern, wenn sie ein paar Drinks intus haben."

„Sie werden viele Dinge viel eher tun, wenn sie Alkohol getrunken haben – Dinge, die ich nicht gutheißen kann. Du kennst diese Leute nicht."

„Ich nehme mein Handy mit und schicke dir beim ersten Anzeichen von Ärger eine SMS."

„Der Empfang ist hier oben alles andere als gut."

„Todds Hütte ist keine hundert Meter vom Hotel entfernt. Ich kann jederzeit rüberkommen, wenn sich etwas merkwürdig anfühlt."

„Das reicht mir nicht."

„Das muss es aber." Sie würde gehen. Dann hatte Landon Zeit, ungestört nach Karlis Schließfach zu suchen. Vielleicht war das endlich der Durchbruch, den sie brauchten, um den Fall zu knacken. Sie stand auf und ging in Richtung Tür. Innerlich betete sie, dass sie dort ankommen würde, bevor er sie aufhalten konnte. „Wir müssen alles tun, um Reef zu helfen."

Er ergriff ihren Arm. „Nicht alles."

Sie ignorierte den bohrenden Blick in seinen Augen. „Du weißt, was ich meine."

„Aber diese Typen wissen das nicht."

„Ich werde schon mit ihnen fertig. Es ist wichtig, dass ich das tue."

„Keine Spur ist es wert, deine Sicherheit aufs Spiel zu setzen."

„Es ist nur eine Party, Landon. Jede Menge Leute sind dabei. Mir passiert schon nichts, versprochen." Sie würde ihm keine Wahl lassen und die Resignation in seinem Blick sagte ihr, dass er das auch wusste.

35

Darcy näherte sich dem kleinen Wohnwagen am Rand von Homer. Drei Holzstufen führten zur Tür hinauf. Sie warf Gage über die Schulter einen Blick zu und er deutete mit dem Kinn auf die Tür.

Sie holte tief Luft und klopfte an die äußere Tür am Eingang, während sie betete, dass sie Henry Mars endlich gefunden hatten. Das leise Murmeln eines Fernsehers war im Innenraum zu hören. Sie nahm all ihren Mut zusammen und klopfte noch einmal, diesmal lauter. Das Murmeln verstummte und einen Augenblick später öffnete die Tür sich einen Spaltbreit.

„Was wollen Sie?"

„Mr Mars?" Sie versuchte, durch den Spalt zu spähen. Licht drang daraus hervor, aber sonst konnte sie nicht viel erkennen.

„Wer will das wissen?"

„Ich heiße Darcy St. James, und das hier ist –"

„Gage McKenna." Er trat neben sie auf die Holztreppe und streckte die Hand aus.

Der Türspalt wurde nicht breiter. „Was wollen Sie?"

„Wir sind wegen Karli Davis hier."

„Kenne ich nicht." Er schloss die Tür.

Darcy klopfte wieder.

Keine Antwort.

Sie musste zu ihm durchdringen. Sie brauchten Antworten, die nur er kannte. „Karli ist tot", sagte sie so laut, dass er es durch die Tür hören konnte.

Die Tür öffnete sich erneut und Darcy hielt den Artikel aus der *Tribune* hoch, der über den Mord an Karli berichtete. Der Mann trat zurück und ließ sie herein. Seine Wohnung erinnerte sie an ihre Großmutter. Geblümte Tapeten in Rosa, Blau und Violett bedeckten die obere Hälfte der Wände, die untere Hälfte war mit Holz verkleidet. Blaue Flokatiteppiche lagen auf dem Boden und ein Fernsehapparat auf einem wackeligen Tisch flimmerte ohne Ton.

Henry Mars nahm die Fernbedienung und schaltete den Fernseher aus. Dann drehte er sich mit hängenden Schultern zu ihnen um. „Wie ist das passiert?"

Gage räusperte sich. „Man hat ihr die Kehle durchgeschnitten."

Henry zuckte zusammen. „Und der Mörder?"

„Den suchen wir."

„Sie beide?" Ein Ausdruck der Belustigung huschte über seine müden Züge. Wenigstens war er zu höflich, um laut zu lachen.

„Wir helfen nur, ein paar Spuren zu verfolgen. Ein Polizeibeamter jagt den Mörder."

„Hat er irgendwelche brauchbaren Hinweise?"

„Wir hatten gehofft, *Sie* könnten uns da weiterhelfen."

Henry sagte nichts, sondern starrte nur auf den leblosen Fernseher.

„Wie lange waren Sie bei den US-Marshals?"

„Zweiunddreißig Jahre."

„Wow. Das ist beeindruckend."

„Oder verrückt." Henry setzte sich in seinen Schaukelstuhl. „Hängt davon ab, wie man es betrachtet."

„Und Sie haben mit Karli gearbeitet?"

„Von dem Zeitpunkt an, als die beiden in das Programm kamen, bis zu dem Tag, als sie es verließ."

„Die *beiden*?", fragte Darcy.

Henry sah sie an, als zweifelte er, ob er ihnen wirklich erzählen sollte, was er wusste. Doch dann zuckte er mit den Schultern. „Karli und ihre Mutter, Regina."

„Warum sind sie in das Zeugenschutzprogramm aufgenommen worden?"

„Sie hatten keine andere Wahl." Er stellte seinen Becher auf ein Häkeldeckchen.

Darcy fragte sich, ob es eine Mrs Mars gab, und, falls nicht, wo der weibliche Einfluss herrührte.

„Nein", sagte Henry wehmütig, „das stimmt wohl nicht so ganz. Regina hat eine Entscheidung getroffen. Eine sehr mutige Entscheidung, an dem Programm teilzunehmen."

„Können Sie mir von ihr erzählen?", fragte Darcy, die eine besondere Zärtlichkeit in Mars' Tonfall entdeckte, wann immer er von Regina sprach.

„Von Regina?" Henrys Blick verlor sich in der Ferne. „Ihr richtiger Name war Michelle Evans und ihre Tochter hieß Angela."

Darcy sah Gage aufgeregt an. Piper hatte ihnen erzählt, dass Karli in ihren Unterlagen Michelle als zweiten Vornamen angegeben hatte. Wahrscheinlich wollte sie ihre Mutter auf diese Weise immer bei sich haben.

„Michelles Mann, Bryan, war bei den *Mongols*."

„Der illegalen Motorrad-Gang?", fragte Gage.

Henry Mars nickte. „Michelle hatte Beweise für die kriminellen Machenschaften der Rocker. Sie hat sie uns gebracht und im Gegenzug Schutz für sich und Angela erhalten."

Darcy wurde mit einem Schlag bewusst, was das bedeutet haben musste. „Sie haben nicht übertrieben, als Sie sagten, Michelle sei eine mutige Frau gewesen."

„Ihre Aussage half, eine Handvoll sehr mächtiger Verbrecher, darunter auch ihren Mann, hinter Gitter zu bringen."

„Wie alt war Karli" – Darcy schüttelte den Kopf – „ich meine Angela, als sie und Michelle in das Zeugenschutzprogramm aufgenommen wurden?"

„Es ist in Ordnung, sie Karli zu nennen. So kannten Sie sie – genauso, wie ich Michelle als Regina kannte. Für mich wird sie also immer Regina sein. Es ist einfacher, bei einem Namen zu bleiben. Karli wurde als Angela Evans geboren. Als sie in das Programm aufgenommen wurde, erhielt sie den Namen Suzanne Wilson und ihre Mutter Regina Wilson. Nach dem Tod von Regina wurde aus Angela alias Suzanne dann Tori Anderson. Als sie schließlich das Zeugenschutzprogramm verließ, nahm sie den Namen Karli Davis an."

„Das muss sehr schwer gewesen sein, die eigene Identität zu verlieren."

„Das Leben im Zeugenschutz ist auf keinen Fall einfach. Und um Ihre ursprüngliche Frage zu beantworten: Karli war sechs, als sie und ihre Mutter in das Programm aufgenommen wurden."

„Wusste Karli Bescheid? Ich meine, hat sie die Situation zu diesem Zeitpunkt wirklich verstanden?"

„Ihre Mutter hat ihr erzählt, böse Leute hätten ihren Vater umgebracht und wären jetzt hinter ihnen her. Regina wollte, dass Karli ihren Vater für tot hielt. Sie war der Überzeugung, das sei besser, als wenn Karli die Wahrheit erfahren würde."

„Ist es wirklich besser zu glauben, der eigene Vater sei tot?", fragte Gage.

„Besser als zu wissen, dass er ein kaltblütiger Verbrecher ist? Ja", sagte Henry nachdrücklich. „Regina tat, was sie konnte, um ihre Tochter zu beschützen. Außerdem bestand immer noch die Gefahr, dass Karli ihren Vater suchen würde, sobald sie erfuhr, dass er noch am Leben war."

„Hat Karli die Wahrheit jemals erfahren?"

„Ich weiß nicht, aber nicht von ihrer Mutter. Regina hat ihr Kind bis zu ihrem Tod beschützt."

„Wann ist Regina gestorben?"

„Sie haben sie vor fünf Jahren gefunden."

„Gefunden?"

„Die Mongols haben sie aufgespürt und umgebracht."

„Aber Karli nicht?"

„Nein. Karli überlebte, weil sie nicht dort war, wo sie sein sollte."

„Wo war sie?"

„Sie hatte sich davongeschlichen, um einen Freund zu treffen."

„Wie hat Karli reagiert, als sie erfuhr, dass ihre Mutter tot war?"

„Was glauben Sie wohl?" Eine Mischung aus Kummer und Schuldgefühlen spiegelte sich in Henrys Zügen. „Wir haben ihr gesagt, dass die Männer, die sie suchten, sie gefunden hatten und dass wir sie an einen sicheren Ort bringen mussten."

„Wie ist sie mit all dem fertiggeworden?"

„Nicht sehr gut. Ihre Mutter war ihr Ein und Alles. Sie hat uns die Schuld gegeben. Mir."

„Weil *Sie* ihre Mutter nicht beschützt haben?", fragte Darcy.

„Regina und ich … wir kamen uns im Laufe der Jahre näher.

Karli hat mich persönlich für ihren Tod verantwortlich gemacht. Sie wollte nach dem Tod ihrer Mutter nichts mehr mit mir zu tun haben, also habe ich sie an eine andere Bezugsperson übergeben. An eine Frau, die sich als Karlis Tante ausgab. Aber Karli war wütend und rastlos und …" Er schüttelte den Kopf und in seinen grauen Augen lag eine tiefe Traurigkeit. „Sie machte sich bei der ersten Gelegenheit, die sich ihr bot, aus dem Staub. Ich fand sie, brachte sie zurück, aber sie brach wieder aus."

„Und wohin ging sie dann?"

„Dahin, wo sie Unterschlupf fand. Beim letzten Mal schloss sie sich dem Kader an. Ich versuchte, sie zu warnen. Wenn sie Erfolg haben und im Rampenlicht stehen würde, wäre die Gefahr hoch, die Mongols auf sich aufmerksam zu machen. Aber mit Karli konnte man nicht diskutieren. Sie sagte, ihrer Mutter hätte es auch nichts genützt, sich zu verstecken. Und außerdem sei sie noch klein gewesen, als sie in das Zeugenschutzprogramm eingetreten sei. Sie bezweifelte, dass irgendjemand sie erkennen würde, selbst wenn sie in die Schlagzeilen kommen sollte. Aber ich wusste es besser. Seitdem habe ich Angst gehabt, dass dieser Tag kommen würde."

„Sie glauben also, ihre Vergangenheit hat sie doch noch eingeholt?"

Er runzelte die Stirn, sodass seine grau melierten Augenbrauen sich zusammenzogen. „Sie etwa nicht?"

„Deshalb sind wir ja hier. Was glauben Sie, wer könnte Karli umgebracht haben? Doch sicher nicht ihr eigener Vater?" Darcy wollte sich so etwas nicht einmal vorstellen.

„Es heißt, Bryan habe das Gefängnis als geläuterter Mann verlassen. Aber die Mongols haben einen Ehrenkodex in Bezug auf Loyalität, den ich nie verstehen werde. Trotzdem würde ich Bryan den Mord nicht zutrauen. Ich vermute, es war jemand anderes aus der Bande. Jemand, der Karli nicht so nahestand. Sie müssen bedenken, dass Reginas Aussage eine ganze Reihe Männer hinter Gitter gebracht hat. Jeder von denen hatte noch eine Rechnung offen."

„Es gab Schnitte an Karlis Bein", sagte Gage und zog das Foto vom Tatort aus der Akte. Er reichte es Henry. „Könnte das ein Symbol oder Markenzeichen der Mongols sein?"

Henry zog seine Brille aus der Hemdtasche und setzte sie auf. Er betrachtete das Foto einen Moment lang sorgfältig. „Nicht in dieser Form, aber es sieht aus, als wäre es unvollständig."

„Dieser Meinung war auch der Gerichtsmediziner."

„Könnte es denn ein Symbol der Mongols sein, wenn es fertig wäre?", fragte Darcy.

„Kein Symbol, aber vielleicht die Initialen. Es könnte der Anfang von einem M sein."

Darcy lächelte. Allmählich kamen sie voran. Sie konnte es kaum erwarten, Landon und Piper anzurufen und ihnen die gute Nachricht mitzuteilen.

36

Landon sah von seinem Versteck aus zu, unbeirrt von dem Unwetter, das um ihn herum tobte. Er traute keinem einzigen der Männer bei Todds Party über den Weg, aber er hatte Piper nicht aufhalten können, ohne sie gegen ihren Willen festzuhalten. Und jetzt wartete er darauf, dass sie heil wieder zu ihm zurückkam.

Er beobachtete, wie noch mehrere andere Frauen zur Party eintrafen. Das machte es ihm etwas leichter, seinen Wachposten für einen Moment zu verlassen. So sehr es ihm auch widerstrebte zu gehen, Piper hatte recht: Todds Party war die perfekte Gelegenheit, nach Karlis Schließfach zu suchen. Es war spät, die meisten Gäste waren zu Bett gegangen und ein Großteil der Belegschaft war bei der Party. Nur ein Neuling schob am Empfang Dienst, und zwei Männer hatten Rufbereitschaft, falls es irgendwelche Probleme gab.

Das Mädchen am Empfang bemerkte nicht einmal, dass er das Treppenhaus mit der Aufschrift *Nur für Personal* betrat und bis zum untersten Stockwerk des Hotels hinunterging.

Das Kellergeschoss lag im Dunkeln, abgesehen von einigen beleuchteten *Notausgang*-Hinweisen. Die Metalltüren auf dem Gang waren schwer und ließen keine Schlüsse zu, was sich in den jeweiligen Räumen dahinter verbarg. Landon fing mit der ersten Tür auf der rechten Seite an, stellte fest, dass sie verschlossen war, und ging zur nächsten Tür. Sie war ebenfalls abgeschlossen.

Es würde deutlich länger dauern, als er gehofft hatte, jedes Schloss zu öffnen, um Zugang zu den Räumen zu erhalten. Er betete, dass

Piper so klug war, ihr Versprechen zu halten und beim ersten Anzeichen von Ärger anzurufen.

Eine Stunde später schnappte das Schloss an der letzten Tür auf der rechten Seite auf. Er schaltete das Licht an und lächelte, als er die orangefarbenen Schließfächer sah.

Nach allem, was sie über Karli in Erfahrung gebracht hatten, bezweifelte er, dass sie etwas Persönliches hier zurückgelassen hatte. Zumindest nichts, das man als ihren Besitz identifizieren konnte. Durch ihre Jahre im Zeugenschutzprogramm musste ihr das in Fleisch und Blut übergegangen sein. Aber Tess hatte ihm versichert, dass die Sportler nicht viel Gepäck bei sich haben konnten, solange die Wettkampfsaison dauerte, also blieben die meisten ihrer Sachen dort, wo sie zu Hause waren. Für Karli war Glacier Peak dieses Zuhause gewesen, wenn auch nur vorübergehend.

~

Todd, der eine Weihnachtsmannmütze schief auf dem Kopf trug, legte in der Enge seines Wohnzimmers einen Arm um Pipers Schultern. „Na, Baby, amüsierst du dich?"

Ich langweile mich zu Tode. Saufgelage waren für sie ungefähr so unterhaltsam wie eine Darmspiegelung, aber da fast alle Kollegen von Karli hier waren, gab es keine bessere Chance, ein paar Antworten zu erhalten. Sie zwang sich zu lächeln. „Alles bestens."

„Ich hole dir was zu trinken."

„Nein, danke, das ist nicht nötig."

„Du trinkst nicht?"

„Eher nicht." Sie wartete auf den Unmut, den Typen wie er nach diesem Geständnis oft an den Tag legten, aber Todd überraschte sie.

„Wie wäre es dann mit einer Limo?"

„Das wäre nett." Obwohl draußen zweistellige Minusgrade herrschten, war es in Todds Hütte mit all den vielen Leuten sehr warm.

„Alles klar." Todd zwinkerte. „Ich bin gleich wieder da." Er verschwand schnell in der Menge, die sein Wohnzimmer besetzt hatte. Aus der Stereoanlage dröhnte Musik, aber bei dem Lärm, den die Leute machten, konnte sie keine Texte verstehen. Sie spürte nur den Bass, der die Wände des kleinen Holzhauses erzittern ließ.

Piper fand einen freien Platz an der Wand und lehnte sich dagegen, während sie die Leute beobachtete und zu entscheiden versuchte, mit wem sie sich als Nächstes unterhalten sollte.

Landon knallte die Tür von Karlis Spind zu. Wie er befürchtet hatte. Ein paar Kleidungsstücke, eine Bettdecke, aber nichts, was ihn weiterbrachte. Er stützte den Ellenbogen gegen das Schließfach. Es war nahezu unmöglich, etwas über Karli herauszufinden.

Selbst ihre persönlichen Dinge, die am Tatort in Yancey gefunden worden waren, hatten keine Identifikation möglich gemacht. Hatte sie nie Fotos gemacht? Nie einen Führerschein beantragt? Nie irgendetwas Wichtiges aufgeschrieben? Es war, als wäre sie ein Phantom.

Tess war sich so sicher gewesen, dass alles, was Karli aufbewahren wollte, hier sein würde.

Tess.

Landon atmete aus und ließ den Blick über die restlichen Spinde wandern. Dann lächelte er. *Natürlich.*

Piper leerte ihr Getränk und wollte die Dose auf den Tisch neben sich stellen. Sie brauchte zwei Anläufe, bis es ihr gelang. Es war schwül im Raum und sie fühlte sich schläfrig und schwindelig, so wie damals, als man ihr die Weisheitszähne gezogen hatte.

„Hey, Baby. Willst du noch was zu trinken?", fragte Todd. „Diesmal vielleicht etwas Stärkeres." Er lachte.

Sie schüttelte den Kopf und alles um sie herum drehte sich.

„Oha! Sieht aus, als könntest du ein bisschen frische Luft gebrauchen." Er legte einen Arm um ihre Taille. „Komm mit, ich kümmere mich um dich."

Sie lehnte sich an ihn, während er sie durch die Menschenmenge schob. Die Luft wurde kühler, je weiter sie sich von dem Lärm entfernten.

Todd öffnete eine Tür und Dunkelheit umgab sie.

„Sind wir draußen?" Es fühlte sich immer noch zu warm an und die Luft war zu stickig. Sie versuchte einen Schritt zu machen, aber sie schwankte.

„Ich hab dich." Todd hob sie hoch und trug sie einige Schritte, bevor er sie hinlegte.

Die Oberfläche bewegte sich unter ihr wie Wellen, und ihr Magen machte die Wellenbewegung mit, wie es schien.

Etwas stimmte nicht – etwas stimmte hier *ganz und gar* nicht. „Landon?"

„Schhh." Todd schaltete eine Lampe neben ihr an. „Mein Name ist der einzige, den du gleich rufen wirst."

Panik zog ihr den Magen zusammen und ihre Umgebung verschwamm vor ihren Augen. Sie hatte begriffen, wo sie sich befand.

Todd ging zur Schlafzimmertür und schloss sie ab.

Sie hatte Mühe, den Arm zu heben, aber sie schob ihre schlaffe Hand mit aller Willenskraft in ihre Hosentasche und drückte die erste Kurzwahltaste, die sie an ihrem Handy finden konnte.

Landon konnte seine Wut kaum beherrschen, als er durch Todds Haustür stürmte und Pipers Namen schrie. Die anderen starrten ihn an, als er sie zur Seite stieß. Wo *war* sie? Wie hatte er sie nur allein lassen können, und sei es auch nur für eine Sekunde? „Wo ist sie?", brüllte er.

„Hey, Mann." Einer der Partygäste hielt ihn am Arm fest. „Immer mit der Ruhe."

Landon zog seine Waffe aus dem Halfter und richtete sie auf das Gesicht des Mannes. „Wo sind Piper und Todd?"

Die Musik verstummte und das lustige Geschnatter wandelte sich in Entsetzen.

Der Mann deutete mit dem Kopf in Richtung Flur.

Das Herz schlug Landon bis zum Hals, als er in den Gang stürmte. Unter der Tür am Ende des Flures drang ein Lichtschein hervor. Er trat die Tür ein und sah Todd auf Piper liegen.

Die Wut fuhr ihm durch die Adern und er riss Todd hoch. Dann stieß er ihn gegen die Wand und hielt ihm die Waffe an die Schläfe.

„Wenn du ihr irgendwas getan hast, dann schwöre ich dir – ich drücke ab!“

„Es ist nichts passiert.“ Todds Stimme überschlug sich vor Angst. „Wir haben noch nichts gemacht.“

„Du meinst, *du* hast noch nichts *mit ihr* gemacht?“

„Echt, Mann, ich schwöre.“

Landon blickte zu Piper, die fast bewusstlos auf Todds Bett lag. Ihr Pullover lag neben ihr, aber ihre restliche Kleidung war unberührt.

Er kettete Todd mit Handschellen an den Bettpfosten.

„Was ist denn hier …?“ Eine der Kursleiterinnen blieb wie angewurzelt an der Tür stehen und ihr entsetzter Blick wanderte zu Todd.

Landon legte Pipers Pullover um sie und hob sie in seine Arme. „Alles ist gut, Kleines, ich habe dich jetzt.“

Der gerade geweckte Hoteldirektor kam ins Zimmer gerannt und sein Blick huschte zwischen Todd und Piper und Landon hin und her. „Die Polizei ist unterwegs.“

Landon bedankte sich bei den Sanitätern dafür, dass sie Piper in ihr Zimmer gebracht hatten. Obwohl sie in Gefahr gewesen war, hatte Todd ihr nichts getan. Alle waren sich einig, dass Piper vor allem Ruhe brauchte und diese in dem bequemen Hotelzimmer eher finden würde als in einem Krankenhausbett.

Nachdem er die Tür hinter den anderen geschlossen hatte, wandte Landon sich zu Piper um. Wie konnte sie ihm jemals vergeben, dass er nicht da gewesen war, wo er sich selbst doch nie würde vergeben können?

Er kniete sich neben ihr Bett und strich ihr das feuchte Haar aus der Stirn. „Ich hätte dich nie allein lassen dürfen.“

„Nicht“, sagte sie schwach. „Gib dir nicht die Schuld für Todds Verhalten. Es ist seine Schuld, nicht deine.“

„Aber ich hätte dich nicht dorthin gehen lassen dürfen.“

Sie legte ihre schmalen Finger auf seine Lippen, um ihn zum Schweigen zu bringen. „Du hättest mich nicht aufhalten können.“

„Dann hätte ich mit dir gehen sollen."

„Dann hätten wir nichts erfahren."

„Aber du wärest in Sicherheit gewesen. Das ist alles, was zählt." *Das ist alles, was jemals gezählt hat.*

„Deinetwegen bin ich jetzt in Sicherheit." Sie legte ihre klamme Hand auf seine Wange.

„Weil Cole mich angerufen hat." *Gott sei Dank dafür.*

Sie runzelte die Stirn. „Cole?"

„Du hast offenbar seine Kurzwahl gedrückt. Er ist drangegangen und hörte dann Todd ..." Landon ballte die Fäuste. „Er hörte, wie Todd schmutzige Dinge sagte, und wusste, dass etwas nicht stimmte. Als du nicht geantwortet hast, hat er bei mir angerufen und ..."

„Und du hast mich gerettet." Sie streichelte seine Wange und er lehnte sich in die Berührung. Wie konnte sie ihm so einfach vergeben? „Es tut mir nur leid, dass ich unsere Tarnung ruiniert habe."

„Ach Piper." Er atmete frustriert aus. Wie konnte sie sich jetzt noch *darüber* Gedanken machen, nach allem, was beinahe geschehen wäre? „Du hast gar nichts ruiniert."

„Ich bitte dich. Alle wissen jetzt, wer wir sind. Und nachdem Todd in Handschellen abgeführt wurde, werden sie kaum noch bereit sein, mit uns über irgendetwas zu reden."

„Das ist nicht wichtig."

„Wie kannst du das sagen?"

„Weil es wahr ist. Wichtig bist nur *du*."

Sie schluckte. „Aber Reef –"

„Wird sehr froh sein zu erfahren, dass wir Karlis wahre Identität aufgedeckt haben."

Ihre Augen weiteten sich voller Hoffnung. „Gage und Darcy haben Karlis Betreuer gefunden?"

„Sie haben angerufen, während die Sanitäter mit dir beschäftigt waren. Sie haben Henry Mars gefunden."

Ein kleines, leises Lächeln huschte über ihre blassen Lippen. „Und ...?"

Ein unbeschreiblicher Friede erfüllte ihn, als er ihr Lächeln sah. „Es sieht ganz so aus, als würden wir nach Kalifornien fliegen."

Er warf die improvisierte Sanitäterkluft aufs Bett. Der Polizist war zu sehr außer sich gewesen, um zu bemerken, dass sie nicht zu der Kleidung der anderen Helfer passte. Der kurze Aufenthalt in ihrem Zimmer bestätigte, dass sie es nicht gefunden hatten, aber sie würden am Morgen nach Kalifornien weiterreisen. Sie hatten in Erfahrung gebracht, wer Karli in Wirklichkeit war.

Landon saß in dem Sessel gegenüber von Pipers Bett und war froh, dass sie endlich eingeschlafen war. Sie brauchte Schlaf. Es würde nicht mehr lange dauern, bis er sie wecken musste, damit sie ihren Flug erreichten. Er war froh, dass sie dieses Hotel und die hässlichen Geschehnisse hinter sich lassen konnten.

Warum musste Piper solche widerwärtigen Erfahrungen machen und wie konnte sie trotzdem so positiv bleiben? Wenn jemand Glück verdient hatte, dann sie. Er wünschte sich so viel für sie, aber nichts davon lag in seiner Macht. Nichts davon konnte er ihr geben oder auch nur für sie sichern, so sehr er es auch versuchte. Was war nötig, um sie zu beschützen?

Etwas außerhalb von ihm.

Jemand außerhalb von ihm.

Er sank auf die Knie.

Um Pipers willen würde er sich ganz und gar demütigen. Keine halben Sachen mehr. Keine Probeläufe. Gott hatte Piper heute Nacht verschont. Gott war bei ihm gewesen, seit jener Nacht, als er unter ihrem Fenster gestanden hatte. Er hatte sich gezeigt, so wie Landon es sich von ihm gewünscht hatte, nur auf eine Weise, die Landon nie erwartet hätte – tief in seinem Herzen, in seiner Seele. Er konnte Gottes Gegenwart nicht länger leugnen. Es war Zeit, die Waffen zu strecken.

Ich weiß, dass du bei mir gewesen bist, seit ich damals so verzweifelt zu dir geschrien habe. Und ich weiß, dass ich alles in deine Hände legen muss: meinen Groll und meine Bitterkeit wegen meines Vaters. Meinen Glauben, dass ich es alleine schaffe und alles im Griff habe. Ich brauche dich und bin jetzt endlich bereit, das zuzugeben. Verzeih mir. Hör mein Gebet, bitte.

Er sah Piper an, die schlafend auf dem Bett lag.

In den vergangenen Wochen hast du mir meine Schwachheit gezeigt – in schmerzlicher Intensität. Danke, dass du Todd daran gehindert hast …

Die Worte schnürten ihm die Kehle zu. Aber er öffnete Gott sein Herz.

Bitte, Vater, ich flehe dich an, ganz in mein Leben zu kommen. Du sollst mich führen, nicht ich selbst. Hilf mir, der Mann zu werden, den du in mir siehst. Der gut für Piper ist.

37

Piper setzte sich auf den Fensterplatz neben Landon, um den ersten Abschnitt ihrer Reise nach Kalifornien zurückzulegen. Landon war froh, dass ihre Wangen wieder Farbe hatten und ihre Wunden langsam verheilten und verblassten.

Es war gut, dass er immer noch an die Macht des Gesetzes glaubte, sonst hätte er seine eigene Strafe über Todd verhängt. Der Anblick, wie er kurz davor war … Landon presste die Augen zusammen. Es war etwas, das er nie vergessen würde.

„Ich glaube, ich habe noch nie so gerne einen Ort verlassen", sagte Piper und starrte aus dem winzigen Fenster auf die Startbahn.

Er nahm ihre Hand. „Geht mir genauso."

„Vielleicht lässt das Gefühl, dass uns jemand folgt, jetzt endlich nach. Ich hatte schon Angst, dass ich anfange, Gespenster zu sehen."

„Was meinst du damit?"

„Ich hatte irgendwie das Gefühl, denselben Mann immer wieder zu sehen."

„Wo?"

„Im Flugzeug, in der Cafeteria in Vailmont, bei den Sanitätern gestern."

Landon erstarrte. „*Was?*"

„Keine Sorge, ich bin sicher, er war es nicht."

„Wie sah der Mann aus?"

„Ich glaube nicht, dass es jedes Mal derselbe Mann war. In der

Cafeteria ist mir ein Mann aufgefallen, der an einem Tisch saß und las, deshalb war sein Gesicht gesenkt. Aber er kam mir irgendwie bekannt vor – ich dachte, vielleicht hätte ich ihn im Flugzeug gesehen."

„Und gestern war er in deinem Zimmer?"

„Ich dachte, einer der Sanitäter sähe aus wie er, aber ich konnte nicht klar denken und sehen, nachdem Todd ..."

Er drückte ihre Hand fester. „Es tut mir schrecklich leid, dass du das durchmachen musstest."

„Ich weiß. Mir auch, aber es hatte auch sein Gutes", sagte sie leise.

Er schluckte. Wusste sie insgeheim, wie viel Gutes der Vorfall wirklich bewirkt hatte? Dass er deswegen Gott sein Leben übergeben hatte? Es erstaunte ihn immer noch, wie Gott eine schreckliche Situation in etwas Gutes verwandeln konnte. Trotz der Umstände fühlte er sich leichter, so als wäre endlich eine Last von seinen Schultern genommen worden.

Danke, Jesus.

Vielleicht konnte er jetzt wirklich in die Zukunft schauen. Eine Zukunft, zu der – wie er hoffte – auch Piper gehören würde.

Sie rührte sich auf dem Sitz neben ihm und nahm das Päckchen mit Karlis wenigen Habseligkeiten, das er aus Tess' Spind geholt hatte. „Endlich können wir einen Blick in Karlis Leben werfen."

„Einen sehr kleinen Blick." Es waren nur einige Fotografien und ein Zeitungsartikel über einen Sportwettkampf, aber wenigstens etwas.

„Wir wissen, wie ihre Mutter aussah und wir wissen, dass Karli persönliche Gegenstände aufbewahrt hat, wovon ihr der Zeugenschutz mit Sicherheit abgeraten hat." Piper breitete die Dinge auf dem Klapptisch vor sich aus.

„Karli war wohl jemand, der sich nicht an Regeln gehalten hat."

„Aber das ist auch verständlich. Sie wollte jemanden, den sie liebte, bei sich haben. Ich könnte meine Familie niemals zurücklassen, auch wenn von ihr nur noch ein paar Fotos übrig wären."

Das war alles, was es von seinem Vater noch gab – ein Foto, auf dem sie beide zu sehen waren, als Landon fünf Jahre alt gewesen war. Er hatte es mit all den anderen Sachen wegwerfen wollen, aber irgendetwas hatte ihn daran gehindert. Er hatte das Bild seit Jahren nicht mehr angesehen. Es lag in seiner alten Stifteschachtel, zusammen mit den paar Pfadfinderabzeichen, die er sich verdient hatte, und einigen Hockey-Sammelkarten, die sein Vater ihm geschenkt hatte. Er hatte sich eingeredet, er hätte sie behalten, weil sie viel wert waren. Aber tief in seinem Inneren wusste er es besser. Er war nicht fähig gewesen, alle Erinnerungen an seine Kindheit aufzugeben, trotz der Verletzung.

Irgendetwas in ihm klammerte sich immer noch an das Bild des Vaters, den er geliebt hatte, klammerte sich immer noch an die Lüge, weil die Wahrheit zu sehr schmerzte. Er konnte Karlis innere Kämpfe, die sie bis zu ihrem letzten Tag ausgefochten hatte, nachempfinden. Er war ihr nie begegnet, und doch schien sie ihm seltsam vertraut. Er verstand, dass sie ihre Vergangenheit so weit wie möglich hatte hinter sich lassen wollen und sich dennoch an einen Schatten dessen geklammert hatte, was diese Vergangenheit ausmachte.

Erinnerungen aus jüngst vergangener Zeit stiegen in ihm auf. Wie der Alkohol ihn in den Fängen gehalten und Vergessen versprochen hatte.

Bitte, Vater, lass mich nie wieder dorthin zurückkehren – dass ich vor dem Schmerz davonlaufe, anstatt mich ihm zu stellen. Ich bitte dich, sei du von jetzt an meine Kraft und Nahrung.

„Guck mal." Piper reichte ihm die Zeitung, die so gefaltet war, dass man den Artikel auf der Rückseite der Sportberichterstattung lesen konnte.

„‚Bryan Evans nach fünfzehn Jahren aus dem Gefängnis entlassen.' Das war vor sieben Monaten."

„Karli muss die Wahrheit über ihren Vater herausgefunden haben." Piper riss die Augen auf. „Glaubst du, Karli hat sich mit ihm in Verbindung gesetzt?"

„Es würde erklären, warum die Mongols sie nach so vielen Jahren gefunden haben."

„Das wäre schrecklich. Ich kann mir nicht vorstellen, dass ihr eigener Vater etwas mit dem Tod seiner Tochter zu tun hat, trotz seiner Verbrechen."

Er wünschte, kein Vater würde zu so etwas fähig sein, aber er hatte im Laufe der Jahre mehrmals das Gegenteil erlebt. Es war herzzerreißend und zutiefst böse.

Piper legte den Zeitungsausschnitt beiseite und nahm den kleinen Stapel Fotos in die Hand. Sie blätterte durch die Bilder und hielt bei einem recht neuen Foto von Karli mit einem jungen Mann inne. „Was glaubst du, wer dieser Typ ist?" Sie hielt Landon den Schnappschuss hin.

Landon musterte den Mann – groß, lockige dunkle Haare, blaue Augen. Er und Karli trugen beide Skikleidung. An der Perspektive des Fotos konnte man erkennen, dass sie es selbst geschossen hatten. „Nach allem, was wir von Karli wissen, vermute ich, dass er einer ihrer männlichen Bekanntschaften war. Vielleicht der Mann, den der Typ am Empfang von Glacier Peak beschrieben hat und der Karli besucht hat – groß, dunkle Haare …"

„Ich kann mir nicht vorstellen, dass Karli ein Bild von jemandem behalten würde, der nur eine vorübergehende Liebschaft war. Sein Foto ist das einzige, das nicht Karli mit ihrer Mutter zeigt. Er muss ihr etwas bedeutet haben, in einer engeren Beziehung mit ihr stehen."

„Wenn wir wieder in Yancey sind, können wir Reef und einige von Karlis Rivalinnen fragen, ob sie den Mann erkennen. Vielleicht hatte er etwas mit den Wettkämpfen zu tun."

„Ich bete nur, dass sich nicht noch mehr offene Fragen ergeben, bis wir nach Yancey zurückkommen. Und dass wir bis dahin Karlis Mörder gefunden haben und ihn auch überführen können."

Landon lächelte. „Dafür bete ich auch."

Die kalifornische Sonne schien in die Boeing 747 hinein, als sie am Flughafen von Los Angeles aufsetzten. Piper genoss die Wärme und das Gefühl, Landons Arm an ihrem zu spüren.

Er klappte sein Telefon zu und schob es in seine Tasche. „Gage sagt, sie warten bei der Gepäckausgabe auf uns."

„Ich bin froh, dass er und Darcy beschlossen haben, uns hier zu treffen. So können wir mehr erreichen."

„Und mit Darcys Beziehungen werden wir bestimmt tiefer graben können als ohne sie."

Landon war noch immer nicht auf ihren Kuss zu sprechen gekommen, aber sie hatte keine Zweifel, dass er tiefe Gefühle für sie hegte. Das hatte sie in seinen Augen gesehen, als er sie vor Todd gerettet hatte, in jeder Sorgenfalte seines Gesichts, als er an ihrem Bett kniete.

In ihrem Inneren tobten so viele Gefühle, dass ihr ganz schwindelig war. Ihre Liebe zu Landon veränderte sich, wuchs, wurde tiefer. Wenn der Fall abgeschlossen und die Unschuld ihres Bruders bewiesen war, hatten sie und Landon eine Menge zu besprechen. Wenn sie wieder in Yancey ankamen und etwas mehr räumlicher Abstand zwischen ihnen lag, würde sie ihn ansprechen. Bestimmt würde er seine Gefühle für sie nicht leugnen.

Sie lächelte über die zärtliche, beschützende Berührung seiner Hand, die in ihrem Rücken lag, als sie von Bord gingen und die Gangway entlangliefen. Sie freute sich, dass ein Lächeln auf seinen Lippen erschien, wann immer er sie lächeln sah. Es war kaum zu glauben, dass dieser Mann Landon war, und doch war es *immer* Landon gewesen.

Aber sie war schon wieder ihrer Zeit voraus.

„Die Gepäckausgabe ist ein Stockwerk tiefer“, sagte er, als sie unter dem entsprechenden Schild hindurchgingen. Einen Schritt von der Rolltreppe entfernt blieb er plötzlich stehen.

„Was ist?“

Die Leute schoben sich an ihnen vorbei, weil sie den Weg versperrten.

„Nichts.“

„Warum bleiben wir dann stehen?“

„Ach, egal. Es kann warten.“ Er nahm ihre Hand und machte einen Schritt vorwärts, nur um erneut stehen zu bleiben. „Nein, kann es nicht.“

„Was ist denn los?“

„Du weißt doch, dass du mir immer vorwirfst, zu vernünftig und zu logisch zu sein?“

„Ja, und?“

„Ausnahmsweise will ich mal nicht logisch sein.“

„Okay …“ Ihr Herz stockte und ihr Puls beschleunigte sich.

Landon ließ sein Handgepäck fallen und küsste sie. Ein warmes Gefühl durchströmte sie, als er sie mit seinen starken Armen umfing. Sein Kuss war diesmal hungriger – leidenschaftlich. Ein Glücksgefühl, wie sie es noch nie empfunden hatte, stieg in ihr auf.

Er löste sich von ihr und ihre Gedanken überschlugen sich.

Er nahm seine Tasche, umklammerte ihre Hand und trat auf die Rolltreppe zu.

„Warte … das gerade …“, murmelte sie, während sie weitergingen. „Sollten wir nicht darüber reden?“

Er lächelte. „Ganz eindeutig.“

„Jetzt?“, fragte sie, als sie auf die erste Stufe traten.

„Gage wartet.“ Er zeigte auf ihren Bruder, der am Fuß der Rolltreppe stand.

„Aber ich … aber wir …“

„Piper!“, rief Bailey und eilte ihnen entgegen, bis sie die Arme um Piper schlingen konnte. Cole, Gage und Jake folgten.

„Jake.“ Piper zog an seinem Hemdkragen. „Ich kann nicht fassen, dass sie dich aus Yancey rausgekriegt haben.“

„Wir haben ihm keine Wahl gelassen“, sagte Cole. Er griff nach Pipers Tasche und schob sich den Riemen über die Schulter.

Jake schob die Hände in die Taschen seiner Jeans. „Reef ist wichtiger als meine Abneigung gegen Reisen.“

„Das freut mich.“ Es war gut, ihn hier zu sehen. Als einen von ihnen.

Cole zog Piper in seine Arme. „Nicht so sehr, wie ich mich freue, dass du hier bist. Dass du in Sicherheit bist.“

„Dafür kannst du dich bei Landon bedanken. Wenn er nicht gewesen wäre …“

Landon schüttelte den Kopf. „Ich hätte dich gar nicht allein lassen dürfen.“

„Fang nicht schon wieder davon an.“

„Du warst da, als es drauf ankam.“ Gage klopfte Landon auf die Schulter.

„Im Ernst“, sagte Cole und seine ernste Miene passte zu dem Tonfall seiner Worte, „wir sind wirklich dankbar, dass du da warst.“

Bailey hatte Tränen in den Augen, als sie einen Arm um Pipers Schulter legte. „Du musst schreckliche Angst gehabt haben. Wir haben für dich gebetet.“

Piper biss sich auf die Unterlippe. „Es war schon beängstigend, aber Landon war für mich da." Ihr Blick begegnete seinem. „Er ist immer für mich da."

Sie standen mitten in einem Flughafengebäude, umgeben von Tausenden von Menschen, aber sie sah nur ihn und er blickte nur sie an. Der Gedanke daran, was die Zukunft bringen konnte, ließ sie innerlich jubeln. Sie überlegte, ob sie ihren Geschwistern mitten zwischen Taschen und Koffern erzählen sollte, dass …

Eine Sirene verkündete die Ankunft des Gepäcks von ihrem Flug.

„Kommt, wir holen eure Taschen." Gage wandte sich dem Gepäckkarussell zu. „Wir haben viel zu tun."

Mit der Tasche in der Hand folgte Landon Gage durch die automatischen Türen des Flughafengebäudes zu den Mietwagen. Palmen, die mit funkelnden Weihnachtslichtern geschmückt waren, säumten die Straße.

Zweiundzwanzig Grad Celsius fühlten sich nach fünf Tagen bei fast dreißig Grad minus fast unerträglich heiß an. Landon schüttelte seine Jacke ab und hängte sie sich über den Arm. Piper tat es ihm gleich, wie er bemerkte. Es wirkte irgendwie unnatürlich, in diesem warmen Wetter Weihnachtsschmuck zu sehen.

Gage suchte die parkenden Wagen ab, bis er Darcy entdeckte, die neben einem weißen Van etwa acht Fahrzeuge weiter winkte. „Hier entlang."

„Wir haben bereits im Hotel eingecheckt", sagte Cole, der jetzt neben Landon erschien. „Wir dachten, wir fahren euch dorthin, essen was, schlafen und legen gleich morgen früh los."

„Mhm." Landon nickte, während er Cole hörte und doch nicht zuhörte, weil sein Blick auf Piper ruhte.

„Alles in Ordnung, Mann?", fragte Cole, während er eine Hand vor Landons Gesicht schwenkte.

Landon räusperte sich und riss den Blick von der Frau los, die er liebte. „Ja."

Die Frau, die er liebte. Es war schwer zu glauben und ergab doch so viel Sinn. All die Jahre, die er sie beschützt hatte, war es so viel mehr gewesen als Pflichtgefühl gegenüber seinem besten Freund. Er hatte es aus Liebe getan. Er hatte ihre Ehre und Würde beschützen und bewahren wollen. Er hatte zu verhindern versucht, dass sie an den falschen Mann geriet. Er hoffte, er würde der Richtige für sie sein.

„Es ist gut, dass wir wieder zusammen sind", sagte Cole.

Landon nickte und fragte sich, ob Cole genauso fühlen würde, wenn er gesehen hätte, was sich vor wenigen Minuten oben an der Rolltreppe ereignet hatte. Er konnte es selbst noch nicht recht fassen. Es war ein beängstigendes Gefühl, alles loszulassen und sich ganz hinzugeben. Sich Gott hinzugeben. Und auch Piper. Er hatte nichts zu geben und doch zugleich alles zu verlieren.

Es hatte so lange gedauert, bis er sich Gott endlich zu Füßen geworfen hatte. Er war beinahe ganz am Boden gewesen, bis er endlich seine Stimme erhoben und um Hilfe geschrien hatte. Aber er wollte diese Erfahrung nicht missen. Vor einem Tag war er noch vollkommen unabhängig und unglücklich gewesen. Jetzt hatte er sich ganz Gott ausgeliefert, doch Freude erfüllte sein Herz, trotz des unbekannten Weges, der vor ihm lag. Es war, als könnte er zum ersten Mal seit Jahren wieder frei atmen.

Als Cole sich hinters Steuer setzte und Bailey neben ihm Platz nahm, schob Landon sich neben Piper auf die hintere Rückbank, um ihr nahe zu sein.

Darcy drehte sich auf der mittleren Sitzreihe hin und her, um alle einzubeziehen, als sie sprach. „Ich dachte, wir erreichen am meisten, wenn wir uns aufteilen. Nachdem wir mit Henry Mars gesprochen haben, ist John Terry wohl unser nächster Anlaufpunkt – er sitzt wegen des Mordes an Karlis Mutter im Gefängnis. Der leitende Ermittler in diesem Fall hat sein Büro im neunten Bezirk in Long Beach. Und wir haben die Namen von Terrys engsten Gefährten."

„Und Karlis Vater?", warf Piper ein. „Ich will mit ihm sprechen."

„Er war schwer zu finden, aber wir haben jetzt endlich seine Adresse von dem Bewährungshelfer. Er wohnt in Huntington Beach. Aus dem Gefängnis entlassen wurde er am …" Darcy blätterte in ihren Unterlagen und suchte das Datum.

„Vor sieben Monaten", sagte Piper. „Landon hat einen Zeitungsausschnitt über seine Freilassung bei Karlis Sachen gefunden."

„Sie wusste also, wer ihr Vater war?", fragte Bailey. „Sie wusste, dass er *nicht* tot war, wie man sie hatte glauben lassen?"

Landon seufzte. „Sieht so aus."

Bailey schüttelte den Kopf. „Ich hatte ja auch keine Vorzeigeeltern, aber ich kann mir nicht vorstellen, wie verheerend es ist zu erfahren, dass ein Elternteil ein Verbrecher ist."

Landon sah, wie Cole die Hand ausstreckte und Baileys Schulter drückte – sein stummes Zeichen, das Thema zu wechseln. Aber sie verstand den Wink offensichtlich nicht, wie ihr fragender Blick verriet.

„Was ist? Wir glauben doch alle, dass Reef nicht schuldig ist", sagte sie.

Sie weiß es also nicht. Cole hatte Landons dunkles Familiengeheimnis weiterhin bewahrt.

Cole warf ihm im Rückspiegel einen entschuldigenden Blick zu.

Auch wenn Landon seine Rücksicht zu schätzen wusste, hatte Cole keinen Grund, sich zu entschuldigen. Er betete nur, dass sie das Thema nicht weiter vertiefen würden. Wenn Piper es nicht ohnehin schon wusste, dann sollte sie es nicht auf diese Weise erfahren. Er wollte derjenige sein, der es ihr erzählte. Sie musste die Wahrheit kennen, bevor es zwischen ihnen weiterging. Sie musste wissen, wer er war.

Als hätte jemand ihr ein Stichwort gegeben, warf Piper ihm einen Blick zu, und er sah Fragen in ihren großen braunen Augen brennen.

„Habe ich irgendetwas verpasst?", fragte Darcy, bevor Piper es tun konnte.

Na, super. Landon stöhnte. Typisch Reporterin, in so einer Situation nachzuhaken.

„Zerbrich dir mal nicht deinen hübschen kleinen Kopf", sagte Gage und zog an Darcys blondem Pferdeschwanz. „Es gibt viel zu tun."

Darcy blinzelte. „Ich bin mir nicht sicher, ob ich die Tatsache, dass du mich als hübsch bezeichnet hast, als Kompliment auffassen soll, oder die Tatsache, dass du mich herablassend behandelst, als Beleidigung."

„Das überlasse ich dir." Gage zwinkerte und nahm ihr die Mappe aus der Hand. „Also, wie wollen wir die To-do-Liste aufteilen?"

„Wir dachten, Bailey, Jake und ich könnten mit den früheren

Weggefährten anfangen", sagte Cole. „Die meisten von ihnen wohnen immer noch direkt in Long Beach. Henry Mars sagte, sie trafen sich früher meist in einem Lokal namens *Franks Bar und Grill*. Kann gut sein, dass sie es immer noch tun."

„Landon und ich können mit dem ermittelnden Beamten sprechen und dann mit Karlis Vater", sagte Piper.

„Dann übernehmen wir wohl John Terry", sagte Gage zu Darcy.

„Das wäre das Beste", sagte Cole. „Ich will auf keinen Fall, dass eine unserer Damen alleine loszieht."

„Ich würde sagen, das ist sexistisch." Bailey bohrte Cole spielerisch einen Finger in die Rippen. „Aber angesichts der Umstände und der Gestalten, mit denen wir hier zu tun haben, glaube ich, dass du recht hast."

„Ihr seid alle Zeugen." Cole warf sich in die Brust. „Sie hat endlich zugegeben, dass *ich* recht habe."

Bailey grinste. „Irgendwann musste es ja mal passieren."

„Mir fällt mindestens noch eine andere Gelegenheit ein, bei der ich ganz eindeutig recht hatte." Er hob ihre Hand und küsste den Verlobungsring an ihrem Finger.

Bailey lächelte ihm zu und die Liebe ließ ihre Augen leuchten.

Landon fragte sich, ob Piper ihn jemals so ansehen würde und plötzlich schien nichts anderes mehr wichtig zu sein. Aber das Timing hätte nicht schlechter sein können. Sie hatten eine Aufgabe zu erledigen. Er musste warten, bis dieser Fall gelöst war, bevor er mit Piper über ihre Beziehung reden konnte. Es würde ihm sehr schwerfallen …

38

Bailey kam aus dem Bad und verteilte Bodylotion auf ihren Händen und Armen. „Möchtest du auch was?" Sie hielt Piper das Probefläschchen hin. „Das duftet toll."

Piper legte die Bibel auf ihren Nachttisch. „Gerne." Bailey hatte recht – die Lotion roch wie eine Wiese nach einem milden Frühlingsregen. „Wow, das duftet aber gut!"

„Das ist einer der Vorteile, wenn man in einem schönen Hotel übernachtet." Bailey zog die Decke ihres Bettes zurück. „Ich bin froh, dass wir uns ein Zimmer teilen."

„Ich auch." Es war schön, wieder eine andere Frau in der Nähe zu haben. Sie war so daran gewöhnt, mit Kayden zusammenzuwohnen, dass sich die letzte Woche allein in ihrem Hotelzimmer merkwürdig angefühlt hatte.

Bailey kroch ins Bett, zog die Decke hoch und rollte sich dann auf die Seite, um Piper anzusehen. „Und jetzt sag mal, wie es dir *wirklich* geht."

Piper bewunderte, wie Bailey immer zum Kern einer Sache vordrang, aber auf vorsichtige, liebevolle Weise. „Ich weiß nicht. Ich bin … verwirrt."

„Wegen der Ereignisse?"

Wenn Bailey den vollen Umfang dessen wüsste, was sie in den letzten Tagen und Wochen erlebt hatte … Vor allem hatte die Situation mit Landon sie durcheinandergebracht, aber das schien ihr irgendwie nicht richtig. Ihr Bruder saß im Gefängnis, aber sie schwärmte für einen Mann! Und zwar nicht für *irgendeinen* Mann – sondern für den Mann, der ihren Bruder überhaupt erst hinter Gitter gebracht hatte. Aber er hatte nur seine Arbeit gemacht. Und von dieser Arbeit hatte er sich sogar beurlauben lassen, um ihr zu helfen, Karlis wahren Mörder zu finden. Das war etwas, das sie nie erwartet hätte – dass Landon *ihr* den Vorrang vor seiner Arbeit gab.

„Piper, hörst du mir überhaupt zu?", fragte Bailey.

„Tut mir leid. Meine Gedanken rotieren."

„Sollen wir um Klarheit beten?"

„Klarheit wäre gut – und Urteilsvermögen."

„In Ordnung." Bailey schloss die Augen und betete laut. Ihr Vertrauen auf Gott und ihre Liebe zu ihrer Familie durchdrang jedes ihrer Worte. Piper betete, dass Gott ihr den nächsten Schritt zeigen möge und mit ihr den unbekannten Weg gehen würde, der sie erwartete.

~

Landon hatte es sich auf einem der Betten des Hotelzimmers bequem gemacht.

Cole warf ihm den Schaumstofffußball zu, den Gage mitgebracht hatte.

Gage. Landon seufzte und warf den Ball zu ihm hinüber. Der Mann konnte keine Minute still sitzen. Es war ein Wunder, dass er überhaupt jemals schlief. Gages ständiger Bewegungsdrang schien zum Teil aber auch daher zu rühren, dass er sich lieber bewegte, als sich über irgendetwas tiefere Gedanken zu machen. Natürlich konnte Landon kaum mit Steinen werfen, wenn er selbst im Glashaus saß. Er war ja auch lange genug vor der Wirklichkeit weggelaufen – vor der Frau, die er liebte, vor seinen eigenen Gefühlen und, schlimmer noch, vor Gott.

„Du und Darcy scheint euch viel besser zu verstehen", sagte Jake, als Gage ihm den Ball zuwarf.

Gage streckte sich auf der Couch aus. „Ich weiß, was du damit andeuten willst, aber da liegst du völlig falsch."

Jake warf den Fußball direkt zu ihm zurück. „Und *was* will ich andeuten?"

„Dass zwischen mir und Darcy irgendetwas läuft."

Landon verschluckte sich beinahe. „Du und die Journalistin?" Darauf wäre er nie gekommen, aber er war offensichtlich auch beschränkt, wenn es um das Wahrnehmen von sich anbahnenden Beziehungen ging.

„*Ich und die Journalistin* gibt es nicht." Gage schoss den Ball zurück in Jakes Richtung. „Die Frau macht mich wahnsinnig."

„Ist das nicht Sinn und Zweck der Sache?", fragte Cole mit hochgezogenen Augenbrauen.

„Nicht auf *diese* Weise", gab Gage bissig zurück.

„Also gut … wenn du meinst." Cole grinste.

Gage seufzte und warf Jake einen entnervten Blick zu. „Danke, Kumpel."

Jake lachte. „Ich versuche nur, die Unterhaltung lebhaft zu gestalten."

„Nehmen wir doch mal jemand anders dran. Landon …" Gage warf ihm den Ball zu. „Was ist mit dir?"

Panik stieg in ihm auf und er fuhr hoch, sodass er mit den Schultern gegen das hölzerne Kopfende des Bettes stieß. „Was ist mit mir?"

Gage grinste. „Sieht so aus, als hätte ich da den Finger in eine Wunde gelegt."

„Ich weiß nicht, wovon du redest." Landon bemühte sich um einen lockeren und entspannten Tonfall, auch wenn sein Verhalten alles andere als locker und entspannt wirkte.

„Du bist ganz schön schreckhaft", bemerkte Jake mit prüfendem Blick. „Vielleicht hat Gage ja recht."

„Gage will nur von sich selbst ablenken."

Gage schwang die Beine vom Sofa und setzte sich auf. Seine nackten Füße ruhten auf dem gemusterten Teppich. „Und das ist mir offensichtlich gelungen. Also … wer ist es?" Er rieb sich erwartungsvoll die Hände.

Landon wollte gerade abwehrend mit *Niemand* antworten, aber damit würde er Piper Unrecht tun. Sie war wohl kaum ein Niemand. Sie war alles für ihn. „Du siehst Gespenster."

Cole musterte ihn und Landon wich seinem Blick absichtlich aus. Er konnte seinem besten Freund nicht in die Augen sehen und lügen. Mit seiner guten Menschenkenntnis würde es ohnehin nicht lange dauern, bis Cole eins und eins zusammengezählt hatte.

Gage grinste spöttisch. „Denkst du gerade an sie?"

„Ich denke, es war ein langer Tag und ich werde jetzt schlafen gehen."

„Was war denn das gestern Abend?", fragte Cole Landon, als sie hintereinander am Frühstücksbüffet standen und auf ihr Rührei warteten.

Landon schob zwei Scheiben Arme Ritter auf seinen Teller. „Gage wollte nur von sich ablenken."

„Und du?"

„Mir war nicht danach, den Lückenbüßer zu spielen."

Coles Augen verengten sich prüfend. „Ah, es gibt also jemanden?"

Landon zwang sich, nicht zu Piper hinüberzusehen. Er würde sich sofort verraten. „Vielleicht." Wie konnte ein einfaches Wort so viel Hoffnung beinhalten?

Cole goss sich ein Glas Orangensaft ein. „Das ist toll, Mann. Wer ist sie?"

„Wer ist wer?", fragte Piper, die zwischen sie huschte, um sich Besteck zu nehmen.

„Landons neue Flamme."

Ihre Hand erstarrte mitten in der Luft. „Was?"

„Es gibt Gerüchte, dass es eine Frau in Landons Leben gibt – aber er hält sie geheim."

Landon schluckte. „Ich habe nicht gesagt … Gage hat nur …" Der Schweiß trat ihm auf die Stirn. Er wollte nicht, dass Piper dachte, er würde irgendetwas als selbstverständlich betrachten.

„Gage?"

„Gage hat Landon gestern Abend aufgezogen." Cole legte etwas Frühstücksspeck auf seinen Teller.

„Wegen …?" Sie schob das Besteck in ihre Tasche und trat einen Schritt zurück.

„Wegen der Möglichkeit, dass Landon irgendeiner geheimnisvollen Frau verfallen ist." Cole lachte.

„Ach ja?“, lächelte sie.

Landon blieb wie angewurzelt stehen, so peinlich war ihm die ganze Sache. „Ich … sie …“

„Wollt ihr eigentlich irgendwann auch mal essen oder starrt ihr nur auf eure Teller?“, fragte Gage, während er seinen Teller zum zweiten Mal füllte. „Ich habe schon alles probiert und es schmeckt gut – falls ihr euch deswegen Sorgen macht.“

„Bei meinem Teller hat er auch Vorkoster gespielt“, warf Darcy ein. Sie nahm sich einen Becher und ging zu dem Tisch mit den Kaffeekannen.

„Du kannst dich später bei mir bedanken.“ Gage zwinkerte, bevor er seine Aufmerksamkeit wieder Piper zuwandte. „Geh und iss was. Darcy sagt, wir brechen in zehn Minuten auf.“

„In Ordnung.“ Schmunzelnd ging Piper zu ihrem Tisch.

„Im Ernst, Mann“, sagte Cole. „Wer ist die Glückliche?“

Landon schluckte und fragte sich, ob Cole sie immer noch für glücklich halten würde, sobald er wusste, dass Landon sich in *seine Schwester* verliebt hatte.

„Landon ist natürlich unsere Anrufzentrale“, sagte Cole, als sie auf dem Hotelparkplatz um ihre Mietwagen herumstanden und noch einmal ihre Vorgehensweise besprachen. „Meldet euch bei ihm, wenn ihr nicht bis zehn Uhr wieder im Hotel sein könnt. Falls es irgendwas zu berichten gibt, ruft sofort an.“

Darcy und Gage nahmen den weißen Van, in dem sie vom Flughafen zum Hotel gefahren waren, und Cole, Bailey und Jake stiegen in den dunkelroten SUV, sodass für Landon und Piper die sandfarbene Limousine übrig blieb.

„Die Fahrt müsste ungefähr eine halbe Stunde dauern, je nach Verkehr.“ So. Er hatte etwas gesagt und sich dabei glücklicherweise nicht zum Affen gemacht. *Noch* nicht. Er wartete auf ihre Antwort und hätte beinahe die Luft angehalten.

„Dann erzähl mal von der geheimnisvollen Frau.“

Das war die Piper, die er kannte. Nie schüchtern.

„Gage hat versucht, von ihm und Darcy abzulenken.“

„Gage und Darcy?“ Sie riss die Augen auf.

Landon zuckte mit den Schultern.

„Ich kann nicht fassen, dass mir das total entgangen ist.“

„Du hattest schließlich selbst genug um die Ohren. Und dann waren wir weg.“

„Sind Gage und Darcy denn zusammen?“

„Ich weiß nicht, aber Jake scheint es zu glauben.“

„Jake hat einen guten Blick für das, was um ihn herum los ist.“

Und das machte ihm Sorgen. Jake würde von ihnen allen der Erste sein, der die Veränderung zwischen ihm und Piper bemerkte.

„Wo wir gerade davon reden, was los ist ... Die geheimnisvolle Frau ...?“

Er blickte zu ihr hinüber, ihr hoffnungslos ausgeliefert. Sie hatte die Macht, ihn zum glücklichsten Mann aller Zeiten zu machen oder ihm für immer das Herz zu brechen. Er atmete aus. „Du.“

Sie wandte sich ihm zu, sodass er ihre Gesichtszüge sehen konnte. „Ich verstehe.“

„Aber es ist nicht so, wie es klang“, stammelte er. Er ging nicht einfach davon aus ... das heißt, er erwartete nicht ...

„Wie klang es denn?“

„So als wollte ich sagen, dass du und ich“ – er räusperte sich – „schon so richtig zusammen sind.“

„Ich verstehe. Der Kuss am Flughafen, der Kuss in Kanada, das waren ...“

„Dreistigkeiten meinerseits.“

„Weil du deinen Gefühlen gefolgt bist?“

„Ja.“ Er hätte warten sollen. Hätte ihr erst sagen sollen, was er empfand. Hätte –

„Und das ist schlimm?“, sagte sie und unterbrach seine Gedanken.

„Was?“

„Gefühle zu haben?“

„Nein, natürlich nicht. Es ist nur ... Gefühle machen alles so kompliziert.“

39

Kompliziert. Sie wusste nicht, was sie sich von Landon erhofft hatte. Aber dass er das, was zwischen ihnen war, als *kompliziert* bezeichnete, hatte sie nicht erwartet.

Frustration und Verwirrung stiegen in ihr auf, als sie Landon in die Polizeidirektion im neunten Bezirk folgte. Es fühlte sich merkwürdig an, mitten im Dezember einen Sommerrock und ein T-Shirt zu tragen, aber es war warm. Zum Glück war Bailey so vorausschauend gewesen, etwas von Pipers Kleidung für warmes Wetter mitzubringen. Bailey war einfach so rücksichtsvoll. Sie und Cole passten perfekt zusammen. Im Gegensatz zu ihr und …

Sie blickte zu Landon auf. Was für eine Beziehung hatten sie eigentlich? Nach dem Kuss – nach beiden Küssen – hatte sie gedacht, dass sie endlich auf dem richtigen Weg waren, aber er war sich augenscheinlich nicht sicher. Spürte er denn nicht einmal einen Bruchteil der starken Gefühle, die sie für ihn empfand?

„Wir sind hier, um Detective Robertson zu sehen", sagte Landon zu dem Beamten am Empfang.

„Werden Sie erwartet?"

„Ja, ich habe heute Morgen mit ihm gesprochen." Landon zog seine Polizeimarke heraus. „Deputy Landon Grainger."

„Bitte nehmen Sie Platz. Ich sage ihm, dass Sie hier sind."

„Danke." Landon führte Piper zu den Metallstühlen, die an der ramponierten grünen Wand aufgereiht waren.

„Ich stehe lieber, danke." Sie war zu rastlos, um still zu sitzen.

Sehnsucht nach Landon erfüllte sie, aber sie wusste nicht, ob er sich ihr jemals öffnen würde.

Sie atmete tief die süße kalifornische Luft ein, die durch die offene Tür der Polizeidirektion hereinwehte. Vielleicht ging sie zu hart mit ihm ins Gericht. Es musste für ihn verwirrend sein, sich in die kleine Schwester seines besten Freundes verliebt zu haben. Aber diese Hürde hatte er bereits zweimal überwunden und sie mit einer Leidenschaft geküsst, die sie ihm gar nicht zugetraut hätte. War sie es nicht wert, dass er seine Verlegenheit ablegte und ihr offen sagte, was er empfand, anstatt es nur in einem Kuss zu zeigen?

Ein schrecklicher Gedanke kam ihr in den Sinn. Vielleicht wusste er nicht, was er wirklich fühlte. Vielleicht bereute er sein impulsives Handeln bereits und hatte keine Ahnung, wie er ihr sagen sollte, dass es ein Fehler gewesen war. Sie schluckte den Schmerz hinunter, der bei diesen Gedanken in ihr aufstieg.

Die Sonne schien durch die Tür in das düstere Gebäude. Sie trat auf die Kacheln am Fußboden, die vom Sonnenlicht beschienen wurden, sodass die Wärme sie umfing.

Vor ein paar Wochen war die Vorstellung, dass Landon impulsiv handeln könnte, für sie noch völlig absurd gewesen. Jetzt veränderte sich alles, was sie über Landon zu wissen glaubte. Das war mehr als nur beunruhigend für sie. Abgesehen von Gott war Landon doch seit Langem ihr Anker gewesen. Ihr war nie bewusst geworden, wie wichtig seine Beständigkeit und Treue im Lauf der Zeit für sie geworden war und wie sehr sie sich auf ihn verließ. Er war die Stimme der Vernunft, auch wenn diese Stimme manchmal nervte. Landon war ihr Beschützer, ihr Freund gewesen. *Und jetzt …?*

„Deputy Grainger." Ein Mann in den Fünfzigern begrüßte sie. Sein Schnurrbart war ergraut und seine ebenso grauen Haare hatte er zurückgegelt. „Ich bin Detective Paul Robertson."

„Guten Tag." Landon gab dem Mann die Hand. „Landon Grainger. Das hier ist Piper McKenna, sie ist …"

„Ich helfe ihm bei dem Fall." Sie streckte die Hand aus

Robertsons Handschlag war fest und er musterte ihr Gesicht, aber offensichtlich war er zu höflich, um eine Bemerkung über die noch immer sichtbaren Blessuren zu machen. „Freut mich." Er wandte sich Landon zu. „Sie sagten am Telefon, dass Sie den Mord an Michelle Evans untersuchen?"

„Genau genommen ermitteln wir im Todesfall ihrer Tochter, zuletzt bekannt unter dem Namen Karli Davis."

Kummer, aber keine Überraschung war in seiner Miene zu lesen. „Stimmt. Ich habe davon gehört. Gehen wir doch in mein Büro."

Robertson ging voran und führte sie an einem Raum voller Beamter und Schreibtische vorbei in ein vollgestopftes kleines Büro mit einem Panoramafenster zu dem Raum hin, den sie gerade gesehen hatten. Papier stapelte sich auf seinem Schreibtisch und der Geruch von Käsebällchen hing in der Luft. Neben einem Bücherregal an der Stirnwand lehnte eine Trompete.

„Spielen Sie?"

„Ich versuche es."

„Mein Bruder Gage spielt auch. Er war von den alten Louis-Armstrong-Platten unseres Vaters fasziniert."

„Kein Wunder. Ich liebe diese alten Jazzalben."

„Die meisten jungen Leute kennen Armstrong überhaupt nicht mehr."

„Da haben Sie wohl recht. Es ist eine Schande. Man kann eine Menge von früheren Generationen lernen."

Er lächelte, und es ließ ihn um Jahre jünger wirken. „Setzen Sie sich doch und erzählen Sie mir, wie ich Ihnen helfen kann."

Als sie Platz genommen hatten, begann Landon: „Wir wissen, dass Karli Davis alias Angela Evans und ihre Mutter im Zeugenschutzprogramm waren. Wir wissen, dass Karlis Mutter von John Terry umgebracht wurde. Und wir versuchen jetzt herauszufinden, wer Karli getötet hat."

„Ich habe gehört, sie hätten schon jemanden verhaftet."

Piper schluckte. „Ja, meinen Bruder."

Detective Robertson setzte sich ein wenig aufrechter hin.

„Wir glauben, dass sie den falschen Mann eingesperrt haben", sagte Landon.

„Weil er mit ihr verwandt ist?"

„Weil jemand hinter Karli her war, bevor sie starb, und dieser Jemand war nicht Reef McKenna."

„Ich kann Ihnen gerne erzählen, was ich weiß, aber ich bin nicht sicher, ob es Ihnen weiterhilft."

„Alles, was Sie uns über die Mongols und Karlis Verbindung zu ihnen sagen können, wäre hilfreich."

„Ich habe Michelles Akte kommen lassen, nachdem Sie angerufen hatten." Er schob sie Landon über den Tisch zu.

Piper beugte sich vor, um besser sehen zu können, als Landon durch die Unterlagen blätterte. Es war kaum zu glauben, dass es keine zwölf Stunden her war, dass er seine Lippen auf ihre gelegt und seine starken Arme sie umschlungen hatten. Was würde sie nicht dafür geben, diesen Moment noch einmal zu erleben, als alles so klar und einfach und richtig erschienen war.

„Ich war bei der Sitte hier in Long Beach, als Michelle gegen Bryan und seine Bande ausgesagt hat und in das Zeugenschutzprogramm aufgenommen wurde. Als wir von den Marshals hörten, dass Michelle in Government Camp in Oregon getötet worden war, boten wir der Polizei dort unsere Unterstützung an. Sie waren sehr kooperativ und überließen uns die Leitung in dem Fall, da wir zu diesem Zeitpunkt bereits seit mehr als einem Jahrzehnt an den Mongols dran waren."

Landon blickte von der Akte auf. „Es sieht so aus, als wären die Beweise gegen Mr Terry ziemlich eindeutig."

„Er war leichtsinnig gewesen, außerdem hatten wir Glück."

„Wie meinen Sie das?"

„Meistens schlagen diese Typen nachts zu und töten ihre Opfer, ohne dass es Zeugen gibt. Schnell und präzise, aber mit einer klaren Botschaft."

„Was für eine Botschaft?", fragte Piper.

„Wenn du die Bruderschaft verrätst, bezahlst du mit dem Leben."

„Also abgeschnittene Zungen, heraushängende Eingeweide …", sagte Landon.

„Genau."

Piper erstarrte. „Das ist furchtbar."

„Das ist organisiertes Verbrechen. Es spielt keine Rolle, ob es sich um die Mafia oder um Drogenkartelle oder illegale Rockerbanden handelt. Sie haben alle ihre Regeln – und wenn man die bricht, wird man bestraft."

„Und Michelle hat gegen die Regeln verstoßen, indem sie als Zeugin der Staatsanwaltschaft gegen ihren Gatten ausgesagt hat."

„Und gegen eine Handvoll seiner Brüder, allesamt Leute in Führungspositionen bei den Mongols."

„Alle landeten im Gefängnis?"

„Ja, aber alle sind jetzt wieder draußen, außer zweien." Robertson schob das Strafregister der betreffenden Männer über den Tisch.

„Wir haben einen Artikel gefunden, in dem stand, dass Karlis Vater im vergangenen Sommer entlassen wurde", sagte Piper.

„Korrekt."

„Sie glauben doch nicht, dass ihr eigener Vater …?" Der Gedanke war einfach zu erschreckend.

„Sie müssen sich fragen", sagte Robertson, „wie viel Energie die Mongols in einen zweiten Mordversuch an Karli investieren würden. Michelle haben sie getötet, indem sie das Haus in die Luft gejagt haben. Karli wäre einfach mit umgekommen, wenn sie zu Hause gewesen wäre. Aber sie noch einmal gezielt ins Visier zu nehmen – das ist eine ganz andere Sache. Ich bin mir nicht sicher, was ihr Motiv sein könnte."

„Und warum war Karli nicht zu Hause?", fragte Piper, nur um sicher zu sein, dass sie alles richtig in Erinnerung hatte und Karli entwischt war, um Freunde zu treffen.

„Karli ging, um Erik zu treffen."

Piper beugte sich vor. „Erik?"

„Karlis Betreuer, Henry Mars, schnappte sich Karli sofort, als sie bei den Überresten ihres Hauses auftauchte, und brachte sie fort. Als ich den Anruf erhalten habe, bin ich in einen Flieger nach Government Camp gestiegen und habe in dem Fall ermittelt. Es ist ein kleiner Ort und es dauerte nicht lange, bis ich von den Leuten dort erfahren hatte, dass Karli einen Großteil ihrer Zeit mit einem Jungen verbrachte, Erik Johnson. Sein Bild ist in der Akte."

Landon blätterte zu den Fotos und überflog sie. „Die hier zeigen Karli und ihre Mutter. Und sie sehen aus wie Bilder von einer Überwachungskamera."

„Genau das sind sie auch. Ich habe gesagt, dass John Terry leichtsinnig wurde. Eine der Nachbarinnen hat gesehen, wie ein Mann von den Gaswerken sich am Tag des Anschlags bei Michelles Haus herumtrieb. Sie konnte uns sogar eine ziemlich gute Beschreibung liefern. Das war der Durchbruch in dem Fall. Wir konnten uns direkt auf Terry konzentrieren. Der Dummkopf muss gedacht haben, er wäre unantastbar. Er hatte sich nicht einmal die Mühe gemacht, die Beweise zu entsorgen, darunter auch die Fotos, die er vor der Tat von Karli und Michelle geschossen hatte." Robertson beugte sich über den Schreibtisch und zeigte auf einen dunkelhaarigen jungen Mann im Hintergrund des ersten Bildes. „Da und …" Er deutete auf das nächste Foto, auf dem Karli vor der Schule mit demselben jungen Mann zu sehen war, der ein paar Schritte hinter ihr ging. „Da."

„Ich erkenne ihn", sagte Piper.

Sowohl Robertson als auch Landon sahen sie an.

„Wirklich?", fragte Landon.

„Ich bin ziemlich sicher, dass es der Typ von dem Foto ist, das du bei Karlis Sachen gefunden hast. Er hat dieselben dunklen Locken."

„Könnte sein. Dort sieht er ungefähr fünf oder sechs Jahre älter aus."

„Das würde passen."

„Sie meinen, sie ist mit ihm in Verbindung geblieben, *nachdem* ihr Betreuer sie an einen anderen Ort gebracht hat?"

Nach allem, was sie über Karlis Abneigung gegen Regeln erfahren hatten, würde es sie nicht überraschen.

„Sieht ganz so aus", sagte Landon.

Robertson rieb nachdenklich die Hände aneinander. „Es ist kaum zu glauben, dass es fünf Jahre gedauert hat, bis die Mongols sie gefunden haben."

Landon lehnte sich mit einem Seufzer auf seinem Stuhl zurück. „Stimmt."

Piper kannte diesen Seufzer. Er war kein gutes Zeichen. „Was ist?"

„Ich überlege nur … *warum* hat es so lange gedauert? Es dürfte nicht schwierig gewesen sein, sie zu finden. Sie hatte offensichtlich Kontakt mit jemandem, mit dem sie keinen Kontakt haben sollte, sie stand durch ihre Sportwettkämpfe im Licht der Öffentlichkeit, sie hat das Zeugenschutzprogramm verlassen und –"

„Sie hat was?" Robertson verschluckte sich beinahe.

„Das wussten Sie nicht?", fragte Landon.

„Ich hatte vorher nie mit Henry Mars zu tun. Wir sind uns erst durch Michelles Fall begegnet. Nachdem Terry verurteilt war, gab es keinen Grund für uns, in Kontakt zu bleiben."

Piper starrte Landon an. „Ich verstehe nicht, was das alles zu bedeuten hat." Bezweifelte er etwa, dass die Mongols für den Mord an Karli verantwortlich waren?

„Ich versuche mich nur ein wenig im Brainstorming. Karli hatte mit jemandem aus ihrer Vergangenheit Kontakt. Sie hat das Zeugenschutzprogramm verlassen und wurde Profisportlerin." Er schüttelte den Kopf. „Und warum sollte die Bande sie fünf Jahre lang jagen, obwohl sie gar nicht diejenige war, die gegen den Ehrenkodex verstoßen hatte?"

War er gerade dabei, alle ihre mühevolle Arbeit über den Haufen zu werfen? „Vielleicht konnten sie Karli nicht finden. Wir wissen, dass sie oft umgezogen ist. Vielleicht hat jemand sie zufällig bei einer Veranstaltung entdeckt."

„Ich bezweifle, dass die kalifornischen Mongols in Kanada und Alaska beim Extrem-Snowboarding zugesehen haben."

„Gut, aber vielleicht haben sie Karli bei einer Fernsehberichterstattung gesehen."

„Vielleicht, aber die Frage bleibt, warum sie sie überhaupt umbringen sollten."

„Um kein Risiko einzugehen."

Robertson schaltete sich ein. „Wenn sie Karli tatsächlich getötet haben, muss es irgendeine verquere Form von Rache gewesen sein. Wenn Sie diese Spur weiterhin verfolgen wollen, schlage ich vor, dass Sie sich die Typen ansehen, die vor Kurzem aus dem Gefängnis entlassen wurden. Darunter ist auch Karlis Vater, allerdings glaube ich nicht, dass er es war."

„Weil Karli seine Tochter war?", fragte Piper.

„Weil er behauptet, er hätte im Knast Gott gefunden."

„Was war denn *das* gerade?", fragte Piper Landon, als sie die Polizeidirektion verließen.

„Ich habe nur laut nachgedacht."

„Glaubst du etwa, dass Reef schuldig ist?"

„Das habe ich nicht gesagt." Er schloss den Wagen auf und hielt ihr die Tür auf.

Sie stieg ein. „Wenn du nicht mehr der Meinung bist, dass es die Mongols waren, wer könnte sie denn dann umgebracht haben?"

Landon legte einen Arm auf das Wagendach und beugte sich zu ihr. Sein muskulöser Arm schirmte ihr Gesicht vor der Sonne ab. Wie konnte jemand, zu dem sie sich so hingezogen fühlte, sie so auf die Palme bringen?

„Wenn man in einem Fall ermittelt, muss man alle Spuren untersuchen und dabei nach logischen Kriterien vorgehen. Es erscheint mir unlogisch, dass jemand von der Bande ein so großes Interesse an Karlis Tod haben könnte, dass er fünf Jahre damit verbringt, sie zu suchen – obwohl sie nicht einmal diejenige war, die ausgesagt hat."

„Vielleicht war es ein Sohn oder Bruder von einem der Männer, die Michelles Zeugenaussage hinter Gitter gebracht hat."

„Möglich. Wir haben eine Kopie der Akte, und wir werden Verwandte und Freunde dieser Leute durchgehen. Ich rufe Cole an und sage ihm, dass er das berücksichtigen soll, wenn er die Bandenmitglieder befragt. In der Zwischenzeit wird Detective Robertson nachhören, was seine Verbindungsleute zu berichten haben. Wenn ein Mongol jemanden umgelegt hat, dann spricht sich das herum."

„Er hat Beamte in der Bande?"

„Ich bezweifle es. Der einzige Polizist, der es geschafft hat, sich bei den Mongols einzuschleusen, war William Queen in den späten Neunzigerjahren. Aber ich bin sicher, dass es Kollegen von der Sitte gibt, die in den Lokalen und an anderen Orten ein und aus gehen, wo die Mongols sich treffen." Er ging um den Wagen herum und stieg auf der Fahrerseite ein.

Piper drehte sich zu ihm um. „Ich kann mir nicht vorstellen, wie es sich anfühlen muss, die ganze Zeit von so viel Dunkelheit umgeben zu sein."

„Jemand muss es machen."

„Siehst du das so? Dass du deinen Job machen musst?"

„Irgendjemand muss ihn machen."

„Warum?"

„Weil Gerechtigkeit wichtig ist. Weil es Folgen hat, wenn jemand gegen das Gesetz verstößt und anderen schadet."

Er sprach mit Leidenschaft und Überzeugung. Wieder erhielt Piper einen neuen Einblick in die Seele des Mannes, in den sie sich verliebt hatte, ohne es zu merken. Auch wenn sie es eigentlich nicht hören wollte – auch sie zweifelte allmählich daran, dass die Mongols Karli umgebracht hatten. Aber sie konnten jetzt doch nicht die Annahme aufgeben, dass ein Mongol aus irgendeinem Grund nach so vielen Jahren Rache an Karli geübt hatte. Denn sonst ständen sie wieder am Anfang, und der Termin für Reefs Prozess rückte unaufhaltsam näher.

40

Darcys Herz klopfte, als sie darauf warteten, dass John Terry erschien. Auch wenn sie durch eine Glasscheibe von ihm getrennt sein würden, hasste sie den Gedanken, einem kaltblütigen Killer so nahe zu sein.

Ein Summen ertönte und Terry trat ein. Sein orangefarbener Overall war die einzige Farbe in dem sonst so tristen Raum. Der Beamte führte ihn zu einem Stuhl auf der anderen Seite der Scheibe und Terry setzte sich mit einem Blick, der leichte Neugier verriet. Seine Augen musterten Darcy und er lächelte auf eine Weise, die ihr eine Gänsehaut bereitete. Sie war sehr froh, dass Gage gleich hinter ihr stand. Sie beugte sich vor und griff zu dem Telefonhörer auf ihrer Seite der Trennwand. Terry tat es ihr gleich.

Er pfiff. „Schade, dass das hier kein ehelicher Besuch ist, Sie gefallen mir nämlich."

„Mr Terry, ich bin –"

„Nee." Er hob den Zeigefinger. „Damit fangen wir gar nicht erst an. John. Nennen Sie mich John."

„In Ordnung, John."

„Und Sie sind?"

Sie schluckte, weil es ihr widerstrebte, diesem Kriminellen irgendeine persönliche Information über sich selbst zu geben, aber am Ende lenkte sie ein und betete, dass er es auch tun würde. „Darcy."

„Das ist mal ein schöner Name." Er beugte sich vor, sodass nur noch das Glas zwischen seinem und ihrem Gesicht war. „Was wollen Sie denn von mir?“

„Ich möchte über Michelle Evans reden.“

„Das ist einfach.“ Er ließ sich mit einem Schulterzucken zurückfallen. „Sie ist tot.“

„Sie haben sie umgebracht?“

„Ich bin nicht hier drinnen wegen der drei Mahlzeiten am Tag.“

„Und Michelles Tochter? Haben Sie die auch getötet?“

Er lachte. „Sie haben offensichtlich Ihre Hausaufgaben nicht gemacht. Das Mädchen war nicht zu Hause, als das Haus in die Luft flog.“

„Das weiß ich. Angela Evans, alias Suzanne Wilson, alias Karli Davis, wurde vor Kurzem in Yancey in Alaska umgebracht.“

„Ist das wahr?“ Er lächelte, ohne dass seine Miene Überraschung zeigte.

„Ich habe das Gefühl, das wussten Sie bereits.“

„Was kümmert Sie das?“

„Weil es ein Beweis dafür sein könnte, dass Sie etwas mit ihrem Tod zu tun hatten.“

Er lachte. „Wie soll das denn gehen? Falls Sie es nicht bemerkt haben sollten: Ich bin kaum in der Lage, außerhalb dieser Mauern jemanden umzubringen.“

„Aber Sie könnten einen Mord veranlassen.“

„Warum sollte ich das tun? Ich habe die Verräterin umgelegt – das dumme Gör war mir egal.“

„Sie hatten vor, sie in Oregon zu töten, aber sie kam davon.“

„Sie ist nicht davongekommen. Sie war nur nicht zu Hause, als die Bombe hochging, und das kümmerte mich nicht. Wie gesagt, die Verräterin habe ich erwischt.“

„Die Tatsache, dass Karli tot ist, bedeutet Ihnen also nichts?“

„Genauso wenig wie jede andere tote Braut.“

„Wenn Sie nichts mit ihrem Tod zu tun hatten, woher wussten Sie dann davon?“

„Ich habe gestern Abend erfahren, dass ein paar Leute aus Alaska hier sind und wegen Michelle und ihrem Balg herumschnüffeln.“

„Und Sie wollen behaupten, dass Sie vorher nichts von Karlis Tod wussten?“

„Ich behaupte gar nichts. Ich sage Ihnen, dass ich vorher nichts davon gehört habe, dass die Kleine tot ist."

„Karli – ihr Name war Karli Davis", berichtigte Darcy ihn, verärgert über seinen herablassenden Tonfall, mit dem er *die Kleine* gesagt hatte.

„Wie auch immer. Ich kannte ihren Namen nicht. Ich wusste nur, dass sie die Tochter von Michelle und Bryan war. Jedenfalls ist sie jetzt tot und ich hatte nichts damit zu tun."

„Und was ist mit den anderen Mongols? Gibt es sonst jemanden, der wollte, dass Karli für das, was ihre Mutter getan hat, bezahlt?"

„Hören Sie, es wird allmählich langweilig. Sie hören nicht zu. Wenn wir an ihrem Tod interessiert gewesen wären, wäre sie schon vor fünf Jahren gestorben, so wie ihre Mutter. Ganz bestimmt hätten wir nicht fünf Jahre gewartet, um sie zu finden."

„Vielleicht konnten Sie Karli bis jetzt ja nicht finden."

Er brach in Gelächter aus. *„Nicht finden."* Er schüttelte den Kopf. „Sie begreifen es wirklich nicht, oder? Wir können jeden finden, überall und zu jeder Zeit."

„Das klingt für mich nur nach leerem Gerede."

„Ach ja?"

„Ja."

„Sie und Ihre Leute" – er warf Gage einen verächtlichen Blick zu – „sind im Marina Del Ray Hotel abgestiegen."

Sie ignorierte den Schauer, der ihr über den Rücken lief. „Das ist nicht so schwer herausfinden."

„Also gut. Wie ist es hiermit? Sie schlafen ganz allein in Zimmer 203. Die anderen beiden Mädels sind in Nummer 204. Der Typ hinter Ihnen ist mit seinem Bruder in Zimmer 206 untergebracht. Und der Deputy und der andere Kerl in 205." Terrys selbstgefälliges Grinsen wurde breiter. „Es ist sonnenklar, dass Sie sich hier übernehmen. Ich schlage vor, Sie kehren nach Mammoth und zu ihren Sportberichten zurück."

Gage lehnte sich über Darcy und starrte Terry direkt in die Augen. „Wenn Sie und Ihre Schläger ihr zu nahe kommen, dann ..."

„Dann was?"

„Werde ich tun, was nötig ist, um sie zu beschützen."

„Glauben Sie mir, wenn wir es auf sie abgesehen hätten, würde das kaum reichen."

„Ist das eine Drohung?"

„Mongols drohen nicht. Sie handeln."

„So wie Sie bei Michelle?"

„Genau."

„Und jetzt bei Karli?", warf Darcy ein.

„Schätzchen, ich sage es jetzt nur noch *einmal*. Die Mongols hatten nichts mit dem Tod von Michelles Tochter zu tun. Wenn wir gewollt hätten, dass sie stirbt, wäre sie einen Tag nach ihrer Mutti tot gewesen."

„Was glaubst du?", fragte Darcy, als sie wieder in den Sonnenschein hinaustraten. Sie war noch nie so froh darüber gewesen, an der frischen Luft zu sein.

Gage zog sein Handy heraus. „Zeit, das Hotel zu wechseln."

„Meinst du wirklich, das bringt etwas?"

„Wahrscheinlich nicht. Aber ich sage dir eins – wenn sie Anstalten machen, uns etwas zu tun, werden wir bereit sein."

„Glaubst du wirklich, dass Landon, Jake, Cole und du eine Armee von Mongols aufhalten könnt?"

„Sie schicken nie eine ganze Armee, um ihre Drecksarbeit für sie zu erledigen, sondern nur eine Handvoll Männer."

„Bewaffnete und gefährliche Männer."

„Wir beschützen unsere Familie."

Sie wusste, dass er alles in seiner Macht Stehende tun würde, um sie und seine Geschwister zu beschützen. Seine Stärke tröstete sie trotz ihrer Angst.

~

„Kayden?" Piper hielt das Handy näher an ihr Ohr.

„Ja. Wo bist du?"

„Im Auto, unterwegs nach Huntington Beach, um mit Karlis Vater zu reden."

„Habt ihr schon irgendwelche Fortschritte gemacht?" In ihrer Stimme schwang Hoffnung mit, ganz untypisch für Kayden.

Piper konnte nicht über die Enttäuschung, die sie gerade erlebt hatte, sprechen, konnte nicht von Landons Zweifeln berichten, auch wenn sie vernünftig waren und durchaus Sinn ergaben. Aber sie wollte das nicht zugeben, während er neben ihr saß. „Es gibt noch viel zu tun."

„Oh."

„Was ist denn?"

„Ich sage es ja nur ungern, aber ich dachte, ihr solltet wissen, dass Richterin Morrell Harlands Ersuchen um eine Verschiebung abgelehnt hat."

„Was?"

„Ich weiß. Ich konnte es auch nicht glauben."

Landon sah sie an und seine Miene war besorgt.

Piper presste die Lippen zusammen, um nicht zu schluchzen. „Es ist so ungerecht. Hat Harland nicht die mildernden Umstände erläutert und all die neuen Beweise erwähnt, die wir gefunden haben?"

„Doch. Richterin Morrell sagte, er könnte während des Prozesses alle diese Fakten zu Reefs Verteidigung vorbringen. Aber da es ihrer Meinung nach keinen eindeutigen Beweis gibt, dass Reef unschuldig ist oder dass die Mongols oder ein einzelnes Bandenmitglied Karli getötet haben, hat sie sich geweigert, den Prozess zu verschieben."

„Aber es braucht Zeit, diese Beweise zu finden. Genau deshalb hat Harland doch um Aufschub gebeten." Nach all den Fortschritten, die sie gemacht hatten, schienen sie plötzlich vor einem Scherbenhaufen zu stehen.

„Meredith hat argumentiert, eure Suche sei aussichtslos und könne ewig dauern. Wenn wir nicht mehr als Verdachtsmomente und Vermutungen haben, wird der Prozess wie geplant stattfinden."

Piper legte auf und Tränen brannten in ihren Augen.

„Der Antrag auf Fristverlängerung wurde abgelehnt?", fragte Landon leise.

Sie nickte.

„Tut mir leid."

„Du denkst doch nicht einmal, dass es die Mongols waren", warf sie ihm vor, obwohl sie wusste, dass sie im Unrecht war und er das nicht verdient hatte. Es war nicht Landons Schuld. Sie hoffte nur, dass er zu ihr halten würde, egal, was die Vernunft sagte. Dass sie ihm wichtiger war als die Vernunft, so lächerlich und ungerecht das auch sein mochte.

„Das habe ich nicht gesagt."

„Ich sehe doch die Veränderung an dir. Du glaubst nicht mehr, dass Karli wegen ihrer Vergangenheit getötet wurde."

„Ich halte es immer noch für möglich ..."

„Aber nicht für wahrscheinlich."

Er antwortete nicht. Das war auch nicht nötig.

„Was machen wir dann überhaupt noch hier?"

„Wir versuchen, Karlis Mörder zu finden."

„Wenn du nicht glaubst, dass es die Mongols waren, wer war es dann?" Sie betete, dass er einen anderen Verdächtigen hatte, jemanden außer Reef. Sie hoffte inständig, dass sie nicht wieder ganz von vorne anfangen mussten.

Er seufzte. „Ich habe keine Ahnung."

Sie biss sich auf die Lippen, um ihre Tränen zurückzuhalten.

Er nahm ihre Hand. „Ich sage ja nicht, dass wir aufhören sollen, die Mongols und ihre Verbindung zu Karli unter die Lupe zu nehmen, aber ..."

„*Ein* Gespräch mit Detective Robertson und schon bist du bereit, an ihre Unschuld zu glauben."

„Ich bezweifle sehr, dass einer von denen unschuldig ist. Aber was den Mord an Karli betrifft, bin ich von ihrer Schuld nicht überzeugt."

„Wie kommt es denn, dass du deine Meinung so schnell geändert hast?" Es war eine dämliche Frage – sie wusste genau, was seine Meinungsänderung bewirkt hatte. Es waren dieselben Dinge, die auch in ihr Zweifel daran geweckt hatten, dass die Motorradbande an Karlis Ermordung schuld war. Doch das wollte sie nicht zugeben. Sie konnte es einfach nicht. Nicht, wenn es bedeutete, dass alle ihre Arbeit umsonst gewesen war und Reef wieder zum einzigen Verdächtigen wurde.

„Wenn wir es logisch betrachten – den zeitlichen Rahmen, die Tatsache, dass Karli keine Rolle bei Michelles „Verrat" gespielt hat ... da bleibt bei mir am Ende das dumme Gefühl, dass es nicht zu den Mongols passt. Aber ich hoffe, dass ich mich irre."

„Du hast ein *Gefühl?* Das ist ja mal ganz was Neues." Sie versuchte mit einem gequälten Lachen, ihre rapide sinkende Hoffnung nicht ganz zu begraben.

Er sah sie an und lächelte schwach. „Sieht so aus, als würdest du alle möglichen Gefühle in mir auslösen."

41

Landon bemühte sich, den Tonfall seiner Stimme nicht zu verändern und nicht auf die Nachricht am Telefon zu reagieren, als Piper mit ihrem Essen ins Auto stieg. Sie hatte kaum etwas zum Frühstück gegessen und er würde nicht zulassen, dass sie das Mittagessen ausließ. Deshalb hatten sie auf ihrer Fahrt nach Huntington Beach bei einem Imbiss gehalten.

„Hast du gehört, was ich gesagt habe?", fragte Gage am anderen Ende der Leitung. „Ich finde, wir sollten das Hotel wechseln."

„Das sehe ich auch so. Jemand, der dort arbeitet, muss Verbindungen zu ihnen haben."

„Also gut. Wenn wir alle wieder zurück sind, ziehen wir um."

Piper reichte ihm eine Getränkedose.

Landon dankte ihr mit einem Nicken. „Warte noch damit", sagte er.

„Womit?", fragte Gage. „Mit dem Umziehen?"

„Mit dem Zurückfahren." Er war froh, dass Piper damit beschäftigt war, das Essen zu verteilen. Er betete, dass sie nicht genau zuhörte. Er wollte nicht, dass sie sich Sorgen machte.

„Oh, also nicht zum Hotel zurück?", sagte Gage.

„Genau. Nicht, bis wir alle da sind."

„Verstanden. Wir fahren jetzt, um mit John Terrys Frau zu reden."

„Wie ist es mit Terry gelaufen?"

„Er sagt, die Mongols hätten nichts mit Karlis Tod zu tun."

„Glaubst du ihm?"

„Ich würde es lieber nicht tun."
„Das Gefühl kenne ich."
„Wer war das?", fragte Piper, sobald er das Telefonat beendet hatte. Sie bediente sich an der Tüte mit Pommes frites und der köstliche Duft von Erdnussöl und warmen Kartoffeln zog durch den Wagen.
„Gage."
„Wie ist es gelaufen – konnten sie mit Terry sprechen?"
„Ja. Und jetzt sind sie unterwegs zu seiner Frau."
„Was hat Terry gesagt?"
„Er behauptet, er und die Mongols hätten nichts damit zu tun."
„Natürlich hat er das behauptet." Sie schob einen Strohhalm in ihre Limonade. „Warum hast du gesagt: ‚Nicht, bis wir alle da sind'?"
Klar hatte sie zugehört. Sie hörte immer zu. Obwohl es merkwürdig war, dass sie nicht gefragt hatte, ob Gage Terry glaubte. „Ich meinte damit nur, dass wir alles, was wir erfahren haben, austauschen sollten, wenn wir heute Abend zusammen sind."
„Gute Idee." Sie biss in ihren Hamburger. „Mmmm."
Er lachte. „Gut?"
„Köstlich."
Er lächelte, froh darüber, dass ihr Appetit zurückgekehrt war. Seit Todd die K.-o.-Tropfen in ihren Drink getan hatte, war ihr nicht nach Essen zumute gewesen, was für Piper sehr untypisch war. Wenn man bedachte, was für ein zartes Persönchen sie war, hatte sie sonst einen ordentlichen Appetit.
„Was ist?", fragte sie mit einem Klecks Mayonnaise auf der Lippe.
Lippen, die er so gerne küssen würde. Aber er durfte sich nicht noch einmal diese Freiheit herausnehmen, egal, wie stark das Verlangen war, denn erst musste er alle Karten auf den Tisch legen. Und jetzt war nicht die Zeit dazu. Er hatte so lange gewartet, ihr zu sagen, dass er sie liebte – jetzt konnte er sich doch noch ein paar Tage lang zusammenreißen, oder nicht?
„Warum starrst du mich an?"
„Tut mir leid. Ich bin nur kurz vor dem Verhungern."
„Dann iss deinen Burger."
„Klar." Er wickelte den Burger aus, auch wenn er insgeheim einen ganz anderen Hunger gemeint hatte.

Die Anschrift von Bryan Evans führte sie zu einem winzigen Bungalow am Strand von Huntington Beach. Es war kein schickes Haus, aber die Aussicht war fantastisch. Das blau gestrichene Haus mit den weißen Fensterläden lag still da, als sie näher kamen. Nur das leise Klingeln eines Windspiels und das rhythmische Klatschen der Wellen am Strand waren zu hören. Vor dem Eingang stand eine Harley Davidson.

Piper sah sie sich an. „Ich würde sagen, hier sind wir richtig." Jetzt ergab Karlis Furcht vor Motorrädern einen Sinn. Jedes Mal, wenn sie das typische Geräusch einer Harley gehört hatte, musste sie gedacht haben, die Bande hätte sie aufgespürt.

„Der Mensch ist ein Gewohnheitstier", sagte Landon und klopfte an die Tür.

Keine Antwort.

„Er sagte, er würde hier sein." Piper spähte zum Fenster hinein. Das Innere sah ordentlich aus – weiße Rattanmöbel, eine Handvoll Hängepflanzen, eine kleine geschmückte Palme anstelle eines traditionellen Weihnachtsbaums – aber von Bryan Evans war nichts zu sehen.

„Versuchen wir es am Hintereingang."

Ein schmaler Weg aus Steinplatten führte um das Haus herum. Das Tor war nicht verschlossen, also gingen sie hindurch und an der verwitterten Terrasse vorbei zum Strand.

Ein Mann saß am Ufer, sein Surfbrett war aufrecht in den Sand gesteckt. Ein Golden Retriever tollte vor ihm im Wasser herum.

Piper warf Landon einen Blick zu und er zuckte mit den Schultern.

Sie zogen ihre Schuhe aus und liefen über den warmen Sand. Er war feiner als der Sand an Yanceys Stränden – weniger Steine und eine hellere Farbe, aber Piper war Yancey trotzdem lieber. Es war ihr Zuhause. Dort gehörte sie hin.

„Mr Evans!", rief Landon laut, um die krachenden Wellen zu übertönen. „Bryan Evans?"

Der Mann drehte sich um. Er hatte dunkelblondes Haar, das er etwas länger trug, als es für jemanden in seinem Alter üblich war.

Seine Haut war gebräunt und wettergegerbt. Viele kleine Fältchen umgaben seine Augen, die ebenso ozeanblau waren wie die auf den Bildern von Karli.

„Wir haben miteinander telefoniert", sagte Landon und trat mit ausgestreckter Hand näher.

„Ach ja, der Polizist." Bryan stand auf und ergriff Landons Hand.

„Deputy Grainger", sagte Landon. „Und dies ist Piper McKenna."

Bryan wollte ihr ebenfalls die Hand geben, hielt aber dann in der Bewegung inne. „McKenna? Wie in Reef McKenna?" Sein verwirrter Blick wanderte von ihr zu Landon.

„Er ist mein Bruder", sagte sie, weil sie wusste, dass es immer das Beste war, anderen die Wahrheit zu sagen.

„Das erklärt, warum Sie einen anderen Mörder suchen."

„Die Indizien legen nahe, dass jemand anders hinter Karli her war", sagte Landon zu ihrer Überraschung.

Bryan stemmte die Hände in die Hüften. „Und Sie glauben, es war ein Mongol?"

„Dazu würden wir gerne Ihre Meinung hören."

„Meine Meinung? Die sage ich Ihnen gerne. Das ist das Mindeste, was ich für mein kleines Mädchen tun kann, aber ich weiß nicht, ob es Ihnen helfen wird."

„Wir sind dankbar für jede Erkenntnis, die Sie haben."

„Erkenntnis?" Ein trauriges Lächeln huschte über Bryans Züge. „Es ist lange her, dass jemand an meinen Erkenntnissen interessiert war." Er nahm sein Surfbrett. „Gehen wir auf die Terrasse."

„Gut."

Bryan drehte sich um und pfiff.

Der Kopf des Golden Retrievers schoss in die Höhe.

„Komm, Max."

Der Hund kam auf sie zugerannt.

„Sie haben ein schönes Fleckchen hier", sagte Landon, während sie den kurzen Weg über den Strand zur Terrasse zurücklegten.

„Es gehört einer Familie in meiner Kirchengemeinde. Sie vermieten es an mich zu einem wirklich fairen Preis, während ich wieder auf die Beine komme."

„Das ist sehr großzügig von ihnen."

„Einem verurteilten Verbrecher ein Haus zu vermieten?"

„Ja."

Bryan lachte leise. „Wenigstens sind Sie ehrlich." Er lehnte sein Surfbrett an das Terrassengeländer und setzte sich an den alten Picknicktisch, während er Landon und Piper ein Zeichen gab, es ihm gleichzutun. „Was wollen Sie wissen?"

„Glauben Sie, dass Ihre Tochter von einem Mongol ermordet wurde?", fragte Piper.

„Ich habe gehört, es sei kein Mongol gewesen."

„Und Sie glauben, die sagen die Wahrheit?"

„Sie waren dreißig Jahre lang meine Brüder. Wenn sie meine Tochter auf dem Gewissen hätten … ja, ich glaube, dann hätten sie den Anstand, es mir zu sagen."

Anstand schien ein merkwürdiges Wort dafür zu sein.

„Sind Sie immer noch ein Mitglied der Mongols?"

„Kein aktives."

„Und das bedeutet?", hakte Landon nach.

„Das bedeutet, dass ich meinem Leben eine andere Richtung gegeben habe."

Landon sah ihn skeptisch an. „Und die haben Sie einfach gehen lassen?"

„Wir haben uns im Guten getrennt."

„Warum sind Sie gegangen?", fragte Piper. „Wieso haben Sie Ihre Meinung geändert?"

„Ich habe Gott gefunden. Oder besser gesagt, er hat mich gefunden."

„Und jetzt?"

„Jetzt versuche ich, für ihn zu leben."

„Ihr Bewährungshelfer sagt, Sie helfen viel mit bei benachteiligten Jugendlichen im Viertel."

„Wenn ich auch nur eins von diesen Kindern vor den falschen Entscheidungen bewahren kann, die ich gefällt habe, und ihnen helfen könnte, Gott kennenzulernen – dann wäre ich glücklich."

„Was ist mit Ihrer Tochter?", fragte Landon. „Haben Sie jemals versucht, Kontakt zu ihr aufzunehmen und *sie* vor falschen Entscheidungen zu bewahren, nachdem Michelle getötet worden war?"

Bryan schüttelte den Kopf. „Ich hatte keine Ahnung, wo sie war, und ich dachte, nach all den Jahren wäre sie ohne mich wahrscheinlich besser dran."

„Wussten Sie von dem geplanten Mord an Ihrer Frau?"

„Ich wusste, dass meine Brüder es auf Michelle abgesehen hatten, weil sie zur Verräterin geworden war."

Landon legte einen Arm auf den Tisch. „Ich kann mir denken, dass Sie selbst auch ziemlich sauer auf sie waren."

„Eher enttäuscht. Es war dumm von ihr. Sie hat unser Kind in Gefahr gebracht und ihr eigenes Leben aufs Spiel gesetzt – und verloren."

„Was glauben Sie, warum sie es getan hat?", fragte Piper.

Bryan schluckte und der Kummer war in seinem sonnengebräunten Gesicht deutlich zu sehen. „Es war meine Schuld. Ich war nicht ehrlich zu ihr, als wir zusammenkamen. Wir haben geheiratet und sie war mit Angie schwanger, bevor sie es erfahren hat."

„Dass Sie bei den Mongols waren?"

„Wofür die Mongols standen. Und die Tatsache, dass ich tief in ihre kriminellen Machenschaften verstrickt war."

„Wie hat sie es herausgefunden?"

„Micki – so habe ich Michelle genannt …" Bryan kniff die Augen zusammen, während Schmerz über seine Züge zog. Dann öffnete er die Augen wieder und die Falten um sie herum wirkten mit einem Mal tiefer. Vielleicht bereute er wirklich, was geschehen war – seine kriminellen Machenschaften und seine Verstrickung in Michelles Tod. „Micki war Buchhalterin bei einer Anwaltskanzlei in der Stadt. Kurz nachdem Angie geboren war, beschloss sie, dass sie mehr Zeit zu Hause mit der Kleinen verbringen wollte. So habe ich dafür gesorgt, dass sie die Bücher für den Klub geführt hat."

„Für die Mongols?"

„Zuerst nur für unsere Gruppe, dann für die ganze Region. Es hat nicht lange gedauert, bis sie es begriffen hat."

„Was genau?", fragte Piper.

„Es stand alles in den Büchern – das ganze Geld, das mit Waffenverkäufen, Drogenhandel und Prostitution gemacht wurde. Vor allem Letzteres machte Micki zu schaffen. Einige der Mädchen waren jung, und als Mutter einer Tochter war sie besonders sensibel, was das betraf. Eines Nachmittags kam es zum Knall. Micki arbeitete gerade im Büro, als diese Prostituierte kam, um Nick ihr Geld zu bringen – er war für die Mädchen zuständig. Nick sagte, sie hätte ihm nicht genug gegeben. Er dachte, sie wollte ihn reinlegen. Außerdem war er zu dem Zeitpunkt auf Drogen, sodass die Sache aus dem Ruder lief. Er schlug zu. Sie wehrte sich. Am Ende war das Mädchen tot."

„Und Michelle hat das mit angesehen?"

„Ja. Ich war hinten im Lager und habe irgendwelche Waren ausgeladen. Ich hörte einen Schrei und fing Micki ab, als sie zur Hintertür herausgerannt kam."

„Und was ist dann geschehen?"

„Ich habe sie nach Hause gebracht und beruhigt. Jedenfalls dachte ich das, aber Micki konnte die Sache nicht auf sich beruhen lassen. Ich vermute, dass sie den Anwalt angerufen hat, für den sie arbeitete. Der hat sie dann wohl zu den Bundesbehörden geschickt. Als ich am nächsten Tag von der Arbeit nach Hause kam, waren sie weg."

„Michelle und Ihre Tochter?"

Bryan nickte und seine Miene wirkte angespannt.

„Wussten Sie, dass Sie zur Polizei gegangen war?"

„Ich hoffte, sie wäre nur abgehauen. Aber als das FBI kurz darauf bei mir erschien, wusste ich, dass sie geredet hatte."

„Und Sie wussten, dass man sie dafür töten würde?"

Er nickte kurz, seine Miene grimmig.

„Haben Sie nicht versucht, die anderen aufzuhalten?", fragte Piper entrüstet.

„Rache kann man nicht aufhalten."

„Und Ihre Tochter?" War sie ihm völlig egal?

„Ich habe meine Brüder gebeten, sie zu verschonen. Sie war doch noch ein Kind und hatte nichts getan."

„Sie haben *Terry* gebeten?"

„Nein. Ich hatte keine Ahnung, wen sie schicken würden. Diese Befehle kamen von ganz oben."

„Also haben Sie mit jemandem ganz oben gesprochen?"

Er nickte.

„Und?"

„Er sagte, er würde es in Erwägung ziehen."

„Haben Sie die Polizei gewarnt, dass es passieren würde?", fragte Piper.

Bryan lachte freudlos. „Sie wussten, dass es passieren würde. Jeder Marshal, der mit dem organisierten Verbrechen zu tun hat, kennt die Regeln. Deshalb versuchen sie ja, ihre Informanten zu beschützen."

„Statistisch gesehen haben die Marshals eine hundertprozentige Erfolgsquote, insofern die Zeugen die Regeln des Zeugenschutzprogrammes einhalten."

„Erzählen Sie das meiner Frau."

Interessant, dass er Michelle immer noch als seine Frau bezeichnete.

„Was mit Ihrer Frau geschehen ist, war eine sehr unglückliche und äußerst seltene Ausnahme", sagte Landon. „Wir wissen nicht, ob sie eine der Regeln nicht doch gebrochen hat."

Bryan reckte das Kinn vor. „Das können Sie sich ja ruhig weiter einreden."

„Als Michelle getötet wurde und Ihre Tochter überlebte, dachten Sie, die Mongols würden sie weiter jagen?", fragte Piper in dem Versuch, ihre Unterhaltung wieder auf das eigentliche Thema zurückzubringen.

Bryan rieb mit den Händen über seine Oberschenkel. „Ich hoffte, sie würden es nicht tun. Ich hoffte, es würde ihnen reichen, dass sie Micki umgebracht hatten."

„Und als die Jahre ins Land gingen, haben Sie da geglaubt, dass Ihre Tochter sicher ist?"

„Ja, ich dachte, sie hätten die ganze Sache nun auf sich beruhen lassen."

„Und jetzt? Jetzt, wo Ihre Tochter ermordet wurde?"

Bryan rieb sich die Nasenwurzel und sein Kummer war deutlich zu spüren.

„Glauben Sie, dass die Mongols sie umgebracht haben?", fragte Piper ihn direkt.

Bryan schluckte, und die Muskeln in seinem Hals bewegten sich dabei. „Nein."

„Wie können Sie da so sicher sein?"

„Sie haben mir von Micki erzählt, nachdem sie tot war. Sie hätten mir auch von Angie erzählt."

„Selbst jetzt noch, wo Sie nicht mehr aktiv sind?"

„Ich habe Ihnen doch gesagt, dass wir uns im Guten getrennt haben. Ein Bruder erzählt dem anderen trotzdem, wenn einer seiner Angehörigen getötet wird. Angie war tot und ein paar Fremde schnüffelten herum. Ich habe einen alten Freund angerufen und rundheraus gefragt. Die Mongols haben Angie nicht umgebracht. Jemand anders hat meine Kleine auf dem Gewissen." Er hustete, um ein Schluchzen zu kaschieren. „Sie sagen, sie wurde in Alaska getötet?"

„In Yancey, unserem Heimatort."

„Wurde sie begraben? Hat sie eine richtige Bestattung bekommen?"

„Sie ist noch in der Leichenhalle."

„Ich werde meinen Bewährungshelfer anrufen und ihm sagen, dass ich mein Mädchen zur letzten Ruhe betten muss. Ich bin ihr nicht gerecht geworden, als sie am Leben war. Ich muss wenigstens im Tod für sie da sein."

„Würden Sie etwas anders machen, wenn Sie die Chance dazu hätten?", fragte Piper. Bryan schien den Tod seiner Tochter ehrlich zu betrauern, aber sie konnte nicht einschätzen, ob er sein früheres Verhalten wirklich bereute.

„Wenn ich noch einmal von vorne anfangen könnte, würde ich mein ganzes Leben anders führen. Und vielleicht hätte ich dann noch meine Frau und mein Kind." Er fuhr sich mit zittriger Hand übers Kinn. „Sie haben keine Ahnung, wie es sich anfühlt zu wissen, dass die Frau, die ich geliebt habe, meinetwegen sterben musste. Dass meine Tochter wegen mir auf der Flucht war. Wenn Micki zu mir gekommen wäre, anstatt zum FBI zu gehen …"

„Was hätten Sie dann getan?"

„Ich weiß nicht. Ich möchte gerne glauben, dass ich das Richtige getan hätte – dass ich uns alle da herausgeholt hätte. Aber wahrscheinlich hätte ich sie nur weiter heruntergezogen." Er rieb sich die Stirn.

„Sie war wunderschön, müssen Sie wissen. Eine Surferin. Sie hat mir das Surfen beigebracht und ich habe ihr beigebracht, auf der Harley zu fahren. Ich sehe sie noch immer vor mir, wenn ich aufs Wasser schaue. Ich sehe, wie sie über die Wellen glitt. Angie, die mir gerade mal bis zu den Knien reichte, stand vor Micki auf dem Brett – und beide lächelten."

„Das ist eine schöne Erinnerung", sagte Piper und ergriff seine Hand.

Er schluckte und drängte die Tränen und den Kummer zurück. „Das ist alles, was ich von ihnen habe. Und ich kann niemandem außer mir selbst die Schuld geben."

Einige Minuten später, als sie rückwärts aus Bryan Evans' Ausfahrt setzten, sagte Piper: „Ich habe den Eindruck, dass er es wirklich bereut."

„Normalerweise sage ich ja: Einmal Verbrecher, immer Verbrecher, aber ausnahmsweise stimme ich dir zu. Er scheint sich wirklich verändert zu haben."

„Gott kann die härtesten Herzen verändern." Nur er konnte das.

„Das Problem ist, dass man nicht weiß, wann Gott jemanden wirklich verändert hat oder wann sie ihren angeblichen neuen Glauben nur als Ausrede benutzen, damit du ihnen vergibst." Landon bog in die kleine Seitenstraße ein.

„Wie meinst du das?"

Er trommelte auf das Lenkrad. „Es gibt eine Menge Leute, die behaupten, sie hätten sich geändert, wenn sie aus dem Gefängnis kommen. Viele behaupten, sie hätten Gott gefunden. Aber ein Lügner weiß, was er sagen muss, um andere zu manipulieren."

Wovon redete er? Und warum sprach er so leidenschaftlich über einen Fremden? „Wozu manipulieren?"

„Dass man ihnen vergibt. Ihnen noch eine Chance gibt. Dass man ihnen wieder vertraut."

„Inwiefern versucht Bryan das denn?"

„Ich rede nicht von Bryan."

„Von wem denn?"

Landon seufzte. „Von meinem Vater."

42

Piper rutschte auf ihrem Sitz herum, während sie der Küstenstraße nach Long Beach folgten. Auch wenn sie an einer Handvoll Häuser vorbeikamen, die weihnachtliche Dekorationen aufwiesen, so waren es doch die Boote, die so richtig geschmückt waren – mit Bändern, Girlanden, Lichterketten. Wenigstens hatte sie so etwas, das sie auf der Fahrt ansehen konnte, während sie beide verlegen schwiegen. Sie hätte für ihr Leben gerne nachgefragt, weil sie unbedingt seine Geschichte hören wollte. Aber ausnahmsweise wusste sie, dass sie warten musste, bis er sie ihr von sich aus erzählte.

Landon beschränkte sich aber auf Themen wie die Landschaft oder das Wetter – wenn er überhaupt sprach. Die meiste Zeit schwieg er, nachdem er sie mit der Aussage über seinen Vater umgehauen hatte. Und seither versuchte sie krampfhaft, die Puzzleteile zusammenzufügen.

Landons Eltern hatten sich getrennt, als Landon mit der Highschool begann. Sein Vater verschwand schon bald von der Bildfläche. Seine Mutter heiratete erneut und zog mit ihrem neuen Ehemann nach Florida. Deshalb war Landon zu Pipers Familie gezogen.

Sie war als Kind vor vielem behütet worden, als Nesthäkchen hatte man sie verwöhnt und bemuttert – aber sie hätte es doch bestimmt mitbekommen, wenn Landons Vater ein Verbrecher gewesen wäre.

Landon sah sie an und seufzte, als sie anderthalb Stunden später endlich auf den Parkplatz des Hotels fuhren. „Ich weiß, es bringt dich um, also frag schon."

„Hat Cole Bailey deshalb auf der Fahrt vom Flughafen zum Hotel zum Schweigen gebracht? Als sie von Verbrechern in der Familie sprach?"

Landon nickte und zog den Zündschlüssel ab.

„Bailey weiß es nicht?"

„Nein – jedenfalls wusste sie es bis zu diesem Zeitpunkt nicht. Vielleicht hat Cole es ihr inzwischen erklärt."

„Wie kann es sein, dass ich es nicht weiß?" Piper wandte sich ihm zu und lehnte den Rücken an die Beifahrertür. „Du hast bei uns gelebt."

Er drehte sich ebenfalls und legte einen Arm auf das Lenkrad. „Deine Familie war sehr einfühlsam. Sie haben es nie erwähnt. Als ich bei euch einzog, hast du mich gefragt, wo meine Eltern seien. Du warst schon damals neugierig. Aber deine Eltern sagten –"

„Dass deine Eltern sich für andere Orte entschieden hätten, aber wir hätten uns für *dich* entschieden." Sie lächelte bei der Erinnerung daran.

„Alle in der Stadt waren daran gewöhnt, dass Dad nicht da war. Er reiste viel wegen seiner Arbeit und war neun Monate in Fairbanks gewesen, wo er eine befristete Aufgabe hatte, als alles geschah. Er wurde dort verhaftet und verurteilt. Mom tat so, als hätten sie sich einfach getrennt. Sie erzählte allen, Dad würde auf Dauer in Fairbanks bleiben. Sie sprach nie über das, was er getan hatte. Aber es gab natürlich Leute, die es wussten. Thelma Jenkins zum Beispiel."

„Ist deine Mutter deshalb aus Yancey weggegangen?"

„Sie wollte mit Phil einen Neuanfang wagen."

„Und dein Vater?"

„Er hat zwölf Jahre wegen Betrugs und Veruntreuung in Fairbanks im Gefängnis gesessen. Und willst du wissen, was das Verrückte an der Sache war?"

„Wenn du es mir erzählen willst …"

„Mein Vater hat geschworen, er sei unschuldig – vom Tag seiner Verhaftung an, während der Verhandlung und selbst dann noch, als er hinter Gittern saß. Und ich habe ihm geglaubt. Deshalb beschloss ich, zur Polizei zu gehen, damit ich seinen Fall wieder aufrollen und seine Unschuld beweisen konnte."

„Bist du deshalb in Fairbanks zur Polizei gegangen? Damit du näher bei deinem Dad sein konntest?“

Er nickte.

„Und hast du seinen Fall wieder aufgerollt?“

„Das habe ich und …“ Er blickte zu Boden. „Wie sich herausstellte, war er doch schuldig.“

„Oh, Landon.“ Sie legte eine Hand auf seine und sah ihn voller Mitgefühl an. „Das tut mir schrecklich leid.“

„Mir tat es auch leid. Ich habe ihn besucht und ihn mit dem Ergebnis meiner Ermittlungen konfrontiert. Weißt du, was er gesagt hat?“

Sie schüttelte den Kopf.

„‚Du hast mich erwischt.‘ Keine Erklärung, keine Reue. Nur: ‚Du hast mich erwischt.‘“

Sie drückte seine Hand.

„Und vor ein paar Jahren dann hat er plötzlich ganz andere Töne angeschlagen. Er hat behauptet, er wäre zum Glauben gekommen. Aber ich weiß nicht, ob es wahr ist oder nur wieder eine von seinen Lügen.“ Er hob verlegen den Blick. „So, jetzt kennst du die Wahrheit. Ich bin der Sohn eines Diebes und Lügners. Und ich war dumm genug, ihm zu glauben.“

„Es ist nicht dumm, den Menschen zu vertrauen, die man liebt.“

„Auch wenn sie dieses Vertrauen nicht verdient haben?“

Alle die Bemerkungen, die Landon darüber gemacht hatte, dass Menschen, die einem nahestanden, einen am meisten verletzen konnten – sie ergaben mit einem Mal Sinn. Er kannte die Enttäuschung und Desillusionierung aus eigener Erfahrung. Er hatte den Verrat erlebt, dass ein Mensch, den er liebte, ihn auf übelste Weise enttäuscht und verletzt hatte.

Plötzlich war alles verständlicher – Landons stures Befolgen der Regeln und sein Widerwille, sich auf seinen Instinkt zu verlassen anstatt auf felsenfeste Beweise. Das hatte er einmal getan und es hatte sich gerächt. Er trug die Last der Schuld seines Vaters mit sich herum und die Schande eines Verbrechens, das er nicht begangen hatte. „Die Fehler und Vergehen deines Vaters sind seine Schuld. Nicht deine. Du“, sagte sie und rutschte ein wenig näher, „bist des Vertrauens, das ich in dich habe, würdig.“

„Wie kannst du dir da so sicher sein?“

„Weil …“ Sie fuhr zärtlich durch sein Haar und ließ ihre Hand in seinem Nacken liegen. „Weil ich dich kenne und …“ Sie beugte sich ein wenig vor.

„Und?“ Er schluckte.

„Weil du der Mann bist, den ich liebe.“

„Piper.“ Ihr Name war nur ein ersticktes Flüstern, als seine Lippen ihre berührten.

Es klopfte laut an die Windschutzscheibe.

Piper zuckte zusammen und Landon riss sich los.

Sie blickte aus dem Fenster und zog eine Grimasse. „Cole.“

Landon seufzte und wechselte einen Blick mit ihr, der besagte, dass er genauso begeistert war wie sie selbst, ihren Bruder zu sehen.

Sie strich sich die Haare glatt, während Landon die Tür öffnete.

„Was geht hier vor sich?“ Cole gab sich keine Mühe, seine Empörung zu verbergen.

„Ich … wir …“, stotterte Landon.

„Wir“, sagte Piper und nahm Landons Hand, „müssen das selbst erst genau analysieren, bevor wir es dir erklären können.“

Coles Augenbrauen schossen in die Höhe. „*Es*? Seid ihr beide …?“

„Sind die beiden was?“, fragte Gage, der jetzt zu Cole trat.

„Nichts.“ Piper seufzte.

„Ich würde kaum sagen, dass küssen nichts ist!“

„Küssen?“ Gage starrte sie an. „Diese beiden? Du machst Witze!“

Coles grimmige Miene war Antwort genug.

„Unsere Kleine hier und Landon?“, brachte Gage mit Mühe heraus.

„Nenn mich nicht *Kleine*, Horatio!“

Gage hob streng den Zeigefinger. „Kein Grund, persönlich zu werden.“

„Horatio?“, sagte Darcy, die sich inzwischen auch zu ihnen gesellt hatte, zusammen mit Bailey und Jake.

„Na, super.“ Landon lächelte sarkastisch. „Jetzt sind wir ja alle hier.“

Piper hielt Coles Blick stand und hoffte, er würde erkennen, dass dies nicht der richtige Zeitpunkt für Diskussionen war.

„Was ist los?“, fragte Bailey, als sie Coles unglücklichen Gesichtsausdruck sah.

„Etwas über jemanden namens Horatio." Darcy zuckte mit den Schultern.

Ein schadenfrohes Lächeln huschte über Baileys Lippen, als sie Gage einen schnellen Blick zuwarf.

„Du hast es ihr erzählt?" Gages Stimme klang beinahe hysterisch.

„Könnte sein, dass es mir mal rausgerutscht ist", sagte Cole verlegen.

„Warte mal …" Darcy fuhr zu Gage herum. „*Du* bist Horatio?"

„Es ist der zweite Vorname, den meine Mutter mir gegeben hat. Ich kann nichts dafür."

„Oh." Darcy spitzte die Lippen und versuchte offensichtlich, sich das Lachen zu verkneifen. „So ein Pech aber auch."

„Unsere Mutter hat uns alle nach ihren literarischen Lieblingsgestalten benannt. Wenigstens war es nicht der erste Vorname."

„Ah, Horatio Hornblower also."

Gage zog eine Grimasse. „Horatio reicht, danke."

„Und ihr anderen?" Sie wandte sich mit leuchtenden Augen zu Cole um.

„Er heißt Huckleberry", platzte Gage heraus.

„Danke, Bruder", sagte Cole ohne jegliche Begeisterung.

„Kein Problem." Gage grinste spöttisch. „Pipers zweiter Vorname ist Lucy."

„Lucy?" Darcy sah ihn fragend an.

„Aus den Narnia-Büchern. Die hat meine Mutter als Kind geliebt", erklärte Piper. „Mir gefällt mein Name gut."

„Natürlich, es ist ja auch ein normaler Name", brummte Gage.

„Und Reef?", fragte Darcy.

„Sherlock", verriet Piper.

„Und Kayden?", fragte Jake.

„Beatrice", sagte Piper und versuchte, selbst ein Lachen zu unterdrücken. „Aus *Viel Lärm um nichts*. Aber wenn du ihr sagst, dass ich es dir verraten habe, bringe ich dich um."

Jake hob die Hände und sein attraktives Gesicht wirkte belustigt. „Verstanden." Er wippte mit den Fersen auf und ab. „Kayden Beatrice McKenna." Ihm war ganz offensichtlich bewusst, welche Munition ihm nun zur Verfügung stand.

„So, nachdem wir jetzt unseren Spaß hatten", sagte Gage, „können wir vielleicht auf unser Problem zurückkommen."

„Gut", sagte Cole und warf Piper einen Blick zu.

Piper hielt die Luft an. Es gab keinen Grund, die Sache vor allen anderen zu diskutieren, bevor sie und Landon selbst über das hatten sprechen können, was mit ihnen geschah. Sie war erwachsen, aber Cole behandelte sie immer noch wie ein Kind. Sie wappnete sich, um es mit ihrem Bruder aufzunehmen, während Landon beschützend vor sie trat.

„Unser Problem ist, dass wir umziehen müssen", sagte Cole. „Dieses Hotel ist nicht mehr sicher."

„Was?", fragte sie erleichtert und überrascht, weil die Unterhaltung eine andere, unerwartete Richtung einschlug. Was war geschehen?

„Bist du sicher, dass das im Moment unser größtes Problem ist?", sagte Gage mit einem Anflug von Humor und deutete mit einer Kopfbewegung auf Piper.

„Das Wichtigste ist im Moment ...", entgegnete Cole nachdrücklich, „... unsere Sicherheit."

„Okay", sagte Gage und blickte jetzt ernster drein. „Die Mongols wissen offenbar genau, wo wir untergebracht sind. Sie kennen sogar unsere Zimmernummern. Deshalb müssen wir umziehen."

„Wie kann das sein?", fragte Piper.

Gage sah Landon an. „Hast du es ihr nicht erzählt? Oder wart ihr zu sehr mit *anderen* Sachen beschäftigt?"

„Ich wollte nicht, dass sie sich Sorgen macht." Er warf Piper einen entschuldigenden Blick zu. „Ich wollte es dir erzählen, wenn wir hier sind."

„Also gut. Wohin gehen wir jetzt?", fragte Darcy.

„Wir suchen uns ein anderes Hotel, das weiter entfernt ist", sagte Cole.

„Glaubst du wirklich, das hilft?", fragte Gage.

„Es ist alles, was wir tun können", sagte Landon mit grimmiger Miene. „Wenigstens, bis unsere Ermittlungen hier abgeschlossen sind."

43

Die Fahrt zum Hotel in Santa Barbara war herrlich und zugleich eine Qual. Sie waren jetzt nur noch mit zwei Mietwagen unterwegs, also hatte Jake sich zu Piper und Landon gesellt, sodass sie keine Zeit hatten, über das, was gerade geschehen war, zu sprechen.

Nachdem er die Worte gehört hatte, die er aus Pipers Mund niemals für möglich gehalten hatte – dass sie ihn liebte –, konnte Landon es nicht erwarten, ihr zu sagen, dass er sie auch liebte. Wie gerne hätte er jetzt ihre Hand gehalten und ihr Gesicht gestreichelt. Aber das ging nicht, jedenfalls nicht, ohne dass Jake es sah.

Und was er und Piper zu besprechen hatten, war sehr, sehr persönlich. Wenn sie sich einig waren, wo sie standen, konnten sie die gute Nachricht weitersagen. Falls es eine gute Nachricht war. Aber was sollte es sonst sein? Sie liebte ihn – das war alles, was zählte. Oder etwa nicht?

„Wie ist es mit Karlis Vater gelaufen?“, fragte Jake.

„Ich glaube nicht, dass er etwas mit ihrem Tod zu tun hatte“, sagte Landon.

„Er schien sich wirklich geändert zu haben“, fügte Piper hinzu. „Voller Reue in Bezug auf seine Vergangenheit und seine Entscheidungen.“

Jake beugte sich vor und stützte die Ellenbogen auf die Vordersitze. „Reue ist schön und gut, aber sie macht Tote nicht wieder lebendig.“

Landon warf Jake im Rückspiegel einen Blick zu. Es war die tiefgründigste und persönlichste Aussage, die er von Jake jemals gehört hatte.

Jake richtete sich auf, als er Landons Blick sah. „Also …" Er trommelte auf die Rückenlehne vor ihm. „Glaubt er, dass die Mongols für Karlis Tod verantwortlich sind?"

Landon blickte wieder auf die Straße hinaus. „Nein."

„Ich hatte befürchtet, dass du das sagen würdest."

„Warum?", wollte Piper wissen.

„Gage und Darcy haben eine ähnliche Rückmeldung bekommen. Und wir auch."

„Was meinst du?", fragte sie.

„Alle, mit denen wir gesprochen haben, sagen, dass es für die Mongols keinen Sinn gemacht hätte, Karli umzubringen. Michelle war das Problem, und um sie hatte man sich gekümmert."

Das hatte ihnen auch Detective Robertson gesagt.

„Aber woher wissen wir, dass die Mongols uns nicht belügen?" Verzweiflung schwang in Pipers Stimme mit. Wenn die Mongols Karli nicht auf dem Gewissen hatten, standen sie wieder ganz am Anfang.

„Wir wissen es nicht", sagte Jake. „Jedenfalls nicht, bis ihr Alibi überprüft ist."

„Du meinst, *ihre* Alibis, oder? Sie haben doch bestimmt nicht alle das gleiche."

„Das behaupten sie aber."

Sie schüttelte den Kopf. „Nein. Sie können sich nicht ernsthaft gegenseitig ein Alibi geben."

„Das tun sie auch nicht."

„Wer denn dann?", fragte Landon.

„Die Polizei von Long Beach."

Piper fuhr herum. „*Wie* bitte?"

„Die Mongols behaupten, dass sie in der Nacht alle wegen einer Schlägerei mit einer rivalisierenden Bande von der Polizei verhaftet wurden. Sie haben die Nacht in der Zelle im sechzehnten Bezirk verbracht."

„Habt ihr das überprüft?", fragte Landon mit einem besorgten Blick in Richtung Piper.

„Darcy kümmert sich gerade darum. Heute Abend müssten wir mehr wissen."

„Ich rufe Detective Robertson im neunten Bezirk an und bitte ihn, uns das ebenfalls zu bestätigen."

„Und was ist, wenn ihr Alibi wasserdicht ist?", fragte Piper.

„Tut mir leid, Kleines", sagte Jake, „aber dann sitzen wir in einer Sackgasse."

Das *Oceanview Inn* befand sich oben am Rand des Requino Canyons, idyllisch gelegen zwischen dem Pazifik und den Bergen von Santa Ynez. Frisch gestrichene weiße Zäune säumten die geschwungene Zufahrt zu der Pension im Stil einer spanischen Hazienda. Wenn die Mongols beschlossen, sie anzugreifen, wollte Landon sie kommen sehen. Deshalb hatten sie die Stadt verlassen müssen, um einen guten Aussichtspunkt zu finden. Es hatte eine Weile gedauert, bis sie im Internet auf diese Unterkunft gestoßen waren, die das perfekte Versteck zu sein schien. Wenn sie alle ihre Nachforschungen abgeschlossen hatten, konnten sie die Nacht in Ruhe verbringen und auf eine Nachricht warten, was das angebliche Alibi der Mongols betraf.

Landon fiel die ungewöhnliche Stille in ihrer Gruppe auf, als sie ihrer Gastgeberin zu den Zimmern folgten.

„Es ist toll", sagte Bailey, als Patti Miller, die Mitinhaberin der Pension, das Häuschen der Mädchen aufschloss. Es lag etwa hundert Meter vom Haupthaus entfernt und bot das zusätzliche Maß an Abgeschiedenheit, das Landon gesucht hatte.

Sie folgten Patti ins Haus. Ein Wohnzimmer, eine offene Küche, das Bad und zwei Schlafzimmer – allesamt mit geweißter Holzverkleidung und dicken Berberteppichen. Ein kleiner Weihnachtsbaum stand auf dem Tresen, der die Küche vom Wohnzimmer trennte. Er war mit einer Mischung aus Muscheln und winzigen Hufeisen geschmückt. Auf jeden Fall originell.

Cole stellte die Taschen von Bailey und Piper in das erste Zimmer, während Gage Darcys Tasche in den zweiten Schlafraum brachte.

„In dem Schrank dort sind weitere Bettlaken und Handtücher." Patti zeigte auf das antike Möbelstück am Ende des Ganges.

„Danke", sagte Bailey.

Piper war seit ihrer Abfahrt aus Los Angeles erstaunlich still gewesen. Jakes Anwesenheit hatte verhindert, dass sie über ihre Beziehung sprachen, aber auch so war deutlich, dass Piper andere Dinge durch den Kopf gingen. Landon war davon überzeugt, dass die Mongols mit Karlis Tod nichts zu tun hatten, aber er konnte es Piper nicht verübeln, dass sie sich immer noch an diese Möglichkeit klammerte. Ohne die Mongols hatten sie nichts.

„Ich zeige den Männern, wo sie schlafen", sagte Patti. „Und die Damen rufen einfach, wenn sie noch etwas brauchen. Das Abendessen wird um sechs Uhr auf der Terrasse serviert."

Nachdem alle ihr gedankt hatten, ging Patti mit den Männern zu deren Holzhaus und ließ sie dort mit demselben Hinweis auf das Abendessen zurück.

„Ich glaube, ich gehe duschen", sagte Jake und verschwand im Bad.

„Ich mache einen Spaziergang." Gage schnappte sich eine Wasserflasche und schlüpfte zur Tür hinaus.

Fantastisch. Nun blieben nur er und Cole zurück.

Cole verschwendete keine Zeit. „Was ist hier los?"

„Ich liebe deine Schwester", sagte Landon, überrascht von seiner Kühnheit.

„*Lieben*? Du liebst sie?" Cole wäre beinahe gestolpert.

„Ich fürchte, ja."

„Und liebt sie dich auch?"

„Ich glaube schon." Sie hatte es zwar gesagt, aber er hatte ja noch nicht weiter mit ihr darüber sprechen können.

„Du *glaubst* es?"

„Wir waren gerade dabei, es zu klären, als du aufgetaucht bist." Am liebsten hätte er *‚als du dich eingemischt hast'* gesagt.

„Tut mir leid. Sie ist meine kleine Schwester und ich fühle mich für sie verantwortlich. Ich weiß, dass sie das als Einmischung betrachtet."

„Ich glaube, sie ist der Meinung, dass keiner von uns sie wie eine Erwachsene behandelt, aber das ist sie."

Cole rieb sich den Nacken. „Wahrscheinlich hast du recht."

„Ich mache den gleichen Fehler."

Cole schluckte. „Und wann hat das alles angefangen?"

„Für mich im letzten Sommer. Als Piper beinahe gestorben wäre, wurde mir bewusst, wie viel sie mir bedeutet."

„Und was war dann mit Becky Malone?"

Landon seufzte. „Davon hast du gehört?" Hatte er auch erfahren, dass *nichts* passiert war? Falls nicht, musste Landon ihn aufklären.

„Kayden hat es erwähnt. Und das mit dem Trinken."

Landon nickte und die Scham trieb ihm die Röte ins Gesicht. „Kayden weiß es auch?"

Cole schüttelte den Kopf. „Nachdem Piper dich gesehen hatte, hat sie es Kayden erzählt. Kayden wusste nicht, was los war, aber sie hat es mir gesagt. Sie dachte, du brauchst wahrscheinlich einen Freund. Aber du warst weg, bevor ich dich überhaupt fragen konnte."

„Du bist immer für mich da."

„Das stimmt."

„Es ist nicht so wie beim letzten Mal."

„Nein?"

„Nein. Es war im Vergleich dazu nur ein kleiner Ausreißer."

Cole schob die Hände in seine Hosentaschen. „Du entschuldigst es also?"

„Nein. Im Gegenteil." Landon musste offen sein. „Als mir klar wurde, was ich für Piper empfand und dass sie meine Gefühle wahrscheinlich nie erwidern würde, bin ich in alte Verhaltensmuster zurückgefallen. Ich habe an der falschen Stelle Trost gesucht." Er setzte sich neben seinen Freund auf das Sofa – seinen Freund, der ihn schon zwei Mal vor dem Abgrund gerettet hatte. „Ich weiß jetzt, dass dort keine Antworten zu finden sind."

„Ach ja?"

„Ich habe mein Leben Jesus übergeben."

Cole riss die Augen auf, aber eher vor Freude als vor Überraschung. „Echt?"

Landon nickte und blickte zu Boden, weil er sich immer noch dafür schämte, dass er nur auf seine eigene Stärke vertraut hatte und dann so tief gestürzt war.

Cole drückte seine Schulter. „Das ist klasse, Mann. Ich habe für dich gebetet."

„Das weiß ich und ich kann dir gar nicht genug dafür danken."
„Hast du es Piper erzählt?"
„Nicht direkt."
Cole sah ihn verwirrt an.
„Wir hatten noch keine Zeit, in Ruhe darüber zu sprechen."
„Aber ihr hattet Zeit zum Küssen."
Landon seufzte. „Das stimmt ..."
„Und was sind deine Absichten?"
„Ich liebe sie."
„Den Teil habe ich verstanden. Jetzt will ich wissen, was du deswegen zu tun gedenkst."
„Ich will, dass sie mit mir zusammen ist, wenn sie das auch möchte."
„Inwiefern ..."
„Ich will sie heiraten." Landon hatte es selbst noch nicht ganz begriffen, aber nun, wo er es aussprach, wurde es ihm ganz klar. Piper war niemand, mit dem man nur ausging. Sie war die Frau, die er heiraten wollte.
„Heiraten?", sagte Cole.
Landon nickte.
„Du weißt, dass ich dich sehr schätze ..."
„Aber ..."
„Wir sprechen hier von meiner kleinen Schwester, Landon. Die Ehe ist eine große Sache. Du musst dir sicher sein, dass du nicht mehr von deiner Tendenz zur Selbstzerstörung geleitet wirst, wenn Dinge schieflaufen. Du solltest offen dafür sein, dass Gott an dir arbeitet und dich von ihm führen lassen. Als dein Freund bitte ich dich, dir selbst Zeit zu geben, bevor du den nächsten Schritt mit Piper tust."
Stunden später, als Landon im Bett lag, klangen Coles Worte noch immer in seinen Ohren.
Bitte Vater, hilf mir, Coles Wünsche zu berücksichtigen. Und hilf mir, deinen Willen zu tun.
Es schien ihm die denkbar schlechteste Idee zu sein, es langsam angehen zu lassen. Er wollte einfach zu Piper laufen, sie in seine Arme ziehen und ihr sagen, dass er sie auch liebte. Aber Piper hatte nur das Beste verdient. Sein Bestes. Wenn die Qual des Wartens

gewährleistete, dass er Piper sein Bestes geben konnte, dann würde er es gerne ertragen.

Bitte, Vater, hilf mir. Ich will die richtigen Schritte tun.

44

Landons Herz wurde schwer, als er am nächsten Morgen telefonisch die Nachricht erhielt. „Und Sie sind ganz sicher?"

„Absolut", sagte Detective Robertson und bestätigte damit seine schlimmsten Vermutungen. „Ich wünschte, ich hätte andere Neuigkeiten für Sie."

„Danke, Mr Robertson."

„Ich möchte nicht das Gesicht des Mädchens sehen, wenn Sie es ihr sagen."

Es würde ihr das Herz brechen.

„Und?", sagte Piper mit besorgter Miene.

Landon legte sein Handy weg und blickte beklommen in die Runde. „Tut mir leid."

„Das Alibi ist echt?", fragte Jake.

„Ich fürchte, ja. Alle, die infrage kommen, haben die Nacht, in der Karli ermordet wurde, in einer Zelle verbracht. Es ist unmöglich, dass einer von ihnen sie umgebracht hat."

Piper ließ die Schultern hängen.

Cole schlang den Arm um sie, bevor Landon es tun konnte. „Tut mir leid, Kleines."

Landon beobachtete bestürzt, wie sich alle dem Unvermeidlichen stellten und das in ihren Gesichtern deutlich wurde.

„Ich rufe Kayden an", sagte Bailey. „Sie wird wissen wollen, was los ist."

„Soll ich mich mit der Fluggesellschaft in Verbindung setzen?“, fragte Gage. „Und unseren Rückflug buchen?“

„Nein“, sagte Piper. „Wir sind noch nicht fertig.“

„Piper, sie waren es nicht. Die Mongols sind nicht für Karlis Tod verantwortlich“, sagte Gage.

„Es gibt nichts, was wir hier noch tun könnten“, sagte Cole leise.

„Vielleicht nicht hier, aber … irgendwo anders.“

„Wo denn, Piper?“, fragte Cole. „Wir haben keine andere Spur.“

Landon betete um Weisheit. Wie konnte er Piper helfen, die Wahrheit zu akzeptieren – dass sie mit ihrem Latein am Ende waren –, ohne dass sie völlig verzweifelte?

„Es muss noch etwas geben, was wir übersehen haben. *Jemanden.*“ Piper zog die Akte heraus.

„Wir haben jeden logischen Zusammenhang mit den Mongols untersucht“, sagte Darcy.

„Dann müssen wir nach jemandem suchen, der nicht zu den Mongols gehört.“ Piper breitete die Fotos vor sich aus.

Landon setzte sich neben sie. „An wen denkst du? An jemand anderen aus Karlis Vergangenheit?“

„Ich weiß nicht. Vielleicht.“

„Wir haben alle früheren Verbindungen zu Karli unter die Lupe genommen“, sagte Darcy freundlich, aber sachlich.

„Nicht alle.“ Piper hielt das Foto von Karli und Erik Johnson hoch.

„Der Freund?“

„Er ist die einzige Person aus Karlis Vergangenheit, mit der sie in Verbindung geblieben ist.“

„Du glaubst, er hat sie getötet?“, fragte Jake.

„Nicht unbedingt. Karli hat ihm ganz offensichtlich vertraut, hat sich verwundbar gemacht, indem sie die Beziehung zu ihm nicht abgebrochen hat. Vielleicht war er derjenige, dem sie sich anvertraut hat.“

„Du meinst, sie hat ihm vielleicht erzählt, wovor sie Angst hatte? Wer hinter ihr her gewesen sein könnte?“, fragte Darcy.

„Ich hoffe es.“

Darcy nahm ihren Laptop. „Ich werde ihn finden.“

„Ich helfe dir“, bot Jake an.

Zwei Stunden später betrat Jake atemlos das Zimmer. „Wir haben ihn gefunden."

Landon sah, wie die Hoffnung in Piper aufkeimte.

„Erik Johnson arbeitet als Computeringenieur bei BioTech Pharmaceuticals in Portland, Oregon."

Landon drückte ihre Schulter. „Sieht so aus, als würden wir nach Portland fliegen."

Cole stand auf. „Braucht ihr unsere Hilfe? Sollen wir mitkommen?"

Landon sah Piper an. „Ich glaube, wir kommen klar."

Sie nickte.

Portland empfing sie mit einer Mischung aus Regen und Nebel. Die Fahrt vom Flughafen zu der Pharmafirma führte sie über eine Schnellstraße und um die Stadt herum.

„Wie geht es dir?", fragte Landon.

„Das sage ich dir, nachdem wir mit Erik gesprochen haben."

Er betete, dass Erik ihnen helfen konnte, und sei es nur, indem er ihnen eine neue Möglichkeit aufzeigte.

BioTech ragte am Horizont auf – ein graues Glasgebäude vor dem düsteren Winterhimmel.

Sie betraten es durch die Eingangstür, wurden aber sofort durch eine Sicherheitsschleuse aufgehalten, die sehr an die Flughafenkontrolle erinnerte, die sie erst vor wenigen Stunden bei ihrem Abflug aus Kalifornien passiert hatten. Drei Fließbänder, die in einen Metalldetektor führten, säumten den Weg ins Innere des Gebäudes.

„Haben Sie einen Termin?", fragte der bewaffnete Sicherheitsangestellte Landon.

„Nein." Landon zog seinen Dienstausweis heraus. „Aber wir müssen mit Erik Johnson sprechen."

„Darf ich?" Der Angestellte streckte die Hand nach Landons Marke aus.

„Natürlich." Landon gab sie ihm.

„Warten Sie hier."

Sie hatten ohnehin keine andere Wahl.

„Sieh dir das alles mal an“, flüsterte er Piper zu.
„Ich weiß. *Was* machen die hier noch mal?“
„Darcy hat irgendwas von Pharmaprodukten und biomedizinischer Forschung erzählt.“
„Muss ziemlich wichtig sein.“
„Oder extrem kostspielig.“
Wenige Minuten später kehrte der Wachmann zurück. „Kommen Sie mit.“
Er führte sie durch die Sicherheitsanlage und ließ ihre Taschen scannen, bevor sie weitergehen durften. „Ihre Waffe müssen Sie hier deponieren“, sagte der Wachmann.
Landons Hand schloss sich um den Griff seiner Pistole. „Meine Waffe gebe ich nicht ab.“
„Dann können Sie nicht rein.“
Piper blickte fragend zu ihm. Sie musste das hier tun, musste der letzten Spur folgen, die sie hatten, so wenig vielversprechend sie auch war.
Er seufzte. „Also gut.“ Er übergab seine Pistole und sie gingen weiter.
Der Wachmann zog an jeder Tür, an die sie kamen, seine Karte durch ein Lesegerät. Einige Büros gingen von den kahlen Fluren ab. Die letzte Tür führte sie in eine riesige Halle – locker vier Mal so groß wie die Garage der McKennas hinter dem Geschäft zu Hause. Undurchsichtiges Plastik bedeckte die Metallwände und trennte verschiedene Bereiche in dem großen Raum ab. Jeder Angestellte trug einen weißen Laborkittel und alle waren sie ganz und gar in ihre Arbeit vertieft. Kein einziger Mitarbeiter blickte auf, als sie vorbeigingen.
Der Wachmann blieb vor der dritten Kabine auf der linken Seite stehen. „Dies war Mr Johnsons Arbeitsplatz. Mr Thompson kommt gleich.“
„*War* sein Arbeitsplatz?“, fragte Piper, aber der Wachmann war schon wieder halb durch die Tür verschwunden. Sie sah Landon an. „Dieser Ort macht mich nervös.“
„Ja“, sagte er und sah sich um. „Es ist wirklich merkwürdig hier.“
Nachdem sie einige Minuten gewartet hatten, erschien ein Mann von etwa Ende vierzig in der Kabine und gab Landon seine Marke zurück. „Deputy Grainger, nicht wahr?“

„Ja."
„Ich bin Ed Thompson, der Betriebsleiter von BioTech."
„Einen beeindruckenden Betrieb haben Sie hier."
„Wir sind der führende Hersteller von Insulin weltweit. Zehntausend Ampullen am Tag."
„Und die ganzen Sicherheitskontrollen sind dazu da, um das Insulin zu schützen?", fragte Landon mit skeptischer Miene.
„Nein. Sie sind dazu da, um unsere Erfindungen zu schützen."
„Erfindungen?", fragte Piper.
„Die Produktion von Pharmazeutika ist nur ein Bruchteil unserer Arbeit bei BioTech. Unser Schwerpunkt liegt auf der Biotechnologie, wie der Name schon sagt."
„Welche Form von Biotechnologie?"
„Es ist kompliziert zu erklären, aber wir entwickeln Lösungen, um die Pharmaindustrie zu revolutionieren. Mr Johnson hat zum Beispiel an der Entwicklung von Verpackungseinheiten gearbeitet."
„*Hat* gearbeitet?", fragte Piper. „Sie sind schon der Zweite, der in der Vergangenheitsform von Erik spricht. Arbeitet er nicht mehr hier?"
„Erik Johnson ist vor ein paar Wochen bei einem Autounfall ums Leben gekommen."
„Er ist tot?", sagte sie und ihre Stimme überschlug sich.
„Leider ja. Waren Sie mit ihm befreundet?"
„Nein." Landon schüttelte den Kopf. „Wir ermitteln in dem Todesfall einer Freundin von Erik. Wir hatten gehofft, Erik könnte uns helfen, ihren Mörder zu finden."
„Das ist ja schrecklich."
„Ja, das ist es." Landon sah sich um, aber die Angestellten konzentrierten sich nach wie vor ganz und gar auf ihre Arbeit. „Wäre es möglich, mit einigen Kollegen von Erik zu sprechen?"
„Wozu?"
„Vielleicht können sie uns helfen, einige Fragen zu beantworten."
„Das bezweifle ich sehr. Erik war nur kurze Zeit bei uns und wir fördern keine Freundschaften innerhalb der Belegschaft."
„Warum das?", fragte Piper.
„Wir haben festgestellt, dass es von der Arbeit ablenkt."
„Ich verstehe", sagte Landon. „Das ist also ein Nein?"

„Ich fürchte, so ist es." Ed Thompson winkte mit zwei Fingern und der Wachmann betrat die Kabine. „Mr Nelson wird Sie hinausbegleiten. Tut mir leid, dass Sie die lange Reise unternommen haben, nur um schlechte Neuigkeiten zu erfahren."

„Uns tut es noch mehr leid", sagte Piper.

Als sie dem Wachmann nach draußen folgten, flüsterte Landon: „Hast du auch das Gefühl, dass er uns gar nicht schnell genug loswerden kann?"

„Ja, und ich frage mich, warum."

Sie gingen durch die erste zweiflügelige Tür und folgten dem langen fensterlosen Gang.

„Nicht gerade ein freundlicher Arbeitsplatz", sagte sie.

Der Wachmann ging weiter und machte sich nicht die Mühe, etwas zu erwidern.

Noch einen Flur und mehrere Türen weiter kamen sie wieder zu der Sicherheitsschleuse. Landons Waffe wurde ihm zurückgegeben und keine zwanzig Minuten, nachdem sie das Gebäude betreten hatten, standen sie wieder draußen.

„Das war merkwürdig", sagte Piper.

„Dass Erik und Karli so kurz nacheinander ums Leben gekommen sind, ist auch merkwürdig."

„Du meinst, sein Tod ging nicht mit rechten Dingen zu?"

„Ich weiß nicht, aber ich finde, wir sollten versuchen, den Bericht über Eriks Unfall einzusehen."

Eine Frau, die den Parkplatz überquerte, räusperte sich und Landon sah zu ihr hinüber. Die Frau kam auf sie zu, den Blick fest auf sie gerichtet. Sie ließ ihre Handtasche fallen und der Inhalt ergoss sich auf den Asphalt.

Landon trat näher, um ihr zu helfen, und bückte sich. Anstatt ihm zu danken, schob sie ihm ein zusammengefaltetes Stück Papier zu. „Nicht jetzt lesen."

„Wer sind Sie?"

„Eine Freundin von Erik."

„Arbeiten Sie bei BioTech?"

„Keine Zeit für Fragen. Sie beobachten uns."

Landon wunderte das nicht. Er hatte die Kameras gesehen, die an mehreren Laternenpfählen auf dem Parkplatz angebracht waren.

„Das ist die Adresse von Eriks Eltern. Die müssen Sie besuchen“, sagte sie eilig, während sie ihre Dinge in die Tasche zurückstopfte und aufstand.

„Warten Sie …“

„Wir sehen uns später dort.“ Sie eilte an ihm und Piper vorbei und ging zu einem Wagen.

„Was war das denn?“

„Wir haben eine neue Spur.“ Er lächelte.

Diesmal waren sie zu weit gegangen, waren ihm zu nahe gekommen. Die Ohren klingelten ihm noch von der Gardinenpredigt seines Chefs. Es war an der Zeit, etwas zu unternehmen. Er fuhr vom Parkplatz des BioTech-Konzerns. Er wusste genau, wohin sie unterwegs waren. Es spielte ihm direkt in die Hände. Sie tappten geradewegs in die Falle, die er ihnen gestellt hatte.

45

Der kleine Skiort Government Camp befand sich am südlichen Ende von Mt. Hood Village, ungefähr eine Stunde südöstlich von Portland. Bei einer Bevölkerung von weniger als dreihundert Einwohnern war es kein Wunder, dass Erik und Karli sich verbündet hatten. Zwei Teenager in einer Stadt, in der man außer Skilaufen und Snowboarden nichts unternehmen konnte, hatten wahrscheinlich viel Zeit, einander kennenzulernen.

„Bei Winters Crest musst du rechts abbiegen", sagte Piper.

Landon befolgte ihre Anweisung.

„Winters Crest, Nummer 1200", sagte Piper und zeigte auf das Steingebäude mit den roten Fensterläden. „Das muss es sein."

„Was sollen wir denn sagen?", fragte Piper, als Landon die Beifahrertür für sie öffnete.

„Du weißt nicht, was du sagen sollst?" Er lachte leise und versuchte, etwas Leichtigkeit in die angespannte Situation zu bringen. „Das ist ja mal was Neues."

„Sehr witzig. Im Ernst, was sollen wir sagen? *Hallo Mr und Mrs Johnson. Wir glauben, der Unfall Ihres Sohnes war vielleicht kein Unfall?*"

„Die Frau auf dem Parkplatz hat gesagt, sie würde uns hier treffen. Wir improvisieren einfach, bis sie hier ist."

„Du und improvisieren?" Piper lächelte. „Das ist ja mal ganz was Neues."

„Ich habe in den letzten Tagen eine ganze Menge improvisiert."

Er zwinkerte und widerstand der Versuchung, sie in seine Arme zu ziehen.

Die Haustür öffnete sich und ein Mann trat auf die Veranda hinaus. „Kann ich Ihnen helfen?" Er war Anfang sechzig und sah aus, als wäre er gerade einem Lands' End-Katalog entstiegen: kariertes Flanellhemd, beigefarbene Baumwollhose und lederne Slipper.

Piper lächelte. „Ich hoffe doch."

Die Miene des Mannes erhellte sich, als sie näher kam.

„Ich bin Piper McKenna, und das hier ist Deputy Landon Grainger."

Der Mann runzelte die Stirn. „Deputy?"

Landon übernahm die Führung. „Ja, Sir, wir sind aus Alaska hierhergekommen, weil wir in dem Mord an einer Frau ermitteln."

„Ach ja?"

„Wir glauben, sie kannte Ihren Sohn Erik. Wir haben von seinem Unfall gehört. Herzliches Beileid, Mr Thompson."

Der Mann nickte und senkte den Blick. „Danke."

Landon räusperte sich und fuhr fort: „Wir hatten gehofft, wir könnten uns mit Ihnen unterhalten."

„Ich wüsste nicht, was dagegen spricht. Meine Frau hat gerade Apfelpunsch heiß gemacht. Ich sage ihr, dass sie noch zwei Becher holen soll."

„Das ist sehr freundlich, vielen Dank", sagte Piper und folgte dem Mann ins Haus.

„Ich bin übrigens Stanley Johnson."

„Freut mich, Mr Johnson."

Er ging voran ins Wohnzimmer. Ein glänzend schwarzer Flügel stand vor dem großen Erkerfenster, darauf eine Reihe Fotografien in Goldrahmen. Bilder von Erik – als Kind, in seinen Teenagerjahren und mit Kappe und Robe bei seinem Schulabschluss. Allerdings sahen seine Eltern alt genug aus, um seine Großeltern sein zu können.

Piper betrachtete die Fotos. „Ihr Sohn war sehr gut aussehend."

„Und intelligent. Er hat als Bester seines Jahrgangs den Abschluss bei der Universität von Oregon gemacht. Nicht schlecht für ein Kind vom Dorf."

„War er Ihr einziges Kind?", fragte sie und hoffte, dass ihre Frage nicht zu vorwitzig war.

Stanley nickte. „Gladys und ich konnten keine Kinder bekommen. Wir haben es jahrelang versucht, uns dann aber für eine Adoption entschieden. Erik war der Stolz und die Freude unseres Lebens."

„Habe ich mir doch gedacht, dass ich Stimmen gehört habe." Eine Frau betrat das Zimmer. Ihre grauen Haare waren zu einem Knoten zusammengesteckt. Sie trug eine hellrosafarbene Bluse, einen sandfarbenen Cordrock und eine geblümte Schürze. „Wen haben wir denn da?"

„Das sind Piper McKenna und Deputy …?"

„Grainger", ergänzte Landon.

„Ein Hilfssheriff?", sagte die Frau.

„Sie kommen aus Alaska und untersuchen einen Mord an einer Frau."

„Das tut mir leid. Ist es jemand, den wir kennen?"

„Ich bin nicht sicher, aber sie kannte Ihren Sohn."

„Erik?"

„Ja, Ma'am", sagte Landon. „Sie hat eine Zeit lang in Government Camp gelebt, vor vielen Jahren. Karli Davis."

„Ich fürchte, eine Karli Davis kenne ich nicht."

Natürlich. Welchen Namen hatte Karli damals benutzt? „Tut mir leid. Ich glaube, damals nannte sie sich Suzanne Wilson, während sie hier lebte."

„Ach die." Mrs Johnson hob warnend den Zeigefinger.

„Sie erinnern sich an sie?"

„Wie könnte ich nicht? Sie war das erste Mädchen, das Erik das Herz gebrochen hat."

„Dürfen wir Ihnen ein paar Fragen über die Beziehung der beiden stellen?"

„Sie können gerne fragen, aber Beziehung ist zu viel gesagt." Sie trat zum Flügel und nahm eines von Eriks Bildern in die Hand.

„Erinnern Sie sich daran, wie Erik und Karli – Entschuldigung, ich meine Suzanne – sich kennengelernt haben?"

Die Frau nickte. „Im Bus nach Sandy."

„Sandy?", fragte Landon.

„Wenn man auf dem Berg wohnt, geht man in Sandy zur Schule. Erik und Suzanne haben sich im Bus angefreundet. Jede Fahrt dauert eine Stunde, mit all den Haltestellen, da hat man viel Zeit, jemanden kennenzulernen. Das heißt, wenn man bereit dazu ist, jemanden an sich heranzulassen."

„Gladys", sagte Stanley und trat neben seine Frau.

„Sie sprechen von Suzanne?", fragte Landon. Es fiel ihm schwer, sie nicht Karli zu nennen. Er hatte sie nie kennengelernt, als sie noch lebte, und trotzdem würde sie für ihn immer Karli Davis bleiben.

„Mir hat das Mädchen leidgetan. Sie wirkte ziemlich unglücklich."

„Wussten Sie, dass sie an einem Zeugenschutzprogramm teilgenommen hat?"

„Vor dem Tod ihrer Mutter nicht." Gladys knüllte mit einer Hand ihre Schürze zusammen. „Diese Nacht werde ich nie vergessen. Die Explosion hat den ganzen Berg erschüttert."

„Es ist ein Wunder, dass sie keine Lawine ausgelöst hat", sagte Stanley.

„Hat Erik an dem Tag herausgefunden, wer Suzanne wirklich war?"

„Ein paar Tage danach", sagte Gladys. „In der Zeitung stand ein Bericht über ihre Mutter – die ganze Geschichte. Erik war einerseits fassungslos, andererseits sagte er, es ergebe plötzlich alles einen Sinn."

„Was Suzanne betraf?"

Gladys nickte.

„Wir wissen, dass Ihr Sohn und sie in Verbindung geblieben sind." Piper reichte Gladys das Bild von Karli und Erik in Glacier Peak. „Sie nannte sich Karli Davis, seit sie Government Camp verlassen hatte."

Gladys hielt das Foto fest in der Hand und sank auf das Sofa. „Das muss aufgenommen worden sein, als er sie das letzte Mal gesehen hat."

„Wissen Sie noch, wann das war?"

„Kurz vor seinem Unfall. Erik hat sie besucht. Ich weiß nicht, warum." Gladys senkte den Blick und knetete das Taschentuch in ihrer Hand. „Ich dachte, Erik würde endlich nach vorne schauen. Er ging mit einer netten Frau von der Firma aus."

„Man hat uns erzählt, dass Beziehungen zwischen Angestellten bei BioTech nicht gerne gesehen werden“, sagte Landon.

„Das klingt so, als könnte einer von denen es gesagt haben.“

„Einer von denen?“

„Von diesen Diktatoren bei BioTech. Ich weiß nicht, warum Erik dort geblieben ist. Das waren Kontrollfreaks. Er und Elaine fingen an, sich zu verabreden. Man sagte ihnen jedoch, sie müssten Schluss machen oder sich neue Jobs suchen.“

„Haben sie Schluss gemacht?“, fragte Piper.

„Nein. Sie haben es einfach geheim gehalten. Sie hatten beide zu viel in ihre Forschungsprojekte investiert, um dem Unternehmen den Rücken zu kehren. Sie wollten ihre Projekte beenden und sich dann etwas anderes suchen.“

„Wissen Sie, woran Erik gearbeitet hat?“, fragte Landon.

Gladys schüttelte den Kopf. „Ich habe Eriks Projekte nie verstanden.“

„Kommen Sie mal mit“, sagte Stanley. Sie folgten ihm durch das Haus und in den Garten zu einem Schuppen. Er blickte sich um, als wollte er sich vergewissern, dass sie allein waren, dann schloss Stanley die Tür auf und bat sie einzutreten.

„Amateurfunk?“, fragte Landon, als er die Ausrüstung sah.

„So hat Erik angefangen.“

Piper runzelte die Stirn. „Ich verstehe nicht. Ich dachte, Erik hat in der Pharmaindustrie gearbeitet.“

„Er war Wissenschaftler bei BioTech, aber nicht in der Pharmaproduktion. Er gehörte zu ihrer Innovationsabteilung.“

„Und das heißt?“

„Es ist eine wohlklingende Sammelbezeichnung für ihre unterschiedlichen Projekte. Erik hat in der Funkerkennung mitgearbeitet.“

„Radiowellen?“

„Mikrochips“, sagte Stanley.

„Was hat Mikrochip-Technologie denn mit der Pharmaindustrie zu tun?“, fragte Piper.

„Gehen wir doch rein, dann erkläre ich es Ihnen“, sagte eine Frauenstimme.

Sie drehten sich um und sahen die Frau vom Parkplatz vor sich.

„Elaine." Stanley umarmte die Frau.

„Mr Johnson, schön, Sie wiederzusehen."

„Bitte, Elaine, nenn mich doch Stanley. Weiß Gladys, dass du hier bist?"

„Nein, ich habe euch hier draußen gesehen, als ich vorfuhr, also bin ich gleich hergekommen."

„Sie wird sich unheimlich freuen, dich zu sehen."

Landon lehnte sich zurück und versuchte, die Informationen, die Elaine ihnen gab, zu verarbeiten. „Lassen Sie mich mal sehen, ob ich verstanden habe, was Sie sagen ... Erik hat an den Mikrochip-Behältern gearbeitet, in denen das Insulin aufbewahrt wird?"

„Genau." Elaine nickte.

„Aber er dachte, irgendetwas wäre faul?"

„Richtig. Er kam zu mir, weil er sich Sorgen machte, die Sender könnten die Medikamente schädigen."

„Inwiefern schädigen?"

Elaine erklärte den gesamten Prozess und Landon hatte Mühe, ihr bei den komplizierten technischen Details zu folgen. Im Großen und Ganzen allerdings verstand er, worum es ging. BioTechs Innovation, das Insulin in zurückverfolgbare Behälter zu verpacken, hatte negative Auswirkungen auf das Medikament, da von den Sendern zu viel Hitze ausging.

„Hat Erik seine Besorgnis jemandem mitgeteilt?", fragte Landon.

„Natürlich. Erik hat seine Bedenken sofort mit Ed Thompson besprochen."

„Dem Betriebsleiter von BioTech?" Kein Wunder, dass Ed Thompson sie loswerden wollte.

„Genau der", sagte Elaine und an ihrem Tonfall wurde deutlich, was sie von dem Mann hielt.

„Und wie hat Mr Thompson reagiert?" Landon hatte bereits eine Vermutung.

„Er hat Erik für seine Arbeit gedankt und gesagt, dass er die Information an die richtigen Leute weiterleiten würde."

„Aber Sie glauben, das hat er nicht getan?"

„Nein. Und Erik glaubte das auch nicht. Die Produktion ging wie gewohnt weiter. Erik hat ihn zur Rede gestellt, aber ihm wurde gesagt, man kümmere sich darum. Thompson wies ihn an, sich auf seine Arbeit zu konzentrieren."

„Und er sollte aufhören, Fragen zu stellen?", sagte Piper.

„Genau."

Landon atmete hörbar aus. „Aber das hat er nicht?" *Ein guter Mann.*

„Das hätte Erik nicht getan. Er hat weiter geforscht und als er erfuhr, dass zwölf Menschen, die Insulin von BioTech genommen hatten, gestorben waren, wusste er, dass er etwas unternehmen musste."

Piper riss die Augen auf. „Sie sind an dem unbrauchbar gewordenen Insulin gestorben?"

„Es konnte nicht bewiesen werden, jedenfalls nicht durch eine externe Untersuchung, aber es wurden Fragen gestellt. Und das waren nur die wenigen Fälle, die Erik zurückverfolgen konnte. Ich fürchte, es gibt noch mehr."

„Hat Erik sonst noch mit jemandem gesprochen?"

„Ja. Mit jemandem beim Gesundheitsministerium."

„Erinnern Sie sich an den Namen?"

„Nein. Erik sagte, je weniger ich wüsste, desto besser. Der Mann hat zu Erik gesagt, ohne Beweise könnten sie nichts machen, da würde Eriks Verdacht allein nicht ausreichen."

„Zwölf Todesfälle waren nicht genug?", fragte Piper mit ungläubiger Miene.

„Offenbar nicht. Jedenfalls nicht, wenn die Opfer älter waren und Diabetes hatten."

„Und was hat Erik dann getan?" Ein Mann, wie Elaine ihn beschrieb, würde nicht einfach aufgeben. Nicht, wenn er wusste, dass weitere Menschenleben in Gefahr waren.

„Bis zu seinem Tod hat Erik daran gearbeitet, durch seine Studien und Daten Beweise zu sammeln. Aber es war ein langwieriger Prozess. Sie müssen bedenken, dass wir ständig beobachtet werden. Es gibt Sicherheitskontrollen, keine Ausrüstung darf das Labor verlassen, keine Laptops dürfen mit hineingenommen werden. Beim Kommen und Gehen wird alles durchsucht. Erik konnte seine Ergebnisse nicht einfach ausdrucken und damit zur Tür hinausspazieren."

„Hätte er sie jemandem mailen können?", fragte Piper.

„Alle Computer werden überwacht."

„Wie hat Erik dann seine Forschung betrieben?", fragte Landon. Bei der Arbeit war er doch mit Sicherheit auch beobachtet worden.

„Zuerst nur im Labor, aber nachdem er Mr Thompson seine Ergebnisse unterbreitet hatte und nichts dabei herausgekommen war, fing er an, auch zu Hause in seiner Wohnung zu arbeiten. Er versuchte, die Studien zusammenzustellen, so gut er konnte."

„Dann sollten wir uns seinen privaten Computer ansehen." Landon hatte die Hoffnung, dass sie endlich greifbare Beweise in die Hand bekämen – auch wenn er keine Ahnung hatte, wie das alles mit Karli zusammenhing.

„Ich fürchte, das geht nicht." Elaines dunkler Zopf fiel über ihre Schulter. Sie schob ihn wieder zurück und zog ihr Haargummi fester. „An Eriks letztem Arbeitstag ..." Sie schluckte. „Als ich ihn das letzte Mal sah, sagte er mir, er würde ein paar Tage wegfahren und die Familie von Phyllis Wheeler besuchen."

„Wer ist Phyllis Wheeler?"

„Phyllis Wheeler war das jüngste Opfer des von BioTech beschädigten Insulins. Wie ich schon sagte, als Todesursache wurden immer natürliche Komplikationen im Zusammenhang mit der Krankheit angesehen, aber Erik wusste es besser. Seine Nachforschungen überzeugten ihn davon, beweisen zu können, dass diese Todesfälle keine natürliche Ursache hatten. Er musste nur eine der Ampullen sicherstellen, die Mrs Wheeler benutzt hatte. Keiner von uns hatte nämlich Zugang zu den fertig gefüllten Ampullen und außerdem dauerte es eine Weile, bis die schädliche Wirkung einsetzte. Erik brauchte eine Ampulle, die mindestens zwei Wochen vorher verschickt worden war, um Beweise für die Verunreinigung zu finden.

Erik telefonierte mit Phyllis' Mann in der Hoffnung, ihn davon überzeugen zu können, dass er eine der unbenutzten Ampullen untersuchen durfte. Er wollte ihn sogar dazu bewegen, eine Autopsie von Mrs Wheeler zu veranlassen. Er war überzeugt davon, dass das beschädigte Insulin im Körper eine Spur hinterlassen würde.

Aber Mr Wheeler war nach dem Tod seiner Frau zu sehr in seiner Trauer gefangen, als dass er Erik am Telefon hätte zuhören können. Deshalb wollte Erik ihn persönlich aufsuchen. Er rief mich an, nachdem er an dem Tag das Büro verlassen hatte, und sagte, jemand habe seine Wohnung durchsucht. Seine Computer, seine Festplatten, alles wurde gestohlen. Er hat versucht, den Mann vom Gesundheitsministerium zu erreichen, mit dem er gesprochen hatte, aber angeblich arbeitete der nicht mehr dort. Erik fing an, unter Verfolgungswahn zu leiden."

„Was meinst du mit Verfolgungswahn?"

„Er dachte, jemand von BioTech hätte seine Kontaktperson vom Gesundheitsministerium kaltgestellt."

„Hatte Erik irgendwelche Beweise dafür?"

„Nicht, dass ich wüsste. Ich glaube, es war nur eine Vermutung. Erik sagte etwas davon, dass der Arm von BioTech länger sei, als er gedacht hatte."

„Was glaubte Erik, wer in seine Wohnung eingebrochen war? Jemand von BioTech?"

„Ja."

„Hat die Polizei BioTech unter die Lupe genommen?" Es musste doch Verdachtsmomente gegeben haben.

„Nein. Die Eindringlinge haben es wie einen normalen Einbruch aussehen lassen. Sie haben alles kurz und klein geschlagen und alles mitgenommen, was einen gewissen Wert hatte."

„Aber Sie glauben, dass es die Firma war?", fragte Landon. Nach allem, was er gehört hatte, war er der gleichen Ansicht.

„Ich *weiß*, dass sie es waren."

„Und Eriks Unfall?", fragte Piper und rückte ein wenig näher zu Elaine.

Elaine wischte die Tränen fort, die über ihre Wangen liefen. „Es war kein Unfall."

„Sie glauben, die haben ihn umgebracht, um ihn zum Schweigen zu bringen", stellte Piper leise fest, eine Hand auf Elaines Arm.

Sie versucht immer zu trösten. Ihre liebevolle, einfühlsame Art war eine Inspiration für Landon.

„Ich glaube, dass noch mehr dahintersteckt", sagte Elaine und schniefte. „Nachdem Erik nach Kanada aufgebrochen war, habe ich gesehen, wie Grant Nelson, der Chef der Sicherheitsabteilung, Eriks Arbeitsplatz durchsucht hat."

Landon legte den Kopf schief. „Und wonach hat er gesucht?"

„Ich vermute, nach einem Mikrochip. Oder nach einem Beweis dafür, dass Erik einen gebaut hat."

„Einen Mikrochip?"

„Auf einem Mikrochip konnte Erik seine gesamten Daten speichern. Er ist klein genug, dass man ihn nicht ohne Weiteres sieht. Und wenn man ihn aus den richtigen Materialien herstellt, wird er von den Detektoren nicht entdeckt", erklärte Elaine. „Wir entwerfen sie bei BioTech nur und stellen sie nicht her. Aber Grant holte Dinge aus Eriks Mülleimer, die nahelegten, dass Erik an seinem Arbeitsplatz einen gebaut hat."

„Wenn Erik die Beweise hatte, die er brauchte, warum wollte er dann noch zu Mr Wheeler?"

„Wissenschaftliche Daten sind eine Sache. Greifbare Beweise von einem Opfer, das durch verdorbenes Insulin gestorben ist, eine ganz andere. Er hatte das Gefühl, dass er konkrete Beweise brauchte, bevor jemand ihm glaubte. Und er war nicht sicher, wem er noch trauen konnte."

„Warten Sie mal", sagte Piper. „Sagten Sie, Erik ist nach Kanada geflogen? Der Unfall war in Kanada?"

„Nein." Elaine schüttelte den Kopf. „Das ist der Teil, den ich nicht verstehe. Erik wollte zu den Wheelers in Vancouver. Aber drei Tage später, als er starb, war Erik noch nicht bei den Wheelers gewesen. Er war außerhalb von Nicola gestorben, zwei Stunden nördlich von Vancouver. Und total merkwürdig ist, dass er zur Zeit des Unfalls in südlicher Richtung auf der Route 5 unterwegs war – genau in der entgegengesetzten Richtung, in die er eigentlich hätte fahren müssen."

Aber genau auf dem Weg zurück von Glacier Peak, wo er Karli besucht hatte.

46

Es schneite, als sie aus der Einfahrt der Johnsons fuhren. Es war unheimlich, wie schnell der Schneesturm begonnen hatte, und noch unheimlicher, wie Mr Johnson ihn vorausgesehen hatte.

„Und was machen wir jetzt?", fragte Piper.

Landon überlegte. „Wir müssen herausfinden, ob dieser Mikrochip immer noch existiert. Ich könnte mir denken, dass Erik ihn Karli zur Aufbewahrung gegeben hat. Warum sonst sollte er kurz vor seinem Tod zu ihr fahren? Das würde auch erklären, warum jemand hinter Karli her war."

„Der ältere Mann, der in Glacier Peak nach ihr gefragt hat?", sagte Piper.

Landon nickte. „Ich wette, er ist der Mann, der in Wellspring angerufen und sich erst als Karlis Vater und dann als ihr Arzt ausgegeben hat und der anschließend in die Praxis einbrach, um ihre Akte zu stehlen."

„Glaubst du, er hat den Mikrochip an sich genommen, als er Karli getötet hat? Vielleicht sind wir zu spät. Vielleicht waren wir es schon die ganze Zeit."

„Ich glaube nicht."

„Warum nicht?"

„Karli hatte Schnitte am Bein." Er schluckte. „Und inzwischen würde ich wetten, dass es sich um Folterwunden handelte."

„Du glaubst, der Mörder hat versucht, ihr zu entlocken, wo der Mikrochip ist?"

„Ja, aber Reef hat ihn gestört, bevor es ihm gelungen ist. Er konnte keine Zeugin davonkommen lassen, also hat er Karli getötet und sich versteckt, bis er fliehen konnte."

„Und dann?"

„Ich glaube, er ist davon ausgegangen, dass Karli den Chip Reef gegeben hat." Landons Atem stockte, als die einzelnen Puzzleteile sich plötzlich zusammenfügten und er begriff, in welcher Gefahr Piper von Anfang an gewesen war. „Es erklärt, warum du das Gefühl hattest, dass jemand in eurem Haus war, als Karli ermordet wurde."

„Er glaubt, wir haben den Chip?"

„Oder dass du versuchst, ihn zu finden."

„Glaubst du, er folgt uns immer noch?"

„Ich fürchte, ja."

„Das ist doch eigentlich total bewegend."

„Was?" Er starrte sie an.

„Nein. Nicht, dass der Killer uns folgt. Ich habe an Karli und Erik gedacht. Es ist bewegend, dass er nach all den Jahren immer noch sicher war, ihr vertrauen zu können. Er wusste, dass sie den Mikrochip bewachen würde, bis er alle Beweise hatte, um BioTech zu überführen."

„Er ging davon aus, dass sie eine Expertin im Verstecken war. Und da sie nur wenige Stunden von den Wheelers entfernt wohnte, war es problemlos möglich, ihr den Chip zu geben."

„Ich frage mich, was sie wohl gedacht hat, als Erik nicht wiederkam. Als ihr klar wurde, dass diese Leute ihn erwischt hatten. Die Arme! Sie hatte wirklich mehr als genug Kummer in ihrem Leben."

Die nackte Wand des Canyons stieg rechts von ihnen auf, zugedeckt von einer schweren Schneedecke. Der Wind wirbelte Schneewolken durch den Pass vor ihnen. Landon hielt das Lenkrad fester. Unter dem frischen Neuschnee verbarg sich zweifellos eine Eisschicht.

Etwas klickte unter ihnen. Es war ein schwaches Geräusch, aber Landon hörte es trotzdem.

„Was war das?", fragte Piper.

Er fühlte unter seinem Sitz und ertastete ein kleines Gerät, das an der Unterseite des Fahrersitzes befestigt war.

„Was ist?", fragte sie.

„Wir müssen hier raus."

„Was?"

„Jetzt!" Er verlangsamte seine Geschwindigkeit, so gut er konnte, ohne ins Schlingern zu geraten, dann öffnete er die Fahrertür und riss Piper mit sich nach draußen.

Landons linke Schulter schlug gegen den Untergrund aus festgefahrenem Schnee, und der Schmerz fuhr ihm durch den ganzen Arm. Piper landete neben ihm und stöhnte, als ihre schmale Gestalt auf die erbarmungslos harte Straßenoberfläche prallte. Eine Explosion erschütterte die Erde, als sie über die Böschung rollten. Der Boden gab unter ihnen nach. Schnee und Trümmerteile wirbelten durch die Luft. Steine prasselten auf Landons Körper nieder, während die Schwerkraft ihn talwärts zog. Er prallte gegen einen festen Gegenstand, der ihm die Luft aus der Lunge presste.

Eine Baumgruppe hatte seinen Sturz gebremst und ihm dabei beinahe das Rückgrat gebrochen. Piper folgte wenige Augenblicke später und schrie auf, als sie auf einen der Bäume traf. Landon kämpfte gegen den stechenden Schmerz in seiner Brust an und rollte sich mühsam auf die Seite, um nach ihr zu sehen.

„Bist du in Ordnung?"

Schnee und Kiefernnadeln hingen in ihren Haaren. Aus einer Wunde auf der Stirn sickerte Blut. „Es geht schon, nichts Schlimmes." Sie stützte sich vorsichtig auf die Ellenbogen. „War das eine …"

„Autobombe."

„Aber wie …?"

„Wahrscheinlich hat sie jemand eingebaut, während wir bei …" Er verstummte, als sein Blick zu dem Berg über ihnen hinaufwanderte. *Großer Gott.*

„Was ist?"

Eine riesige Schneewolke kam auf sie zugerast.

„Eine Lawine!", brüllte er.

Piper riss entsetzt die Augen auf, als sie sah, wie die Wand aus Schnee näher kam. Es war zu spät, um ihr auszuweichen.

„Halt dich an dem Baum fest. Lass nicht los. Und bedeck dein Gesicht!" Er legte ihre Arme um den Stamm und betete, dass der Baum stark genug war, um von der Lawine nicht mitgerissen zu werden. Dann schlang er seine Arme um Piper und hielt sich ebenfalls an dem Baum fest, während er sie mit seinem Körper abschirmte. „Sobald die Lawine langsamer wird, bilde mit einer Hand einen Hohlraum über deinem Mund und reck den anderen Arm so hoch, wie du kannst …"

Die Lawine verschluckte seine Worte, als sie über ihnen zusammenschlug und vor seinen Augen alles weiß wurde. Ein nicht enden wollender Sturzbach aus Schnee raste an ihnen vorbei, bestimmt mit hundert Stundenkilometern. Seine Arme brannten, während er sich an dem Baum festhielt und gegen den übermächtigen Sog der Lawine ankämpfte.

Dann wurde es still und das Weiß verwandelte sich in Schwarz.

Er lächelte zufrieden, als die Explosion den Berg erbeben ließ. Er hatte Government Camp hinter sich gelassen, als sie in den Wagen gestiegen waren, und war schnell gefahren, um vor ihnen über den Pass zu gelangen. Er wusste, dass die Explosion die Straße unpassierbar machen würde. Und er hatte keine Lust, in dieser erbärmlichen Kleinstadt festzusitzen, bis die Straße wieder freigeräumt war. Er wusste zwar immer noch nicht, wo der Chip versteckt war, aber um die Bedrohung hatte er sich gekümmert. Jetzt war niemand mehr übrig, der den Chip zu ihnen zurückverfolgen konnte. Mr Thompson würde sich bei ihm entschuldigen müssen.

47

Irgendwann endete das ohrenbetäubende Brüllen, und alles war still – totenstill. Piper drehte Kopf und Körper hin und her, bis der nachrieselnde Schnee sich setzte. Sie betete, dass sie genug Platz geschaffen hatte, um eine Luftblase zu bilden und Bewegung zu ermöglichen. Ihre rechte Hand, die sie so weit in die Höhe gestreckt hatte, wie sie konnte, war kalt. Das bedeutete hoffentlich, dass sie die Oberfläche der Lawinendecke durchbrochen hatte, doch andererseits war alles andere an ihr auch kalt. Sie war unter Schnee und Eis begraben. Sie hatte zu viel Angst, die Augen zu öffnen, weil sie nicht wusste, was sie erwartete. Also schickte sie ein Stoßgebet zum Himmel.

Bitte, Vater, hilf uns, das hier zu überleben. Hilf, dass jemand nach uns sucht und uns schnell findet.

Sie schlug die Augen auf und stellte fest, dass sie sich in einem weißen Kokon befand, aber dann sah sie voller Erleichterung, dass um ihre Hand herum schwaches Licht eindrang. Sie hatte die Oberfläche durchbrochen. *Gott sei Dank!* Diese Öffnung erhöhte ihre Überlebenschancen drastisch.

Sie konnte Landons warmen Körper hinter sich spüren. Sie hatte die Kraft seiner Muskeln gespürt, die sich gegen die Lawine gestemmt hatten. Doch jetzt war er reglos – *zu reglos.*

Sie drehte den Kopf in dem Hohlraum, den sie sich geschaffen hatte, und stellte fest, dass er bewusstlos war. Sie drückte sich an ihn und versuchte ihn mit dem wenigen, was sie in dem engen Raum tun konnte, zu wecken. Keine Bewegung. Keine Reaktion. Ihr Herz wurde schwer.

Sie schob die Hand so weit, wie sie konnte, über die Schneeoberfläche und versuchte mit aller Macht, auf ihren Standort aufmerksam zu machen. Mit ihrer freien Hand fing sie an zu graben und zu bohren, um die Oberfläche zu erreichen, wobei sie die Arme wie beim Schwimmen bewegte. Schwaches Licht drang in den Hohlraum. Sie betete, dass der Schnee, der durch die Öffnung hereinfiel, vom Himmel kam und nicht von Schneemassen herrührte, die sie erneut unter sich begraben würden. Sie versuchte, Landon nicht zu sehr wehzutun, während sie die Fußsohlen gegen den Baumstamm stemmte und sich daran abstieß. Sie durchbrach die Oberfläche und war sofort von wirbelndem Schnee umgeben. Der Schneesturm war mit Macht hereingebrochen. Sie kniff die Augen zusammen, in dem Wissen, dass das Unwetter die Suche nach ihnen und ihre Rettung erschweren würde. Sie zog ihr Handy aus der Tasche, aber es war zertrümmert.

Sie legte sich flach auf den Bauch und grub, um Landon zu befreien. Dass seine linke Hand über die Oberfläche hinausragte, machte es einfacher, an der richtigen Stelle zu buddeln. Sie ignorierte ihre tauben Hände und grub, während sie betete, dass es nicht zu spät war. Nach fünfzehn Minuten im Schnee würden sich Landons Überlebenschancen auf zwanzig Prozent verringern.

Obwohl ihre Finger und Hände vor Kälte schmerzten, grub sie weiter, bis sie Landons Kopf freigelegt hatte.

Sie legte die Hände um sein Gesicht. „Landon." Sie rieb seine Wangen, während der eisige Sturm ihr Gesicht erstarren ließ. „Landon, kannst du mich hören?"

Keine Antwort.

Sie schaufelte den Schnee um seine Schultern fort und setzte sich hinter ihm auf den Boden. Mit ihren Stiefeln stützte sie sich an den Baumstamm, hakte ihre Arme unter Landons Schultern und stemmte sich mit aller Kraft nach hinten. Der Schnee unter ihr kam ins Rutschen und einen Augenblick lang fürchtete sie, er könnte ganz nachgeben. Aber das tat er nicht. Sie versuchte es noch einmal und diesmal gelang es ihr, Landons Oberkörper über die Schneedecke hinauszuhieven. Sie zerrte und keuchte und schließlich zog sie ihn ganz auf die Oberfläche. Sie fand sein Handy, aber es funktionierte nicht mehr. Verzweiflung drohte sie zu überwältigen, doch sie kämpfte dagegen an.

Der Schneefall war nun so dicht, dass sie kaum die Hand vor Augen sehen konnte. Sie schrie, so laut sie konnte. Irgendjemand musste doch die Explosion gehört haben. Dann wussten Polizei oder Rettungskräfte bestimmt auch, dass jemand Hilfe brauchte. Sie band ihre gelbe Jacke an den Baum und ging ein paar Schritte von Landon geradeaus in die Richtung, in der sie die Straße vermutete. Sie konnten nicht sehr weit gefallen sein. Wenn sie es bis zur Straße schaffte, war die Chance, dass sie gefunden wurden, viel größer. *Falls die Straße überhaupt noch existierte.* Eine Lawine von diesem Ausmaß begrub wahrscheinlich den ganzen Pass unter sich. Noch ein Schritt und sie sah die Jacke nicht mehr. Der dichte Schneefall, der scharfe Wind und die Schneemassen der Lawine verhüllten alles. Sie musste schnell zu Landon zurück, bevor sie ihre eigenen Fußspuren nicht mehr erkennen konnte. Sonst riskierte sie, den Weg zu ihm zu verlieren.

Als sie wieder bei ihm war, stellte sie fest, dass er bereits von einer dünnen Schneeschicht bedeckt war. Sie mussten irgendeinen Unterschlupf finden, denn sie wurden vielleicht erst entdeckt, wenn der Schneesturm vorüber war. Hier draußen konnten sie unmöglich so lange überleben.

Sie versuchte noch einmal, Landon wachzurütteln, aber es nützte nichts. Wie sollte sie ihn bewegen? Sie konnte ihn nicht tragen, also musste sie ihn ziehen. Sie band ihre Jacke los, befestigte einen Ärmel an Landons rechtem Fuß und stellte fest, dass sein linkes Bein geschwollen war. Sie hoffte, dass es kein Bruch war, aber jetzt hatte sie keine Zeit für eingehendere Untersuchungen. Sie mussten Schutz suchen, bevor die Dunkelheit hereinbrach und die Temperatur noch weiter fiel. Sie zog Landons Jacke aus und befestigte einen Ärmel unterhalb der Schwellung an seinem linken Fuß. Dann benutzte sie die losen Ärmel beider Jacken, um Landon an seinen Füßen hinter sich her über den Schnee zu ziehen.

Sie suchte den Boden vor sich mit ihren Blicken ab, um Hindernisse zu entdecken, die ihn verletzen könnten, und stapfte bergab. Das war weniger kraftaufwendig und wenn die Lawine den Pass verschüttet hatte, war das Tal ohnehin ihre einzige Chance. Sie würde einen Wasserlauf suchen, selbst wenn er zugefroren war, denn dann fanden sie vielleicht eine Höhle, oder, wenn sie sehr viel Glück hatten, einen Lawinenbunker oder eine Ranger-Station.

Es dauerte nicht lange und die Dämmerung verschlang das schwache Tageslicht, das noch durch den Schneesturm drang. Landon stöhnte und seine Augen öffneten sich gelegentlich ein wenig, aber sie konnte ihn nie ganz wecken. Der Wind brannte auf ihren Wangen und Lippen. Sie streckte die Zunge heraus, in der Hoffnung, dass der schmelzende Schnee ihre trockene Kehle ein wenig benetzen würde, aber dadurch wurde ihr nur noch kälter. Ihre Füße kribbelten und es tat so weh, dass sie am liebsten gebetet hätte, es möge aufhören. Aber sie wusste, wenn es aufhörte, würde es nur bedeuten, dass sie Erfrierungen bekam. Sie hatte schon alles Gefühl in den Fingern verloren. Sie wusste nicht einmal mehr, wie sie die Jackenärmel festhalten konnte. Die Kälte und Trostlosigkeit drohten sie zu überwältigen, aber sie weigerte sich aufzugeben. Wenn nichts sonst ihnen Zuflucht bieten konnte – Gott konnte es.

48

Landon erwachte von dem Geräusch eines knisternden Feuers. Seine rechte Seite wurde von Wärme durchströmt und Schmerz erfüllte seine linke Seite. Er öffnete die Augen. Schatten tanzten an der Decke – einer grob gezimmerten Holzdecke. Wo war er?

Er bewegte sich und der Schmerz jagte durch seinen Körper. Er stöhnte.

„Du bist wach. Gott sei Dank!" Piper kniete neben ihm.

Er lächelte, aber selbst diese einfache Geste tat wahnsinnig weh. „Wo sind wir?" Sein Mund war so trocken, dass seine Lippen beim Sprechen aufplatzten.

„In einem Lawinenbunker."

„Lawine?" Die entsetzliche Erinnerung kam zurück. „Bist du in Ordnung? Geht es dir gut?" Er wollte sich aufsetzen, aber der Schmerz ließ ihn wieder zurücksinken.

„Mir geht es gut." Sie legte einen kühlen Lappen auf seine Stirn. „*Du* bist derjenige, der Hilfe braucht."

„Meine linke Seite …"

„Dein Bein ist geschwollen, aber zum Glück nicht gebrochen. Bei deinen Rippen bin ich mir da nicht so sicher."

Warum waren sie nicht im Krankenhaus? Warum hatte die Rettungsmannschaft sie stattdessen zum Bunker gebracht? „Wo sind die Rettungsleute?"

„Sie haben uns noch nicht gefunden."

„Nicht gefunden? Wie sind wir dann hierhergekommen?" War er irgendwie in der Lage gewesen zu laufen und konnte sich nur nicht erinnern?

„Ich habe uns hergebracht."

„Du?"

Sie lächelte und hielt einen Becher an seine Lippen. „Du brauchst nicht so überrascht zu klingen."

Er trank einen Schluck von dem kalten Wasser. Es fühlte sich in seiner ausgedörrten Kehle herrlich an. „Wie hast du das geschafft?"

„Ich habe eine Art Schlinge gebaut."

„Eine Schlinge?" Wie konnte jemand, der so zierlich war wie Piper, sein Gewicht tragen?

„Ich habe dich wie einen Schlitten gezogen."

„Das erklärt wohl die Schmerzen." Er lachte, bedauerte es aber sofort, als ein Stich durch seine Seite fuhr.

„Tut mir leid, aber ich wusste nicht, wie ich dich sonst vom Fleck bewegen sollte."

Er legte eine Hand auf ihre. „Das war ein Witz. Du hast mir das Leben gerettet – uns beiden."

„Bis jetzt …"

„Du hast für uns einen Unterschlupf, Feuer und Wasser gefunden. Du bist umwerfend."

„Du hast Fieber." Sie strich ihm das Haar aus dem Gesicht. „Ich habe etwas Paracetamol in das Wasser gebröselt, aber ich konnte dich bisher nicht dazu kriegen, es zu schlucken. Antibiotika oder stärkere Schmerzmittel waren nicht in dem Erste-Hilfe-Set."

„Mir geht es gut."

„Das sagst du nur."

Er drückte ihre Hand. „Deinetwegen bin ich am Leben."

Sie nickte und biss sich auf die Unterlippe.

Er hob die Hand und legte sie um ihr Gesicht. „Deine Geschwister werden herkommen und uns suchen, sobald sie erfahren, dass wir hier herausgefahren sind. Cole wird nicht aufgeben, bis sie uns gefunden haben."

„Wenn er überhaupt weiß, wo er suchen soll."

„Wenn er uns nicht findet, dann wird Jake es tun. Ich habe noch nie einen so guten Fährtensucher wie Jake gesehen."

„Der Schneesturm hat noch nicht nachgelassen."

„Warten wir noch einen Tag."

„Es sind schon zwei."

„*Zwei*?" Er war seit zwei Tagen hier? Piper hatte *zwei* Tage lang mit allem allein fertigwerden müssen!

Sie nickte.

„Es tut mir leid, dass du die letzten beiden Tage alleine durchstehen musstest."

„Ich war nicht allein. Gott verlässt uns nie. Und ich hatte dich."

„Bewusstlos."

„Ich habe dich lieber bewusstlos bei mir, als auch nur einen einzigen Tag ohne dich zu verbringen." Sie schmiegte ihre Wange in seine Hand.

„Ich liebe dich, Piper."

„Das weiß ich."

„Nein." Er ignorierte den Schmerz und richtete sich auf, bis er saß. „Ich liebe dich mehr, als du ahnen kannst."

„So, wie Cole Bailey liebt?"

„Mehr noch, wenn das möglich ist." Er liebte sie leidenschaftlich und von tiefstem Herzen.

„Wann ist dir das klar geworden?"

„Es hat mich im vergangenen Sommer getroffen."

„*Getroffen*?" Sie fädelte ihre Finger zwischen seine.

„Mit voller Wucht wie ein Güterzug. Plötzlich wurde mir bewusst, wie viel ich für dich empfinde." Er streichelte ihre Haare und genoss das seidige Gefühl. „Dass ich dich liebe. Aber wenn ich zurückdenke …"

Sie beugte sich näher. „Dann war dieses Gefühl die ganze Zeit schon da?"

„Genau. Irgendwo, tief in meinem Inneren, war es immer da." Die Ereignisse des letzten Sommers hatten ihm sehr drastisch und deutlich vor Augen geführt, wie unendlich tief seine Liebe zu ihr war.

Sie küsste seine Fingerspitzen und es schoss wie ein Feuer durch ihn hindurch.

„Mir geht es genauso. Ich wusste immer, dass du *mein* Landon warst. Mir war nur nicht bewusst, was das bedeutet."

Er legte beide Hände um ihr Gesicht. „Und willst du mich immer noch? Mit den gebrochenen Rippen und allem anderen?"
Ihre Hand drückte seine. „Immer."

Landon aß die Suppe auf, die Piper in der Speisekammer gefunden hatte, und stellte die Schüssel beiseite.

„Gut." Sie rieb sich die Hände. „Und jetzt zieh dein Hemd aus."

Er bekam einen Hustenanfall. „Was?"

„Wir müssen dein Hemd ausziehen, damit ich dich ansehen kann."

Seine Mundwinkel zuckten. „Du willst mich ansehen?"

Röte stieg in ihre Wangen. „Du weißt, was ich meine. Ich muss sehen, was mit deinen Verletzungen ist."

„Na, du kannst mir nicht verübeln, dass ich es wenigstens versuche."

„Nein." Sie schürzte die Lippen. „Wahrscheinlich nicht. Und jetzt zieh das Hemd aus, damit ich deine Rippen unter die Lupe nehmen kann."

„Ich bin sicher, dass alles in Ordnung ist. Sie sind nur ein bisschen geprellt."

„Lass mich das mal beurteilen." Sie ging neben ihm in die Hocke und half ihm, das Hemd über den Kopf zu ziehen.

Piper sog hörbar die Luft ein.

„Wie gut stehen die Chancen, dass du damit ‚Wow, bist du sexy!' und nicht ‚Das sieht übel aus' meintest?" Er blickte an sich hinunter. Seine linke Körperhälfte war mit schwarz-weißen Flecken übersät.

Sie biss sich auf die Unterlippe und lächelte dann, obwohl ihre braunen Augen besorgt dreinsahen. „Ich fürchte, es ist eine Mischung aus beidem."

Er holte zögernd Luft, als ihre Finger seinen geprellten Brustkorb abtasteten.

Ihre Finger fühlten sich kühl an, aber ihre Berührung war warm. Er zuckte zusammen, als sie fester drückte.

Sie runzelte die Stirn. „Wie ich vermutet habe … ich glaube, du hast ein paar gebrochene Rippen. Versuch mal, tief Luft zu holen."

Er atmete ein.

„Keine Probleme beim Luftholen?"

„Nein." Er zog eine Grimasse.

„Tut es weh?"

„Kaum", log er, weil er nicht wollte, dass sie sich Sorgen machte. Sie war unglaublich tapfer und er hatte ein schrecklich schlechtes Gewissen, weil sie die letzten zwei Tage alleine hatte ertragen müssen.

„Versuch es noch mal und diesmal höre ich genauer hin."

Sie wollte sich vergewissern, dass seine Lunge nicht perforiert war. Sie trat hinter ihn und fuhr mit den Fingern über die Narbe an der Spitze seines rechten Schulterblatts. „Ich habe dich nie gefragt, woher du die hast."

„Es ist eine Schusswunde."

„Du bist angeschossen worden? Wieso weiß ich nichts davon?"

„Es war meine erste Woche bei der Polizei in Fairbanks. Ich kam gerade frisch aus der Ausbildung. Und dann bin ich versehentlich mitten in einen Drogenhandel geraten."

„Wie kann so etwas *versehentlich* passieren?"

„Ich war in der Pizzeria. Ich habe meine Bestellung aufgegeben und bin zur Toilette gegangen, während ich auf die Pizza warten musste. Zwei Jungen waren gerade dabei, einen Deal abzuschließen. Einer von ihnen war high. Er sah die Uniform, geriet in Panik und schoss. Zum Glück konnte ich auch einen Schuss abgeben, sonst hätte er mich vielleicht endgültig erledigt."

„Hat Cole das auch vor mir verheimlicht, um mich zu schonen?"

„Nein. Ich habe es Cole nie erzählt. Ich wollte nicht, dass einer von euch sich unnötig sorgt oder viel Aufhebens um mich macht."

„So wie ich jetzt?"

„Bitte mach dir keine Sorgen. Ich bin bald wieder wie neu."

„Meinst du denn, dass ich jetzt viel Aufhebens um dich mache?"

„Glaub mir", sagte er und ergriff ihre Hand, die auf seiner Schulter lag. „Ich *liebe* es, was für ein Aufheben du um mich machst."

49

„Es ist Selbstmord, jetzt da rauszugehen", sagte Bob McAllister, der Leiter des staatlichen Rettungsdienstes von Oregon, als Cole die Vorräte in seinen Mietwagen mit Allradantrieb lud.

„Unsere Schwester und mein bester Freund sind da draußen", sagte Cole.

Die Suche nach Piper und Landon war eingestellt worden, bevor sie überhaupt richtig begonnen hatte. Die Nachricht von der Lawine war nur wenige Minuten nach ihrem Abgang bei der Verkehrswacht eingetroffen, aber schon kurz danach hatten sie alle erfahren, dass der Pass vollkommen verschüttet war. Das verhinderte die Such- und Rettungsaktion, bis der Schneesturm vorübergezogen war. McAllister weigerte sich, die Opferzahl zu erhöhen, indem er Rettungskräfte in eine tödliche Situation schickte.

Aber Cole und seine Familie konnten nicht abwarten, bis das Unwetter vorbei war, während Landon und Piper darin umkamen.

„Wir werden alle Sicherheitsvorkehrungen treffen, die möglich sind", sagte er zu dem Mann, der noch immer hinter ihm stand, die Arme verschränkt, die Beine breit auf den Boden gepflanzt. „Wir werden Führungsseile und Lichtsignale benutzen und in ständigem Funkkontakt bleiben."

McAllister sah ihm direkt in die Augen. „Die wichtigste Sicherheitsvorkehrung ist, dem Leiter der Such- und Rettungskräfte zu gehorchen. *Hierbleiben* heißt hierbleiben."

Als Mitglied der Taucherrettung und Leiter der Such- und Rettungsmannschaft von Yancey wusste Cole das nur zu gut. Er hatte im Laufe der Jahre oft genug diese Entscheidung treffen müssen. Es war nie einfach, aber das Leben und die Sicherheit seiner Leute hatten Vorrang.

Aber dies war etwas anderes. Er war nicht der Leiter einer offiziellen Rettungsmannschaft. Er war ein Bruder, der versuchte, seine Schwester und seinen besten Freund zu retten. Wenn er bei dem Versuch umkam, dann kam er eben um.

Er hatte seinen Frieden mit Gott gemacht. Er wusste, dass Jesus Christus für seine Sünden gestorben war und ihn mit dem himmlischen Vater versöhnt hatte. Dieses kostbare Geschenk war von Cole dankbar angenommen worden, das Geschenk eines ewigen Lebens in der Gemeinschaft mit Gott. Deshalb hatte er auch keine Angst mehr vor dem Tod. Er fürchtete nur, die Menschen zu verlieren, die er liebte.

„Ich würde eher bei dem Versuch, sie zu retten, sterben, als sie durch meine Untätigkeit zum Tode zu verurteilen."

„Sie und ich wissen beide, wie groß die Wahrscheinlichkeit ist, dass sie bereits tot sind." Die Statistiken waren kein schöner Anblick. Die Chance, jemanden zu retten, der von einer Lawine verschüttet worden war, fiel nach nur fünfundvierzig Minuten unter ein Prozent. Und es waren bereits *Tage* vergangen.

Cole befestigte sein Funkgerät. „Wir kennen die Risiken." Da sie seit Jahren bei den Rettungskräften tätig waren, kannten auch Gage, Kayden und Jake diese Risiken sehr genau. „Und wir gehen trotzdem. Aber ich weiß Ihre Warnung zu schätzen."

Endlich ließ der stämmige Mann sich erweichen. „Dann nehmen Sie wenigstens die Schneemobile."

„Sind Sie sicher? Es besteht die Gefahr, dass Sie sie nicht wiedersehen."

Bob reichte Cole die Schlüssel. „Das Risiko gehe ich ein. Ich kann nur nicht guten Gewissens meine Leute da rausschicken."

Cole gab ihm die Hand. „Das verstehe ich."

Nachdem das Fahrzeug fertig ausgerüstet und beladen und die Schneemobile auf dem Anhänger gesichert waren, verließ Cole die Rettungsstation. Jake saß auf dem Beifahrersitz, während Kayden und Gage auf dem Rücksitz Platz genommen hatten. Cole hatte getan, was er konnte, um Kayden davon abzuhalten, mit ihnen zu fahren, aber sie hatte nichts davon hören wollen. Sie würde mit oder ohne seine Erlaubnis nach Piper suchen. So war ihm nichts anderes übrig geblieben, als sie mitzunehmen.

Der Schneesturm hatte nachgelassen, war aber noch nicht vorüber. Immer noch fielen fünf Zentimeter Neuschnee pro Stunde und erschwerten ihm die Sicht. Der Wind, der mit dreißig Stundenkilometern blies, verwischte alle Spuren, die Piper und Landon hinterlassen haben könnten.

„Wir werden so nahe an den Pass heranfahren, wie wir können", sagte Cole.

Jake breitete die topografische Karte über dem Armaturenbrett aus. „Bob sagt, dieser Quadrant ist unser bester Ausgangspunkt. Von dort aus sollten wir in südlicher Richtung dem Fluss folgen, würde ich sagen. Die Lawine wird alles, was ihr im Weg war, die steile Böschung hinuntergeschoben haben."

„Ich will ja nicht pessimistisch sein", sagte Kayden. „Ich bin fest entschlossen zu suchen, aber ohne irgendein Zeichen könnten wir genau über ihnen suchen und nie erfahren, dass sie einen halben Meter unter uns begraben sind."

Cole wusste, dass sie recht hatte. „Dann müssen wir für ein Zeichen beten."

50

Piper lag zusammengerollt vor dem Feuer und der Schein der Flammen tanzte über ihre blasse Haut. Sie hatte den Kopf an Landons Schulter gelehnt. Er fuhr mit den Fingern durch ihre seidigen Haare und versuchte, sie zu beruhigen, wenn sie im Schlaf zuckte.

Piper hatte das Holz und die anderen Vorräte, die sie in dem Lawinenbunker gefunden hatte, sehr klug eingeteilt. Doch langsam gingen ihnen Feuerholz und Vorräte aus. Sollten sie ohne Ausrüstung versuchen, wieder in den Schneesturm hinauszugehen, oder sollten sie warten, bis sie gerettet wurden – auch wenn es Tage oder sogar Wochen dauern konnte, bis man sie fand?

Vater. Er atmete tief ein, dankbar für die Luft, die in seine Lungen strömte. *Bitte lass diesen Schneesturm weiterziehen. Ich kenne Cole … wenn er weiß, dass wir hier draußen sind, wird er uns suchen. Gage, Kayden und Jake auch. Bitte beschütze sie und führe sie zu uns.*

Er strich die Haare aus Pipers Stirn.

Bitte bewahre Piper.

„Da vorne." Jake zeigte geradeaus, aber sein ausgestreckter Arm war in dem dichten Schneefall kaum zu sehen.

Cole blinzelte. Ein schwaches Licht flackerte in der zunehmenden Dunkelheit. Er stapfte weiter, nur seinem Instinkt folgend und zwang sich vorwärts, bis er die Umrisse einer Hütte sah. Er funkte Gage und Kayden an. „Wir haben einen Lawinenbunker gefunden. Sieht aus, als wäre jemand da drin."

Bitte, Vater, lass es die beiden sein. Mach, dass sie in Sicherheit sind.

„Sind sie es?" Hoffnung und Qual schwangen in Kaydens Stimme mit.

„Gleich werden wir mehr wissen."

Er spähte durch den Spalt des Fensters, das gerade noch über die Schneeoberfläche herausragte. Obwohl der schwache Schein einer Kerze das Innere des Bunkers erhellte, konnte man nicht erkennen, wer sich darin aufhielt.

„Ich habe die Tür gefunden", rief Jake.

Cole ging auf Jakes Stimme zu und sah, dass dieser bereits schaufelte. Er packte mit an und durch die Anstrengung wurde ihm warm. Innerhalb weniger Minuten hatten sie die grob gehauene Tür freigeräumt und mit einem Tritt stieß Jake sie auf. Die Tür schwang nach innen und schlug gegen etwas. Als Cole eintrat, schlug ihm das Herz bis zum Hals.

„Hier", sagte eine schwache Stimme.

Cole zog seine Taschenlampe heraus und sah sich in dem Raum um.

Landon und Piper kauerten vor einer niedergebrannten Feuerstelle.

Erleichtert atmete Cole auf, aber zugleich stieg Besorgnis in ihm auf. „Wir haben sie." Er lief zu ihnen und kniete neben ihnen nieder.

„Piper", sagte Landon, seine Stimme kaum hörbar. „Sie sind hier. Sie haben uns gefunden."

Sie öffnete die Augen, die tief in ihren Höhlen lagen. „Cole?"

„Ich bin hier, Kleines. Wir haben euch."

Das Erste, was Landon sah, als er erwachte, waren geweißte Wände. Es roch nach Desinfektionsmittel.

Jede Faser seines Körpers schmerzte.

„Hallo, Sonnenschein. Ich sage den anderen Bescheid, dass du wach bist."

Landon drehte den Kopf zur Seite und sah Jake mit einem Becher Kaffee in einer Hand und einer Zeitung in der anderen neben seinem Bett sitzen.

„Piper?", fragte er mit immer noch schmerzend trockener Kehle.

Jake lächelte und legte die Zeitung beiseite. „Es geht ihr gut. Sie ist nebenan. Ich hole sie."

„Nein, sie soll sich keine Umstände machen."

„Keine Umstände? Ich bitte dich. Keine zehn Pferde würden sie davon abhalten. Sie nervt mich schon die ganze Zeit, ihr Bescheid zu sagen, sobald du wach bist."

„Ist sie in Ordnung?"

„Kerngesund." Jake lächelte.

Landon kniff die Augen zusammen. *Danke, Herr.*

Jakes Stiefel waren auf dem Linoleumfußboden zu hören. Eine Tür knarrte. Dann hörte er Jakes gedämpfte Stimme und einen Freudenschrei.

„Piper, warte!", rief Cole.

Piper kam um die Ecke gerannt, mit wehenden Haaren und einem breiten Lächeln im Gesicht. „Du bist wach." Sie flog auf ihn zu und hätte ihn beinahe im Bett erdrückt. Cole, Gage, Bailey, Kayden und Darcy betraten nach ihr das Zimmer.

„Piper, du verletzt ihn ja gleich noch mal", protestierte Cole.

Er würde die schlimmsten Verletzungen auf sich nehmen, wenn er sie nur in seiner Nähe spüren konnte.

„Tut mir leid." Sie wich zurück. „Tue ich dir weh?"

„Kein bisschen." Er zog sie wieder näher. „Jake sagt, du seist in Ordnung?" Er musterte ihr Gesicht und sah, dass die Wunde an ihrer Stirn gut verheilte.

„Mir geht es gut. Und wie fühlst du dich?"

„Ein bisschen zerschlagen, aber ich werde es überleben. Das habe ich dir zu verdanken."

„Gut. Und jetzt: Wie wollen wir die Schuld von BioTech beweisen?"

„Piper", sagten sie alle wie aus einem Mund.

Landon lachte und bereute es sogleich. Er hielt sich die Rippen.

„Ich hatte übrigens recht“, sagte sie und setzte sich neben ihm auf die Bettkante. „Zwei gebrochene Rippen.“

„Fantastisch.“

„Aber das Fieber ist endlich gesunken und dein Bein ist auch nicht mehr so stark geschwollen.“ Piper drückte einen Kuss auf seine Stirn und er spürte eine angenehme Wärme in sich aufsteigen. „Was ist unser nächster Schritt?“

„Für dich gibt es keinen nächsten Schritt“, sagte er. „Wir werden es den Behörden überlassen.“

Sie lehnte sich zurück. „Du machst Witze.“

„Oh nein. Du hast gerade eine Autobombe und die anschließende Lawine überlebt. Auf keinen Fall lasse ich dich wieder in die Schusslinie.“

Sie tätschelte sein Gesicht. „Du bist wirklich süß.“

Er ergriff ihre Hand. „Ich meine es ernst.“

„Ich weiß. Und das liebe ich ja so an dir.“

Gages Augenbrauen schossen in die Höhe und sein Blick wanderte zu Cole.

„Diese Diskussion können wir ein anderes Mal führen.“ Cole seufzte. „Als Piper uns erzählt hat, was geschehen ist, haben wir die Polizei in Portland alarmiert.“

„Und?“

„Wir haben mit einem Beamten von der Kriminalpolizei gesprochen. Er sagte, sie werden ermitteln, aber ohne Beweise …“

„Das dachte ich mir.“

„Und was machen wir jetzt?“, fragte Piper.

„So wie ich das sehe“, sagte Jake, „habt ihr verschiedene Möglichkeiten. Ohne den Mikrochip und Erik als Zeugen …“

„Wir haben doch Elaine“, sagte Landon. „Sie ist wenige Minuten nach uns in Richtung Portland aufgebrochen.“

Piper senkte den Blick.

„Elaine haben sie auch erwischt?“

„Die Bremsen an ihrem Wagen haben versagt. Sie ist geradewegs in die Felswand gerast.“

„Lass mich raten: Ihr Fahrzeug ist beim Aufprall explodiert.“

„Stimmt.“ Cole nickte.

„Irgendwelche Beweise für einen Brandsatz?“

„Die Polizei durchsucht noch die Asche.“

„Das heißt, wir haben keine Zeugen und keine Beweise.“

„Jake“ – Piper wandte sich zu ihm um – „du sagtest gerade etwas von verschiedenen Möglichkeiten.“

„Warum fragst du *ihn*?“, sagte Kayden. „*Landon* ist der Gesetzeshüter unter uns.“

„Ja, aber Jake hat offensichtlich einen Plan.“

„Und das kommt nur mir komisch vor? Ich meine, woher weiß er so viel über Verbrecher?“

„Kayden, nicht schon wieder …“, seufzte Cole. „Jake versucht nur zu helfen.“

Kayden sank auf die Bettkante. „Ich kann nicht fassen, dass ich die Einzige bin, die das merkwürdig findet …“

„Jake“, sagte Piper, „bitte sprich weiter.“

Jake nickte und sein gekränkter Blick wanderte von Kayden zu Piper zurück. „Ich würde sagen, es gibt drei Wege. Ihr könnt versuchen, den Mikrochip zu finden.“

„Das ist definitiv eine Möglichkeit“, sagte Piper.

„Ihr könnt versuchen herauszufinden, was auf dem Chip war, um die Informationen zu rekonstruieren.“

„Das ist unmöglich“, sagte Landon. Sie hatten weder das wissenschaftliche Know-how noch Zugang zu den Daten, die Erik gesammelt hatte.

„Oder Option Nummer drei.“ Jake beugte sich vor und stützte die Hände auf seine Knie. „Wir fangen den Typ, den Ed Thompson angeheuert hat, um euch zu töten. Und dann bringen wir ihn dazu, gegen Thompson auszusagen.“

„Und wie genau sollen wir das bewerkstelligen?“, fragte Cole.

„Ich bin sicher, er hat inzwischen gehört, dass sein Anschlag auf euch fehlgeschlagen ist. Ich spiele den Köder, während ihr anderen ihm eine Falle stellt.“

„Ich bin diejenige, die er will“, sagte Piper.

Landon schüttelte den Kopf. „Kommt nicht infrage.“

„Ich bin diejenige, die er in Yancey von der Straße gedrängt hat. Aus irgendeinem Grund hat er mich im Visier.“

„Sie hat recht.“ Jake stand auf. „Ich weiß, dass ihr alle dagegen sein werdet, und das aus gutem Grund. Aber Piper ist ein viel besserer Köder."

Landon wusste, dass das stimmte. Aber es bedeutete, die Frau, die er liebte, noch einmal in Gefahr zu bringen.

„Warum finden wir nicht einfach den Mikrochip?", fragte Darcy.

„Wir fangen an zu suchen", erklärte Landon, „aber wir wissen nicht mit Sicherheit, dass Karli ihn Reef gegeben hat. Und selbst wenn wir ihn finden, würden die Daten darauf nicht beweisen, dass Ed Thompson Erik und Karli hat umbringen lassen. Es beweist nur, dass das Insulin beschädigt war. Wenn wir Karlis und Eriks Killer wollen …"

„Und Elaines", fügte Piper hinzu.

„Und den Kerl, der euch beide beinahe erwischt hätte", sagte Darcy.

„… dann müssen wir ihn selbst fassen." Landon blickte in die Runde. „Irgendwie müssen wir ihn dazu bringen, dass er aus der Deckung kommt."

„Er ist ganz offensichtlich hinter dem Mikrochip her", sagte Piper. „Wenn wir ihn finden, wird er uns jagen."

„Sie hat recht", sagte Landon.

„Das heißt? Wir finden den Mikrochip und locken damit den Killer an?", fragte Darcy.

Cole räusperte sich. „Das klingt unglaublich gefährlich."

„Aber es muss sein", sagte Piper trocken.

Landon sah Piper an und seufzte. Wie sollte er sie vor der Gefahr bewahren?

51

Sie kehrten nach Yancey zurück und begannen auffällig mit der Suche nach dem Mikrochip. Sie wollten dem Mörder deutlich demonstrieren, dass sie nicht bereit waren, aufzugeben. Piper hatte recht – selbst wenn sie den Mikrochip fanden, brauchten sie immer noch den Killer, um zu beweisen, dass Thompson hinter den Morden steckte. Ansonsten waren alles nur Mutmaßungen. Logische Mutmaßungen, aber trotzdem Mutmaßungen. Sie brauchten greifbare Beweise, doch bis jetzt hatten sie keine. Es gab keine verwertbaren Spuren oder Fingerabdrücke vom Tatort und keine Täterbeschreibung außer der allgemeinen Erscheinung des Mannes, den Piper gesehen hatte: groß, schlank, mit dunklen Haaren. Wenn sie den Mörder fangen wollten, mussten sie ihn anlocken.

Piper spielte ihre Rolle perfekt. Sie rief bei BioTech an und drohte Ed Thompson. Sie machte keinen Hehl daraus, dass sie ihm auf den Fersen waren und sich auch lautstark dazu äußern würden. In der Zwischenzeit durchsuchten sie Reefs Habseligkeiten und versuchten, den Mikrochip zu finden.

Landon sorgte sich ständig um Piper, während er auf das Auftauchen des Killers wartete. Aber er wusste, dass sie keine Wahl hatten. Sie hatten ein ausgeklügeltes Überwachungssystem in Yanceys Hafen und Yachthäfen installiert und jeden Gefallen eingelöst, den irgendwelche Gesetzeshüter Landon schuldeten. Slidell hatten sie außen vor gelassen – obwohl er ihre Pläne niemals absichtlich vereiteln würde, konnten sie sich nicht darauf verlassen, dass er es nicht versehentlich tat.

Wenn jemand Fremdes in Yancey erschien, würden sie es als Erste erfahren. Dennoch mussten sie dann immer noch herausfinden, ob es auch wirklich der Killer war.

Zwei Tage nach ihrer Rückkehr nach Yancey stürmte Gage ins Lager von *Last Frontier Adventures*, wo sie vorübergehend die Kommandozentrale eingerichtet hatten, verborgen vor den Augen Neugieriger. „Jake hat gerade angerufen. Er glaubt, wir haben ihn."

Landon erhob sich. „Wo?"

„Ein Mann hat eben in der Trailside Lodge eingecheckt. Bev sagt, er sei schon mal dort abgestiegen."

Landon richtete sich auf.

„In der Woche, in der Karli ermordet wurde." Gage lächelte.

„Sein Name?"

„Das ist es ja. Bev sagt, er hat sich beim ersten Mal als Mr Smith eingetragen und diesmal als Mr Sanders. Sie hat ihn danach gefragt, aber er hat gesagt, sie müsse sich irren."

„Könnte das sein?"

„Nicht Bev. Sie hat ein Wahnsinnsgedächtnis für Gesichter und Namen."

„Behält Jake ihn im Auge?"

„Ja, aber aus sicherer Entfernung. Er will nicht riskieren, dass er den Mann verscheucht. Bis jetzt hat Mr Sanders sein Zimmer nicht verlassen."

„Wir müssten herausfinden, wie er wirklich heißt. Hat Jake ein Foto gemacht?"

„Nicht im Hotel, aber da jeder Fremde, der die Fähre verlässt, von einem deiner Leute fotografiert wird, können wir Bevs Beschreibung nehmen und hoffentlich eine Übereinstimmung finden. Jake hat gesagt, er schickt dir eine SMS mit der Beschreibung, dann kannst du online gehen und sie mit den Bildern vergleichen, die von der Fährstation hochgeladen werden."

„Gut. Wenn wir eine Übereinstimmung haben oder wenigstens ein paar mögliche Kandidaten, werde ich die Fotos Piper und Reef zeigen, um zu sehen, ob einer von beiden ihn erkennt. Es könnte sein, dass Piper sich an den Kerl erinnert, der sie von der Straße gedrängt hat, wenn sie ein Foto sieht. Oder wenn wir richtig viel Glück haben, erinnert sich Reef vielleicht daran, ihn bei den Wettkämpfen gesehen zu haben. Der Killer musste Karli schließlich eine Weile beobachten, damit er in einem günstigen Augenblick zuschlagen konnte."

„Vielleicht haben wir sogar noch mehr Glück", sagte Gage.

Landon zog die Augenbrauen hoch.

„Offenbar ist Bev ein CSI-Fan. Als der Typ mit einem anderen Namen unterschrieb, hat sie das neugierig gemacht. Und als der Mann im Aufzug verschwunden war, hat sie das Gästeregister in eine Plastiktüte geschoben und darauf bestanden, dass Andy es sofort zum Labor bringt."

„Fantastisch. Ich werde dafür sorgen, dass sie das Register so bald wie möglich auf Fingerabdrücke untersuchen. So lange dürfen wir Mr Sanders nicht aus den Augen lassen."

„Und du bist sicher, dass du ihn schon mal gesehen hast?", fragte Landon, während Reef das Foto ein zweites Mal betrachtete.

„Ja, ich glaube, er gehörte zum Personal des Veranstalters."

„Warum?"

„Er hat eine gelbe Jacke getragen."

„Und?"

„Die Leute von Midnight Sun Events tragen gelbe Jacken."

„Gibt es irgendwelche Logos oder eine Beschriftung auf diesen Jacken?"

„Ja, einen Falken, vorne auf der rechten Seite."

Landon, der neben Reef auf dem Bett in dessen Zelle saß, beugte sich vor und stützte die Hände auf die Knie. „Das ist jetzt extrem wichtig. Ich möchte, dass du ganz in Ruhe überlegst. Erinnerst du dich daran, ob seine Jacke das Firmenlogo trug?"

Reef lehnte sich zurück, schloss die Augen und atmete tief ein. „Irgendetwas war auf der Jacke, aber ich kann nicht mit Sicherheit sagen, ob es das Logo war oder nur etwas, das so ähnlich aussah."

„Gut."

Reef öffnete die Augen. „Hilft das?"

„Auf jeden Fall. Jake soll mit Rick Masterson sprechen und ihn fragen, ob er den Mann erkennt. Vielleicht hat er vorübergehend bei der Eventfirma angeheuert, um besser an Karli heranzukommen." Landon ließ das Foto sinken. „Und du bist sicher, dass Karli dir nichts gegeben hat?" Sie hatten das schon so oft besprochen, dass es ihm beinahe albern vorkam, noch einmal zu fragen. Aber manchmal brachten wiederholte Fragen eine verschüttete Erinnerung zutage.

„Mann, ich zermartere mir doch schon das Hirn, aber nein, Karli hat mir nichts gegeben."

„Es wäre klein gewesen, gerade mal stecknadelkopfgroß." Sie hatten die Sachen aus Reefs und Karlis Hotelzimmern durchsucht, hatten Pipers und Kaydens Haus auf den Kopf gestellt und sogar Reefs Kleidung, die von der Polizei aufbewahrt wurde, genau unter die Lupe genommen. Doch es war kein Mikrochip zu finden gewesen.

„Tut mir leid, Mann. Ich wüsste liebend gerne, wo dieses Ding ist."

„Das kann ich mir denken." Ohne Eriks Beweise auf dem Chip würde keine Zeugenaussage den felsenfesten Beweis liefern, den sie brauchten. Wo war dieser Chip? „Was ist mit Karli?"

„Was soll mit ihr sein?"

„Du kanntest sie."

„Besser als die meisten, aber offensichtlich doch nicht sehr gut. Ich hatte keine Ahnung, dass sie in einem Zeugenschutzprogramm war und was sie durchgemacht hat." Das Bedauern war in seiner Miene zu sehen.

„Wo würde Karli etwas Wertvolles aufbewahren?"

„Ich weiß nicht." Reef ließ sich gegen die Wand fallen und überlegte. „Es könnte überall im Hotel sein."

„Ich dachte mehr an etwas Persönliches. Etwas, das Karli wichtig war …"

Reef lachte. „Ihre Ausrüstung."

„Was?" Landon sah ihn an.

„Tut mir leid, das war nicht witzig. Es ist bloß so absurd, dass Karli zwar nicht an Menschen, aber total an ihrer Ausrüstung hing … wenn man die Sachen nur anfasste, war man bereits ein toter Mann."

„Danke, Reef."
„Hm?"
Landon verließ die Wache mit großen Schritten und wählte dabei Pipers Nummer. Sie war im Hotel, weil sie sicher war, dass der Chip dort irgendwo sein musste. Sie ging beim zweiten Klingeln dran.
„Hallo, Liebling."
„Hallo." Er konnte das Lächeln in ihrer Stimme hören und es ließ sein Herz höherschlagen.
„Du musst etwas für mich tun."
„Ist gut."
„Aber du darfst nicht alleine gehen. Jim ist noch drüben, oder?"
„Ja."
„In Ordnung, nimm ihn mit und seht euch Karlis Ausrüstung an."
„Ihre Ausrüstung! Warum sind wir nicht eher darauf gekommen?"

Piper eilte zu dem Lagerschuppen hinterm Hotel, wo alle Ausrüstungsgegenstände, die nach einem Wettkampf liegen blieben, verstaut wurden. Deputy Jim Vaughn wartete draußen, als sie in das kalte Metallgebäude schlüpfte. Sie schaltete das Neonlicht an und schritt den ersten Gang hinunter. Reef hatte ihr Karlis Ausrüstung beschrieben. Sie suchte ein rotes Snowboard von Burton mit dem Wort *Rebel* in gotischer Kalligrafie auf der Unterseite. Das Lager war mit allen möglichen Dingen gefüllt, die sich im Laufe der Jahrzehnte angesammelt hatten, deshalb dauerte es eine Weile, bis sie den richtigen Gang fand. Aber dann sah sie die Ausrüstung.
Sie bückte sich, um die Bindungen zu überprüfen und die Kerben und Löcher, in denen ein kleiner Schmuckstein durch einen Mikrochip hätte ersetzt werden können. *Nichts.* Sie nahm Karlis Schuhe, betrachtete die Außenseite und fuhr dann mit der Hand über das schwarze Fellfutter. Auf der Sohle des linken Schuhs hielt ihre Hand inne. Es dauerte eine Minute, bis Piper das Futter herausgerissen und einen kleinen metallenen Chip gefunden hatte, der auf der Sohle festgeklebt war. *Bingo!*
Sie wickelte den Chip in ein Stück von dem abgerissenen Futter-

stoff und zog ihr Handy heraus, um Landon anzurufen. „Ich habe ihn! Wir treffen uns im Hotel – am Empfang."

Er hatte gewusst, dass das Mädchen ihn finden würde. Und das selbstgefällige Lächeln auf ihrem Gesicht war der Beweis, dass sie den Chip hatte. Aber es waren zu viele Leute in der Nähe. Er würde warten, bis der Deputy sie ins Hotel zurückbegleitet hatte. Dann würde er zuschlagen. Es würde nicht so sauber vonstattengehen, wie er es gerne gehabt hätte, aber sie ließen ihm keine andere Wahl.

Piper betrat das Hotel durch die Hintertür. Sie hatte erst ein paar Schritte gemacht, als sie einen dumpfen Schlag hinter sich hörte. Sie drehte sich um und sah, wie Jim in die Knie ging. Sie beugte sich über ihn, um ihm zu helfen, und etwas flog über sie hinweg und ließ die Scheibe in der Tür zerbersten. *Er ist hier.* Sie duckte sich und ließ sich auf den Boden fallen, während Jims Blut in den Teppich sickerte.

„Piper." Landon kam vom anderen Ende des Ganges angelaufen.

„Runter!", brüllte sie.

Ein Arm erschien, packte Landon und zog ihn in den angrenzenden Flur.

„Landon." Sie rappelte sich auf und stolperte hinter ihm her. Dann blieb sie stehen, holte tief Luft und spähte vorsichtig um die Ecke. Ihre Hoffnung erstarb.

Ein Mann hielt Landon eine Waffe an die Schläfe, sein anderer Arm lag quer über Landons Brust.

„Zurück!", schrie Landon.

„Wirf mir den Chip zu", rief der Mann.

Sie kniff die Augen zusammen. Es war der Mann aus der Cafeteria, aus dem Flugzeug, aus ihrem Hotelzimmer.

„Sofort!", brüllte er.

Sie zog den Chip in seiner Verpackung aus der Tasche.

„Tu das nicht. Er wird uns nur beide umbringen", sagte Landon.

„Halt die Schnauze!“, zischte der Mann.

Schritte ertönten auf dem Gang. Hilfe war unterwegs.

Der Mann schüttelte den Kopf, öffnete den Notausgang hinter sich mit einem Fußtritt, sodass der Alarm zu heulen begann, und zerrte Landon nach draußen.

Piper steckte den Chip wieder in ihre Tasche und rannte hinter ihnen her, während in ihrem Rücken Stimmen erklangen.

„Nicht, Piper!“, brüllte Cole.

„Er hat Landon.“ Sie stieß die Tür auf und der Sonnenschein blendete sie für einen Moment. Sie blinzelte und suchte die Bäume und das Grundstück ab. Menschen standen reglos in der Nähe und starrten sie an. Ein Schneemobil wurde auf der Nordseite des Waldstücks angelassen. „Er haut ab.“ Sie rannte durch den Schnee, wurde aber von einer Hand zurückgehalten.

Sie drehte sich um und sah Cole, dessen Atem in der eisigen Luft weiße Wolken bildete. „Du begibst dich in Lebensgefahr.“

„Er hat Landon.“

„Und den Chip?“

„Den habe ich.“ Sie zog ihn aus der Tasche und dachte erstaunt, wie ein so kleiner Gegenstand so viel Unheil anrichten konnte.

„Dann hast du die stärkere Verhandlungsposition.“

„Und ... was jetzt? Willst du damit sagen, wir sollen uns zurücklehnen und darauf warten, dass er sich bei uns meldet?“ Sie wartete seine Antwort nicht ab. „Kommt nicht infrage. Bev und Andy haben Schneemobile. Ich muss ihm folgen.“

„Dann brauchst du Jake. Wir wissen beide, dass keiner so gut Spuren lesen kann wie er.“

52

Die Kälte drang durch Pipers Handschuhe, obwohl sie mit Fleece gefüttert waren. Sie folgten Landon und seinem Entführer jetzt schon seit Stunden. Sie hatten das Schneemobil mit leerem Tank am Fuß des dichten Waldes gefunden. Er hatte seine Route gut gewählt. Obwohl sie zusätzliche Kanister mit Diesel dabeihatten, kamen sie mit ihren Schneemobilen zwischen den Wurzeln und eng stehenden immergrünen Bäumen nicht mehr hindurch.

Jake schwieg beharrlich über das Scharmützel, das stattgefunden haben musste, bevor Landon und der Mann in den Wald eingetaucht waren. Aufgewühlter Schnee und Blutspritzer am Boden ließen vermuten, dass Landon verletzt war. Aber es blieben zwei Paar Fußspuren und das füllte Piper mit einer beunruhigenden Mischung aus Hoffnung und Angst.

„Wir haben zu viel Zeit verschwendet", sagte Piper, während sie durch das dichte Unterholz stapfte, das ihr Fortkommen behinderte. Sie hatten ihnen fast eine halbe Stunde Vorsprung gegeben, während sie ihre Suchaktion vorbereitet und Vorräte zusammengestellt hatten.

„Das musste sein", erinnerte Cole sie. „Wir sind besser gerüstet. Er ist ohne Vorräte hier draußen. Wir sind im Vorteil."

Sie riss den Fuß aus einem Gewirr von Wurzeln und Zweigen, die ihn festhielten. Es fühlte sich nicht so an, als wären sie im Vorteil. Aber sie kannten diesen Berg weitaus besser als er – und sie waren in der Überzahl. Sie würden ihn erwischen. Piper betete nur, dass sie nicht zu spät kommen würden.

Piper spähte über Jakes Schulter, als er sich bückte, um die schwächer werdenden Fußspuren zu untersuchen. Vor einer Stunde hatte es wieder angefangen zu schneien und in den vergangenen zehn Minuten war der Schneefall dichter geworden. Selbst ein erfahrener Spurensucher wie Jake hatte Mühe, die Abdrücke zu erkennen.

„Wir werden sie verlieren", sagte sie und spürte den Druck auf ihrer Brust.

„Dann ändern wir unsere Strategie." Jake erhob sich und sah sich um. „Bei diesem Unwetter wird er sich einen Unterschlupf suchen."

Landon konnte dem Mann sagen, wo er einen solchen Unterschlupf fand, aber würde er es tun? Würde er es für das Beste halten, den Mann mürbe zu machen, indem er den Elementen ausgesetzt war, oder würde er ihn zu einem sicheren Ort führen, wo sie leichter zu finden waren?

„Von hier aus gibt es drei Möglichkeiten", sagte Jake. „Die Rangerstation am Ford's Pass, den Wachtturm an der Nordseite oder die Notunterkunft bei der Quelle."

„Die Station ist am besten ausgestattet", sagte Cole.

„Aber der Turm bietet den besten Aussichtspunkt", wandte Piper ein. Er wusste, dass sie hinter ihm her waren. Er würde sehen wollen, wann sie kamen.

„Wenn sie sich dort verkrochen haben, wird er uns selbst bei diesem Wetter kommen sehen", sagte Jake.

„Ich weiß, aber ich wette, dort sind sie."

Cole schüttelte den Kopf. „Landon würde ihn nicht dorthin führen."

„Das muss er ja vielleicht auch gar nicht", sagte Jake.

„Was meinst du?"

„Der Mann kennt sich hier offensichtlich aus, das sieht man an dem Weg, den er genommen hat."

„Du glaubst, er hatte einen Plan B?", fragte Piper.

Jake schüttelte den Kopf. „Ich weiß nicht, ob ich so weit gehen würde, aber er kannte das abgelegenste Stück von Highway 11, auf dem er dich ungesehen von der Straße drängen konnte. Es würde mich nicht wundern, wenn er die Gegend ausgekundschaftet hat oder wenigstens die Karten."

„Aber wenn er keinen Plan hat, würde Landon ihn doch bestimmt zur Rangerstation bringen", sagte Piper. Sie war nicht besonders gut ausgestattet, aber dort kamen die meisten Leute vorbei.

„Also, welchen Ort steuern wir an?", fragte Cole.

„Alle drei", sagte sie.

„Was?"

„Wir müssen uns trennen und an allen drei Standorten nachsehen."

Cole schüttelte den Kopf. „Nein. Das ist zu riskant."

„Uns bleibt nichts anderes übrig. Wenn wir uns für den falschen Ort entscheiden, riskieren wir, Landon ganz zu verlieren."

„Sie hat recht", sagte Jake.

„Also gut. Und wie teilen wir uns dann auf?"

„Ich gehe mit Piper zum Wachtturm", bot Gage an. „Kayden, du und Jake macht euch auf den Weg zur Notunterkunft. Cole, du übernimmst die Rangerstation."

„Gut. Alle Viertelstunde melden wir uns", sagte Cole und hielt sein Funkgerät hoch. „Sobald es Schwierigkeiten gibt, gebt ein Leuchtsignal."

Kayden seufzte. „Ich bezweifle, dass es bei diesem Wetter viel nützt."

„Es ist erstaunlich, was für eine Leuchtkraft die Dinger haben", sagte Jake.

Cole legte eine Hand auf Pipers Schulter. „Passt auf euch auf. Du nützt Landon nichts, wenn dir etwas zustößt."

Sie nickte. Es zählte nur, dass sie ihn retteten.

Sie und Gage gingen in Richtung Norden, dem Wind entgegen. Mit der Zeit wurde der Windschutz der Bäume dünner und die Kälte schlug ihnen mit voller Wucht entgegen.

Gages Funkgerät knisterte. Er gab Piper ein Zeichen, stehen zu bleiben.

„Gage, Darcy hier. Kannst du mich hören?"

Gage hielt das Gerät ans Ohr und legte schützend eine Hand darüber. „Ja, Darcy, ich höre dich."

„Wir haben einen Treffer bei den Fingerabdrücken."

Endlich. Piper atmete hörbar aus. Wenigstens *eine* gute Nachricht.

„Sein richtiger Name ist Carl Anderson, aber er hat eine ganze Reihe von Decknamen."

„Und ich vermute, er hat auch Vorstrafen."

„Ja, es liegen mehrere Anzeigen wegen schwerer Körperverletzung in verschiedenen Bundesstaaten gegen ihn vor. Bis vor einem Jahr, da ist er irgendwie von der Bildfläche verschwunden. Seine letzte bekannte Adresse war in Portland. Wir haben die Information an einen Beamten namens James Reno weitergeleitet, der dort in einigen der Anderson-Fälle ermittelt hat. Er fährt jetzt zu dessen letztem Wohnort und versucht, etwas über die Decknamen in Erfahrung zu bringen."

„Das ist super. Danke, Darcy."

„Habt ihr sie immer noch nicht gefunden?"

„Noch nicht, aber wir kommen der Sache näher, glaube ich. Piper und ich sind unterwegs zu dem Wachtturm."

„Seid vorsichtig. Laut Wettervorhersage wird der Sturm stärker."

„Alles klar." Gage verstaute sein Funkgerät wieder in der Jacke und lächelte Piper an. „Wir haben ihn."

„Wir haben seinen Namen, aber *ihn* haben wir nicht." Sie stapfte weiter durch den immer dichter werdenden Schneefall, so gut es ging. Sie versuchte, nicht an die Kälte zu denken, die ihr in die Knochen kroch, oder daran, was Carl Anderson vielleicht Landon antat.

53

Woher wusste er von dem Beobachtungsturm? Landon versuchte, seine Fesseln zu lösen. Der Kopf dröhnte ihm noch immer von dem Schlag, der auf ihn niedergesaust war, sobald sie im Turm Schutz gesucht hatten. Ein Feuer brannte in dem metallenen Ofen und erleuchtete den kleinen Raum.

Der Mann saß auf der einzigen Liege und bastelte an etwas. „Sie werden bald hier sein."

„Wer?"

„Versuchen Sie nicht, sich dumm zu stellen, Mann. Wir wissen beide, dass sie uns den ganzen Tag gefolgt sind. Sie werden bald hier sein, aber dann bin ich schon weg."

Landon sah ihn skeptisch an. „Wo wollen Sie denn in diesem Unwetter hin?"

„Das lassen Sie mal meine Sorge sein."

„Sie werden Sie finden, egal, wohin sie gehen."

„Nicht, wenn sie tot sind." Der Mann stand auf und hielt den Gegenstand, an dem er herumgebastelt hatte, in der Hand. Er legte ihn auf den kleinen Tisch und betätigte einen Schalter, um etwas auszuprobieren. Ein rotes Licht blinkte.

Landon riss die Augen auf. Der Mann würde den Turm sprengen.

„Keine Angst." Der Mann ließ den Schalter wieder zurückschnappen. „Ich werde sie nicht hochgehen lassen, bis ich sicher bin, dass sie hier sind, um Sie zu retten. Das ist doch sehr poetisch, oder?"

Er trat ans Fenster, um nach seiner Beute Ausschau zu halten. „Die meisten Leute denken, jemand in meinem Geschäft ist nur ein Schläger, der Aufträge ausführt. Aber ich versichere Ihnen, dass ich meinen Waffenbrüdern weit überlegen bin."

„Ihren Brüdern?"

„Anderen Auftragskillern", erklärte er. „Sehen Sie, Detective", fuhr er fort, „ich investiere viel Zeit in meine Recherchen. Zum Beispiel weiß ich, dass Michelle Evans durch eine natürliche Gasexplosion umgekommen ist."

„An ihrem Tod war nichts natürlich. Die Mongols haben sie umgebracht."

„So, wie ich euch alle umbringen und damit diese Angelegenheit ein für alle Mal aus der Welt schaffen werde, samt dem Chip. Es wird mein Salut auf die Vergangenheit."

„Wollen Sie damit sagen, dass Sie etwas mit Michelle Evans' Tod zu tun hatten?"

„Natürlich nicht. Es ist nur eine kleine Hommage an dieses Ereignis. Michelle hat Informationen gestohlen, die ihr nicht gehörten, und dafür mit ihrem Leben bezahlt. Ihre Entscheidung, mit Karli zu fliehen, hat Karli mit Erik zusammengebracht. Der wiederum hat ihr etwas gegeben, das ihr nicht gehörte. Und auch Karli hat das mit dem Leben bezahlt."

Der Mann war sogar noch verrückter, als Landon bewusst gewesen war. Er bemühte sich krampfhaft, seine Fesseln loszuwerden. Er musste sich befreien, um Piper und ihre Familie vor diesem Wahnsinnigen zu beschützen.

Piper lag neben Gage auf dem Felsen und starrte zu dem Turm hinauf, der im Licht der Scheinwerfer erstrahlte.

„Er muss uns kommen sehen."

„Leider ja, aber es gibt nur einen Weg hinauf." Gage schob sich bis zum Fuß des Felsbrockens zurück.

Sie rutschte neben ihn. „Nicht unbedingt."

Gage sah sie mit erschrockener Miene an. „Das ist zu gefährlich."

„Auch nicht gefährlicher, als direkt in sein Fadenkreuz zu laufen."

„Die Nordseite hochzuklettern, das ist selbst bei gutem Wetter riskant. Bei Schnee und Eis hast du keine Chance."

„Ich frage dich nicht um Erlaubnis." Sie stand auf und ging um den Fels herum zur Rückseite der fünfundzwanzig Meter hohen Felswand, die das Fundament des Turmes bildete.

„Warte wenigstens, bis die anderen hier sind."

Sobald sie gesehen hatten, dass sich jemand im Turm befand, hatten sie die anderen angefunkt. Die hatten daraufhin ihre Route geändert und die Behörden informiert.

„Dazu ist keine Zeit."

Gages Schritte knirschten hinter ihr im Schnee.

Das Herz schlug ihr bis zum Hals und Adrenalin strömte durch ihre Adern, als sie sich bis zum Fuß der Felswand weiterschob. Sie schüttelte ihren Rucksack ab und holte das Seil heraus.

„Du hast nicht einmal die richtige Ausrüstung dabei." Gage stellte seinen Rucksack neben ihren. „Was hältst du davon, wenn ich –"

„Gage, wie lange ist es her, dass du geklettert bist? Das muss ich machen." Sie kramte in der Tasche, die sie aus dem Jeep gezogen hatten, bevor sie sich an Andersons Fersen hefteten. „Ich habe ein Seil und … hier müssen irgendwo Karabiner sein."

„Du brauchst einen richtigen Klettergurt, um dich anseilen zu können!"

„Gib mir das Seil aus deinem Rucksack." Sie streckte die Hand aus.

„Was, willst du dir einen Klettergurt selbst knoten?", fragte er und gab ihr das Seil.

„Es ist zwar nicht bequem, aber wenn man das Seil richtig bindet, ist es genauso sicher wie die Gurte aus dem Laden." Das hatte ihr Vater ihr immer wieder gesagt und auch vorgeführt. Einmal mehr war sie froh darüber, dass er so viel Zeit investiert hatte, um ihnen schon im Kindesalter die wichtigsten Überlebenstricks beizubringen. Sie fing an, sich den Klettergurt anzufertigen.

„Und was soll ich tun? Hier warten und zusehen, wie du dich in Gefahr begibst?"

Sie nahm ein Ende des Seils und legte es um ihre Taille. „Du kannst mich sichern und auf die anderen und mein Signal warten."

„Signal?“, sagte er, während er über ihrem Bauchnabel einen Überhandknoten band.

Sie zog fest und schob das andere Ende des Seiles wieder um ihre Taille. „Das habe ich mir noch nicht so genau überlegt, aber mir fällt schon was ein.“

„Irgendwie ist das wenig beruhigend.“

Sie zog die Enden des Seils zwischen ihren Beinen hindurch und schob sie dann unter dem Seil um ihre Taille hindurch, wobei sie an jeder Seite einen Überhandknoten band. „Tut mir leid, Bruderherz. Diesmal muss ich mich auf meinen Instinkt verlassen.“ Sie hockte sich hin, um die Knoten festzuziehen, dann stand sie auf, wickelte die restlichen Enden des Seils um ihre Taille und befestigte sie mit einem Kreuzknoten.

„Piper.“ Er legte eine Hand auf ihre Schulter, als sie sich einhakte. „Du gehst davon aus, dass die Kletterer vor dir tragfähige Stifte zurückgelassen haben. Solche Annahmen können tödlich sein.“

„Ich weiß, aber ich muss es tun.“ Sie war im Sommer schon einmal die Nordwand frei hinaufgeklettert und erinnerte sich, dass sie Ankerhaken auf dem Weg nach oben gesehen hatte. Bei Schnee und Eis war freies Klettern zu gefährlich, deshalb würde sie wenigstens versuchen, sich so gut wie möglich zu sichern. Wenn sie dort oben im Turm gefangen säße, würde Landon sich durch nichts und niemanden davon abhalten lassen, ihr zu Hilfe zu kommen.

Sie kletterte die Wand so leise hoch, wie sie konnte. Sie betete inständig, dass Anderson so sehr darauf konzentriert war, die Südseite zu beobachten, dass er gar nicht auf die Idee kam, sie könnten von Norden kommen.

Der Wind schlug ihr ins Gesicht und ihre bloßen Finger wurden schnell taub. Mit normalen Handschuhen konnte man nicht gut klettern, aber ihre Ausrüstung fürs Eisklettern war nicht im Jeep gewesen. Sie beschloss, sich Landons Lächeln vor Augen zu halten und kletterte weiter. Und sie hoffte, dass Cole keinen Aufstand machte, wenn er ankam und erfuhr, was sie getan hatte. Hoffentlich war sie bis dahin schon vor Ort und konnte ihr Signal senden.

Aber was für ein Signal? Welchen Plan hatte sie? Ihr blieb nicht mehr viel Zeit, um sich etwas zu überlegen. Sie wusste nur, dass sie weiterklettern musste.

Er schritt im Raum auf und ab, den Blick immer aufmerksam auf den Detective gerichtet. Mit jedem Schritt wurde ihm heißer. Es dauerte zu lange. Er starrte wieder aus dem Fenster. Nichts. Nicht das geringste Anzeichen irgendeiner Bewegung. Was hatten sie vor?

Er musste sie rechtzeitig im Voraus sehen, damit er Zeit hatte, zu fliehen. Auf der Rückseite des Turmes gab es nur eine steile Wand, also mussten sie gezwungenermaßen von der Südseite her kommen. Er hielt inne. Die Nachforschungen, die er über die McKennas angestellt hatte, vor allem über Piper, kamen ihm in den Sinn. „Deine Freundin ist eine ziemlich gute Kletterin, oder?", sagte er und schritt zur Rückseite des Turmes.

Der Polizist hinter ihm wand sich noch heftiger in seinen Fesseln, aber er hatte Dringenderes zu erledigen.

Piper ließ die Wand hinter sich und kletterte auf die Plattform, auf der der Turm stand. Sie band das Führungsseil von ihrem Harnisch los und befestigte es an den Metallstreben des Turmes. Dann holte sie tief Luft und schlich um die Ecke und auf die Tür zu. Die schwang plötzlich mit einer solchen Wucht auf, dass der Aufprall sie von den Füßen riss. Ihr Kopf traf mit einem knackenden Geräusch auf den Fels auf. Mit verschwommenem Blick starrte sie zu Carl Anderson hinauf, der über sie gebeugt stand.

„Hallo, Schätzchen. Schön, dass du dich zu uns gesellst." Er packte ihr rechtes Bein und zerrte sie hinein, wobei ihr Rücken und ihr Kopf auf die metallenen Bodenplatten vor der Tür schlugen. Sie versuchte, sich seinem Griff zu entwinden. „Du bist ja ganz schön zäh, aber nicht zäh genug für …" Er verstummte. Dann starrte er sie verständnislos an und stürzte wie ein gefällter Baum auf sie.

Sie versuchte, sich von ihm zu befreien.

„Piper", brüllte Landon.

Anderson rutschte von ihr herunter und fiel reglos neben ihr zu Boden.

Landon bückte sich, das Holzbrett immer noch fest in der Hand. „Bist du in Ordnung?“

„Das sollte ich wohl eher dich fragen.“

Landon nahm Andersons Waffe und warf das Brett fort. „Hast du ein Funkgerät?“, fragte er, während er ihr half, sich aufzusetzen.

Sie nickte.

„Sag den anderen, dass Anderson bewusstlos ist und wir auf sie warten.“ Er zuckte zusammen, als er sie auf die Füße zog.

„Was ist los?“

„Nichts.“ Er hustete. „Nur was eingeklemmt.“

„Bist du sicher?“

Er strich ihr das Haar aus dem Gesicht und legte eine Hand auf ihre Wange. „Ganz sicher.“ Wieder erschütterte ein trockenes Husten seinen Körper.

„Landon?“

„Mir geht es gut, wirklich. Wie weit sind die anderen?“

„Wir klettern gerade die Stufen hinauf“, gab Cole über Funk durch.

54

Landon ignorierte den stechenden Schmerz in seiner Brust, als er die Tür zum Verhörraum öffnete.

Slidell hielt ihn zurück. „Im Ernst, Landon. Wir können die Befragung übernehmen. Gehen Sie und lassen Sie sich untersuchen. Sie sehen aus wie der Tod auf Urlaub."

„Danke, aber es geht schon."

„Muss ich Ihnen den Befehl geben, damit Sie gehen?"

„Ich mache das hier." Er würde die Sache zu Ende führen.

Slidell hob die Hände. „Also gut. Bitte schön. Obwohl ich bezweifle, dass Sie irgendetwas aus ihm herauskriegen werden."

„Das werden wir ja sehen." Landon betrat den Raum mit selbstbewusstem Schritt, weil er wusste, dass er stark auftreten musste, um etwas aus Anderson herauszubekommen. Anderson grinste spöttisch. „Ihnen sage ich gar nichts. Ich kann die besten Anwälte engagieren, die man mit Geld kaufen kann."

„Das ist gut. Die werden Sie nämlich brauchen, weil mindestens drei Morde auf Ihr Konto gehen, dazu zwei Mordversuche, Körperverletzung, Freiheitsberaubung und höchstwahrscheinlich ... Steuerhinterziehung. Sie verstehen."

„Sie haben gar nichts."

„Da irren Sie sich, Mr Anderson. Wir haben Ihr geheimes Lager gefunden."

Anderson wurde blass.

„Ja. James Reno, der Kollege in Portland, hat vor einer knappen

Stunde angerufen. Es sieht so aus, als hätten Sie eine gemeinsame Geschichte. Und ich muss Ihnen sagen, dass er mir die beste Nachricht überbracht hat, die ich jemals bekommen habe. Ich muss sicher nicht aufzählen, welche Beweise die Behörden dort in Ihrem Lager gefunden haben. Hieb- und stichfeste Beweise für die kaltblütigen Morde an Erik Johnson und Karli Davis. Wir haben Beweise für die Zahlungen von Ed Thompson an Sie – die übrigens vom FBI bis zum Ausgang der Ermittlungen eingefroren wurden. Und zu allem Überfluss haben Sie einen Polizisten niedergeschossen und einen zweiten entführt. Soll ich fortfahren?"

Anderson sah ihn mit finsterer Miene an. „Was wollen Sie?"

„Ed Thompson. Sie geben ihn uns und sagen über seine Rolle in der ganzen Sache aus, dann wird für den Staatsanwalt die Todesstrafe vom Tisch sein." Landon stand auf. „Haben wir eine Abmachung?"

„Ich will das schriftlich, vom Staatsanwalt."

„Einverstanden."

Landon konnte es kaum erwarten, Piper von diesem Erfolg zu erzählen. Sie hatten nun beide – Anderson und Thompson – festgenagelt. Er verließ den Raum und musste an sich halten, dass er Slidell auf der anderen Seite der Glasscheibe keinen triumphierenden Blick zuwarf.

„Soll ich den Staatsanwalt an die Strippe holen?", fragte Tom.

Landon nickte, doch dann fing alles um ihn herum an sich zu drehen.

„Landon?" Tom runzelte die Stirn.

Sein Blickfeld engte sich ein und dann wurde alles schwarz.

„Bist du in Ordnung?", sagte Tom. „Du siehst irgendwie –"

Piper wiegte sich im Wartezimmer der Notaufnahme hin und her. Sie blickte zur Uhr hinauf. Es fühlte sich wie eine Ewigkeit an, seit Landon in den Operationssaal geschoben worden war.

Kayden rieb ihr beruhigend den Rücken – eine seltene Geste für ihre Schwester. „Er wird wieder gesund."

„Woher weißt du das?"

Kayden biss sich auf die Lippe.

„Ärzte versorgen ständig Menschen mit perforierter Lunge“, sagte Gage, um zu helfen.

„Und es sterben auch ständig Menschen daran. Ich hätte es wissen müssen. Ich hätte darauf bestehen sollen …“

„Er hätte nicht auf dich gehört“, sagte Cole und hockte sich vor sie hin. „Und das wissen wir beide.“

„Cole hat recht“, sagte Gage. „Landon ist so stur wie ein Ochse – genau wie du.“

„Ich habe Tee organisiert“, sagte Bailey und reichte ihr einen Styroporbecher.

„Danke.“ Sie hoffte, dass sie lange genug aufhören konnte zu zittern, um einen Schluck zu trinken.

„Kann ich dir sonst noch etwas holen?“, fragte Bailey mit sorgenvoller Miene. „Etwas zu essen vielleicht? Du hast schon so lange nichts mehr gegessen.“

„Ich würde sowieso nichts herunterkriegen.“ Ihr Magen fühlte sich hart und verkrampft an.

Cole atmete mit greifbarer Besorgnis aus.

„Warum beten wir nicht zusammen?“, sagte Bailey, während sie einen Stuhl näher zog und den anderen bedeutete, einen Kreis zu bilden.

Cole drückte Baileys Hand. „Das ist eine großartige Idee.“

Darcy zog ihren eigenen Stuhl zu den anderen. „Wo zwei oder drei …“, sagte sie und erinnerte sie damit an die Verheißung aus dem Matthäusevangelium. Sie warf Gage einen Blick zu. „Alle können mitmachen.“

„Danke, ich sitze hier gut.“ Gage lehnte sich mit dem Rücken an die Wand und verschränkte seine Arme.

Zu Pipers Erstaunen gesellte sich Jake zu ihnen. Ihr Herz füllte sich mit Dankbarkeit angesichts dieser schlichten Geste. Jake hatte immer geschwiegen, wenn sie als Familie zusammen gebetet hatten. Irgendwie schien ihm das Thema Glaube nicht zu behagen, aber er hatte auch nie gesagt, dass er nicht an Gott glaubte. Insgeheim vermutete Piper, dass irgendetwas ihn zurückhielt, Gott ganz an sich heranzulassen. Sie hatte noch nicht herausgefunden, was es war – seine Abneigung gegen etwas von außen oder sein innerer Kampf.

Sie vermutete Letzteres. Aber die Tatsache, dass ihm ihre Familie und vor allem Landon so wichtig waren, dass er bereit war, mit ihnen zu beten, sprach Bände.

Sie schloss die Augen und flehte Gott an, den Mann, den sie liebte, zu heilen.

Als Landon erwachte, fühlte er sich, als hätte ihn ein mittelschwerer Laster umgefahren. Er schluckte, aber sein Mund produzierte keinen Speichel. Er öffnete die Augen und sah eine abgehängte, weiß verputzte Decke über sich. Sein Blick wanderte hinunter zu den hellgrünen Wänden. *Das Krankenhaus.* Er zuckte zusammen, denn er erinnerte sich nur noch daran, dass Tom Murphy ihn gefragt hatte, ob er in Ordnung sei. Offenbar war es ihm schlechter gegangen, als er gedacht hatte.

Sein Blick fiel auf Piper, die auf dem Sessel neben ihm schlief, zusammengerollt wie ein Kätzchen, die Beine halb über die Armlehne gehängt, den Kopf in einem unbequemen Winkel zurückgelehnt.

Er lachte leise, bereute das aber sofort, als ein stechender Schmerz durch seine Seite fuhr.

„Was gibt es da zu lachen?“, fragte Piper mit schläfriger Stimme.

Gage kam ins Zimmer. „Er ist wach“, rief er über die Schulter zurück. „Wie geht es dir, Mann?“

Cole, Bailey, Jake, Kayden und Darcy betraten hinter ihm den Raum.

„Doc Stevens sagt, du hättest beinahe einen Lungenflügel verloren.“ Gage nahm sich ein paar Pommes frites von dem Essenstablett auf Landons Tisch.

„Da hat wohl jemand auf mich aufgepasst.“ Er begegnete Pipers liebevollem Blick.

„Klar“, sagte Gage. Der Zweifel klang deutlich in seiner Stimme mit.

Das war in Ordnung. Vor einigen Wochen hätte Landon noch genauso reagiert. Wenn Gott *ihn* erreichen konnte, dann würde er auch das Herz von Gage erweichen können.

Cole schob die Hände in die Taschen und trat an Landons Bett. „Hast du es ihm erzählt, Kleine?“

„Wie alt muss ich eigentlich noch werden, bevor du aufhörst, mich so zu nennen?“

Gage zuckte mit den Schultern. „Hundertundeins.“

„Sehr witzig.“

„Hast du es ihm erzählt?“, hakte Kayden nach.

„Was denn?“

„Tom Murphy war hier, während du operiert wurdest …“

„Und?“

„Anderson hat das Geständnis unterschrieben.“

„Er hat uns Thompson geliefert und eingewilligt auszusagen?“

Cole schaltete sich ein. „Tom sagte, der Beamte in Portland …“

„Detective Reno“, ergänzte Piper.

„Genau“, fuhr Cole fort. „Tom sagt, er hätte mit Detective Reno gesprochen und sie seien kurz davor, Thompson zu verhaften.“

„Kurz davor? Wie lange wollen sie denn warten?“

„Na ja, wenn man bedenkt, dass das schon vor zwei Tagen war …“ Gage grinste.

Er war schon wieder zwei Tage ausgeschaltet gewesen? Das musste er sich unbedingt abgewöhnen.

Piper drückte seine Hand. „Sie haben Thompson heute Morgen verhaftet.“

„Habt ihr es Reef gesagt?“

Reef streckte mit einem breiten Grinsen den Kopf durch den Türrahmen. „Sie haben es mir gesagt.“

Cole ging auf Reef zu. „Ich habe sofort Harlan angerufen, nachdem Anderson gestanden hatte. Die Anklage gegen Reef wurde fallen gelassen.“

„Ich habe dir unglaublich viel zu verdanken“, sagte Reef und streckte Landon die Hand hin.

„Deine Schwester ist diejenige, der du danken solltest. Piper hatte so viel Vertrauen in dich, dass es für uns alle zusammen gereicht hat.“

55

Piper betrat das Krankenhaus durch den Seiteneingang, der auf direkterem Weg zu den Aufzügen und zu Landons Zimmer führte. Der Arzt hatte gesagt, dass er heute nach Hause gehen konnte und so hatte sie ihm frische Kleidung mitgebracht.

Sie drückte die Taste für den dritten Stock und wartete darauf, dass die Tür des Aufzugs sich schloss. Peggy Wilson, eine der Krankenschwestern und seit Jahren eine Freundin der Familie, ging an den Aufzügen vorbei und lächelte breit, bevor die Türen sich schlossen. Ein Signalton verkündete, dass sie den zweiten Stock erreicht hatten, dann schließlich die dritte Etage. Die Aufzugstüren hatten sich kaum geöffnet, da kam Cole ihr auch schon entgegen.

„Bin ich froh, dass du hier bist! Landon braucht dich." Er nahm ihre Hand und zog sie mit sich.

„Was ist passiert? Ist irgendetwas?" Sie gingen auf Landons Zimmer zu.

„Nein." Cole zog sie weiter. „Er ist im Besprechungszimmer der Chirurgie."

„Was? Warum?"

„Das wirst du schon sehen, wenn du dort bist." Cole zog sie den Flur entlang.

Panik stieg in ihr auf, als sie den Empfangstresen der Station passierten. Alle, an denen sie vorbeikamen, blickten auf, aber sie konnte ihre Mienen nicht deuten. Hatte es Komplikationen gegeben?

Warum das Besprechungszimmer? Musste Landon noch einmal operiert werden?

Sie gingen durch die letzte Doppeltür.

„Die dritte Tür rechts“, sagte Cole und blieb langsam zurück.

„Kommst du nicht mit rein?“, fragte sie, als sie die Tür erreicht hatte.

„Nein. Ich warte hier draußen.“

„Aber?“

„Geh. Er wartet.“

Piper trat ein und erwartete das Schlimmste. Dann sah sie Landon vor sich auf dem Boden, ein Knie gebeugt, den Arm um Harvey gelegt. Warum war der Hund hier? Sie eilte zu den beiden. War Landon aus dem Stuhl gefallen? „Ist alles in Ordnung? Was ist passiert? Warum ist Harvey hier?“

Landon lachte.

Lachen? War er im Delirium?

„Ich hätte wissen müssen, dass du versuchen würdest, mir zu helfen.“

„Natürlich. Ich lasse dich doch nicht da auf dem Boden sitzen.“ Sie kniete sich neben ihn und tätschelte Harvey beruhigend. Der Hund machte sich bestimmt Sorgen um sein Herrchen. Sie selbst hatte schreckliche Angst um Landon.

„Wo ist dein Arzt?“

„Mein Arzt?“

„Ja. Sind wir nicht zu einer Besprechung hier?“

„Nein. Ich habe nur gefragt, ob ich sein Zimmer benutzen darf.“

„Um Zeit mit Harvey zu verbringen? Es muss schlimm um dich stehen, wenn sie schon den Hund ins Krankenhaus lassen.“

Er lachte. „Du verstehst nicht.“

„Warum lachst du? Warum sagst du mir nicht, was hier los ist?“

„Das versuche ich ja“, sagte er, als sie versuchte, ihn hochzuziehen. „Aber dafür musst du mich hier knien lassen.“

„Was?“ Sie erstarrte und musterte ihn.

Er ergriff ihre Hand. „Setz dich.“

„Gut.“ Sie rollte einen Bürostuhl vor Landon hin und setzte sich, während die Sorge um ihn sie ganz unruhig machte.

„Mir geht es gut, Piper. Mir geht es sogar besser als gut.“

„Landon, du bist im Besprechungsraum auf der Chirurgie. Offensichtlich geht es dir nicht gut." Tränen brannten in ihren Augen.

„Nein." Er schüttelte den Kopf. „Ich hätte mir denken sollen, nach was das aussehen würde." Er schloss seine Hand um ihre. „Fangen wir noch mal von vorne an. Mir geht es gut. Harvey geht es gut. Alles ist gut."

„Warum bist du dann mit Harvey hier drin?"

„Weil wir ungestört sein wollten. Weil wir dir eine sehr wichtige Frage stellen müssen."

Piper sah Harvey an, der stolz an Landons Seite saß, eine leuchtend blaue Schleife um seinen stämmigen Hals.

„Harvey war hier bei mir im Krankenhaus, als ich dir schon das erste Mal sagen wollte, dass ich dich liebe. Aber daraus ist dann nichts geworden."

„Was? Wann?"

„Es spielt keine Rolle. Wichtig ist, dass ich jetzt wieder hier bin, und ich fand, Harvey sollte auch dabei sein. Ich musste ein paar Beziehungen spielen lassen, um ihn hier hereinzubekommen, aber ich war fest entschlossen. So wie ich fest entschlossen bin, dir zu sagen, wie sehr ich dich liebe."

„Ich liebe dich auch."

Landons Lächeln wurde breiter. „Du hast ja keine Ahnung, wie fantastisch es ist, das zu hören."

„Doch, die habe ich. Ich habe es gerade auch gehört."

„Aber ich habe es von *dir* gehört."

Harvey stieß Landons Arm an und leckte seine Hand.

„Ist ja gut, mein Junge. Er wird ungeduldig."

„Wieso?", fragte sie, immer noch völlig verwirrt.

„Deshalb." Landon streckte die Hand nach Harveys Hals aus und entfernte einen flachen Beutel von seinem Halsband. Dann richtete er sich auf einem Knie auf und zog einen Ring aus dem Beutel.

Piper riss die Augen auf, als sie begriff. „Ist das der Ring meiner Mutter?"

„Als ich Cole um deine Hand gebeten habe und er mir seinen Segen gegeben hat, erzählte er mir, dass du diejenige sein sollst, die den Ring eurer Mutter trägt, wenn es so weit ist. Deshalb hat er ihn bis jetzt aufbewahrt." Landon hielt den Ring hoch.

„Hei …“ Sie schluckte. „Ist das ein Heiratsantrag?“ Landon wollte, dass sie seine Frau wurde? Sie sollte den Rest ihres Lebens als Frau ihres besten Freundes verbringen? Es war zu erstaunlich, um wahr zu sein. Sie konnte kaum die Freudentränen zurückhalten – doch sie wollte hören, was er zu sagen hatte, bevor ihre Glücksgefühle sie überwältigten.

„Ich kann mich an keine Zeit erinnern, in der ich dich nicht geliebt habe. Zuerst als Schwester, dann als treue Freundin und jetzt tiefer, als ich es jemals beschreiben könnte. Ich weiß, das kommt dir vielleicht plötzlich vor, aber ich kenne dich schon mein ganzes Leben lang und weiß ohne jeden Zweifel, dass ich den Rest meines Lebens mit dir verbringen will. Also, Piper Lucy McKenna“ – er streckte ihr den Ring entgegen – „willst du mich zum glücklichsten Mann der Welt machen und meine Frau werden?“

Jetzt strömten die Tränen über Pipers Wangen, sodass sie Landons attraktives Gesicht und die bange Hoffnung in seinem Blick kaum sehen konnte.

Harvey leckte ihr das Gesicht und stieß sie mit seiner kalten Nase an.

„Er denkt, du wärest traurig“, sagte Landon und in seinem Tonfall schwang Angst mit – die Angst vor Zurückweisung.

„Ich war noch nie im Leben so glücklich.“

„Wirklich?“ Jetzt klang Landons Stimme freudig.

Sie nickte. Die Tränen flossen weiter und fielen auf ihre Hand, die sie ausstreckte, damit Landon ihr den Ring an den Finger stecken konnte. „Wirklich.“

„Das ist also ein Ja?“

„Ja, ja, ja!“

Er schob den Ring auf ihren Finger und seine Hand zitterte dabei. Doch dann sprang er auf und zog sie in seine Arme. Er küsste sie so leidenschaftlich, dass sie sich wünschte, der Kuss würde niemals enden.

Hinter ihnen öffnete die Tür sich einen Spaltbreit.

„War das ein Ja?“, fragte Cole.

Landon löste sich von Piper und seine Augen glänzten. „Sie hat Ja gesagt.“

Cole, Gage, Reef, Jake, Bailey, Darcy und Kayden kamen alle herein.

„Ihr wusstet alle Bescheid?", fragte Piper verwirrt.

„Ich fand es wichtig, Coles Segen zu haben", sagte Landon, während er mit dem Daumen ehrfürchtig über den goldenen Ring an ihrem Finger fuhr.

„Und ich konnte nicht anders." Cole zuckte hilflos mit den Schultern. „Nachdem ich mit Landon gesprochen hatte, habe ich es allen erzählt."

„Und was, wenn sie Nein gesagt hätte?", fragte Landon.

„Wir haben alle gesehen, wie sie dich angeschaut hat", sagte Kayden. „Sie hätte nie im Leben Nein gesagt."

„Ich kann nicht fassen, dass ihr alle das vor mir geheim gehalten habt", schnaubte Piper.

„Ja, ganze drei Stunden", sagte Cole.

„Und du …" Sie starrte ihren großen Bruder an. „Du hast mich in dem Glauben gelassen, Landon wäre etwas Schreckliches zugestoßen."

„Tut mir leid. Das war seine Idee."

„Na klasse, nun fällst du mir auch noch in den Rücken!", beschwerte sich Landon.

„Oh oh, ich kenne diesen Blick …" Cole zeigte auf Piper, die ihn wütend anstarrte. „Landon, da du sie heiratest, musst du jetzt mit ihrem Zorn fertigwerden."

„Solange sie zu mir gehört, ist mir das völlig egal."

„Wow." Kayden lehnte sich an den Türrahmen. „Er ist wirklich verknallt."

Piper setzte sich neben Landon und ergriff seine Hand. „Auch nicht mehr als ich."

„Na, super." Kayden verdrehte die Augen. „Du weißt, dass ich mit diesem Liebesgeplänkel nichts anfangen kann."

Piper lächelte. „Dann solltest du besser das Zimmer verlassen, denn wir legen noch eins drauf." Sie küsste Landon auf die Lippen und lachte leise, als ihre Schwester Würgelaute ausstieß. Sie würden sich noch köstlich amüsieren.

Darcy sah zu, wie die McKennas sich der Reihe nach bei Harland Reeves bedankten, der aus dem Gerichtsgebäude von Yancey kam. Das Verfahren gegen Reef war offiziell eingestellt worden. Die McKennas würden diese Tatsache heute Abend im Haus der Mädchen mit einem großen Familienmahl feiern. Sie waren so nett gewesen, Darcy dazu einzuladen. Sie hatte sich in diese Familie verliebt. Obwohl sie sich freute, dass Reefs Unschuld erwiesen war, wollte sie nicht, dass ihre Zeit in Yancey zum Ende kam.

„Wie kann ich Ihnen jemals danken?“, fragte Piper und umarmte Harland Reeves.

„Das ist gar nicht nötig.“ Er tätschelte ihren Rücken. „Ich bin nur froh, dass die Wahrheit gesiegt hat.“

„Was zu einem großen Teil Darcy zu verdanken ist.“ Sie drehte sich um und lächelte Darcy an.

„Ich habe doch nicht viel getan. Du und Landon, ihr habt den Killer ausfindig gemacht.“

„Aber deine Nachforschungen haben uns geholfen, ihn aufzuspüren. Du hast an meinen Bruder geglaubt, als nur wenige andere es taten.“

Sie wusste, dass Piper von Reef sprach. Aber tief in ihrem Innersten glaubte Darcy auch an Gage. Sie glaubte daran, dass er ein guter Mann war. Verletzt, aber gut. Es tat ihr in der Seele weh, ihn leiden zu sehen. Sie drehte sich lächelnd zu ihm um, doch er war fort. *Merkwürdig …*

Ihr Blick wanderte den Flur entlang. Er war nirgends zu sehen. Doch dann verstand sie. Er war gegangen, um Meredith zu suchen.

Sie wandte sich wieder zu Piper um. „Gern geschehen. Entschuldigt ihr mich bitte? Ich muss … etwas erledigen.“

„Klar.“ Piper lächelte. „Wir sehen uns später.“

„Genau.“

Sie ging zur Lounge der Anwälte, weil sie wusste, dass Meredith sich dort aufhalten würde.

Als sie um die Ecke bog und den Flur entlangging, hörte sie aus dem Raum hinter der dritten Tür links Stimmen.

„Du hast kein Recht, mir Vorträge zu halten“, sagte Meredith. Ihre Stimme klang kalt. „Wir wissen beide, dass du mir gar nicht so unähnlich bist.“

„Aber nicht bei den Dingen, die wichtig sind“, erwiderte Kayden.

Kayden? Darcy öffnete die Tür einen Spaltbreit.

„Rede dir das ruhig ein“, sagte Meredith, die Hände in die Hüften gestemmt.

„Ich kann nicht fassen, dass wir einmal Freundinnen waren, dass unsere Familie dich geliebt hat.“

„Und ich kann nicht fassen, dass du genauso sentimental und gefühlsduselig geworden bist wie deine Geschwister.“ Ihre Verachtung für die McKennas war mehr als deutlich.

Kayden schüttelte den Kopf. „Du tust mir leid, Meredith. Du musst ein sehr einsames Leben führen.“

Bevor Meredith etwas erwidern konnte, rauschte Kayden an ihr vorbei und verließ den Raum durch die gegenüberliegende Tür.

Darcy drehte sich um, als sie Schritte hinter sich hörte. Sie sah gerade noch, wie Jake sich von ihr entfernte. Wann war er hier erschienen? Hatte er die Unterhaltung belauscht?

„Was machst *du* denn hier?“

Darcy erschrak und wandte sich wieder um. Hatte Meredith sie vor der Tür entdeckt? Darcy spähte durch den Spalt und sah Gage vor Meredith stehen.

„Ich dachte, ich verabschiede mich von dir“, sagte Gage. „Da ich davon ausgegangen bin, dass du es nicht tun würdest.“

Meredith schob Akten in ihre Tasche. „Wie ich sehe, hast du die Vergangenheit noch immer nicht verwunden.“

Gage trat näher und senkte die Stimme. Man konnte die Sehnsucht hören, die Sehnsucht nach etwas, das nie sein würde. „So lange ist es noch nicht her.“

„Das ist dein Problem, Gage.“ Sie ließ die Aktentasche zuschnappen. „Du lässt dich von der Vergangenheit beherrschen. Du lässt dir von einem kleinen Rückschlag das Leben zerstören. Das ist doch erbärmlich.“

Gages Hände ballten sich zu Fäusten.

Darcy widerstand dem Drang, die Tür aufzureißen und sich auf Meredith Blake zu stürzen. Wie konnte sie so kaltblütig sein? Und wie konnte jemand, der so wunderbar war wie Gage, sie jemals geliebt haben?

„Er war kein Rückschlag", sagte Gage. Sein Tonfall klang jetzt leidenschaftlich. „Er war *unser* Sohn."

Meredith schob den Riemen ihrer Tasche über den Arm. „Tut mir leid, dass du nicht nach vorne schauen kannst, Gage, aber ich kann es. Ich werde nicht zurückblicken." Sie trat an ihm vorbei und verschwand durch die andere Tür, ohne sich noch einmal umzusehen.

Schock und Wut erschütterten Darcy. Wie gefühllos konnte diese Frau sein? Sie zeigte nicht einmal das geringste Anzeichen von Mitgefühl für Gage oder Trauer über den Tod ihres Kindes.

Sie wusste, dass es wahrscheinlich ein Fehler war, was sie vorhatte, aber sie konnte nicht anders. Sie schlüpfte zum Haupteingang hinaus und lief um das Gebäude herum zum Parkplatz. Meredith Blake würde nicht damit durchkommen, dass sie Gage beleidigt hatte.

Darcy beschleunigte ihr Tempo und suchte den Parkplatz ab, bis sie Meredith entdeckt hatte, die durch Schnee und Eis auf ihren Mietwagen zustapfte.

„Meredith", rief sie und lief schneller, um sie einzuholen. „Meredith Blake." Die kalte Luft brannte in ihrer Lunge.

Nach einem Moment drehte Meredith sich um und ihr verkniffenes Gesicht wirkte ärgerlich. Offensichtlich wollte sie wissen, welches lästige Geschöpf ihre Abreise verzögerte. Sie entdeckte Darcy und unterdrückte ein Stöhnen. „Ja?"

Die Wut darüber, wie Gage von Meredith behandelt worden war, flackerte erneut in Darcy auf. „Wie können Sie nur so gefühllos sein?"

„Entschuldigung??" Meredith betrachtete Darcy mit genau dem Respekt, den sie einer Kakerlake zukommen lassen würde.

„Gage gegenüber ..." Darcy zeigte auf das Gebäude, das sie gerade verlassen hatten. „Da drin. Wie konnten Sie so herzlos sein?"

Merediths Augen verengten sich. „Sind Sie und Gage ...?"

„Freunde", sagte Darcy.

„Ich verstehe. Sie sind die Reporterin, nicht wahr?"

„Ja."

„Oder besser die Möchtegernreporterin." Meredith warf ihre Aktentasche auf den Beifahrersitz ihres Fahrzeugs. „Nicht, dass es Sie *irgendetwas* anginge, aber nur zu Ihrer Information – ich bin nicht gefühllos, ich bin nur nicht sentimental."

„Wie können Sie nicht sentimental sein, wenn es um Ihr eigenes Kind geht?“

Meredith verdrehte die Augen. „Ich werde nicht hier stehen und mich Ihnen gegenüber rechtfertigen. Und ich werde mich ganz sicher nicht dafür entschuldigen, wer ich bin.“

„Aber Gage ist ein so wundervoller Mann. Wie konnten Sie ihn so einfach wegwerfen?“

Meredith lächelte, aber es lag keine Wärme in ihrem Lächeln. Stattdessen schien es die Luft noch eisiger zu machen.

Darcy rieb sich die Arme.

„Ich nehme an, für einen bestimmten Typ Frau ist Gage genau der Richtige.“

Darcy straffte die Schultern. „Und was für einen Typ Frau meinen Sie damit?“

„Jemanden, der naiv und dumm genug ist, mitten auf einem Parkplatz zu stehen und einem unbekannten Menschen einen Vortrag über etwas zu halten, von dem er nichts versteht.“

„Ich weiß, was wichtig ist.“

„Aber *natürlich* tun Sie das, meine Liebe.“

„Wow. Warum kommen so viele hässliche Worte aus Ihnen heraus? Das lässt darauf schließen, wie es in Ihnen aussehen muss.“

„Ich habe genug Zeit in diesem trostlosen Kaff damit verschwendet, mit Leuten zu reden, die nie etwas aus sich machen werden. Und damit meine ich unter anderem Sie.“ Meredith stieg in ihren Geländewagen und knallte die Tür zu.

Darcy trat zurück, als Meredith aus der Parkbucht setzte. „Ich bleibe lieber, was ich bin, als so eine Zicke zu werden wie Sie!“, brüllte sie, während Meredith davonfuhr.

Auf Nimmerwiedersehen.

Darcy rückte ihre Jacke zurecht und wartete einen Augenblick, bis sie sich wieder gefasst hatte, bevor sie ins Gericht zurückging. Sie war nicht stolz darauf, dass sie sich hatte provozieren lassen. Aber sie war stolz darauf, dass sie Meredith die Stirn geboten hatte.

Epilog

Landon achtete darauf, den gefrorenen Stellen auszuweichen, als er neben seiner Verlobten an Krücken vorwärtshumpelte. *Meine Verlobte.* Er würde wohl niemals aufhören, Gott für sie zu danken. Gott hatte ihn überreich beschenkt und er würde dafür ewig dankbar sein.

Piper half ihm auf einen der Klappstühle, die vor Karlis geschlossenem Sarg standen. Er hatte sich gefragt, welchen Grund ein Gottesdienst im Freien hatte. Aber als er sich und Piper in die warme Decke wickelte, die sie mitgebracht hatte, begrüßte er die Entscheidung. Er begann, die Schönheit zu betrachten, von der sie umgeben waren – die mit Schnee bedeckten Tannenzweige, die frische, kalte Luft, das leuchtende Rot der Weihnachtssterne auf dem perlweißen Sarg. Es war atemberaubend, so wie die Frau an seiner Seite.

Karlis Vater, Bryan Evans, stand zitternd am Fuß des Sarges. Er sagte, er hätte Karli im Leben im Stich gelassen und nun wolle er ihr wenigstens eine anständige Beerdigung geben.

Die McKennas waren vollzählig erschienen. Auch Jake, Darcy St. James, der Gerichtsmediziner Booth Powell und Landons Kollegen Tom Murphy und David Thoreau, bei denen er die Hoffnung noch nicht aufgegeben hatte, waren da. Außerdem sah er Megan Whitaker und ihre Cousine Tess. Für eine Frau, die versuchte, andere auf Distanz zu halten, hatten Karlis Leben und Tod eine Menge Menschen zutiefst bewegt.

Er musterte Bryan Evans. Die ehrliche Reue in dem kummervollen Gesicht des bekehrten Bandenmitglieds machte Landon deutlich, dass es wahre Buße gab, selbst im Falle der schlimmsten Verbrecher. Endlich verstand er, dass Menschen durch die verändernde Kraft Christi wirklich verwandelt werden konnten. Vielleicht traf das eines Tages sogar auf seinen Vater zu. Landon hatte immer noch Hoffnung.

Als der Pastor mit der Trauerfeier begann, ergriff Landon Pipers Hand. Er war unendlich dankbar für das Wirken Gottes in seinem Leben. Der Weg war nicht immer einfach gewesen und er hatte den Verdacht, dass er es auch in Zukunft nicht immer sein würde. Aber nun hatte er die Zuversicht, dass dieser Weg einen Sinn hatte und dass er mit Gott in Zeit und Ewigkeit verbunden bleiben würde.

Gage kniete am Grab seines Sohnes und befreite den Gedenkstein von dem Schnee und Eis, die ihn bedeckten.

Tucker McKenna
Geliebter Sohn
Geboren am 9. August 2002
Gestorben am 11. August 2002

„Es tut mir leid, dass ich dich nicht besucht habe, mein Sohn." Gage schluckte die Tränen hinunter. „Ich hoffe, Cole und Kayden und Piper haben recht und du bist an einem viel besseren Ort. Ich hoffe, dass es einen Himmel gibt und dass du jetzt dort bist."

Er blickte zu den Wolken auf und versuchte, sich diese Möglichkeit vorzustellen. Er kam sich dabei irgendwie komisch vor und schämte sich ein wenig für die kindliche Sehnsucht, sich so etwas ausmalen zu wollen. „Ich hoffe nur … wo auch immer du bist" – er musste einfach glauben, dass sein Sohn noch irgendwo zu finden war – „dass du glücklich bist und weißt, dass ich dich liebe." Er presste die Hand auf seine Brust, wo er die tätowierten Füße seines Sohnes über seinem Herzen trug. „Ich trage dich jeden Tag bei mir. Du wirst nie vergessen sein."

Eine sanfte Hand legte sich auf seine Schulter. *Piper.*

Sie kniete sich neben ihn. Ausnahmsweise wehrte er sich nicht gegen ihre Berührung, sondern lehnte sich an sie und ließ der Traurigkeit freien Lauf, die er so lange in sich aufgestaut hatte.

Nach dem sonntäglichen Mittagessen mit den McKennas in Coles Haus wappnete Darcy sich für den Abschied. Es war ihre letzte Mahlzeit mit der Familie gewesen, die sie so ins Herz geschlossen hatte. Sie war so lange geblieben, wie sie konnte, indem sie an Karlis Beerdigung teilgenommen hatte. Aber jetzt gab es keine Ausrede mehr.

Sie hatte mit tränenüberströmtem Gesicht beobachtet, wie Gage am Grab seines Sohnes gekniet hatte. Sie fragte sich, ob sie wenigstens ein wenig Heilung oder etwas Gutes in sein Leben gebracht oder ihn nur an all die schmerzlichen Dinge erinnert hatte. Sie hoffte inständig, dass Ersteres der Fall war. Auf alle Fälle würde sie weiterhin für Gage beten. Irgendwie hatte er es geschafft, sich in ihr Herz zu schleichen – trotz ihrer Bemühungen, ihn nicht zu mögen.

Er stand mit Cole am Feuer und lachte. Es war wunderbar, ihn wieder lächeln zu sehen. Sie war froh, dass dies das letzte Bild war, das sie in ihrem Geiste von ihm haben würde. So konnte sie sich ihn, wenn sie für ihn betete oder an ihn dachte, lachend und scherzend vorstellen.

Sie wollte nicht gehen, aber es war Zeit, nach Hause zu fahren. Übermorgen war Weihnachten und sie wollte das Fest mit ihrer Familie in Kalifornien verbringen. Aber es erwies sich als schwieriger, als sie gedacht hatte, diese Familie zurückzulassen.

Gage schien zu spüren, dass sie sich zum Aufbruch bereit machte. Er sah auf und ihre Blicke begegneten sich. „Gehst du?"

„Ja. Mein Flug geht um acht Uhr."

„Ich bringe dich raus."

Alle umarmten sie so freundlich und gaben ihr so viele liebe Wünsche mit auf den Weg, dass ihr der Abschied nur noch schwerer fiel.

„Wir erwarten dich zu beiden Hochzeiten", sagte Piper.

„Auf jeden Fall", bestätigte Bailey.

Darcy lächelte. „Das will ich auf keinen Fall verpassen."

Gage legte eine Hand auf ihren Rücken und führte sie den Flur entlang zu Coles Haustür. „Und was nun, Darcy St. James? Welche Story wirst du jetzt verfolgen?"

„Ich weiß nicht. Vielleicht einen Artikel über Leute in Alaska, die Abenteuertouren anbieten."

„Ich habe gehört, da sind ein paar ganz heiße Typen dabei."

„Das wette ich." Sie lachte.

„Ich meine nur, falls du in dieser Richtung recherchieren solltest, kann ich dir vielleicht helfen."

„Das würdest du für eine blutsaugende Reporterin tun?"

„Nein, aber für *dich* würde ich es tun." Er zog an ihrem Pferdeschwanz. „Und ich wünsche dir alles Gute."

Sie strich über den Kragen seines Hemdes. „Und ich werde für dich beten."

„Natürlich wirst du das."

„Was soll ich sagen? Es heißt, ich wäre ein hartnäckiger Hitzkopf."

„Das kann man wohl sagen. Ich habe noch nie gehört, dass jemand Meredith als Zicke bezeichnet hat." Sein charmantes Lächeln wurde breiter. „Aber es passt hundertprozentig."

Darcy biss sich auf die Lippe. „Das hast du gehört?" Was hatte er sonst noch gehört? Dass sie ihn als wunderbar bezeichnet hatte?

„Ja, du hast ein paar kräftige Lungen in deinem kleinen Körper."

„Ist mir das peinlich." Sie spürte, dass ihre Wangen glühten.

„Das braucht es nicht zu sein. Ich bin beeindruckt."

„Wirklich?"

„Auf jeden Fall. Du hast, wie meine Großmutter es formulieren würde, Chuzpe."

Darcy lächelte.

„Danke für das, was du gesagt hast." Er strich ihr den Pony aus den Augen. „Über mich."

„Das hast du auch gehört?" Es war so, wie sie befürchtet hatte.

„Mhm."

Sie senkte den Blick, aber dann fasste sie sich ein Herz und blickte in seine gefühlvollen Augen. „Es stimmt ja auch."

„Danke, dass du das glaubst."

„Gerne."

Er hielt ihrem Blick einen Moment lang stand, dann kehrte sein jungenhaftes Grinsen zurück. „Also ..." Er versetzte ihrer Schulter einen spielerischen Hieb. „Wir sehen uns."

„Würde mich nicht wundern. Mir scheint, Alaska hat eine Menge Potenzial."

Er neigte den Kopf ein wenig. „Kalifornien hat mir auch ganz gut gefallen."

„Dann bis ... irgendwann."

Er lächelte. „Irgendwann."

Sie trat hinaus. Die Wärme des Hauses verschwand schnell in der kalten Luft Alaskas und sie fragte sich, wie viel mehr sie hier tatsächlich zurückließ.

„Du guckst doch nicht, oder?", fragte Landon, die Hände auf ihren Schultern, um sie zu führen.

„Du hast mir die Augen verbunden. Ich könnte gar nichts sehen, selbst wenn ich wollte." Sie konnte überhaupt nichts erkennen und trotzdem fühlte sie sich vollkommen sicher.

„Deshalb habe ich dir ja auch die Augenbinde verpasst – weil du sonst gucken würdest."

„Das stimmt nicht." Er kannte sie gut.

„Komm schon, Piper; du sprichst mit mir. Ich kenne dich."

Sie biss sich auf die Unterlippe. „Also gut. Ich hätte vielleicht gelinst."

Er lachte, und der Klang vibrierte durch seine Kehle, während er ihren Nacken küsste. Er war so nah und roch so gut und ... „Wie lange noch?"

„Du bist fürchterlich ungeduldig. Ich dachte, du magst Überraschungen."

„Tu ich ja."

„Gut. Nur noch ein paar Schritte."

Sie ließ sich weiter von ihm führen. Sie konnte erkennen, dass sie im Wald waren, umgeben vom Duft der Nadelbäume, aber nicht weit vom Strand. Sie konnte das Lecken der Wellen am Ufer hören.

„Gut. Für diesen Teil werde ich die Augenbinde abnehmen, aber dein Weihnachtsgeschenk ist oben."

„Gut." Neugierig blickte sie sich um, als das Tuch vor ihren Augen weggezogen wurde.

Ein Baumstamm. Nicht, was sie erwartet hatte.

„Oben."

Sie folgte mit den Augen seiner ausgestreckten Hand zu einem Baumhaus, das hoch oben in den Ästen thronte.

Dann sah sie wieder ihn an, und in der Ferne war eine Ecke seines Hauses zu sehen. „Du hast mir ein Baumhaus gebaut?" Das war wirklich cool. So wie damals, als sie noch ein Kind gewesen war. „Aber wann hast du …?"

„Deine Brüder haben mir geholfen, als du mit Kayden Weihnachtseinkäufe gemacht hast."

„Wow. Ihr wart echt schnell."

„Wir hatten eine Mission."

„Du klingst wie Gage."

„Du hättest ihn sehen sollen. Er hatte jedes Werkzeug dabei, dass die Menschheit je erfunden hat."

„Das kann ich mir vorstellen."

„Sollen wir raufklettern? Du kannst es bestimmt kaum erwarten zu erfahren, was dein Weihnachtsgeschenk ist."

„Hm? Ich dachte, das Baumhaus …"

Er grinste. „Da denkt sie schon wieder."

„Haha. Sehr witzig."

Landon griff nach der Strickleiter und hielt sie fest, damit Piper hinaufklettern konnte. Als sie oben auf der Plattform war, folgte er ihr hinauf.

Das Baumhaus war fantastisch. Zwei große rechteckige Fenster gingen zur Nord- und Südseite hinaus. Das Dach stand vor und das ganze Haus war von einem Balkon umgeben. Sie ging zum Südfenster und starrte auf das Meer hinaus, dessen Wellen an den Strand von Tariuk schlugen. „Die Aussicht ist umwerfend."

„Ja, das ist sie", sagte er und lehnte sich an die Wand, während er ihren Anblick genoss.

Die Hitze stieg in ihre Wangen.

„Aber das ist nicht dein Geschenk."

„Ich verstehe nicht."

„Dieses Fenster." Er streckte die Hand aus und sie folgte ihm zum Nordfenster. „Wir müssen vielleicht Geduld haben."

„In Ordnung. Worauf warten wir?"

Er schüttelte den Kopf. „Immer so neugierig." Er öffnete die hölzerne Kiste, die in die Wand eingebaut war, und zog eine große Decke heraus. „Setz dich."

Sie machte es sich auf der Bank bequem. Er setzte sich neben sie und wickelte die Decke um sie beide.

Mmm. Daran könnte sie sich gewöhnen.

„Ach, das hätte ich beinahe vergessen." Er streckte den Arm aus und holte eine Thermoskanne hervor. „Kakao, um uns zu wärmen."

Sie schmiegte sich an ihn. „Ich glaube, dabei brauchen wir keine Hilfe."

„Geduld", murmelte er, mehr zu sich selbst als zu ihr. Er füllte einen Becher für sie und schlang dann wieder die Arme um sie. „Jetzt warten wir."

„Worauf?"

„Das wirst du schon noch sehen. Beobachte die Baumgruppe da drüben."

Sie trank einen Schluck Kakao, neugierig, was Landon für sie bereithielt, aber solange er an ihrer Seite war, konnte es ihr egal sein.

„Da", sagte er und beugte sich vor.

Sie konzentrierte sich auf die Stelle … auf eine Bewegung.

Ein Elch betrat die kleine Lichtung. Ihr Lieblingstier.

Sie lächelte.

„Warte", flüsterte er, sein Atem verlockend dicht an ihrem Ohr.

Zwei Kälber folgten, eins nach dem anderen. Die drei Tiere neigten den Kopf und grasten in den Blättern, die von dem Baldachin aus Fichten vor dem strengen Winterwetter beschützt wurden.

„Woher wusstest du, dass sie hier sind?"

„Harvey hat sie vor einer Weile erschreckt. Ich habe ihn von dieser Seite des Hauses ferngehalten, in der Hoffnung, dass sie zurückkommen. Als sie wieder auftauchten, habe ich beschlossen, eine Aussichtsplattform für dich zu bauen."

Sie sah sich um. „Eine sehr luxuriöse Aussichtsplattform."

„Na ja, ich wollte, dass du vor dem Wetter geschützt bist, und dann schlug Cole eine Bank vor, und Gage …"

Sie lächelte. „Ich kann mir Gages Vorschläge denken."

Landon lachte. „Die meisten waren verrückt, aber eine tolle Idee hatte er."

„Ach ja?"

Landon nickte und wickelte sich aus der Decke.

Sie wollte gerade protestieren, weil sie ihn neben sich haben wollte, als sie sah, wie seine Mundwinkel nach oben wanderten. Es würde eine schöne Überraschung sein.

Er blieb in der Mitte des Raumes stehen und zog an einem Seil über ihm. Die Decke ging auf und eine Klappe öffnete sich. „Sonnenterrasse." Er grinste.

Sie trat zu dem Loch. „Nett."

Er zog sie wieder in seine Arme. „Ich dachte, in sternklaren Nächten können wir das Dach öffnen, eine Decke ausbreiten und hier liegen und zum Nachthimmel hinaufsehen."

„Und dann?"

„Und dann wirst du meine Frau sein und wir können …" Er beendete den Gedanken nicht, sondern senkte nur seine Lippen auf ihre.

Mehr von Dani Pettrey

Dani Pettrey
Wilde Wasser
ISBN 978-3-86827-484-4
336 Seiten, Paperback

Alaska

Bailey Craig hat sich geschworen, niemals nach Yancey zurückzukehren. Doch ein mysteriöser Flugzeugabsturz lässt der erfolgreichen Hochschuldozentin keine andere Wahl: Sie muss sich den Schatten der Vergangenheit stellen …

Cole McKenna hat keine Angst vor gefährlichen Rettungsmissionen. Auch der Verdacht, dass ein Mörder in seiner Heimatstadt sein Unwesen treiben könnte, versetzt den passionierten Tiefseetaucher nicht in Panik. Doch das Zusammentreffen mit seiner Jugendliebe Bailey Craig lässt das Blut in seinen Adern stocken.

Gut, dass Cole den ganzen McKenna-Clan an seiner Seite weiß. Zusammen mit seinen Geschwistern und dem Polizisten Landon versucht er Licht in die rätselhaften Vorfälle in Yancey zu bringen … nicht ahnend, dass er sich damit in wilde Wasser begibt – und Bailey gleich mit.

Weitere Buchtipps

Raquel Byrnes
In den Straßen von San Diego
ISBN 978-3-86827-456-1
384 Seiten, Paperback

Als ihr Exfreund Tom ihr im Getto von San Diego nachts buchstäblich vor die Füße fällt, ahnt die junge Ärztin Ruby McKinney noch nicht, dass der Drogenfahnder wieder ihr Leben durcheinanderwirbeln wird. Nicht nur ihre gemeinsame Vergangenheit holt sie ein – auch die Gegenwart wird lebensgefährlich, als Tom in ein Wespennest aus Verrat, Mord und Betrug sticht.

Als Teenager hat Rubys tiefer Glaube ihr geholfen, ihr Leben in den Griff zu bekommen. Nun steht sie vor dem Nichts: ihre berufliche Existenz, ihre Liebe zu Tom, ihr Glaube an Jesus sind zerbrochen. Kann Tom sie davon überzeugen, dass es zweite Chancen gibt?

Dee Henderson
Enthüllt
ISBN 978-3-86827-425-7
496 Seiten, Paperback

Als FBI-Agent Paul Falcon die Polizistin Ann Silver kennenlernt, ist er augenblicklich fasziniert. Ihre Ermittlungen könnten ihm zum Durchbruch in einem wichtigen Fall verhelfen – und sie ist ohne mit der Wimper zu zucken bereit, ihm das Feld zu überlassen. Außerdem scheint jeder sie zu kennen. FBI-Kollegen, Spione, US-Marshals und selbst der frühere Vizepräsident vertrauen ihr zutiefst. Wer ist Ann? Je mehr Paul über sie erfährt, desto neugieriger wird er.

Bald hält ihn nicht nur die Jagd nach der gewieftesten Auftragskillerin aller Zeiten in Atem, sondern auch das mysteriöse Geheimnis, das sich Ann nennt.

Irene Hannon
Auf dass ihr nicht gerichtet werdet
ISBN 978-3-86827-370-0
384 Seiten, Paperback

Jake Taylor ist Marshal bei einer Spezialeinheit der amerikanischen Bundespolizei. An seinem neuesten Auftrag hat er wenig Interesse: Personenschutz für eine Bundesrichterin. Zu allem Überfluss handelt es sich um Richterin Liz Michaels, die Frau seines besten Freundes, die er insgeheim für dessen Selbstmord verantwortlich macht. Doch der Auftrag entwickelt sich für Jake schnell von einer lästigen Routine zu einer Aufgabe, die sein ganzes Können erfordert. Liz wird von einem Mörder verfolgt, der zu allem entschlossen scheint. Aber nicht nur das Leben der Richterin, sondern auch Jakes Herz gerät in Gefahr. Und die Uhr tickt ...

Irene Hannon
Im Angesicht meines Feindes
ISBN 978-3-86827-397-7
416 Seiten, Paperback

Die Sozialarbeiterin Alison Taylor hat es sich zur Aufgabe gemacht, Kinder zu beschützen und dafür zu sorgen, dass zu ihren Gunsten Recht gesprochen wird. Doch als sie plötzlich beunruhigende Anrufe und bizarre „Geschenke" bekommt, scheint es, als wäre sie mit einem Mal diejenige, die Schutz braucht.

Gut, dass sie Beziehungen zur Bezirkspolizei hat. Detective Mitch Morgan wird schnell klar, dass die Vorfälle mit Alisons Arbeit zusammenhängen. Doch der Verfolger spielt mit ihnen und kommt seinem Ziel, sich an Alison zu rächen, immer näher. Mitch setzt alles daran, Alison aus der Schusslinie zu bringen. Sie zu beschützen, ist längst mehr als ein Job für ihn. Aber wird ihm das gelingen?

Lisa Wingate
Firefly Island
ISBN 978-3-86827-517-9
361 Seiten, Paperback

Mallory Hale ist Juristin und arbeitet für einen führenden Kongressabgeordneten in Washington. Als ihr zufällig der Biochemiker Daniel Everson, alleinerziehender Vater eines kleinen Sohns, über den Weg läuft, ahnt sie nicht, wie schnell sie Washington der Liebe wegen den Rücken kehren wird.

Nach einer Blitzhochzeit findet die frischgebackene kleine Familie ihr neues Zuhause am malerischen Moses Lake in Texas. Doch die Idylle trügt. Auf Firefly Island, einer verschlafenen kleinen Insel, verbirgt sich ein dunkles Geheimnis und schon bald ist Mallory froh über die Verbindungen, die sie noch nach Washington hat.

Denise Hunter
Barfuß am See
ISBN 978-3-86827-516-2
304 Seiten, Paperback

Madison McKinley kennt in diesem Sommer nur ein Ziel: Die junge Tierärztin will die örtliche Segelregatta gewinnen. Dabei hat sie panische Angst vor dem Wasser. Doch der Regattasieg war der große Traum ihres verstorbenen Zwillingsbruders und Madison ist fest entschlossen, diesen Traum Wirklichkeit werden zu lassen. Für Michael – und für sich. Damit sie endlich Frieden findet. Aber wird diese Rechnung aufgehen?

Es verspricht ein spannender Sommer zu werden: nicht nur in sportlicher, sondern auch in beruflicher Hinsicht … und völlig unerwartet sogar in Sachen Liebe.